Chapitre 1

Joanna

7 janvier, 7 h 00

Je ne veux pas sortir.
Je ne veux pas sortir.
Je ne veux pas sortir.

La main sur la poignée de la porte, j'hésite – *quelques secondes, juste quelques secondes encore* – avant d'affronter le monde extérieur. Et surtout les autres, eux, tous... Quelques instants de plus ne changeront rien, je le sais. Pourtant, c'est plus fort que moi.

Ici, cachée, il me semble être encore un peu à l'abri de tout et de tous. Même si cette pauvre et misérable illusion n'est pas de taille face à la réalité tapie, là, juste derrière ce battant à la peinture craquelée. Néanmoins, tant que je n'ai pas franchi le seuil de la maison, j'ai l'impression que tout est comme avant. Que ma vie est toujours la même. Pas parfaite, loin s'en faut, mais j'arrive presque à me persuader qu'elle n'a pas encore tout à fait sombré dans ce cauchemar qui porte le nom de Lucy Richardson...

Lucy Richardson... unique héritière d'une famille honorable de La Nouvelle-Orléans. On peut dire sans se tromper que son enfance fut des plus heureuses. Un père aimant qui n'avait de cesse de faire plaisir à sa *petite princesse*. Et une mère qui plaçait sa fille au-dessus de toutes ses autres camarades. Grâce à son intelligence – bien au-dessus de la moyenne – et par son physique – là aussi, très, très au-dessus de la moyenne. Pour preuve tous les titres, rubans, photos, coupes et cadeaux, remportés dans les multiples concours de beauté où elle s'était produite et qu'elle exposait comme autant de trophées partout dans la maison, et qui à présent sont tous relégués dans des cartons au grenier. Le premier à l'âge de cinq ans… jusqu'à la consécration à tout juste seize ans, deux fois sacrée Miss Louisiane… la plus belle fille de tout l'État ! Elle avait le monde à ses pieds… les meilleurs partis de la ville se disputaient ses faveurs.

Alors tout cela s'est-il effondré seulement parce qu'elle s'est retrouvée enceinte à la fin de ses études, des œuvres du très populaire *quarterback* et capitaine de l'équipe de football du lycée ? Juste parce qu'il était accessoirement issu d'une famille bien trop modeste, ou surtout… – *surtout !* – d'une carnation bien trop… *bronzée* de l'avis de ses parents ? Difficile pour les Richardson de constater que leur petite fille chérie avait pu fricoter avec un Noir.

Est-ce à cet instant que tout s'est déclenché ?

Ou le vice était-il déjà là bien avant ?

Quand sa famille l'a rejetée et qu'elle s'est retrouvée à la rue, enceinte et sans le sou ? Ou était-ce déjà en elle à cette époque, juste en sommeil depuis toujours ?

Oui, Lucy Richardson avait le monde à ses pieds… avant de se retrouver mère célibataire dans un centre pour jeunes filles. Après cela, elle ne s'est jamais mariée, ce qui ne l'a pas empêchée d'avoir de nombreuses aventures…

À quel moment cela a-t-il vraiment dérapé ?

Quand elle a pris conscience que, malgré ses brillants résultats au concours d'infirmière, sa vie ne serait jamais à la hauteur de celle que ses parents avaient rêvée pour elle ? Jamais celle dont *elle* avait rêvé… ou qu'elle pensait mériter ?

NEW ROMANCE®

TARA JONES

Ma pire ennemie

Hugo Roman

Ma pire ennemie

Ce livre est une fiction. Toute référence à des évènements historiques, des personnages ou des lieux réels serait utilisée de façon fictive. Les autres noms, personnages, lieux et évènements sont issus de l'imagination de l'auteure, et toute ressemblance avec des personnages vivants ou ayant existé serait totalement fortuite.

Collection New Romance ® créée par Hugues de Saint Vincent, dirigée par Arthur de Saint-Vincent

Ouvrage dirigé par Sylvie Gand

Photo de couverture : © Gabrielle Boutemy / EyeEm /Gettyimages

Couverture : Stéphanie Aguado

Pour la présente édition,

34-36 rue La Pérouse

75116 PARIS

www.hugoetcie.fr

ISBN : 9782755644395

Dépôt légal : novembre 2019

Imprimé en France par Corlet

N° d'imprimeur : 19070048

Parce que Lucy Richardson méritait toujours le meilleur ! Elle me l'a assez souvent répété…

Mais elle s'est rendu compte avec effroi que tous ses rêves s'étaient éparpillés aux quatre vents… Elle méritait peut-être le meilleur, malheureusement, elle n'en avait même pas les miettes…

Est-ce là que tout a basculé ?

Je ne veux pas sortir.

Je ne veux pas sortir.

Je ne veux pas sortir.

J'inspire une grande bouffée d'air. Je redresse les épaules et relève la tête. Ma main appuie sur la poignée de la porte. Mon souffle se bloque une seconde avant que je pose le pied dehors. Et, enfin, je me contrains à franchir le seuil de la maison. Je lâche un soupir en découvrant la rue déserte. Avec un peu de chance, je ne croiserai personne jusqu'à l'arrêt de bus. Mon regard se pose sur la façade en espérant ne rien découvrir de nouveau dessus – recouvrir de peinture chaque inscription haineuse ou chaque menace ne les empêche pas de recommencer aussitôt – ni dans le jardinet qui entoure la maison – où ne subsiste plus aucun massif de fleurs –, ou bien encore sur ma voiture, dont ils ont déjà crevé tous les pneus, tordu les rétroviseurs et brisé les vitres. Deuxième soupir en constatant que tout est exactement comme hier.

Je suis sortie.

Je l'ai fait !

Et j'y arriverai encore demain… j'espère.

Puis, avant que la honte ne me submerge et ne me tétanise, je donne un tour de clé dans la serrure. J'avance. Un pas après l'autre. J'avance, le regard droit, avec, comme chaque matin, une seule et puissante envie : faire demi-tour ! Malgré tout, je me dirige vers le portail. J'aperçois un furtif mouvement de rideaux chez mes voisins d'en face – *ces chers Mr et Mrs Maize…* –, puis leur porte d'entrée s'ouvre à la volée, juste avant qu'ils se précipitent vers moi.

Ma parole, ces gens-là ne dorment jamais ou quoi ?! je songe en me crispant.

— Comment vas-tu, Joanna ?

Comment je vais ?! Sérieusement, comment pourrais-je aller ?!

Je rêve de les envoyer au diable, tant je sais à quel point ils se préoccupent de moi comme de leur première chaussette.

Jusqu'à présent, j'ai réussi à me tenir à l'écart de l'énorme battage médiatique de *l'affaire Richardson*. Dans mon malheur, j'ai eu la chance qu'une catastrophe climatique vienne prendre la première place dans l'intérêt morbide des gens. Une horreur chasse si vite la précédente dans les médias.

Dès le début du procès, j'ai bien spécifié à l'avocat qu'il était inenvisageable que je sois présente au tribunal, et qu'à part mon aide financière, il n'obtiendrait rien de ma part. Pas question pour moi d'aller témoigner en sa faveur… je me demande bien d'ailleurs ce que j'aurais pu dire. Les interrogatoires que j'ai eu à subir ont tous démontré que je n'étais au courant de rien, que je ne savais rien. Bref, que je n'étais en aucun cas complice. Dieu merci, ce n'est pas encore un crime de se sentir coupable de n'avoir rien deviné, rien vu venir…

L'avocat de la partie adverse n'a pas jugé utile de me faire comparaître. Je pense même lui avoir rendu service en restant à l'écart du tribunal chaque jour du procès. Le nombre de personnes connaissant mon lien de parenté se compte sur les doigts d'une main. J'ignore même si les collègues de travail de Lucy Richardson étaient au courant de mon existence… parce que moi, je ne connais le nom ou le prénom d'aucun. Jamais elle ne me parlait de son travail…

D'ailleurs, elle ne me parlait pas. Sauf pour le strict nécessaire… quand elle ordonnait que je fasse quelque chose pour elle, ou quand elle recevait un homme. Ces jours-là, soit je restais dans ma chambre, soit je filais chez Cooper – j'ai vite compris que la solution Cooper était de loin la meilleure.

De toute mon existence, jamais je ne l'ai vue en compagnie d'une autre femme, d'une amie. À croire qu'elle n'en avait pas. Ni dans son travail, ni de son école d'infirmière ou de ses années de lycée. Personne.

Pourtant, quelqu'un a dû parvenir à faire le lien entre Lucy Richardson et cette petite maison, et donc forcément entre elle et son occupante actuelle : moi. C'est fatalement l'un des voisins… et peut-être même la vieille bique qui se tient devant moi en cet instant.

Quand on a commencé à massacrer mon jardin, à écrire des insultes et des menaces sur les murs, et que la police est venue interroger mes chers voisins à plusieurs reprises pour leur demander s'ils avaient vu ou entendu quoi que ce soit… leur réponse a toujours été la même : rien du tout ! Alors qu'ils passent leur journée entière, et une bonne partie de la nuit, derrière leurs maudits rideaux à épier les moindres faits et gestes du voisinage.

Et depuis trois mois, je suis leur attraction préférée !

— Comme d'habitude, je réponds en refermant le petit portail d'un geste brusque.

— Tu n'as toujours pas fait réparer ta voiture ? m'interroge Mrs Maize. Tu dois perdre un temps fou dans les transports pour te rendre à ton travail…

Oui, entre la marche jusqu'à l'arrêt de bus, et le trajet jusqu'à mon lieu de travail, plus de deux heures, vieille bique !

— Pourquoi m'ennuyer à la conduire chez le garagiste, je la coupe. On sait très bien que, dès son retour, elle se retrouvera dans le même état. Et comme personne n'aura rien vu ni rien entendu…

Depuis le matin où j'ai découvert les pneus de ma voiture crevés, je n'ai plus tenté d'y remédier. Je savais que cela ne servirait à rien, sinon à me faire encore gaspiller mon argent. J'avais déjà fait changer la vitre du côté passager, et à peine mon véhicule reconduit à la maison, elle a une nouvelle fois été fracassée, et les quatre pneus se sont retrouvés éventrés. Le message était clair !

Sur quoi, je leur tourne le dos et file après un bref hochement de tête en guise de salutation.

Deux fois par jour, cinq fois par semaine, je suis comme en apnée. Quatre heures à l'extérieur, où le manteau de la honte s'alourdit à chaque regard que je croise. Comment savoir si la personne qui m'observe ne sait pas qui je suis ? Ne me juge pas ? Ne me condamne pas ? J'ai l'impression d'avancer en brandissant un étendard où tout est écrit dessus. Qu'il suffit de me scruter une minute pour tout deviner. Beaucoup voient ma couleur de peau comme une infamie – et certains jours mon métissage ne me facilite pas la vie –, pourtant, elle n'a jamais été un fardeau pour moi. Je n'en ai jamais eu honte. Mais depuis le début de ce cauchemar, j'ai honte de qui je suis. Je pue la honte par tous les pores de ma peau. Alors, pour atténuer cette torture, pour éviter tous ces regards, je me focalise sur le néant. Mes yeux fuient les visages, se concentrant uniquement sur le paysage urbain qui défile. Comme maintenant. Aujourd'hui, je n'ai trouvé aucune trace de nouvelles dégradations, ou quoi que ce soit d'autre…

Est-ce un signe ?

Pour la première fois en trois mois, j'esquisse un fugace sourire. Je me prends à espérer que les choses sont en train de se tasser et qu'il, qui que ce « il » puisse représenter, commence à oublier. Et c'est donc d'un pas un peu plus léger que je pénètre dans l'enceinte de la prestigieuse *Crowley Kindergarten School*, où je travaille comme institutrice depuis presque deux ans. Après avoir échangé quelques mots avec Jim, le gardien, je traverse la cour encore silencieuse pour rejoindre la salle principale dans laquelle se tient – autour d'un café et de donuts – la réunion quotidienne des enseignants. Cependant, avant même d'avoir eu le temps de l'atteindre, je tombe sur la directrice qui m'intercepte d'un signe de la main.

—Je vous attendais, Joanna. J'aimerais m'entretenir avec vous. Si vous voulez bien me suivre dans mon bureau.

Comme je suis désormais obligée de prendre le bus, je fais partie des premières arrivées. Mais jamais avant Miss Robinson !

— Il y a un problème, Miss ?

Son attitude quelque peu gênée me met brusquement mal à l'aise. J'ai toujours eu de très bons rapports avec ma supérieure. Aucun parent d'enfants de ma classe n'a eu à se plaindre de mon attitude. Pas une seule fois en presque deux ans. Mes élèves m'adorent. Mon travail me passionne. Et c'est d'ailleurs grâce à lui et à mes petits bouts de chou que je tiens le coup. Ils sont ma bouffée d'oxygène, et chacun d'eux est à lui seul une raison de me lever chaque matin et de ne pas me terrer chez moi.

— Asseyez-vous, Joanna, lâche-t-elle d'une voix lasse en prenant place dans son fauteuil. Hum… certains sujets sont plus difficiles que d'autres à aborder. Et la famille remporte la palme dans ce domaine… je… je…

Un nœud se forme au creux de ma poitrine, je me doute déjà que ce qu'elle va m'apprendre ne sera pas une bonne nouvelle. Elle cherche ses mots. Toutefois, il n'y a pas de bonne façon d'annoncer ce qu'elle a à me dire… Je connais ce regard. Celui qu'elle essaie de me dissimuler du mieux qu'elle peut. Fuyant et embarrassé. Je reconnais cette posture. En retrait et voûtée. Ces gestes fébriles et désordonnés quand on tente tant bien que mal de cacher son malaise derrière un sourire… qui reste, envers et contre tout, crispé.

— Vous ne pouvez pas me garder, j'annonce à sa place d'une voix d'outre-tombe. C'est bien ça, n'est-ce pas ?

Je devine le soulagement que je lui offre en ayant prononcé pour elle ces mots qu'elle n'avait aucune envie de formuler.

— Oh, Joanna, j'ai vraiment fait tout mon possible ! J'ai essayé de les convaincre qu'ils n'avaient aucune crainte à avoir en ce qui concerne leurs enfants. Que jamais vous ne vous en prendriez à l'un d'eux ! Vous les aimez trop pour cela…

Les yeux brillants, elle s'interrompt, et je poursuis encore pour elle en me levant :

— Mais ils n'ont rien voulu savoir. J'imagine très bien ce qu'ils vous ont dit. Que si vous persistiez à me maintenir à mon poste, ils n'auraient d'autre choix que d'inscrire leur chère tête blonde ailleurs. Ma mère a toujours été considérée comme une employée admirable, jusqu'à ce que l'on découvre ce qu'elle a fait… Alors, comment leur en vouloir d'avoir peur pour leurs enfants ? Comment leur en vouloir de prendre toutes les précautions pour protéger les êtres qui comptent le plus pour eux ? Quelle serait ma réaction si j'étais à leur place ? Et puis, ne dit-on pas que mieux vaut prévenir que guérir ?

Elle se lève brusquement, contourne son bureau et me prend dans ses bras.

— Je sais qui vous êtes, Joanna, et je n'ai aucun doute quant à la sécurité et au bien-être des enfants dont vous avez la charge. Je sais que pas un seul ne court le moindre risque avec vous.

— Le problème, c'est que les parents de mes adorables élèves n'en sont pas persuadés, je murmure. Comment l'ont-ils appris ? je poursuis plus fort à l'intention de ma supérieure.

— Certains d'entre eux n'ont pu s'empêcher de faire la relation entre votre nom de famille et celui qui a fait la une de tous les journaux concernant cette terrible affaire. Je suis désolée, Joanna, je me devais de leur dire la vérité…

— Bien sûr, Miss, je comprends.

Mon cœur se serre à l'idée de ne plus travailler ici. Le souffle me manque quand je comprends que je ne reverrai ni n'entendrai plus jamais aucun d'entre eux. Et soudain, une main de fer enserre ma poitrine… mes yeux me piquent…

Tout cela à cause de Lucy Richardson…

Infirmière dévouée à ses patients…

Deux fois sacrée Miss Louisiane…

Au QI nettement au-dessus de la moyenne…

Mais aussi… à ses heures perdues… tueuse en série !

Lucy Richardson… ma mère !

Alors, comment en vouloir à ces gens de penser que je ne suis que la fille d'une meurtrière ?!

Chapitre 2

Scott

4 février, 13 h 20

— Tu as oublié qui tu es ! Tu as oublié que tu as un club à gérer et des employés qui comptent sur toi !

Furieux, je lance un regard noir à celui qui assène ces paroles d'un ton glacial et intransigeant. *Matthew Bradley Jr.* Mon connard de frère.

— Tu fais chier…

— Et toi, tu empestes l'alcool, me coupe-t-il sèchement avant que je puisse marmonner le moindre mensonge, et il enchaîne en me saisissant par le bras pour m'extirper péniblement du lit : Ne perds pas ton temps, et le mien, à me servir tes excuses habituelles. On sait tous les deux où ça nous mènerait…

Il me traîne jusqu'à la salle de bains, dont il ouvre la porte d'un violent coup de pied. Puis il me pousse sous la douche et ouvre le robinet d'eau froide.

— Bordel ! T'es malade ou quoi… ?! je hurle en tentant de me dégager.

Malheureusement, vu la quantité d'alcool ingurgitée la nuit dernière, mes gestes sont désordonnés et j'ai du mal à tenir sur mes jambes. Il me maintient sans peine plusieurs minutes sous le jet d'eau glaciale. J'ai les dents qui claquent. Je frissonne. Malgré tout, je ne peux contenir un sourire.

— Tu viens de flinguer ton costume à plus de mille dollars, je halète en grelottant.

— Et ça te fait plaisir, petit abruti, hein ?! réplique-t-il avec un rictus qui atteint *presque* ses yeux.

Il sait que je suis sur la corde raide ces derniers mois, et je suppose que ma réaction le soulage et lui semble de bon augure. S'il savait comme il se trompe, je suis toujours en équilibre instable sur le fil de ma destinée. Attendant de savoir de quel côté je vais chuter. Reste à savoir si ce sera du bon, pour une fois. Connaissant mes antécédents, tous mes proches sont sans doute déjà prêts à parier que ce ne sera pas le cas.

— Ouais… j'avoue ! Ça me fait diablement plaisir de voir le talentueux Matthew Bradley Jr. aussi mouillé qu'un chien errant. T'as pas idée !

— Si, j'en ai bien une petite, marmonne-t-il en attrapant une serviette qu'il me balance direct au visage. Profite bien, car ça ne risque pas de se reproduire.

— Tu en es certain ?

Il reste silencieux durant de longues minutes, son regard noir, indéchiffrable, pointé sur moi pendant qu'il retire sa veste, sa chemise et son pantalon pour finir en caleçon dans ma salle de bains. D'une main énergique, il s'essuie et attrape un tee-shirt sec, et propre, qui traîne non loin. L'esprit moins brumeux, je fais de même avant d'enfiler un jogging pendant qu'il cherche un jean dans le tas de linge qui jonche le carrelage blanc. Enfin, il m'incite à le suivre d'un signe de tête, dévale les escaliers et se dirige d'un pas rapide vers le coin cuisine. Toujours sans avoir répondu à ma question. Mais était-ce réellement une question ? Ne savons-nous pas tous les deux quelle sera la réponse ? Pendant qu'il s'active autour de la cafetière, je me laisse choir sur un tabouret. Les yeux dans le vague. L'esprit ailleurs… non, pas si ailleurs que ça, en fait. Les brumes de l'alcool se dissipant, l'insupportable réalité vient de nouveau frapper ma conscience. L'horreur que j'essaie de noyer sous des litres de Scotch remonte insidieusement à la surface. Et ça fait mal ! Atrocement mal !

— Tu crois être le seul à autant souffrir, n'est-ce pas ? Le seul à penser à elle et à te demander comment tu vas pouvoir continuer à vivre sans elle à tes côtés ? Sans qu'elle soit là pour te guider, te conseiller, te soutenir… t'encourager et te pousser à aller toujours plus loin. Tu crois être le seul à ressentir ce manque intolérable et à te demander quand cela s'arrêtera enfin ? Si jamais on arrête de souffrir un jour…

Il pose devant moi une tasse de café noir et y laisse tomber deux sucres parce que, lui aussi, il me connaît bien. Sa voix est basse. Comme s'il avait peur que quelqu'un ne surprenne notre conversation. Toutefois, je sais bien qu'il n'en est rien. Matthew assume toujours tout ce qu'il dit et ne se cache de personne. Et moi ? Là, rien n'est moins sûr ! Ma mère était la seule pour qui je n'avais aucun secret. La seule qui connaissait tous mes rêves, et surtout, la seule qui les soutenait envers et contre tous. La seule qui *me* soutenait…

— Quand je te vois comme ça, c'est lui que j'ai l'impression de voir, *l'illustre* Matthew Bradley Senior ! je grogne après avoir avalé une gorgée de café bien chaud. Le même regard, les mêmes expressions… c'est dingue comme tu peux ressembler à notre père.

— Merci du compliment, si c'en est un… Seulement, n'oublie pas que je ne suis que moi.

Il se passe une main dans les cheveux, secoue la tête, puis lâche un soupir résigné. Dans ses yeux, j'aperçois un voile de tristesse.

— Tu n'es que toi… Intéressant. Mais tu es qui, exactement ? À part justement le fils prodigieux et adoré de Matthew Bradley Senior ? À part l'avocat de renom d'un des plus grands cabinets de La Nouvelle-Orléans qui commence une carrière politique, dont tout le gotha est certain qu'elle le mènera à un poste de sénateur… l'homme ambitieux qui n'a jamais connu l'échec, tant professionnel que privé. L'homme à qui tout réussit. Celui que rien n'arrête et qui n'a jamais déçu son père, *lui*, celui qui…

— Je suis ton frère ! Bordel ! m'interrompt-il, brusquement hors de lui.

Je me demande soudain si sa colère est due au fait que ce n'est pas la première fois que nous avons cet échange stérile qui ne mène nulle part, ou parce que maman n'est plus là pour faire tampon entre nous deux.

— Je suis d'abord et avant tout ton frère, continue-t-il d'une voix étranglée. Celui qui a perdu sa mère. Comme toi ! Une mère que j'adorais. Comme toi ! Et qui me manque autant qu'à toi ! Tout comme elle manque à notre sœur…

Je sais qu'il se retient de dire qu'elle manque aussi à notre père. Même si je n'ignore pas qu'elle lui manque cruellement. J'ai beau avoir des rapports conflictuels avec lui, je sais qu'il l'aime… *non, qu'il l'aimait !* Impossible de me faire à l'idée qu'elle n'est plus là. Qu'elle ne sera plus jamais là.

— Je suis juste ton grand frère… celui que tu suivais partout, au point de lui faire rater ses coups auprès des filles. Celui qui n'hésitait pas à te rosser quand tu sortais du droit chemin. Qui t'a appris à faire du vélo, à conduire. Qui est venu te récupérer le soir de ta première cuite…

— Celui qui était là avec maman quand je…

Je ne parviens pas à terminer ma phrase. Nous restons silencieux un long moment à ruminer les mêmes souvenirs. De mauvais souvenirs. Une époque pas si lointaine, que je croyais néanmoins définitivement reléguée aux oubliettes. Mais ces dernières semaines, j'ai la sensation qu'il suffirait de peu pour que je m'y complaise à nouveau.

— Oui, je suis toujours ce type, même si j'ai pu te donner l'impression contraire à cause de mon boulot. Je n'ai pas changé, frérot. Tu me trouveras toujours sur ta route pour te filer une bonne raclée chaque fois que tu déraperas. Je serai toujours là parce que je t'aime.

Matt est le portrait craché de notre père. Pourtant, à cette seconde précise, c'est ma mère que je retrouve en lui.

Pour la première fois depuis des semaines, je ne me sens plus prisonnier de ma souffrance et de ma haine… cela ne dure qu'un bref instant. Juste quelques minutes d'accalmie.

Mais ce sont les premières depuis sa mort…

Chapitre 3

Joanna

16 mars, 19 h 00

Le bruit métallique du carillon me prive brusquement de mon sommeil. De ces quelques heures d'oubli profond. Je ne veux pas vivre, je veux juste dormir. Si je le pouvais, je ne ferais que ça. Pour mieux me soustraire à la réalité et à ma vie. J'ouvre les paupières et jette un œil sur le cadran de ma montre : dix-neuf heures. *Trop tard pour que ce soit encore l'un de ces maudits huissiers,* ne puis-je m'empêcher de songer avec un soupir de soulagement, tandis que je me lève et rejoins l'entrée afin d'aller ouvrir la porte, Mozart sur mes talons.

Prudente, je regarde à travers le judas… et y découvre le visage déformé de Cooper : mon meilleur ami. J'ai à peine le temps d'abaisser la poignée, je l'entends déjà glisser son double de clé dans la serrure.

— Attends une seconde, je bafouille, la voix encore rauque de sommeil. Laisse-moi…

— … retirer la chaîne de sécurité, finit-il à ma place avant de m'enlacer. C'est bien, je vois que tu suis mes conseils à la lettre.

D'une main, il referme le battant derrière lui. Blottie tout contre lui, dans sa chaleur, je laisse son parfum emplir mes narines. *Celui que je lui ai offert.* Mozart se frotte à ses jambes en ronronnant.

— Tu m'as manqué, je murmure en me serrant encore plus dans ses bras. Beaucoup.

— Toi aussi, Jo. Beaucoup. Mais je n'aurais raté ce jour pour rien au monde.

Surprise, je m'éloigne un peu et plonge mes yeux dans les siens, à la couleur d'un ciel bleu délavé autant qu'un jean usé.

— *Ce jour ?!* Pourquoi justement aujourd'hui ? Et pourquoi être rentré plus tôt, d'ailleurs ? Je pensais que tu en avais encore pour des semaines et…

— Hé, doucement ma puce, lâche-t-il avec un sourire magnifique en déposant un baiser sur mon front. Laisse-moi d'abord vérifier par moi-même que tu vas bien, et ensuite, tu pourras me poser toutes les questions que tu voudras.

Il s'éloigne d'un pas, et, d'une main, me fait tourner sur place sous son regard critique.

— J'étais en train de dormir, je bougonne avec une grimace. Je n'attendais personne.

— Ça se voit. Avec ce pyjama informe et ta tignasse de sauvageonne, tu ferais fuir n'importe qui.

— Je n'ai pas particulièrement envie de plaire à quiconque, de toute façon.

— Même pas à moi ?! s'indigne-t-il avec un clin d'œil qui me tire un sourire.

Puis il ajoute, beaucoup plus sérieux :

— Tu as perdu du poids ! Je n'aime pas ça…

— Et alors, bientôt je ferai le même poids que tes mannequins. Quelle chance ! je le coupe avec humeur. Foutu photographe ! Et moi, je n'apprécie pas quand tu me passes au scanner comme l'un de tes modèles. Ça me fout en rogne !

— Déformation professionnelle, mais tu détournes la conversation, là ! Et ne t'amuse pas à me dire que tu manges correctement parce que je ne te croirais pas. Tu sais combien j'ai horreur de toutes ces nanas avec la peau sur les os. Tu m'avais promis de faire attention à toi.

— Oui. C'est juste que… que… je murmure.

Je m'interromps et serre les dents avec colère. Les larmes me montent aux yeux, alors que la dernière chose dont j'ai envie, c'est de finir en pleurs devant lui. J'attrape Mozart dans mes bras et plonge mon visage dans son pelage roux. Manœuvre bien futile pour dissimuler mon trouble. Cooper me connaît trop bien. Et comme je m'y attendais, il ne s'y laisse pas prendre. D'un geste plein de douceur, il dépose mon vieux matou adoré au sol, et tandis que celui-ci s'éloigne avec force miaulements, nous signifiant ainsi son vif mécontentement, mon meilleur ami encadre mes mâchoires de ses mains.

— Je sais… Tu n'as pas besoin de faire semblant avec moi, Jo. Jamais. Ni moi avec toi. C'est toi et moi contre le monde entier. Toujours, et plus encore ! Tu t'en souviens ?

— Oh, Cooper, tu m'as tellement manqué, je balbutie au milieu des larmes qui s'écoulent désormais en silence sur mes joues, en souvenir du jour où nous nous sommes fait cette promesse. Tu n'as pas idée…

— Si et pas qu'un peu… parce que c'était la même pour moi, à New York.

Puis il me plaque à nouveau contre lui, et soudain, je me sens mieux. J'aimerais ne plus devoir quitter le refuge de ses bras et garder à jamais ce sentiment de bien-être. Cette sensation que tout va finir par s'arranger. Que tout ira enfin mieux…

***

Une heure plus tard, après lui avoir raconté dans les moindres détails – et alors qu'il sait déjà parfaitement tout cela – la perte de mon travail, les huissiers, la banque qui menace de saisir la maison, l'impossibilité de retrouver un emploi – malgré les excellentes références fournies par

Miss Robinson –, l'incessante surveillance de mes *charmants* voisins, les insultes taguées jour après jour sur ma façade… je me sens vidée. Je croyais que toute cette malveillance allait finir par s'atténuer, mais il n'en n'est rien. J'ai le sentiment désagréable qu'elle ne cessera jamais. Qu'elle s'amplifie de jour en jour. Et ça me fait peur. Parfois, l'injustice de ce que je vis me révolte tellement que je me sens submergée par une rage intense. Et dans ces moments-là, c'est moi qui m'effraie. J'aimerais qu'ils aient au moins le courage de me cracher leur haine en face au lieu de se cacher derrière des lettres de menace et tout le reste. Combien de temps pourrai-je supporter tout ça ? Être la fille d'une meurtrière – d'une tueuse en série – leur donne-t-il le droit de me pourrir la vie ?

Depuis son départ, il y a de cela deux mois déjà, Cooper m'a appelée presque chaque soir. Et parfois, plusieurs fois dans la même journée. À défaut de sa présence, l'avoir au téléphone était bon pour mon moral. Malgré tout, il m'a terriblement manqué.

Affreusement.

J'étais seule. Totalement.

Et il n'y a rien de pire que d'être isolée. Seule contre tous. Avec, pour unique compagnie, la honte, la culpabilité et la peur…

Seulement, il ne serait jamais parti si je ne lui avais pas affirmé qu'il pouvait le faire. Si je ne l'avais pas assuré que j'étais assez forte pour supporter son absence, et que de toute façon, elle ne durerait pas assez longtemps pour que je m'effondre. J'y croyais vraiment ! Ou plutôt, je voulais tant y croire. Et puis, surtout, je n'avais pas envie qu'il passe à côté d'une telle opportunité. Si quelqu'un méritait de vivre son rêve après avoir traversé l'enfer, c'était bien lui.

— Et si tu utilisais le nom de ton père à partir de maintenant ?! me propose-t-il soudain. Après tout, tu as parfaitement le droit de le faire… et ce serait plus facile, surtout dans ta recherche d'emploi.

Je reste quelques secondes sidérée. *Le nom de mon père…*

— C'est vrai qu'il m'a reconnue, même si sa famille et lui ne se sont jamais souciés de moi, à part pour verser la pension alimentaire à laquelle le jugement les avait condamnés. Et son nom est inscrit sur mon certificat de naissance. Je peux donc tout à fait m'en servir…

— Absolument ! Tout comme j'ai pris celui de ma mère, quand…

Je me précipite vers lui, et d'une main légère, je caresse son front. Juste entre les sourcils. Là où se forment des rides profondes dès qu'il pense à cet homme. Comme je le fais depuis des années, jusqu'à ce qu'elles disparaissent et qu'il retrouve son beau visage lisse. Sans trace. Comme s'il ne s'était jamais rien passé. Comme si tout cela n'avait été qu'un cauchemar. Juste un horrible cauchemar, mais surtout pas la réalité.

— Au fait, je murmure à son oreille, tu ne m'as toujours pas dit pourquoi tu es rentré plus tôt que prévu.

— Mais enfin, Jo… ! Ne me dis pas que tu as totalement zappé ?

Et il éclate de rire devant mes yeux ronds et ma mine effarée.

— Qu'est-ce que j'ai oublié ?

Il lui faut quelques poignées de secondes pour reprendre son souffle. J'en profite pour l'observer sous toutes les coutures. Si j'ai perdu quelques kilos pendant son absence, lui a gagné quelques fines ridules au coin des yeux. Mais hormis cet infime changement, il est toujours le même. Et, bien que son rêve soit de devenir photographe de renom, il aurait tout aussi bien pu réussir de l'autre côté de l'objectif. Ce qu'il a d'ailleurs fait à quelques reprises – pour raison alimentaire seulement, car il déteste poser.

Non, Cooper n'a rien à envier aux modèles masculins qui font la couverture des plus grands magazines. Avec son look de surfeur californien et sa gueule d'ange, mon meilleur ami est à croquer !

— Aujourd'hui, c'est ton anniversaire, Joanna ! Vingt et un ans ! Je peux t'assurer qu'on va faire la fête. Tu vas enfin pouvoir boire et te prendre une cuite en toute légalité.

— Oh non ! C'est aujourd'hui… j'avais complètement zappé.

J'ai vingt et un ans…

Vingt et un ans ! Ça se fête, non ?!

Comme pour me donner raison, Mozart vient se nicher contre moi, tandis que sa langue râpeuse me gratifie d'une lichette sur la main. Je le prends dans mes bras et me lève du canapé. Puis, un sourire gigantesque sur les lèvres, je lance, sans quitter Cooper des yeux :

— Mon pyjama et ma tignasse de sauvageonne auront disparu d'ici une heure ! Je te conseille d'être à la hauteur si tu veux faire la bringue avec moi.

— Si tu es prête dans une heure, je me fais tatouer ce que tu veux sur le corps, riposte-t-il avant de passer ses bras derrière sa tête et d'allonger tranquillement ses jambes sur le canapé défraîchi. Tout ce que tu veux ! Telle que je te connais, je ne risque absolument rien.

Je jette un regard sur ma montre et file à toute vitesse vers la salle de bains.

— C'est ce qu'on va voir, je lui lance par-dessus mon épaule, alors que son rire résonne dans la maison. C'est peut-être mon anniversaire, mais ça va être ta fête, gros bêta !

Et j'éclate de rire à mon tour en songeant au tatouage qu'il va devoir assumer pour le restant de ses jours… si je suis prête d'ici une heure…

Chapitre 4

Scott

16 mars, 20 h 10

Lorsque je me gare sur le parking du *WAM*, il est un peu plus de vingt heures. Le moteur coupé et les mains sur le volant, je reste assis quelques minutes sans bouger. C'est ainsi chaque soir. J'ai besoin de ce moment entre deux mondes pour endosser l'habit du *Boss* et laisser celui de Scott au vestiaire. Celui que je n'ai aucune envie de montrer aux *autres*. Celui que je prends grand soin de dissimuler à mon frère Matthew, à ma sœur Lily Rose… et même à mon père. J'étouffe un rire cynique en songeant brusquement qu'il est pourtant la seule personne avec qui je me laisserais bien aller et qui mériterait de voir ce que je m'évertue à cacher. *Mon paternel…*

Bordel ! Ça fait des mois que je n'ai pas ri, et c'est justement en pensant à toi, papa, que ça me revient, je songe en sortant de la voiture. *C'est dingue, ça !*

Je pousse la porte de service du club pour me retrouver plongé dans les ténèbres. Black-out total. *Merde, c'est quoi, ça ?!* J'avance à tâtons dans le couloir en maudissant l'imbécile qui a dû oublier de payer la facture d'électricité. En résumé : moi.

— Fait chier ! je suis en train de marmonner à l'instant où je pénètre dans la grande salle.

Les lumières s'allument à nouveau et la sono m'explose les tympans.

À demi ébloui par la luminosité soudaine, je découvre alors avec un certain étonnement les visages familiers et souriants de ceux qui composent mon personnel. Tous me fixent de leurs yeux pétillants de malice. J'entends à peine les paroles que leurs bouches entonnent.

Des mots que je n'ai aucune envie d'entendre, aujourd'hui ! Pas plus qu'un autre jour, d'ailleurs !

Happy birthday to you…

Et dire que ça m'était complètement sorti de la tête… C'est bien ma veine qu'ils ne l'aient pas oublié eux aussi. Je lance un regard noir à mon bras droit et meilleur ami : Nathan. Le sourire diabolique qu'il me retourne clarifie sa responsabilité dans cette *petite surprise*. Ma mauvaise humeur ne semble pas le perturber le moins du monde. Jason, Kyle et Charly, les videurs du club, se joignent à ce traître pour me féliciter, suivis de Mika, notre DJ. Déboule ensuite Bella, notre chef barmaid, aussitôt remplacée par les dernières serveuses à accepter encore de travailler ici : Joyce, Olivia qui se pend à mon cou pour m'embrasser – un peu trop longtemps à mon goût –, Jennifer… Je cherche un instant Lauren et Samantha du regard avant de me souvenir qu'elles ont démissionné la veille – mon humeur de chien enragé n'y est bien entendu pas étrangère, comme me l'a fait remarquer Nathan dans la foulée. Il est le seul à pouvoir se permettre ce genre de liberté avec moi, car il sait que je ne lui ferai jamais le moindre reproche. Mon ami se donne à fond pour le club. Le *WAM*, c'est aussi son bébé. Il n'y a peut-être pas investi d'argent, toutefois il y passe autant de temps et d'énergie que moi.

Et même, depuis la mort de ma mère… beaucoup, beaucoup plus. Il gère quasi tout. C'est toujours lui qui se débrouille pour arrondir les angles quand je suis d'humeur sombre. Ce qui se produit à peu près tous les jours ces derniers temps. Je lui dois une fière chandelle, en plus d'un nombre d'heures supplémentaires incalculable. Et dont il n'a jamais fait mention. Le pire dans tout ça ? Je ne l'en ai même pas encore remercié.

— Merci, Nathan, je lâche alors brusquement en lui donnant l'accolade. Et pas juste pour ça... pour tout le reste aussi. *Surtout*, pour tout le reste.

Il ne répond rien, son sourire le fait à sa place. Nathan est économe. En tout. Et surtout en paroles. Mais il est d'une largesse de cœur infinie pour ceux qu'il aime. Je me demande bien par quel miracle je fais toujours partie de cette élite. En tout cas, pour le moment.

— Si je t'avais demandé ton avis, tu m'aurais envoyé bouler, dit-il en me poussant vers le bar et en nous éloignant de l'équipe. Et comme les filles avaient très envie de te souhaiter ton anniversaire... Elles voulaient revoir ce fameux sourire, voir un peu de joie éclairer de nouveau ton visage, même si ça ne durait pas longtemps.

Il remplit deux verres et me tend le mien sans un mot. Je n'ai aucune envie de trinquer. Et je sais qu'il le sait. Toutefois ses intentions sont sincères et louables. Il veut seulement m'aider, il n'est pas le seul ici, ils veulent tous m'aider. Ils me disent que je dois *faire* mon deuil. Comment ?! Alors que je suis totalement défait, démoli, détruit ! Quelle expression à la con ! La mort de ma mère remonte à plusieurs mois, mais je ressens toujours le vide de son absence, comme si c'était arrivé hier.

Le temps a passé. Pour eux. Pas pour moi.

J'ignore qui a appuyé sur pause, mais je suis dans l'incapacité de me remettre à avancer. J'ai beau essayer de toutes mes forces. Je reste piégé sur ce jour maudit.

— Tu as raison, Nathan, je t'aurais envoyé au diable, je lâche d'une voix cassée après avoir avalé une gorgée. Malgré tout, ça me fait plaisir que tu l'aies fait...

Et aussi étrange que cela puisse paraître, c'est la stricte vérité.

— Un jour après l'autre, me rappelle-t-il. Ça prendra le temps que ça prendra… on s'en fout ! La souffrance passera, et un jour… tu verras… ça ira mieux…

Je regarde mon ami, un léger sourire sur les lèvres. Léger, mais sincère… un de ceux que je lui adressais avant.

16 mars, 23 h 30

Comme chaque nuit, Mika chauffe la piste avec ses platines. C'est un savant mix de sons différents : techno, house, trance, pop, jazz… et surtout, de la musique classique. C'est d'ailleurs ce qui a fait pencher la balance en sa faveur quand Nathan et moi faisions passer les auditions pour choisir la perle qui deviendrait notre DJ. Et pas un jour, depuis, je n'ai regretté d'avoir donné sa chance à Mika. Elle n'avait suivi aucun cursus musical habituel. Une autodidacte pure et dure. Aucune expérience dans le milieu professionnel. Mais un talent incroyable.

Nous ne sommes qu'en milieu de semaine, pourtant le club est presque à sa capacité maximale, et ce succès, c'est en grande partie à elle que nous le devons. Grâce à ce son fabuleux qu'elle distille en se déhanchant comme une diablesse derrière ses platines.

Je me suis calé au bar depuis plus d'une heure et j'aide Bella à servir les commandes qui ne cessent d'affluer. Nathan est en salle. Il passe de table en table, veillant au bien-être des clients et vérifiant qu'ils aient tout ce qu'ils désirent, il échange quelques mots avec les uns ou les autres… Quand on le connaît comme moi, on sait l'effort que cela lui coûte. C'était moi qui m'occupais de la partie relationnelle avant, et j'adorais ça. J'aimais être en contact avec la clientèle. J'aimais m'assurer que ceux qui avaient choisi de venir passer un moment chez moi s'y sentaient bien, qu'ils s'amusaient vraiment. Et surtout, je voulais être certain que la prochaine fois qu'ils auraient envie d'aller faire la fête dans un endroit au cadre design et chaleureux, la prochaine fois qu'ils rechercheraient un bon son, une bonne ambiance, et surtout, un lieu sans risque pour les filles, le premier nom de club qui leur viendrait à l'esprit serait celui du *WAM*.

À les voir tous en ce moment, je me dis que j'ai atteint mon objectif. Il y a quelques mois de cela, une telle constatation m'aurait empli de fierté. Aujourd'hui ? Cela me laisse presque indifférent… je ne ressens plus rien. Juste ce putain de manque. *Son* manque. C'est la première fois qu'elle ne sera pas là pour me souhaiter mon anniversaire…

— Putain d'anniversaire de merde ! je lâche, les dents serrées, en donnant un coup de torchon rageur sur le bar.

— C'est votre anniversaire ? C'est fou, c'est le mien aussi ! Joyeux anniversaire, alors !

Joyeux ?!

Je serre les poings et crispe les lèvres l'espace d'un instant. Je n'ai aucune envie de faire la conversation à cette fille venue pour s'éclater, et probablement à la recherche du prince charmant ou d'un coup d'un soir. Comme la plupart des filles présentes ici. Néanmoins, une chose est certaine, elle n'est pas venue dans mon club pour se faire envoyer sur les roses par un barman. Même s'il s'avère que ledit barman est aussi le propriétaire des lieux. Je jette un regard en direction de Bella – elle gesticule à l'autre bout du comptoir, débordée –, puis je me tourne vers la voix et tente un sourire. Crispé. Qui doit même méchamment ressembler à un rictus. Mais bon, je ne lui ai pas aboyé dessus. Ce qui est déjà un exploit en soi, vu mon humeur.

— Ohhhhh… rectification ! Mauvais anniversaire ! Ce n'est clairement pas un bon jour pour toi.

— Tu as raison, ma puce, lance alors le type à ses côtés qui me fixe avec désinvolture. Et à regarder notre barman de plus près, je me demande si ça a jamais été son jour…

J'ai tout à coup une furieuse envie de balancer mon poing dans la tronche de ce connard. Mais avant que j'esquisse le moindre geste, que je bouge d'un millimètre, une main se pose sur mon bras. Une main inconnue. Étrangère. J'ai une réaction épidermique instantanée. Ma respiration se bloque. Je baisse les yeux sur la main tandis que mon corps entier se raidit. Je suis tétanisé. Pétrifié par la réaction que cette peau sur la mienne a déclenchée. Je me demande si elle aussi l'a ressentie. Tout le monde dans mon entourage sait qu'il est préférable d'éviter les contacts physiques avec moi en ce moment. Si j'occulte les embrassades des filles ce soir à l'occasion de mon anniversaire, et les rares fois où Lily Rose et Matt sont parvenus à me prendre dans leurs bras, je me demande depuis combien de temps je n'ai pas eu de contact physique.

Pas besoin de chercher la réponse très loin… Depuis la mort de ma mère.

J'avais aussi une petite amie à cette époque… j'ai oublié jusqu'à son prénom, sa couleur de cheveux, son timbre de voix… la fin de notre relation me semble remonter à des années-lumière.

— Ce n'est pas mon jour non plus, tu sais, me souffle-t-elle tout bas en s'approchant dangereusement, penchée au-dessus du zinc. D'ailleurs on se demande toujours, Cooper et moi, si ça l'a jamais été…

Quelque chose d'indéfinissable dans son regard me retient captif. La musique, les rires et les paroles s'atténuent de seconde en seconde jusqu'à se dissiper totalement. Je me retrouve comme prisonnier d'une bulle silencieuse d'où seule la voix rauque de cette inconnue émerge.

— Et vu que ça ne semble pas être le tien, non plus…

Je reste perdu dans ce regard émeraude. La gorge subitement asséchée. Pris au piège de cette main posée sur mon biceps noué. De cette peau chaude et vibrante contre la mienne, glacée et inerte. Insensible.

— Ce n'est peut-être le jour de personne, finalement, continue-t-elle alors d'une voix chaude.

Aussi chaude que sa main toujours immobile sur mon bras. Sa chaleur s'insinue dans mon corps engourdi depuis des mois. Tout doucement, elle remonte le long de mon épaule, se faufile dans chacune de mes failles avec aisance et gagne du terrain. Abasourdi, je laisse mes yeux quitter le regard envoûtant de l'inconnue pour se poser à nouveau sur sa main. Je suis incapable de mettre des mots sur ce que je ressens à l'instant présent. Pourtant, j'éprouve enfin quelque chose… autre chose que ce gouffre sans fond et glacial. Que ce vide abyssal dans lequel je survis depuis des mois et où ne règnent que souffrance, douleur et haine. C'est une sensation indescriptible… qui m'ébranle, me dérange. Me fait peur.

— Mais c'est comme ça, c'est mon anniversaire. Et un putain d'anniversaire de merde aussi, crois-moi ! lâche-t-elle en reprenant mes propres termes, avant de retirer brutalement sa main et de se reculer, alors qu'une bouffée d'oxygène m'envahit brusquement.

Une sensation qui m'a rendu muet. Littéralement. J'ai l'impression qu'elle a effacé de ma mémoire tous les mauvais souvenirs, toutes les douleurs, le désespoir… pendant un temps, j'ai tout oublié. Tout. Absolument tout. Même la mort de ma mère ! Sauf que, comme un boomerang, tout me revient en pleine tronche avec une extrême violence. Brusquement, la musique rugit à plein tube dans mes tympans. La voix de Nathan résonne à mes oreilles. Comme celle de Bella. J'ai un irrésistible besoin de reprendre sa main pour la poser sur mon bras, pour à nouveau me déconnecter du présent et tout effacer ! Mais elle s'est éloignée. J'aperçois l'autre connard qui pose alors son bras sur ses épaules – avec un drôle de petit sourire qui fait remonter mon adrénaline en flèche –, puis me fait un petit signe de la tête avant de l'entraîner sur la piste de danse.

— Quelle bombe ! s'exclame Nathan. J'en connais plus d'un ici qui aimerait bien être à la place de son mec… moi, le premier !

Je n'arrive toujours pas à articuler le moindre mot. Nerveusement, je croise et décroise plusieurs fois les doigts. J'inspire profondément avant de lâcher dans un souffle :

— Pardon ?

J'ignore ce qui me surprend le plus en cet instant. L'éloquence inattendue de mon meilleur ami… ou ma réaction dérangeante au contact de cette inconnue. Je regarde mon bras, persuadé d'y trouver l'empreinte de sa main et étonné de ne rien y découvrir.

— Arrête ! Tu étais aux premières loges pour l'admirer, petit veinard, affirme-t-il avec un sourire, qui s'efface doucement avant qu'il n'ajoute : Hey, ça va, Scott ?!

Je hoche la tête en balayant la foule des clients des yeux. Je prends alors conscience que je ne me souviens absolument pas du physique de cette fille. Rien du tout. À part cette sensation incroyable – cet apaisement inattendu – que j'ai ressentie au contact de sa peau. De sa voix. De sa chaleur. De ses mots.

Des mots qui avaient l'accent de la vérité… de ma vérité.

Un putain d'anniversaire de merde aussi, crois-moi !

Chapitre 5

Joanna

17 mars, 1 h 00

— Quand dois-tu repartir ? Tu es revenu spécialement pour moi, Cooper, et…

La gorge nouée, je cesse de parler. L'un comme l'autre, nous avons soigneusement évité ce sujet de conversation depuis son arrivée à la maison. Seulement, j'ai besoin de savoir. À moins qu'il ne se soit fait renvoyer, il lui reste encore un peu plus d'un mois à accomplir à New York. Je souhaite plus que tout l'avoir à mes côtés. Pourtant, je sais aussi combien ce travail compte pour lui. C'est une opportunité qui ne se présente que rarement dans une vie. Et en tout cas, jamais deux fois. Son rêve est à portée de main, alors je refuse d'être celle qui l'empêchera d'y accéder.

— Pour toi autant que pour moi, dit-il en posant un doigt sur mes lèvres. Je suis revenu pour nous deux…

Il ne l'a pas encore prononcé, toutefois, je devine déjà le mot qui va venir tout gâcher : *mais*. Alors, parce qu'il me connaît si bien, il attend encore. Il m'offre les quelques minutes dont j'ai besoin.

— Tu sais… quand j'ai appris ce qu'elle avait fait… cette… ignominie. Pas plus que le jour de son arrestation… jamais je n'ai versé la moindre larme, je murmure en le fixant. Les dernières remontent à notre adolescence. Toi seul mérites mon chagrin…

Ma voix se brise dans un souffle. Malgré toute ma volonté. Malgré mes paupières hermétiquement closes. Je sens quelque chose d'humide glisser le long de ma mâchoire. La musique résonne tout autour de nous. Sur la piste de danse, les gens chantent, crient, se déhanchent… Ce club est l'endroit idéal pour faire la fête. C'est le jour de mon anniversaire. Ce qui veut dire que ce devrait être l'un des plus beaux de ma vie. Et de fait, *c'est* l'un des plus beaux jours de ma vie. Parce que Cooper le passe avec moi. Pourtant, dans quelques minutes, secondes tout au plus, quand il m'aura parlé, ce ne sera plus le cas.

— Si tu veux que je reste, ma puce, je le ferai sans hésiter.

J'ouvre les yeux. Mon ami m'observe intensément. Une franche détermination plaquée sur ses traits magnifiques. Ses mèches blondes lui tombent sur les yeux. D'une main, je les écarte. Un geste naturel et familier entre nous. Son pouce essuie les larmes sur ma joue. Un autre geste tendre, et malheureusement lui aussi devenu habituel entre nous. Je crois que ce qui ajoute encore au physique époustouflant de Cooper, c'est sa générosité. Elle rayonne partout où il pose son regard. Tel un soleil, il offre chaleur et protection. Qui a envie de voir s'éloigner un tel astre et de se retrouver dans le noir, le froid ? Mais quelle amie serais-je, si je le maintenais hors de portée de son rêve ?

— Je le sais bien, je sais aussi que jamais tu ne m'en tiendrais rigueur. Je n'ai aucun doute à ce sujet, mais moi, je m'en voudrais terriblement. Peut-être pas aujourd'hui ou demain, pourtant un jour, c'est certain, je me maudirais de t'avoir demandé de rester. Même si c'est ce dont j'ai le plus envie au monde. Alors il faut que tu repartes, Cooper. Pour toi. Pour moi. Pour nous.

— Toi et moi contre le monde entier, lâche-t-il d'une voix rauque et les yeux brillants. Toujours !

— Toujours, Cooper. Toujours… et plus encore !

Ses lèvres se posent délicatement sur les miennes. Aussi légères que des ailes de papillon. Puis elles s'envolent. Je le serre contre moi aussi fort que lui me retient. Puis, ma bouche contre son torse, je demande :

— Combien de temps tu restes à N.O.L.A. [1] ?

— Huit jours.

— Huit jours… ça doit paraître une éternité pour certains, n'est-ce pas ?

— Oui. Faisons en sorte que ça le soit pour nous aussi !

Pendant l'heure suivante, nous nous trémoussons sans relâche au rythme de la musique. Nous nous lançons des défis tous plus loufoques les uns que les autres. Les filles s'agglutinent autour de nous comme des abeilles sur un pot de miel. C'est l'effet Cooper dans toute sa splendeur. Qui pourrait leur en vouloir ? Dans son jean noir, sa chemise blanche à moitié ouverte sur son torse et avec ses cheveux en bataille, il est sublime. Pourtant, d'aussi loin que je me souvienne, il n'en a jamais abusé.

— Viens, dit-il brusquement en saisissant ma main. Il est temps que je t'offre ton cadeau.

Nous nous faufilons à travers la foule pour rejoindre le bar. Dès que nous arrivons, Cooper commande une nouvelle tournée. Puis il m'attrape par les hanches et me dépose sur le tabouret que la serveuse, Bella, a réquisitionné à notre intention. Effet Cooper ! Je lui envoie un petit sourire pour la remercier, néanmoins, je ne crois pas qu'elle y prête grande attention, tant elle boit les paroles que lui murmure mon ami à l'oreille. La main de Cooper

1. Surnom de La Nouvelle-Orléans donné par ses habitants, sorte d'acronyme de New Orleans Louisiana.

tendrement appuyée dans mon dos, je les laisse bavarder tranquillement en dégustant mon cocktail. Depuis notre première rencontre – j'avais dix ans et lui deux de plus –, nous avons toujours eu ce besoin viscéral de nous toucher. Ou plutôt, j'ai toujours eu ce besoin viscéral. Vivre des années dans un désert affectif total, n'avoir aucun contact physique avec sa mère, est une torture. Même une gifle m'aurait fait plaisir, plutôt que ce désert de glace. Que ce manque atroce. J'étais indigne au point qu'elle ne pose pas ses mains sur moi, ne me frôle pas, ne me câline pas, ne m'enlace pas, ne m'embrasse pas… Cooper a été le premier à me donner des signes d'affection et de tendresse. Je me suis accrochée à lui comme une junkie à son dealer. J'avais besoin de ma dose journalière pour continuer à supporter le désamour de ma mère. Parfois, je me dis que si je ne l'avais pas rencontré, j'aurais fini par devenir cinglée ! Maintenant, je me demande si ce n'est pas ce qu'elle souhaitait. Les années ont passé, mais ce lien tactile qui nous unit ne s'est jamais affaibli ni brisé. Cela nous a d'ailleurs souvent causé des problèmes dans nos relations amoureuses.

— Ferme les yeux, Jo, m'ordonne Cooper en m'extirpant de mes pensées.

Je lui souris et m'exécute. Les mains sur les cuisses, j'attends. J'attends. J'attends.

— Alors, ça vient ?! je lance avec impatience. Ou tu comptes me faire poireauter toute la nuit ?

— Toujours la même, hein ?! riposte-t-il avec un rire de gorge. J'ai encore en mémoire le premier cadeau que je t'ai offert, pour tes onze ans… Et toi ?

Les yeux toujours clos, je cherche dans ma mémoire. Mes onze ans… un an après notre rencontre.

— Oui, je m'en souviens, je m'exclame, soudain toute heureuse. Ce jour-là, il faisait une chaleur de fou et tu m'avais emmenée sur les bords de la rivière. C'était la première fois que je me baignais. L'eau était fraîche… on a passé des heures à s'éclabousser, se pousser. Tu m'as appris à nager. Enfin, tu as essayé…

Je ne peux retenir un éclat de rire en me remémorant les nombreuses leçons qu'il a fallu pour enfin y parvenir. Je n'étais pas très douée.

— Quand il a été l'heure de me ramener à la maison, je t'ai dit que c'était mon anniversaire, et tu as paru tellement triste de ne pas avoir de cadeau à m'offrir que je t'ai dit que ce n'était pas grave, parce que j'avais passé une journée merveilleuse. Tu as attrapé des herbes hautes et tu m'as tressé un bracelet. Magnifique. Je t'ai alors avoué que c'était le premier cadeau que je recevais…

— Oui, le premier, murmure-t-il à mon oreille. Et je t'ai promis que je serais toujours là le jour de ton anniversaire.

— Tu n'as jamais failli à ta promesse. Jamais…

Il attrape ma main.

— Ouvre les yeux…

Je découvre alors un jonc tressé en or qu'il me glisse au poignet.

— Il y a une inscription à l'intérieur. Devine laquelle ?

— Toujours et plus encore, je réponds sans la moindre hésitation.

J'aime voir ce sourire qui éclaire son visage. Il est tellement heureux. Et cela seul me rend heureuse.

— C'est le moment, Beau Gosse, nous interrompt brusquement la serveuse.

— Jo, je te présente Bella, barmaid en chef du *WAM*. En discutant avec cette ravissante demoiselle, j'ai appris que son patron recherchait du personnel de salle, et comme tu as besoin d'un boulot…

Je le regarde les yeux ronds.

— Bella, je te présente Jo Clementine.

Une légère pression de sa main sur ma cuisse me remet en tête notre conversation au sujet de mon changement de patronyme.

— Enchantée, Bella, je lâche alors avec un sourire. Je n'ai jamais été serveuse, mais j'apprends vite et je serais ravie de bosser ici. Et surtout, j'ai un besoin urgent de trouver un job. Je ne suis pas difficile ! Alors, si vous avez besoin de quelqu'un… vous pouvez me prendre à l'essai, histoire de vérifier si je fais l'affaire…

Elle lâche un petit rire et me fait signe de la suivre.

— Ce n'est pas un boulot compliqué, m'informe-t-elle alors que nous marchons dans un couloir faiblement éclairé. Il suffit d'être souriante, aimable avec la clientèle et d'avoir une bonne mémoire… et une excellente paire de jambes.

— Pardon ?

— Ne va pas t'imaginer des horreurs, tu n'as juste pas idée du nombre de kilomètres que font les filles en une nuit, réplique-t-elle en s'arrêtant devant une porte sur laquelle je découvre l'inscription « privé », écrite en lettres dorées. Le salaire est sympa et les clients satisfaits laissent d'excellents pourboires. Tu peux te faire de très bons mois. Je ne suis que barmaid en chef, c'est à Nathan de décider s'il t'engage ou pas. Mais je ne me fais pas trop de souci pour ça.

Elle frappe trois coups secs sur le battant. Une voix crie :

— Entrez !

Elle ouvre et me pousse à l'intérieur en me souhaitant bonne chance.

Je n'ai pas le temps de lui répondre que la chance et moi, ça a toujours fait deux.

Chapitre 6

Scott

22 mars, 20 h 30

— Bref, vous vous êtes fait avoir tous les deux, je lance en réprimant un sourire.

— Écoute… ça nous évitait de passer une annonce, rétorque Nathan en jetant un œil sur sa montre. De plus, Bella me l'a présentée en ne tarissant pas d'éloges sur elle.

— Hé ! Ce n'est pas moi qui lui ai fait passer l'entretien ni qui l'ai embauchée !

Sur un haussement d'épaules excédé et marmonnant je ne sais quoi, Bella retourne en salle aider les serveuses à terminer la mise en place.

— On sera quand même obligés de mettre une annonce en ligne, Nathan, dis-je en saisissant un bloc de papier et un stylo. Elle a plus de trente minutes de retard, maintenant. On peut donc en déduire qu'elle ne viendra plus. Pour quelqu'un qui avait un besoin urgent de bosser, tu avoueras que demander une semaine de battement avant de commencer aurait pu te mettre la puce à l'oreille, non ?!

— Je n'en sais rien, bougonne-t-il après un énième regard sur son cadran. Elle m'a parlé de raisons familiales ou quelque chose du genre. Je t'assure qu'elle a vraiment besoin de ce job. Je sens ces choses-là. Ce n'était pas du bluff…

— Ouais… peut-être ! Peut-être aussi qu'elle a trouvé autre chose de plus intéressant…

— Dans ce cas-là, elle m'aurait téléphoné, me coupe-t-il, sûr de lui. Je lui ai donné ma carte et ce n'est pas le genre de filles qui…

— Mais qu'est-ce que tu en sais, hein ?! je l'interromps à mon tour, agacé. Tu l'as vue quelques minutes à peine, et à part les questions traditionnelles…

Je l'observe un moment avant de poursuivre :

— À moins que l'entretien n'ait duré plus de quelques minutes, en fait, et qu'elle t'ait tapé dans l'œil au point de…

Son froncement de sourcils me stoppe net.

— Tu sais très bien que ce n'est pas mon style, Scott ! Et encore moins avec une fille qui se présente pour bosser comme serveuse au club.

— C'est bon, mec ! Je te taquine.

— Ben merde ! Ça faisait tellement longtemps que j'avais oublié que tu pouvais être drôle. Rien que pour ça, cette nana mérite une seconde chance…

— Bonsoir ! Je suis désolée d'être en retard pour mon premier jour…

Je pivote brusquement vers la voix et découvre avec stupeur que la serveuse que Nathan a embauchée est en fait l'inconnue de la semaine dernière…

Un putain d'anniversaire de merde aussi, crois-moi !

L'inconnue qui a posé sa main sur moi.

Et a déclenché cette sensation si… perturbante…

Irrité qu'il ait omis de m'informer de ce *détail*, je lui lance un regard peu amène, puis je pose à nouveau les yeux sur la jeune femme qui me fait face et dont je n'ai pas gardé grand souvenir. Si ce n'est cette fameuse sensation.

Une sacrée bombe ! Si je me souviens bien des paroles de mon bras droit et ami.

OK ! Il faudrait être aveugle pour ne pas comprendre ce qu'il voulait dire par-là. Et je ne suis pas aveugle. En tout cas, pas ce soir, à la différence de la semaine dernière. C'est effectivement le style de fille qu'on peut sans peine qualifier de bombe. Je prends en pleine figure ce que Nathan a pu admirer quelques jours auparavant et qui lui a fait engager une cliente – chose qu'on ne fait jamais – venue fêter son anniversaire – au moins, on est certains qu'elle est en droit de bosser dans un lieu interdit aux moins de vingt et un ans ! – dans notre club. Cette beauté exotique vient tout juste d'interrompre ses études d'arts – d'après ce qu'il m'a raconté –, n'a aucune expérience professionnelle, et donc encore moins celle de serveuse dans une boîte de nuit…

Ouais… je comprends surtout que sa silhouette élancée aux formes voluptueuses, sa peau d'une belle couleur caramel et son visage de poupée aux yeux de biche effarouchée lui ont complètement cramé le cerveau !

— Enfin… en supposant que vous soyez toujours d'accord pour m'engager, continue-t-elle en fixant Nathan. Je peux vous assurer que cela ne se reproduira plus…

— Nathan vous a-t-il bien expliqué les règles de ce club ? je la coupe d'une voix sèche.

Ses yeux aux reflets verdoyants virevoltent de lui à moi. Comme des papillons affolés par une lumière trop forte. Sans doute pense-t-elle encore que Nathan est le patron, puisqu'il l'a engagée, et elle comprend d'autant moins l'intervention d'un type dont elle croit forcément qu'il n'est qu'un barman. Ce qui ne me dérange absolument pas. Non, ce qui me perturbe, c'est de la voir, là… et de penser qu'elle va travailler ici… Peut-être qu'en étant un tant soit peu désagréable – ce qui est des plus facile pour moi depuis quelques mois –, j'obtiendrai qu'elle reparte sans demander son reste avant même d'avoir commencé ? Et surtout, sans que j'aie besoin de la congédier…

Ce que Nathan me reprocherait à coup sûr.

— Nous ne tolérons aucun retard, je poursuis alors en croisant les bras sur mon torse et en ignorant l'air furibond de mon ami. Sauf cas de force majeure, comme un accident ou la mort subite d'un membre de votre famille. Nos serveuses doivent être efficaces, aimables, souriantes… et ponctuelles !

Je me penche vers elle, la détaille attentivement de haut en bas, avant de reculer et d'ajouter :

— Et franchement, à vous regarder de près, vous n'avez pas l'air ravie de venir bosser ici. Vous avez une mine de déterrée, les yeux rouges, bouffis et…

— C'est bon, Scott ! me coupe Nathan en me poussant fermement sur le côté. Je pense que Jo a saisi…

Jo ?! C'est quoi, ce prénom ?

— Et je suis persuadé qu'on peut compter sur votre ponctualité à présent, n'est-ce pas ?

Elle reste un long moment les lèvres fermées, les yeux braqués sur moi. Avec un regard fier qui veut clairement dire : va te faire foutre ! Je souris déjà en devinant sa réponse et savoure ma victoire. Je ne cherche même pas à savoir pourquoi cela me soulage autant qu'elle ne souhaite plus travailler au club. Et encore moins à comprendre pourquoi j'ai une telle envie qu'elle quitte les lieux.

— Vous pouvez me faire confiance, ça ne se reproduira plus, répond-elle d'une voix aussi sèche que la mienne. Pour le reste, je peux vous assurer qu'après m'être changée et maquillée, vous aurez à votre service une serveuse efficace, aimable, souriante et au physique…

Mon sourire s'est évanoui. Elle semble tout à coup perdre de sa superbe et hésite un instant, puis reprend… mais comme si elle se forçait :

— Enfin, ce que je veux dire sans être trop prétentieuse…

— Et modeste avec ça, l'interrompt Nathan sur un ton taquin en faisant signe à Bella de nous rejoindre. Si ça ne t'ennuie pas, on préfère se tutoyer ici.

— Ça me va.

— Très bien. Bella va te conduire au vestiaire, où tu pourras te changer et ranger tes affaires dans un casier mis à ta disposition. Tu pourras ensuite prendre ton service.

Je la regarde s'éloigner et disparaître dans le couloir tandis que Nathan pivote brutalement vers moi :

— Bordel ! À quoi tu joues ? Si je ne te connaissais pas, j'aurais juré que tu t'évertuais à la faire fuir.

En plein dans le mille !

— Elle s'est pointée avec plus de trente minutes de retard, je riposte avec la plus totale mauvaise foi. En plus, on ne peut pas dire qu'elle soit arrivée le sourire aux lèvres. On aurait dit qu'elle venait d'enterrer un proche.

— Qui sait, c'est peut-être le cas, lâche-t-il, embarrassé, ce qui me met mal à l'aise en songeant à ses yeux rouges et gonflés. Mais ce n'était de toute façon pas une raison pour te conduire comme un connard ! Le club est quasiment plein tous les soirs, et on a vraiment besoin d'une serveuse supplémentaire, Scott. Les filles sont crevées…

— Je sais bien, mec. Je sais qu'une serveuse de plus serait la bienvenue.

— OK, alors essaie de ne pas la faire fuir, celle-là, réplique-t-il avec un clin d'œil. Et laisse-moi me charger d'elle.

Je laisse échapper un ricanement en pensant à l'effort surhumain que cela va sans doute lui demander.

— Je parle uniquement de boulot, Scott !

— Bien sûr.

— De toute façon, elle n'est pas libre, ajoute-t-il en haussant les épaules et avec un petit sourire en coin. Prise par « Beau Gosse », comme l'ont surnommé les filles.

— Laisse-moi deviner. Tu échangerais bien ta place contre la sienne ?

— Quel mec ne le souhaiterait pas… ? répond-il, perplexe, tandis que je hausse les épaules avec nonchalance sans rien dire.

Puis il ajoute soudain, comme si l'idée venait de lui traverser l'esprit :

— Oh, mais dis-moi… je t'ai vu avec des brunes, des blondes, des petites, des grandes, mais jamais je ne t'ai vu avec une métisse.

Je sursaute et lance un regard stupéfait vers les vestiaires. Cette fille a-t-elle pensé comme lui que mon attitude était due à la couleur de sa peau ?

— Je ne suis pas un putain de raciste sympathisant du KKK, je lâche, en rogne à l'idée que Nathan puisse penser cela de moi.

— Loin de moi cette idée ! Je faisais juste cette remarque, parce que tu ne sembles toujours pas avoir remarqué à quel point elle est superbe.

— Ces temps-ci, je ne remarquerais pas plus Miss Univers, même si elle se baladait à poil devant moi… je rétorque en apercevant Bella et notre nouvelle recrue qui reviennent du vestiaire. Ça fait quelques mois déjà que les filles sont le dernier de mes soucis.

— C'est peut-être le moment d'ouvrir les yeux. Ça pourrait te faire du bien… sans parler de Jo, bien entendu. Mais les nuits de La Nouvelle-Orléans regorgent de beautés que tu ne laisses pas indifférentes, tu le sais très bien !

J'ai conscience qu'il veut m'aider. Juste m'aider. Pourtant, les poings serrés, je lui glisse dans un souffle glacial :

— Tu crois vraiment que baiser la première venue résoudrait tous mes problèmes ?

Mes problèmes… désespoir… haine… souffrance… accablement… des mots totalement vides. Fourre-tout. Derrière lesquels se cache celui que personne n'ose me dire tout haut : dépression !

— Je n'en sais rien, mec. Mais ça ne te ferait pas de mal, et tu serais peut-être moins à cran ensuite. Tu peux tenter de le cacher au monde entier, mais pas à moi… je vois bien que tu es plein de haine. Certains jours, j'ai même l'impression que tu vas exploser. Que tu vas sauter sur le premier connard croisé pour lui foutre sur la gueule. On dirait que tu n'attends que ça ! Et ça me fait flipper, Scott…

Si tu savais à quel point tu as raison, mon ami ! Si tu savais combien j'ai envie de tabasser tous ces connards qui passent à ma portée. Seulement, moi, cela ne me fait pas flipper. Pas du tout. J'en ai juste une furieuse envie. Malheureusement, ce ne serait pas encore suffisant pour évacuer toute la rage que j'ai en moi. Parce qu'il n'existe en ce monde qu'une seule chose qui pourrait m'aider…

— Je vais m'occuper de la compta, je grogne en tournant les talons. Je te laisse gérer les filles.

Ce n'est qu'une fois seul dans mon bureau que je parviens à retrouver une respiration normale. Nathan a raison. Je suis sur le fil du rasoir. Sur les nerfs. Depuis plus de trois mois. Chaque jour qui passe, mon masque – celui du type qui remonte la pente – s'effrite un peu plus. Ils veulent tous m'aider, mais la seule personne qui pourrait le faire n'est plus là…

Et ça fait toujours aussi mal ! Putain, comme ça fait mal !

22 mars, 23 h 30

La sonnerie du téléphone interrompt mon sommeil et c'est en grognant que j'attrape le combiné d'une main.

— Oui…

— Désolée, Scott, hurle Bella dans l'écouteur. Y a foule ici, et je me demandais si tu allais te décider à venir me filer un coup de main au bar. Nathan est en salle et les filles sont débordées.

Je regarde l'heure et constate, effaré, que j'ai dormi presque trois heures. *Merde !* Je dors comme un loir alors qu'ils bossent tous comme des malades. Je me lève d'un bond en lui assurant que j'arrive. Puis je raccroche avant de filer dans la salle de bains attenante au bureau pour me rafraîchir. Cinq minutes plus tard, je suis derrière le comptoir.

— Tu aurais dû me sonner les cloches bien avant, Bella. Merci…

— Je ne manquerai pas de m'en souvenir, m'affirme-t-elle en me lançant une bouteille de vodka que j'attrape au vol. Jo se débrouille plutôt pas mal pour une bleue…

Je balaie la foule des yeux sans la voir.

— Elle est rapide et souriante, continue-t-elle en tendant un plateau chargé de boissons à Jennifer qui repart aussitôt. Nathan te le confirmera, mais franchement, elle assure ! Ce boulot est fait pour elle…

Carrément ?!

— On dirait qu'elle a fait ça toute sa vie…

Pas besoin d'être devin pour comprendre qu'elle a déjà pris la petite nouvelle sous son aile.

— Je suis parfois un vrai connard, j'avoue alors en lui souriant.

— Ce n'est pas faux ! Mais un connard sexy… et ça fait drôlement pencher la balance en ta faveur.

— Ce n'est pas plutôt le fait que je suis le boss ?!

Elle éclate de rire sans ralentir un instant sa cadence effrayante. Les heures passent. Aucun de nous n'a la moindre seconde pour souffler. Nous bossons côte à côte comme des malades. J'ignore combien de temps je garde ainsi la tête dans le guidon avant de remarquer soudain la présence de ma nouvelle employée sur ma droite. Elle attend patiemment avec son plateau vide que Bella s'occupe d'elle après Jennifer… alors que je suis libre.

— Scott va te servir, lui jette la serveuse par-dessus son épaule en me désignant. C'est pas le moment de traîner ! Quand les clients attendent trop longtemps, ils sont radins sur les pourboires.

— C'est vrai ! s'écrie Bella en s'essuyant le front avec son torchon. Et comme on les partage à la fin de la soirée… ça serait con de te faire mal voir dès le premier jour.

Je surprends un bref froncement de sourcils chez notre dernière recrue. Pourtant, elle se dirige sagement vers moi, pose son plateau sur le bar puis le pousse dans ma direction en énumérant sa commande. Tout en évitant avec soin de croiser mon regard. Je fais de même pendant que je prépare les boissons. Quand tout est prêt, je dépose les verres sur le plateau avec le ticket de caisse et le repousse vers elle.

— Voilà.

— Merci, lâche-t-elle du bout des lèvres avant de disparaître aussi vite que possible.

Et c'est ainsi tout au long de la nuit. Jo ne s'adresse à moi qu'en cas d'absolue nécessité. Avec un vocabulaire des plus limité : tequila sunrise, Malibu, Cosmopolitan, mojitos… L'ultime – sans rapport avec une quelconque boisson, alcoolisée ou non – étant immuablement : merci ! Elle parvient à m'ignorer royalement à chacun de ses passages, et toujours avec ce petit sourire arrogant scotché au coin des lèvres. De mon côté, je ne fais pas plus d'efforts pour lancer la conversation. Et encore moins côté sourire…

Pourtant, à mon corps défendant, mes yeux la cherchent désormais dans la salle. Je ne la perds pas de vue, j'observe chacun de ses gestes… juste histoire de vérifier qu'elle respecte scrupuleusement toutes mes consignes de boulot.

Chapitre 7

Joanna - 5 ans

Maman est fâchée.

Je ne sais pas ce que j'ai fait. Mais elle est fâchée. Elle fronce les sourcils chaque fois qu'elle me regarde et pince les lèvres très fort. Ses ongles rouges tapent sur la table. De plus en plus vite. De plus en plus fort. J'essaie de me faire toute petite mais ça ne marche pas. Elle pousse de gros soupirs et marmonne tout bas. Je me tiens le dos bien droit, les mains posées sur la table, ma serviette sur les genoux. Je finis mon plat sans faire de bruit.

Peut-être qu'elle a mal à la tête ?

Alors, je fais bien attention de ne pas cogner ma fourchette contre l'assiette. Maman n'aime pas le bruit… sauf quand elle met de la musique. Mais elle n'a pas mis de musique aujourd'hui. Quand j'ai terminé mon repas, je lève la tête et, d'un petit signe de la main, elle me fait comprendre que c'est le moment. Je me lève de ma chaise en faisant bien attention qu'elle ne racle pas le sol. Maman n'aime pas ça. J'enlève nos assiettes et les couverts puis je les dépose doucement à côté de l'évier. Ensuite, j'attrape l'éponge et je nettoie la table. La table est toute propre. Je regarde bien qu'il ne reste plus aucune miette de pain. Maman n'aime pas qu'il reste des saletés. Je n'ai rien cassé. Je fais toujours bien attention de ne rien casser dans la maison. Mais maman est toujours fâchée… peut-être que si j'étais plus grande, elle serait moins fâchée ? Il faut que je grandisse encore. L'autre jour, j'ai voulu lui faire plaisir en grimpant sur la chaise pour faire la vaisselle, mais j'ai cassé un verre. Alors, elle a crié. Fort. Elle a tiré sur mes cheveux. Fort. J'avais fait une bêtise, alors c'est normal qu'elle se soit mise en colère. C'était ma faute. Mais ce soir, je n'ai pas fait de bêtises… enfin, je ne crois pas.

Peut-être que je ne me le rappelle plus ?

Peut-être que mon dessin n'était pas assez joli ? Oh, oui, ça doit être ça… mon dessin…

— Je t'en ferai un autre demain, maman.

Elle ne dit rien. Elle se lève et attrape mon dessin sur la table.

— Il sera encore plus beau… avec plein de couleurs… promis…

Elle le jette dans la poubelle. Maman est fâchée et c'est encore ma faute. Parce que mon dessin est moche. Tout moche !

Mes yeux piquent. Je crois bien que je vais pleurer. Mais maman n'aime pas du tout quand je pleure. Et si je pleure, elle sera encore plus énervée. Je ne veux pas que maman soit fâchée. Alors, je me retiens. Fort. Très fort. Pour que les gouttes ne sortent pas de mes yeux. J'attrape le petit livre qu'on m'a donné à l'école. La maîtresse a dit que je pouvais l'emporter à la maison à condition d'en prendre soin. De ne pas corner les pages et de ne pas faire de tache. J'y fais très attention. C'est mon premier livre et il est magnifique, rempli de belles couleurs. J'aimerais que mes dessins soient aussi beaux que ceux de mon livre… comme ça, maman serait contente. Tous les soirs, après le repas et avant d'aller me coucher, je le regarde. J'aimerais bien que maman me lise les phrases, mais je ne suis pas encore assez gentille pour ça. Elle ne veut pas. Pas encore.

— Non, pas ce soir. Repose-le.

Mon petit livre dans la main, je la regarde.

— Dépêche-toi ! Et va dans l'entrée.

J'obéis, puis je la suis docilement. Elle ouvre la porte du placard, enlève les boîtes à chaussures, sa jolie veste et son parapluie.

— Tu vas t'assoir là et tu n'en sortiras que lorsque je viendrai te chercher. Tu ne dois pas bouger d'ici et tu ne dois pas faire de bruit. Tu as bien compris ?

Je lève la tête pour la regarder. Je n'ai pas très envie de faire ce qu'elle me demande. Ça ne me plaît pas. Je n'ai pas envie d'aller dans le placard. Il n'y a pas de lumière dedans. Je ne vais rien voir.

— Tu as l'intention de me désobéir ?

Elle a crié. Fort. Alors, j'avance d'un petit pas, et je demande tout bas :

— Tu vas fermer la porte ?

Elle me donne une tape sur la main et me pousse.

— Oui. Ne me dis pas que tu as peur ?! J'ai horreur des petites peureuses.

Je n'ai pas du tout envie d'être enfermée, mais peut-être qu'après maman ne sera plus fâchée ?

— Non, je n'ai pas peur… mais je peux rester dans ma chambre, et tu fermes le verrou, comme les autres fois ?

Elle fronce les sourcils.

— Non, pas question !

Puis elle me pousse encore un peu plus. Je suis tout au bord. On dirait un grand trou devant moi. Un grand trou… tout noir.

— Tu veux être une gentille petite fille, n'est-ce pas ? Tu veux me faire plaisir ?

— Oui…

— Alors, tu vas faire ce que je te demande. Parce que ça me fait plaisir, et ce sera parfait ! Vraiment parfait !

Je veux lui faire plaisir. Alors, j'avance un peu. Après, elle ne sera plus fâchée. Elle sera contente. Et peut-être qu'elle me lira les phrases dans le livre… peut-être qu'elle me prendra dans ses bras, me fera des bisous comme la maman dans mon livre… elle me pousse encore une fois et je me retrouve dans le trou. Dans le noir. J'ai envie de pleurer mais je me retiens.

Peut-être que maman est cachée derrière la porte ? C'est peut-être un nouveau jeu ? Maman a de drôles de jeux.

Je reste debout et j'attends. J'attends. Longtemps. Je serre mes bras contre moi. Je veux chanter la chanson que j'ai apprise à l'école, mais je ne me souviens plus très bien des paroles. Des petites gouttes coulent de mes yeux. J'entends les chaussures de maman qui claquent dans l'escalier, puis du bruit dans la cuisine, le salon. À un moment, un petit rai de lumière passe sous la porte du placard. Je me baisse et m'assois. J'attends encore. J'ai sommeil alors je m'allonge, la tête tournée vers la lumière qui passe sous la porte du placard. On n'entend plus aucun bruit dans la maison. Tout est silencieux. Des gouttes coulent encore de mes yeux. Beaucoup. Je tremble. J'ai froid. J'ai envie d'appeler maman très fort pour qu'elle vienne me chercher. Je voudrais être dans mon lit. Parce que dans mon lit il y a mes dessins et la jolie petite boîte rose que j'ai trouvée à l'école.

Je n'ai pas peur. Je n'ai pas peur. Je n'ai pas peur.

Plus tard, j'entends des voix, celle de maman et une grosse voix… un monsieur. Je ne comprends pas ce qu'ils disent, mais ce n'est pas grave, je suis contente de les entendre, et encore plus, quand la musique résonne autour de moi. J'attends que maman vienne me sortir du placard. Elle va le faire parce que si elle met de la musique c'est qu'elle n'est plus fâchée, maintenant. Alors, j'attends. Encore. Dans mon trou noir.

Je n'ai pas peur. Je n'ai pas peur. Je n'ai pas peur.

Je ne bouge pas, je ne fais pas de bruit. Je ne pleure plus. Je fais tout comme elle veut. J'attends. J'attends qu'elle ouvre la porte. J'attends. J'attends maman… encore… mais ce n'est pas grave… la prochaine fois, je vais lui faire un dessin aussi beau que ceux de mon livre… je vais apprendre… un jour, elle me dira que mes dessins sont les plus beaux du monde. Que je suis la petite fille la plus belle du monde. Comme elle ! Que je suis la petite fille la plus intelligente sur Terre ! Comme elle !

Je veux être une gentille petite fille… je veux faire plaisir à ma maman…

Je vais y arriver. Je vais y arriver. Je vais y arriver.

Chapitre 8

Joanna

24 mars, 14 h 30

Dans combien de temps aurai-je droit au bonheur ? Ou, a minima, à une vie tranquille, paisible ?

Quand tout va mal dans notre existence, on cherche un sens caché à ce qui nous arrive. On finit par se persuader qu'il doit nécessairement y avoir une raison. Que peut-être, quelque part, quelqu'un détient les réponses… nos réponses. Et on veut croire qu'il existe forcément une cause à nos tracas, nos malheurs… Mais pourquoi y aurait-il la moindre logique, en fait ?

Peu importe le nom que je donne à tout ce qui me tombe sur la tête : destin, karma, malchance… le résultat est toujours le même. Il n'y a aucune justification, aucun motif. C'est juste comme ça. C'est la vie.

Ma putain de vie…

— Miss Richardson ? Vous êtes toujours avec moi ?

La voix agacée de l'avocat me ramène brusquement au présent.

— Oui, malheureusement, je marmonne en repoussant le drap d'un coup de pied rageur. Je suis toujours là.

Mozart saute du lit, dévale les marches à ma suite et se dirige en miaulant vers sa gamelle, dans la cuisine. J'attrape son paquet de croquettes puis lui distribue sa ration, le portable toujours calé entre mon épaule et mon oreille. Je me laisse tomber sur une chaise et mon regard se pose sur les murs. La peinture est écaillée, et c'est la même chose dans la salle de bains, dans la cage d'escalier… À quand remonte le dernier coup de pinceau ? C'est si loin que je n'en ai même plus le souvenir. La poignée de la porte cassée, la fêlure dans l'évier, le parquet mal en point, tout me saute aux yeux. Cette baraque est pourrie du sol au plafond ! Comme ma mère…

Comme moi ?

— Bien, bien, reprend-il en haussant le ton. J'ai vraiment essayé de raisonner votre mère…

Y a-t-il une personne en ce monde qui en soit capable ?

— Mais elle est persuadée qu'un deuxième procès lui sera plus favorable…

Plus favorable ? Plus FAVORABLE ?

— Elle a échappé de justesse à une condamnation à mort, je balbutie, soudain glacée. Que pense-t-elle obtenir de mieux ?

J'entends le petit claquement sec de sa langue contre son palais dans le combiné, avant qu'il daigne me répondre. Un frisson glacial me transperce.

— Vingt-cinq ans, elle veut…

Vingt-cinq ans ?!

Je ne prête plus attention au discours de l'homme de loi. Déjà trop horrifiée que cette femme qui se dit ma mère songe à réclamer un nouveau procès. A-t-elle seulement imaginé le calvaire qu'elle va encore une fois imposer aux familles de ses victimes ? À moi ? Y a-t-elle pensé ne serait-ce qu'une seconde ? Une seule misérable seconde ?! Non, bien sûr !

— Avec les remises de peine annuelles – même en ayant écopé d'une durée incompressible – et une bonne conduite, elle pourrait obtenir une mise en liberté conditionnelle d'ici quinze ans, poursuit-il, visiblement inconscient du chaos qu'il déchaîne en moi. À condition, toutefois, que la sentence de ce nouveau procès soit telle qu'elle l'envisage, ce qui est loin d'être une évidence. Ce n'est toutefois pas le problème actuel…

Ce n'est pas le problème ?!

— Si je vous ai contactée, c'est avant tout au sujet de…

Il toussote plusieurs fois, puis se racle la gorge. Je ne le vois pas. Pourtant, je devine aisément l'embarras qui soudain le submerge, car celui-ci suinte jusque dans sa voix lorsqu'il reprend :

— Votre mère m'a assuré qu'il n'y aurait aucun souci de votre part, néanmoins je tenais à m'en assurer personnellement auprès de vous…

Il cesse de parler un long moment, qui me semble durer une éternité. Mozart se frotte contre mes jambes, dans l'attente d'une caresse. Je crois que j'ai cessé de respirer. Parce que je me doute déjà de ce qu'il va me demander. D'une voix que je ne reconnais pas, je finis par l'interroger :

— Vous tenez à savoir si je serai d'accord pour payer vos honoraires, n'est-ce pas ?

Qu'importe que cette demande d'appel soit une ignominie pour les familles. Ou même pour moi. Lucy Richardson s'en moque royalement. Tout comme son avocat.

— Oui, c'est exact !

Je paye déjà les traites de la maison depuis l'arrestation de ma mère. Les économies qu'elle avait sur son compte ont vite été épuisées par divers crédits en cours, et en grande partie pour payer son avocat lors du premier procès. Quant aux miennes – bien maigres –, elles ont également fondu comme neige au soleil. Je viens d'avoir vingt et un ans et pourtant il me semble en avoir cent, je me sens vieille, fatiguée, usée. Parfois, je me demande à quoi ressemblera ma vie dans un an ou dix, et mes tentatives de projection dans le futur ne donnent rien. Rien du tout ! À part un vide abyssal.

— Je souhaite simplement que vous vous engagiez à régler nos honoraires… avant de lancer la procédure…

Je pourrais lui signifier que je refuse de payer ? Qu'elle prenne un avocat commis d'office ? Je me suis toujours interrogée sur ses motivations pour avoir accepté de défendre ma mère. À cause des retombées médiatiques ? À moins que ce ne soit pour une raison beaucoup plus personnelle ? Parce que tout présumé coupable a le droit d'être défendu ? Peut-être est-il persuadé de son innocence ?! Ou simplement parce que c'est son job et qu'il le fait sans se poser de questions, sans états d'âme… Soudain, un poids énorme comprime ma poitrine. J'ai du mal à respirer. Ce n'est plus la voix de l'avocat qui résonne à mes oreilles. Mais celle de ma mère. Elle m'ordonne ! Elle m'impose, me dicte en silence ce que je dois faire, ce que je dois dire. Comme elle l'a toujours fait. Jour après jour. Sans être présente, son absence a la force indestructible de plusieurs années de domination. De soumission.

— Un simple *oui* ou *non* suffira, poursuit-il. Miss Richardson ? Miss…

Depuis son arrestation, elle a volé ma vie. C'est elle qui est en prison, et pourtant, je croupis dans une cellule. La sienne. Et j'ai la brusque sensation d'être tombée dans un guet-apens. Qu'elle m'a tendu un piège invisible et diabolique. Quelque chose se brise en moi. J'ignore encore ce que c'est. Pourtant je pressens que cette perte sera irréparable. Irrémédiable.

— Oui… je… je me chargerai de vos honoraires…

Le reste de la discussion n'est qu'une suite de phrases plus ou moins cohérentes afin de convenir du montant et de la date du prochain versement. Je raccroche, le cœur au bord des lèvres. Les mains moites et les jambes flageolantes.

Je me précipite dans la salle de bains en titubant et soulève le couvercle des toilettes.

Quelle piètre excuse vais-je encore pouvoir me trouver pour avoir accepté de payer la défense d'un monstre ? Même si ce monstre est ma mère…

Je me penche au-dessus de la cuvette.

Est-ce que cela ne fait pas aussi de moi un monstre ?

Ou même pire ?

Et je vomis. Même quand il ne reste plus rien dans mon estomac, je vomis encore. Ma honte, mon dégoût et ma haine d'elle. Mais surtout de moi…

30 mars, 20 h 30

Dans l'obscurité, un voyant rouge s'allume brusquement, alors que je n'ai fait que la moitié du trajet et que la nuit tombe.

Avec un peu de chance, il va finir par s'éteindre.

Malheureusement, deux kilomètres plus loin, le voyant éclaire toujours l'habitacle de ma voiture de sa teinte sinistre. Je ralentis, m'arrête sur le bas-côté, puis j'ouvre la boîte à gants pour en extraire le manuel du conducteur. Je feuillette les pages à toute vitesse pour arriver sur celle traitant du fameux triangle qui continue de clignoter. Je viens tout juste de faire réparer les dégâts causés par mon charmant admirateur – pneus crevés et pare-brise cassé – avec ma semaine de pourboires. Le garagiste a bien tenté de me convaincre que cette fuite d'huile qui traîne depuis des mois nécessitait une réparation, mais avec le coup de fil de l'avocat, j'ai préféré remettre à plus tard… *La poisse !*

— Allez, ne me lâche pas maintenant ! je marmonne en redémarrant. Si tu m'emmènes sagement jusqu'au *WAM*, je te promets tous les bidons d'huile que tu voudras, ma belle.

Lorsque j'arrive sur le parking, j'ai déjà trente minutes de retard. Je jette avec espoir un coup d'œil sur les voitures garées et…

— Une semaine que je bosse ici, et en dehors du fiasco de ma première soirée, la seule fois où il se pointe à l'heure, c'est pile le jour où moi, je suis en retard. Foutu karma !

Je fais une prière silencieuse pour que ni Nathan ni Scott – surtout Scott – ne se soient encore aperçus de mon absence. Un sourire plaqué sur les lèvres, j'ouvre la porte de service. Au bout du couloir, j'aperçois Mika, assise au bar, qui discute avec Olivia. Elles me font un petit signe de la main.

— Dépêche-toi ! me souffle Mika avec un sourire. Ils sont dans le bureau…

Je file à toute allure dans le corridor sans entendre le reste de sa phrase et ne peux m'empêcher de lâcher un soupir de soulagement lorsque j'atteins la porte du vestiaire.

— Jo !

Et merde ! je rage en reconnaissant la voix masculine qui hurle dans mon dos. *Il ne pouvait pas sortir de son bureau juste cinq minutes plus tard ?!*

Je reste figée, la main sur la poignée. Puis je pivote lentement, très lentement, pour me retrouver face à celui qui a le pouvoir de me renvoyer dans la seconde. Et ce n'est vraiment pas une option envisageable pour moi en ce moment. Je me masse les paupières en sentant déjà poindre une vilaine migraine. Huit jours que je travaille ici, et pas une seule fois, je ne l'ai vu autrement qu'avec ce visage fermé. Dur. En tout cas avec moi. Jamais un sourire. Pas un mot, à part pour me donner des directives concernant le boulot. Et toujours en train de me surveiller. À l'affût de la première erreur que je ferai et qui lui permettra de me présenter la porte.

Je viens de lui servir sur un plateau l'occasion qu'il attend depuis une semaine. Si je n'étais pas si furieuse de perdre un boulot qui rapporte autant, je crois bien que cela me donnerait envie de rire. Ou de pleurer…

— Alors ? m'interroge Scott en croisant les bras sur son torse – attitude qu'il adopte dès qu'il s'adresse à moi pour bien me rappeler qui est le Boss ici, comme si je pouvais l'oublier. C'est quoi, cette fois, la raison de ton retard ?

— *LA* raison ? Il pourrait y en avoir plusieurs, en fait !

Je regrette aussitôt mes paroles. J'ai besoin de ce travail. Lui répondre sur ce ton ne va pas m'aider à le conserver. Mais je n'y peux rien si, en sa présence, je suis tendue. Nerveuse. Je me souviens parfaitement de sa réaction lorsque j'ai posé ma main sur son bras le soir de mon anniversaire : une réaction incontrôlable, bien que légère. Pas assez néanmoins pour qu'elle ne me saute pas aux yeux. Le rejet instinctif du corps. Avant celui de l'esprit. Et depuis, son comportement n'a fait que confirmer mes craintes. Comme en cet instant, où il m'observe d'un regard indéchiffrable et glacial. Instinctivement, je redresse les épaules. La tête. Et lui adresse mon petit sourire. Celui qui veut tout dire sans avoir besoin de prononcer le moindre mot. Celui que j'affiche quand mon vis-à-vis exhale son indignation muette à se trouver en ma présence. J'ai appris il y a bien des années à ne plus souffrir lorsque je croise ces regards, ou quand j'entends – subrepticement ou non – des paroles malveillantes ou carrément haineuses envers la communauté noire. Malheureusement, les gens affichent beaucoup plus leurs opinions de suprématie blanche, ces derniers temps.

— Elles sont si nombreuses que tu ne sais pas par laquelle commencer ? Ou bien tu cherches simplement quel mensonge a le plus de chance de t'éviter le renvoi ?

Et voilà, il m'a déjà jugée avant même d'entendre mes explications ! Je suis certaine qu'avec Olivia ou Jennifer sa réaction aurait été *différente.*

— C'est vrai, j'avais oublié que tout ce qui sort de la bouche d'un Noir n'est que mensonge ! je réponds, furieuse, en me rapprochant de lui. Tu vas aussi me sortir que c'est normal, parce que selon un manifeste datant de plus de cent ans, notre cerveau serait différent du vôtre ? Notre intelligence inférieure ? Toutes ces idées immondes que…

— Hey ! s'exclame-t-il en me poussant dans le vestiaire et en refermant la porte derrière lui. Du calme !

Je m'apaise instantanément et recule pour rétablir une distance de sécurité entre nous. Il marmonne je ne sais quoi entre ses dents. Trop bas pour que je puisse le comprendre. À travers le battant, je perçois la musique assourdie et je me demande si quelqu'un m'entendrait si je criais.

— Où es-tu allée chercher des conneries pareilles… ?

Fermement campé sur ses jambes à quelques mètres de moi, me bloquant tout espoir de retraite, il me fixe. Mes rares conversations le concernant avec Bella ou les autres serveuses ne m'ont appris que peu de choses à son sujet. Je sais qu'il est célibataire depuis quelques mois. Pourtant, ce ne sont pas les sollicitations féminines qui manquent. Quand j'ai demandé s'il n'avait pas une préférence pour les hommes, Bella a failli mourir de rire et m'a assuré qu'il était hétéro à cent pour cent. Mais qu'un drame – je n'ai pas pu en apprendre plus – l'avait profondément marqué et qu'il avait besoin de temps. Le seul conseil qu'elle pouvait me donner, vu son attitude avec moi – qu'elle ne s'expliquait pas non plus –, était de l'éviter. Ce que j'étais parvenue à faire. Jusqu'à maintenant. Je regrette brusquement de ne pas avoir demandé à Bella s'il pouvait devenir violent…

— Pourrais-tu ouvrir la porte, s'il te plaît ?

J'ai voulu m'exprimer fermement, mais je suis consternée par le ton frileux de ma voix lorsque les mots passent la barrière de mes lèvres.

— Tu as peur de moi… ?! Si j'ai fermé la porte, c'est simplement parce que je ne voulais pas que les autres nous entendent… c'est tout.

Il inspire profondément à plusieurs reprises. Ces dernières paroles ne me rassurent pas vraiment. Pas assez en tout cas pour que je retire ma main de mon sac, partie à la recherche de ma bombe lacrymogène.

— Écoute. Je pense qu'on a pris un mauvais départ tous les deux…

Tu m'étonnes ! je songe sans cesser ma fouille.

— Ça n'a rien à voir avec toi, et encore moins avec ta couleur de peau, je peux te l'assurer. C'est… c'est juste moi. Depuis quelques mois, je traverse une putain de sale période et je ne supporte rien ni personne…

Enfin ! Je viens de mettre la main sur l'objet de mes investigations et je retiens un petit cri de victoire. Je serre la bombe de toutes mes forces. Ce petit cylindre métallique d'une quinzaine de centimètres vient de me retirer une partie de mes craintes. Même son physique d'athlète et sa taille avoisinant le un mètre quatre-vingts ne pourront rien contre une giclée de spray en plein visage. Et si j'y rajoute un bon coup de pied bien placé…

— Bref… ce n'est pas toi, le problème. C'est moi…

Je lève les yeux vers lui, et je surprends dans son regard une lueur que je n'avais encore jamais vue auparavant. Cela ne dure qu'un bref instant. Mais pour la première fois, j'y découvre autre chose que la froideur habituelle. Pendant un court battement de cœur, j'ai la sensation qu'il m'a enfin regardée différemment. Qu'il m'a regardée… normalement. Comme les autres. Et quelque part ça me fait du bien.

— Je ne suis pas raciste. Je n'ai aucune idée de ce que j'ai pu faire, ou dire, qui t'a poussée à croire une chose pareille, mais je te garantis que je ne suis pas l'un de ces connards de racistes !

Nous restons face à face. Les yeux dans les yeux. Ma main toujours sur la bombe. Un pli amer barre son front. Nerveusement, il se passe une main dans les cheveux. Ce qui a pour résultat de les décoiffer encore plus qu'ils ne le sont déjà et donne l'impression qu'il vient tout juste de se réveiller.

— Comme dit Nathan, j'ai eu des petites amies blondes, brunes, rousses, petites, grandes, minces et… d'autres plus voluptueuses. Quand j'étais ado, je suis même sorti avec une gothique, et c'est vrai que je n'ai jamais eu de petite amie métisse…

Il s'arrête un instant, comme pour chercher dans ses souvenirs.

— Ni même asiatique ou…

— Et alors ? je l'interromps, agacée. Tu te dis qu'avoir dans ta longue liste une ex-petite amie colorée prouverait que tu n'es pas raciste ?

Ma question semble le prendre au dépourvu, et c'est avec le plus grand sérieux qu'il me répond :

— Effectivement, ça ne voudrait rien dire.

— On est d'accord, dis-je en relâchant la bombe qui retourne s'échouer au fond de mon sac. Ça ne signifie rien du tout, et encore moins que tu es ou n'es pas raciste.

— Alors qu'est-ce qui t'a fait penser que je l'étais ?

Je n'hésite que quelques secondes avant de lui énumérer les nombreuses raisons qui me viennent à l'esprit suite à son comportement avec moi, et à l'opposé de celui qu'il adopte avec les autres serveuses. Il reste plusieurs minutes à me scruter avec stupéfaction.

Ma parole, il n'en n'avait même pas conscience ?!

— Mon attitude a pu te sembler étrange, mais ça n'a rien à voir avec tes origines… je ne supporte pas les contacts physiques en ce moment. Pas juste avec toi, avec tout le monde… et quand je ne m'y attends pas, je peux effectivement avoir une réaction de recul qui peut prêter à confusion. Mais une fois encore, ça n'a rien à voir avec la personne en face. Je sais que ce n'est pas une excuse mais c'est très… compliqué pour moi en ce moment, et par ricochet encore plus pour les personnes de mon entourage.

Il lâche un soupir. Je devine qu'il ne m'en dira pas plus. Et je n'insiste pas.

— J'ai peut-être tiré des conclusions un peu trop vite, j'acquiesce d'une voix lasse en songeant que de toute façon je m'en moque.

— Seulement un peu ? se moque-t-il avec ce qui ressemble à un sourire.

Je l'observe longuement en prenant place sur le banc. Il semble sincère, et pour la première fois, j'ai l'impression que ma présence ne lui file pas de l'urticaire. Qu'il ne va pas m'aboyer ou me sauter dessus. Ce qui en soi est un progrès énorme. Il fronce les sourcils d'une drôle de façon, tandis qu'une petite moue boudeuse plisse ses lèvres et lui donne l'air d'un gamin insouciant.

Cette fois, c'est moi qui ai porté un jugement à l'emporte-pièce, je songe avec ironie. *J'ai conclu trop vite, avec juste des impressions, mon ressenti, et sans preuve.*

Je laisse tomber mon sac à mes pieds en essayant de trouver une réponse aussi proche que possible de la vérité, sans avoir besoin de lui raconter ma vie. Je n'en trouve aucune qui ne prendrait pas des heures, alors je lâche simplement :

— Ce n'est pas toujours évident de faire la part des choses… et ces derniers temps, j'avoue qu'il m'arrive souvent de me tromper…

Comme avec ma mère, je songe alors en me sentant coupable. *Carrément aveugle, même !*

— J'aimerais tellement savoir faire la part des choses, murmure-t-il, visiblement plus pour lui-même que pour moi.

Puis, après avoir ouvert la porte, et juste avant de sortir du vestiaire, il lance haut et fort :

— Dix minutes ! Tu as intérêt à être en salle dans dix minutes…

Il se tourne ensuite vers moi, et avec un vrai sourire cette fois, ajoute :

— Ou je te vire !

Chapitre 9

Scott

30 mars, 21 h 00

Qu'est-ce qui vient de se passer, là ?! J'étais pourtant décidé à lui faire l'annonce de son congé, non ? En tout cas, c'est ce que j'ai affirmé à Nathan quand je suis sorti en trombe du bureau, après l'avoir vue arriver sur l'écran de contrôle du parking avec une demi-heure de retard. C'était l'excuse idéale. Celle que j'attends depuis huit jours.

— Fait chier ! je m'exclame à voix haute en me retrouvant seul dans le couloir.

— Jo fait toujours partie de l'équipe, ou pas ? m'interroge mon ami lorsque je le rejoins au bar. C'est un très bon élément, tu sais, et elle s'entend bien avec tout le monde.

Je lui réponds d'un sourire ironique. Et, tandis qu'il signe le bon de commande des boissons, il ajoute :

— Enfin, presque tout le monde. Tu lui as laissé la possibilité de s'expliquer, au moins, au lieu de te comporter en fou furieux et… ?

— C'est bon, Nathan, je le coupe sèchement. Je ne l'ai pas virée, on se calme.

— Oh ! Vu comment tu es sorti du bureau, et ton attitude avec elle depuis que je l'ai engagée, j'étais presque certain de devoir signer son chèque ce soir. Mais j'apprécie de ne pas avoir à chercher une nouvelle serveuse. Qu'est-ce qui lui est arrivé ?

Brusquement, je m'aperçois que je suis toujours dans l'ignorance.

— Ce n'est pas important.

— Vraiment ?

L'air narquois qu'affiche désormais son visage m'agace. Il a raison de se foutre de moi, je n'ai obtenu aucune explication de la part de Jo pour son retard… parce que j'ai complètement oublié de l'interroger à ce sujet. Prendre conscience par la même occasion que, de nous deux, c'est moi qui me suis le plus livré m'irrite soudain prodigieusement. J'en viens à me demander si son attaque n'était pas juste une habile manœuvre de sa part. Était-elle sincère ? Ou jouait-elle la comédie ? Ne pas connaître la réponse me renvoie au même état de colère que lorsqu'elle est arrivée au club.

— Ne te gêne pas pour lui poser la question, Nathan.

— Tu crois qu'elle t'a raconté des bobards ? Qu'elle a voulu t'embobiner ?

Aucune idée, vu qu'elle ne m'a rien dit, je pense en haussant les épaules, avant de marmonner :

— Comment savoir ? Mais ça nous permettra de voir si elle nous donne la même version à tous les deux.

— Je ne crois pas qu'elle soit assez stupide pour nous servir deux histoires différentes.

— Une petite hésitation ou une quelconque variante dans son discours, ou encore un comportement gêné, nous en diront bien assez.

— D'accord, mais qu'est-ce que ça changera ?

Qu'est-ce que ça changera pour moi ? Après tout, cela a-t-il vraiment de l'importance ? On sait pertinemment qu'il arrive parfois aux filles de nous mentir. Toutefois, elles savent aussi que nous ne sommes pas dupes. Ce qui n'est pas le cas de Jo. Son arrivée au comptoir m'évite de répondre à mon ami et me tire ainsi une belle épine du pied. J'attrape le carnet de commandes et m'éloigne un peu. L'air absorbé par les feuilles devant mes yeux, j'entends les paroles amicales qu'ils échangent. Je constate que son visage est détendu et souriant quand elle discute avec Nathan. Son attitude plus ouverte. Largement moins sur la défensive qu'avec moi. Je la suis toujours des yeux lorsqu'elle part en salle saluer les autres serveuses et les aider à finir la mise en place. Elle est coiffée comme à son habitude : ses cheveux sont nattés en une longue tresse qui lui descend sous les épaules et se balance de droite à gauche lorsqu'elle se déplace. Elle a revêtu la tenue du club. Une petite robe noire en coton, près du corps, floquée dans le dos des lettres blanches *WAM*. Elle est chaussée d'une paire de tennis blanche. Exactement comme les autres serveuses. Pourtant, sur elle, j'ignore pourquoi cette tenue me paraît soudain beaucoup plus… trop… très… *Merde !* Je replonge les yeux dans le carnet en prenant note que nous devons penser à vérifier les caves, en prévision du week-end qui s'annonce. Le club devrait être plein à craquer, et ce ne sera pas le moment de manquer de bières ou d'autres alcools.

— Tu peux venir plus tôt, demain, pour m'aider à vérifier les stocks, Bella ?

— Compte sur moi. À quelle heure ?

— Quatre heures, c'est possible ?

Elle me lance un oui sonore en alignant les bouteilles sur les étagères en verre, puis va remplir les deux bacs à glaçons avant de s'exclamer d'un ton badin, un sourire étirant ses lèvres carmin :

— Je vois que Jo travaille toujours ici…

Je bougonne une réponse incompréhensible, le nez à nouveau plongé dans mon carnet.

— J'ai bien vu la façon dont tu la suis du regard dès qu'elle arrive…

— Je la surveille, c'est tout. C'est son premier job en tant que serveuse, pas question qu'elle gaffe avec la clientèle.

— Fais pas semblant avec moi, Scott. Ton intérêt va bien au-delà de ça. On serait ravis, Nathan et moi, que tu te lâches un peu. Et votre sacro-sainte règle de pas de sexe entre le boss et les serveuses… franchement, on s'en tape comme de notre première petite culotte !

— Tiens donc, c'est nouveau ! De toute façon, tu te fais des idées, Bella. Je n'ai pas plus d'intérêt pour Jo que pour les autres employées du *WAM*.

— Je me demande bien qui tu essaies de convaincre, là… Moi ou toi ?

Et avant que je puisse répondre, la peste me tourne le dos et file à l'autre extrémité du bar. Ce qui me convient parfaitement. Ces deux-là commencent à me fatiguer sérieusement. Malgré moi, je souris en songeant à la fameuse sacro-sainte règle. Et dire que c'est Bella en personne qui nous l'a imposée à l'ouverture du club. Je n'ai jamais réussi à savoir pourquoi elle y tenait autant, et je me suis toujours demandé si elle n'avait pas un petit béguin pour Nathan. De toute façon, règle ou pas règle, je n'ai aucune intention de suivre leur conseil.

***

Il est deux heures du matin et on commence à pouvoir souffler un peu. J'ai envoyé Bella prendre une petite pause bien méritée. Je suis seul derrière le comptoir, mais le coup de feu est passé. J'en profite pour sortir mon portable de la poche de mon jean. Dix appels en absence. Tous de Matthew. Je suis en train de me demander s'il n'est pas trop tard pour lui téléphoner, quand son nom apparaît sur l'écran.

— Bon timing, frérot. J'allais justement…

— Ça ne t'arrive jamais de décrocher, me coupe-t-il avec mauvaise humeur. Ça ne te vient pas à l'esprit qu'on pourrait chercher à te joindre pour quelque chose de grave… ?

Sueur froide. Ma main se crispe sur le téléphone.

— Tout va bien ?

— On est toujours en vie, répond-il d'un ton radouci, ayant perçu l'inquiétude dans ma voix. Je sais que tu fais comme tu peux, mais… si tu pouvais un peu penser à nous. Depuis ma dernière visite chez toi, tu t'es encore mis aux abonnés absents, et on t'a *encore* attendu dimanche…

Le brunch dominical.

Depuis la mort de notre mère, j'ai fait l'impasse sur ce rendez-vous qu'elle avait instauré après le départ de Matthew, et le mien par la suite. Nous n'habitions plus à la maison, pourtant aucun de nous n'aurait raté son brunch dominical. Que je sois malade, ou avec une gueule de bois carabinée, je m'y traînais toujours avec plaisir.

— Dis, tu m'écoutes ?

— Ouais… je marmonne, alors que Jo vient se planter en face de moi, de l'autre côté du bar. Qu'est-ce que tu veux ?

La question s'adresse autant à mon frère qu'à Jo. Et les deux y répondent avec un bel ensemble :

— J'aimerais bien un jus de fruits, s'il te plaît.

— Viens dimanche, ne nous laisse pas encore tomber. Fais-le au moins pour notre sœur…

Je coince mon portable avec mon épaule, attrape une bouteille de jus et saisis un verre où je jette quelques glaçons avant d'y vider la boisson. Matthew poursuit son monologue dans l'espoir de me convaincre. Sa voix emplit l'écouteur. Jo attend que je pousse le verre jusqu'à elle. Son attitude fière et distante me donne envie de la faire poireauter un peu. Pour une fois, elle ne cherche pas à éviter mon regard et me fixe en silence. Son satané petit sourire scotché aux lèvres. Plus amusé qu'agacé, je l'observe sans faire un geste. Sa respiration est rapide. Quelques gouttes de sueur perlent sur son front et des mèches bouclées s'échappent de sa tresse. Nous restons ainsi face à face en attendant de voir qui cédera le premier. Qui fera le premier geste vers l'autre. Son sourcil droit remonte tandis que son regard passe de ma main – immobile contre son verre – à mes yeux à une cadence folle. Elle me fait l'effet d'un GIF et cela m'amuse. Alors, je fais comme elle. Et pour la première fois, elle me lance un sourire. Je me le prends en pleine face. Pas le sourire fictif ou hautain qu'elle me sert habituellement. Non. Un vrai. Un sourire qui réchauffe, console, illumine celui qui le reçoit et le plonge dans un rêve profond. Je retiens mon souffle avec le sentiment étrange d'être un privilégié. Je me sens brusquement plus léger. Plus détendu. Comme si elle avait ouvert une porte et laissait entrer le soleil à profusion dans ma vie. Du coin de l'œil, j'aperçois sa main qui glisse sur le bar – pendant une seconde, j'espère sentir le contact, la chaleur de ses doigts, et peut-être, à l'instar de la dernière fois, replonger dans cette bulle étrange et tout oublier – et se saisit de sa boisson sans même m'avoir frôlé.

— Merci, Scott, murmure-t-elle avant de s'éloigner.

— Scott ?! Dis-moi qu'on peut compter sur toi, dimanche.

La voix de Matthew me fait l'effet d'un électrochoc. Je secoue la tête et me passe une main nerveuse dans les cheveux, avant de répondre, laconique :

— D'accord. À dimanche, frérot.

J'ignore lequel de nous deux est le plus surpris de ma réponse.

Mais je sais qui est le plus furax : moi !

Chapitre 10

Joanna

8 avril, 13 h 30

La feuille de papier dans la main, je jette un regard inquiet dans la rue – déserte – et sur la maison de mes chers voisins. Pas le moindre mouvement de rideaux chez les Maize. Je fais défiler dans ma tête les images de la nuit dernière, lorsque je suis rentrée du *WAM* : lumière du perron hors service, téléphone allumé dans une main, clé dans l'autre.

J'étais si fatiguée et pressée de me mettre au lit. Impossible de me souvenir si l'enveloppe était déjà posée sur le sol ou si un inconnu l'y a mise après mon retour. Un frisson glacial me saisit quand je l'imagine sur mon perron, en pleine nuit. Posté à quelques mètres de ma chambre, de moi endormie dans mon lit, et inconsciente du danger. Je relis encore une fois les mots manuscrits.

Δ *Le monde sera plus sûr quand on sera débarrassés de Lucy Richardson et de sa raclure de fille* Δ

J'ignore pourquoi ce message me fait froid dans le dos plus que les autres. Car oui, il y en a déjà eu d'autres. Beaucoup d'autres.

Beaucoup trop.

Sans doute parce que c'est le premier sur lequel je suis associée à ma mère. Sans compter les cercueils : deux. Un pour elle, et un… pour moi. Aucun doute là-dessus.

Soudain, j'hésite à me rendre au centre commercial. De toute façon, je ne mange pas grand-chose en ce moment, et en cherchant bien dans les placards, je peux tenir encore un jour ou deux… mais pas Mozart. Son paquet de croquettes est terminé et je n'ai plus une seule boîte. Et on ne nourrit pas un chat d'eau et de crackers. En tout cas, pas le mien.

Alors, avec une habitude acquise au fil des années, je redresse la tête et plaque un petit sourire sur mes lèvres. Je range l'enveloppe dans mon sac. Dommage que je ne puisse pas y ranger aussi mon angoisse.

Je n'ai pas peur. Je n'ai pas peur. Je n'ai pas peur.

Puis, d'un pas rapide, je m'engage dans la rue. Je ne peux m'empêcher d'être sur mes gardes et de jeter des petits coups d'œil par-dessus mon épaule. Cette menace invisible et quotidienne me ronge à petit feu. Afin d'éviter de nouvelles dégradations sur ma voiture, j'ai suivi le conseil avisé de Cooper. Je la gare à plusieurs pâtés de maisons de chez moi, et jamais au même endroit. Le seul inconvénient, c'est que je rentre toujours du boulot en pleine nuit, désormais… et même la bombe de défense dans mon sac ne me sécurise plus totalement. Je viens d'atteindre le quartier où je l'ai laissée hier lorsque mon portable sonne. Trop perdue dans mes pensées ténébreuses, je décroche sans avoir pris la peine de vérifier qui m'appelle.

— Hello, Jo, ça va ? Peux-tu me rendre un service ? Un immense service ! Si tu acceptes, je te serai dévouée corps et âme pour les mille prochaines années.

— Bella ?! je m'exclame, surprise de reconnaître la voix tout enjouée de la barmaid en chef alors que je m'approche de ma petite Mazda. Dis toujours… mais je ne te promets rien.

Je fais lentement le tour de ma précieuse auto et constate avec satisfaction qu'une fois de plus le conseil de Cooper a bien fonctionné. Mon véhicule est intact. Nul besoin de retourner chez le garagiste aujourd'hui. Si ce n'est pour la fuite d'huile… mais elle devra attendre la fin du mois.

— Normalement, je devais être au club à seize heures, m'informe Bella d'une voix rapide. Le boss a besoin d'un coup de main pour vérifier les alcools et être sûr que notre stock pour le week-end est bon. Rien de compliqué, et ça prend deux heures, grand max ! Le truc, c'est que là, je ne peux vraiment pas y aller…

J'ai déjà compris ce qui me pend au nez.

— Je sais que tu t'en tireras très bien, et puis ça te fera des heures sup ! Payé double !

Je m'installe au volant sans dire un mot, toutefois Bella a trouvé là un bon argument. Surtout si l'avocat de ma mère obtient l'ouverture d'un deuxième procès. Malgré tout, je dois d'abord vérifier un point crucial, et je m'y emploie sur un ton que j'essaie de rendre léger :

— C'est Nathan qui a besoin d'un coup de main ?

— Heu… non… Scott, c'est Scott qui a besoin d'aide…

— Je ne sais pas, Bella, je la coupe alors en songeant que ce n'est vraiment pas une bonne idée. Ce serait sûrement mieux de demander à Olivia ou Jennifer. Elles seraient ravies, l'une comme l'autre.

Et c'est peu dire ! De plus, ce n'est pas parce que mes échanges avec Scott sont un peu moins tendus qu'au début que nous sommes devenus les meilleurs amis du monde. Je ne sais toujours pas quoi penser à son sujet. Il a des yeux magnifiques – d'un bleu nuit, comme une mer sombre et orageuse –, seulement on peut y lire une souffrance et une colère tellement intense… qu'elles font froid dans le dos. Ses cheveux bruns un peu trop longs et perpétuellement décoiffés, sa chemise toujours ouverte de quelques boutons sur son torse et les manches retroussées sur des bras musclés lui donnent un petit côté voyou que n'atténue pas l'élégance de son costume. Mais c'est surtout la rage silencieuse qui émane de lui qui souffle à mon instinct de ne pas m'approcher de lui. Et mon instinct ne m'a jamais trompée.

— Justement, elles seraient *trop* ravies ! Jo, ça me rendrait *vraiment* service… insiste Bella, puis avec un petit rire dans la voix, elle ajoute : Et Scott ne va pas te faire du rentre-dedans, si c'est ce qui te fait peur. Il n'est jamais sorti avec une employée depuis qu'il a ouvert le *WAM*.

OK ! Au moins, cela a le mérite d'être clair.

— D'accord, mais n'oublie pas que tu me seras désormais dévouée corps et âme.

— Pour les mille prochaines années, oui ! Merci Jo ! Je saurai m'en souvenir… promis.

***

Quand j'arrive au club, il est pile seize heures. J'ai eu le temps de faire quelques emplettes au supermarché, d'avaler un *Iced Caramel Macchiato* au Starbucks du coin, mais pas de retourner chez moi pour changer de tenue. Je ne suis pas certaine que mon short en jean et mon tee-shirt soient du meilleur effet… Pas plus que mes tongs. Et encore moins mes cheveux que je n'ai pas pris le temps de coiffer. *Si jamais il me balance la moindre réflexion, je fais demi-tour et il se débrouille tout seul*, je songe en appuyant sur la sonnette. Dès que j'entends le déclic, je pousse la porte d'une main ferme puis me dirige vers le bar. Tout est calme. Pas un bruit. La grande salle est entièrement éclairée. Il y a quelque chose d'étrange à découvrir le club ainsi. L'image saugrenue de la Belle au bois dormant se manifeste soudainement dans mon esprit et me tire un sourire.

— Jo ? Qu'est-ce que tu fous ici ?

Super, l'accueil !

— Bella a eu un imprévu et m'a demandé de venir te filer un coup de main à sa place, je réponds d'une voix aussi irritée que la sienne. Mais si ça te pose un problème, je peux repartir.

Je suis certaine qu'il est aussi surpris de ma tenue que moi de la sienne : jean délavé et un peu usé, tee-shirt blanc qui laisse deviner une musculature ciselée. Rien à voir avec l'image du boss glacial, indifférent, et toujours prêt à me sauter dessus qu'il renvoie habituellement. Il paraît plus jeune, plus accessible et aussi plus… vulnérable ?

— Attends-moi ici, lâche-t-il brusquement d'une voix rauque, comme si les mots lui écorchaient la gorge. J'ai un truc à finir au bureau, et ensuite, on pourra s'y mettre.

Puis il repart, me laissant seule au beau milieu du club.

— Rectification ! Je retire le vulnérable, je marmonne avec mauvaise humeur en m'installant sur un tabouret.

Dix minutes plus tard, il n'est toujours pas de retour. Agacée, je pianote sur le zinc en regrettant de n'avoir pas apporté mon carnet de croquis. Dix minutes de plus s'écoulent sans aucun signe de sa part. M'avoir vue débarquer à la place de Bella équivaut à une sacrée indigestion dont il a manifestement du mal à se remettre pour me faire poireauter depuis plus de vingt minutes, comme une idiote. Il arrive déjà tout juste à me supporter pendant mon boulot la nuit, alors qu'on s'adresse à peine la parole et que je fais pourtant mon maximum pour l'éviter.

Mais pourquoi je t'ai dit oui, Bella ?!

— Qu'il aille au diable ! Après tout, ce n'est pas moi qui ai besoin d'aide.

J'attrape rageusement mon sac et saute du tabouret, avant de me diriger vers l'accès de service dont j'ouvre à la volée la porte donnant sur le parking. Je percute alors une jeune femme qui recule en titubant sous la violence de l'impact.

— Désolée. Je n'ai pas fait attention. Je ne t'ai pas fait mal ? Ça va ?

— Non… ça… va… je… je…

Il me faut moins d'une seconde pour comprendre que son élocution hésitante n'est pas due à un bégaiement, mais à une ingestion d'alcool excessive. Et une de plus pour constater que cette jeune personne n'a certainement pas vingt et un ans. Âge légal pour boire et se prendre une cuite.

— Que fais-tu ici ? je l'interroge, tout en l'attirant dans le couloir – il ne manquerait plus qu'une voiture de police passe dans le coin. Cet établissement est interdit aux mineurs, au cas où tu ne le saurais pas…

Je suis obligée de la prendre par la taille pour la soutenir. Comment a-t-elle pu arriver jusqu'ici sans problèmes ? Une brusque envie de la secouer et de lui expliquer certaines choses me vient à l'esprit, seulement je doute qu'elle soit en état de me comprendre. Je me contente donc de la conduire jusqu'au bar et de l'asseoir dans l'un des fauteuils, avant de lui dire :

— Ne bouge pas ! Je vais essayer de te trouver quelque chose dans la boîte à pharmacie…

— Scott… je v… veux voir…

Je la détaille plus attentivement. C'est une jeune fille extrêmement jolie. De longs cheveux bruns qui cachent un doux visage, et où de beaux yeux bleus mais éteints me dévisagent. Elle porte un jean taille basse qui laisse apparaître un string fluo et ne cache rien de ses formes déjà très – trop ? – féminines. Mais je veux bien être pendue si cette gamine a atteint les vingt et un ans. Dix-huit au grand maximum ! Et encore…

— Scott… répète-t-elle en saisissant ma main. Ça fait trop… longtemps… m'a pas fait de câlins…

Qu'est-ce que c'est que cette histoire ?!

— J'ai envie…

Je suis glacée. Pétrifiée. Elle continue de marmonner qu'elle veut Scott, qu'elle a besoin de lui, qu'elle veut des câlins. J'ai envie de vomir. Mon cerveau m'envoie des visions toutes plus ignobles les unes que les autres. Je pense à Cooper. Et c'est en pensant à mon ami que je sors enfin de mon état de torpeur. J'attrape la jeune inconnue d'une main ferme et lui ordonne de me suivre. Ce qu'elle n'a visiblement aucune envie de faire, car elle me repousse et se rassoit mollement. Je lui saisis une nouvelle fois le bras et tire de toutes mes forces pour la décoller de son siège. Elle éclate de rire. Me mettant définitivement en rage. Je la secoue alors en lui criant que nous devons partir tout de suite. Je tente comme une forcenée de l'extraire de ce maudit fauteuil, alors qu'elle s'évertue à s'accrocher – tout en pouffant comme une sale gamine – de ses mains aux accoudoirs.

— Lâche-la ! rugit soudain la voix de Scott tandis qu'il se précipite sur nous à toute vitesse. Immédiatement !

Je ne réfléchis pas une seconde en croisant son regard furieux. J'agis par réflexe. Je plonge la main dans mon sac, attrape ma bombe de défense et dirige le jet droit sur son visage.

Pendant de longues… longues secondes. Et quelque part, ça me fait un bien fou…

Chapitre 11

Scott

8 avril, 16 h 30

Putain ! Ça brûle !

La douleur est si forte qu'elle me coupe le souffle et que je me retrouve à genoux à suffoquer. Des milliers d'aiguilles transpercent mon visage. Et ça empire de seconde en seconde.

De l'eau ! Il me faut de l'eau. Seulement je ne vois plus rien. Rien du tout. Je n'arrive plus à ouvrir les paupières. Je tâtonne à la recherche d'un soutien pour m'aider à me relever. J'entends des cris. Des pleurs. Mais je ne comprends rien. La douleur est atroce.

— Scott ! Scott !

— Maaa…

Bordel ! Je n'arrive même plus à parler. J'ai l'impression qu'un brasier consume la totalité de mon visage. Une main me relève puis me guide jusqu'à une surface plane et dure sur laquelle je prends appui. Mes jambes parviennent à peine à me soutenir. Et enfin, un liquide frais m'inonde le visage.

De l'eau ! Putain, ça fait du bien !

Je secoue la tête de haut en bas. J'en veux encore. La douleur commence à refluer. J'arrive à prendre une profonde respiration. Puis une autre. Le contact d'un verre contre mes lèvres m'incite à ouvrir la bouche pour avaler de longues gorgées rafraîchissantes. Je bois jusqu'à éteindre la fournaise qui dévore ma gorge alors que je n'arrive toujours pas à ouvrir les yeux.

— Crevette…

Ma voix ressemble à celle d'un fumeur en fin de vie.

— Je suis là, sanglote Lily Rose.

Je tends la main dans sa direction, et ma sœur vient se blottir dans mes bras. Je la serre férocement contre moi en poussant un soupir de soulagement. Je suis toujours aveugle, et j'ignore où est passée l'autre dingue. Ce qui me plonge dans une rage folle.

— Tu vas… bien… ? je m'inquiète avec difficulté en essayant d'entrouvrir les yeux. Elle est… encore là… ?

Le moindre mot me demande un effort surhumain.

— Je suis là, répond Jo.

Sa voix est toute proche. Et j'arrive à la situer sur ma droite. Je distingue enfin sa silhouette dans un brouillard opaque. Aussitôt, je fais passer ma sœur dans mon dos. Jamais je n'ai frappé une femme. Pourtant, j'ai une furieuse envie de commencer avec elle.

— N'aie pas peur, j'assure d'un ton sourd à Lily Rose. Je ne la laisserai pas te faire du mal.

— Ce n'est pas sa faute, Scott ! Elle a pensé bien faire, elle voulait juste me protéger…

C'est quoi, ces conneries ?!

D'une voix entrecoupée de sanglots, Lily Rose m'explique son arrivée au club, un peu pompette, et ses propos incohérents qui ont conduit Jo à penser que j'entretenais une relation des plus louche avec une mineure, et donc à me balancer la totalité de sa bombe lacrymogène en pleine tête pour mettre hors d'état de nuire le sale pervers que j'étais.

Putain ! Cette nana est malade ! Complètement malade !

— Scott, c'est ma faute, continue ma cadette tandis que ma vision se précise de plus en plus, à mon grand soulagement. C'est la première fois qu'elle me rencontre. Je ne lui ai dit que j'étais ta sœur qu'en la voyant t'asperger, mais c'était trop tard…

Lily Rose se remet à pleurer en ajoutant qu'elle ne serait jamais venue ici, si je passais plus de temps avec elle. Qu'elle se sent affreusement seule, que notre père, plongé dans son boulot – ou dans sa douleur, comme moi –, ne s'est même pas aperçu qu'elle s'est mise à boire. Et là, je me prends un uppercut en plein estomac. Je reste sonné. Les paroles de Matthew me reviennent comme un boomerang. Chacun de nous essaie de gérer la mort de notre mère à sa façon. Seulement, lui et moi sommes des adultes, alors que notre sœur, du haut de ses seize ans, est encore loin de l'être.

— Non, ce n'est pas ta faute, je murmure en la serrant contre moi. C'est moi… j'aurais dû être plus présent pour toi et ne pas me défiler. Mais ça va changer, je te le promets.

Je la garde ainsi longtemps dans mes bras. Quand elle s'est enfin calmée, je lui demande d'aller m'attendre dans mon bureau et de se reposer en regardant un film jusqu'à ce que je la reconduise à la maison. Je prends quelques minutes de plus pour retrouver mon calme. Je n'en reviens toujours pas de m'être fait gazer comme un criminel. Dans mon club. Et par une de mes employées, en plus ! Puis je viens me planter devant Jo.

— Je suis désolée, lâche-t-elle sans me laisser le temps d'ouvrir la bouche. Tu n'as pas idée à quel point…

— C'est vrai, je l'interromps d'une voix encore rocailleuse. Je n'en ai pas la moindre idée. Et je n'arrive pas non plus à trouver une raison valable…

Je voudrais crier. Mais ma gorge est encore trop douloureuse. Je me sers un verre d'eau que j'avale d'une traite avant de continuer :

— Une raison qui me permettrait de comprendre pourquoi la seule idée qui a pu traverser ton esprit… c'est de me prendre pour un détraqué sexuel ! Explique-moi…

Je suis furieux ! Furieux qu'elle ait pu imaginer une horreur pareille à mon sujet. Furieux aussi qu'elle ait assisté à mon échange avec ma sœur.

— J'ai eu tort, je le reconnais et je n'en suis pas fière.

— Explique-moi…

Si jamais elle me balance encore une excuse à deux balles, je la vire. Comme elle reste muette, j'insiste en haussant le ton :

— Explique-moi vite ! Parce que je t'avoue que je ne suis franchement pas d'humeur à attendre des heures avant que tu te décides.

Son tee-shirt est détrempé. Comme le mien. C'est donc elle qui s'est occupée de moi… Eh bien, qu'elle ne s'attende pas à un merci de ma part. Sa jambe droite tressaute. Son souffle est rapide. Comme si elle avait piqué un sprint.

— Dis-moi pourquoi je ne devrais pas appeler la police et porter plainte ?

Ses mains se tordent nerveusement.

— Parce que je suis en droit de le faire, non ?!

Son regard affolé part en direction de la sortie puis se pose à nouveau sur moi. Ses lèvres se crispent en un pli amer. Soudain, je découvre sur son visage une fragilité et une profonde tristesse qui me déconcertent. Mais ça ne dure qu'un bref instant.

— Effectivement, mais à quoi bon ? riposte-t-elle sur un ton vif mais douloureusement résigné. Tu y gagnerais quoi ? À part perdre ton temps à faire une déposition ? On en reste là… OK ? Et… si ça peut te soulager, garde ma paie de la semaine. Je pense que c'est un bon compromis, non ? Une sorte de dédommagement ?

J'hallucine ou quoi ?!

— C'est ça, tes explications ? À moins que…

Je la scrute attentivement en me demandant tout à coup si elle ne nous a pas donné de faux papiers… ce qui serait une raison suffisante pour qu'elle flippe ainsi à l'idée de se retrouver chez les flics.

Bordel de merde ! Il ne manquerait plus que ça !

— Quel âge as-tu, Jo ?

— Pardon ?!

— Je risque une fermeture administrative de plusieurs mois si j'emploie des mineures, j'explique froidement. Et encore, si je tombe sur un flic sympa qui voudra bien croire que je n'étais pas au courant. Pas besoin de te faire un dessin pour que tu comprennes la merde dans laquelle je me retrouverai alors.

— Aucun risque, rétorque-t-elle avec un sourire qui me met en rage. Mes papiers sont authentiques, ne t'inquiète pas pour ça. Je suis majeure et vaccinée !

— Alors c'est quoi ton problème ? Ne me prends pas pour un con, j'ai bien vu ta réaction quand j'ai mentionné la police… tu flippais totalement.

— Je ne te prends pas pour un con ! Je ne t'ai dit que la vérité, et si tu as envie d'appeler les flics, fais-le ! Fais-toi plaisir ! Tu sais quoi, je vais même le faire à ta place…

Aussitôt, elle saisit son portable, enclenche le haut-parleur et compose le 911.

— Je pensais simplement que ma semaine de paie et ma démission seraient suffisantes, continue-t-elle, ses yeux couleur émeraude plantés dans les miens, tandis que la sonnerie retentit autour de nous. Mais si tu y tiens, pas de…

La voix de l'opératrice l'interrompt :

— Bonjour, que puis-je faire pour vous ?

— Bonjour, je voudrais signaler une agression avec une personne nécessitant des soins, commence-t-elle, puis toujours avec son petit sourire hautain, elle poursuit :

Toutefois, le pronostic vital de la victime n'est pas engagé. Envoyez une voiture au 84…

Je lui arrache le téléphone des mains, rassure l'opératrice et raccroche. Je suis le premier surpris de ma réaction.

— OK ! Ta petite démonstration m'a convaincu, dis-je en fourrant son portable dans la poche arrière de mon jean. Maintenant, sache qu'il est hors de question que tu ne sois pas payée…

Je frotte mes yeux et ne peux m'empêcher de gémir. Elle m'observe un long moment avant d'attraper son sac et d'avancer vers moi avec un air hésitant sur le visage. Un autre gémissement s'échappe de mes lèvres, pas uniquement dû à la douleur, cette fois, mais plutôt à cause de la dentelle de son soutien-gorge que j'aperçois à travers le tissu humide de son tee-shirt.

Bordel ! Ce n'est franchement pas le moment ! je me sermonne en silence et en grognant.

— Assieds-toi, je pense avoir de quoi te soulager un peu, me propose-t-elle alors en fouillant dans son sac, avant de brandir sous mon nez un tube de crème : ça devrait faire l'affaire !

Un sourire timide et réticent étire ses lèvres devant mon air dubitatif.

— Je t'assure que tu ne risques absolument rien.

— Va savoir pourquoi, j'ai du mal à te croire…

Malgré tout, j'esquisse un sourire à mon tour en haussant les épaules.

— Qui me dit qu'après la bombe destinée au sale pervers, je n'aurai pas droit à la crème urticante pour le sale esclavagiste…

— Non, celle-là, je ne l'ai pas sur moi aujourd'hui, riposte-t-elle avec une moue taquine. Allez, ferme les yeux…

Je lui adresse un petit signe de tête avant de clore mes paupières. Elle s'approche et se place entre mes cuisses.

Son souffle chaud percute mon visage. Une odeur fraîche se faufile jusqu'à moi. Les yeux toujours clos, j'inspire profondément. Son parfum est comme un bouquet printanier, délicieusement fleuri… comme une douce vague. Troublante et excitante. Ses doigts frais virevoltent sur mes paupières, mes joues, mon front, mes lèvres. Une caresse légère qui d'abord m'apaise, puis me déclenche des frissons. J'ouvre les yeux et découvre son visage à quelques centimètres du mien. Si près que je remarque pour la première fois les petits éclats mordorés qui scintillent dans les lacs émeraude de son regard. Des cils immenses. Des petites taches de rousseur dispersées sur ses joues et son nez fin. Sa peau aussi dorée qu'un caramel. Sa bouche sensuelle, couleur framboise. Elle ne ressemble pas à toutes ces filles qui cachent leur visage sous une tonne de maquillage en pensant être plus séduisantes, plus belles. Les mecs n'aiment pas embrasser une bouche qui colle, avoir des traces de couleur sur leurs doigts, leur chemise. Non, elle, elle est naturelle. Authentique. Ça fait du bien de voir qu'il reste encore des filles sans artifices. Et des boucles, des boucles, des boucles… Je ne l'avais encore jamais vue avec les cheveux lâchés.

— J'aime beaucoup tes cheveux, je murmure le souffle court en attrapant une mèche et en l'enroulant autour de mon doigt. Je ne pige pas pourquoi tu t'ennuies à les tresser pour le boulot.

Une ombre passe dans ses yeux. Ça ne dure qu'une fraction de seconde, mais je la perçois avec une étonnante acuité. D'emblée, je devine que ce n'est pas par réel plaisir qu'elle arrange cette coiffure chaque soir.

— Nathan t'a demandé de te coiffer comme ça ?

— Nathan ? Quelle drôle d'idée, pouffe-t-elle. Ce n'est pas son genre.

— Alors, pourquoi ? Je suis certain que c'est comme… une nécessité. Pas vraiment ton choix…

Elle hésite. Soudain, j'ai l'impression que la moindre interrogation qui la concerne personnellement soulève plus de questions encore.

— Avant, je les lissais, seulement ça demande trop de temps. Alors, j'ai opté pour la tresse.

Je songe qu'elle me donne une réponse qui n'a rien à voir avec la raison profonde. J'adore le petit cri qui s'échappe de sa bouche au moment où je referme mes cuisses sur sa taille.

— D'accord ! J'ai eu droit au sale pervers, je n'ai pas échappé non plus au sale esclavagiste, et là, j'écope du demeuré qui gobe les bateaux comme une grenouille avale les mouches, c'est ça ?

Tout en lui souriant et sans savoir pourquoi, je continue à jouer avec sa mèche. Je suis surpris par leur douceur incroyable. Ils glissent entre mes doigts et une idée plutôt déplacée surgit dans mon esprit en me demandant quel effet ça me ferait de les sentir sur mon torse, sur ma peau…

— Tu ne te doutes pas de ce qui arrive quand je laisse mes cheveux libres ?

— On te drague davantage ? je réponds aussi sec, irrité par le sentiment de mécontentement qui me gagne en imaginant la scène.

— Ce n'est pas drôle !

Elle m'administre une petite tape sur la jambe pour m'inciter à écarter mes cuisses qui, indépendamment de ma volonté, se sont refermées sur elle. Ce que je n'ai pas l'intention de faire. Pas pour le moment. Pas tout de suite.

— Je ne plaisantais pas du tout !

Je m'amuse de sa gêne quand elle comprend que je suis sérieux.

— J'ai réellement envie de savoir.

— Eh bien, il y a toujours ceux qui, en me voyant pour la première fois, me demandent : c'est vraiment tes cheveux ? Je peux toucher ? Et avant même d'attendre ma réponse, ils ont déjà la main dedans en poussant différentes exclamations, du genre : c'est doux, dis donc ! T'as vraiment une épaisseur de malade ! Je pensais que ça rebondirait plus que ça… tu vois, ce genre de conneries. Il y a aussi les autres qui me font comprendre que, pour le poste que je brigue, ce serait pas mal de passer chez le coiffeur avant de commencer, et de faire quelque chose…

Et là, elle s'amuse à prendre l'accent traînant, snob et pointu du Sud qu'ont certaines femmes ici. Je le reconnais, car je l'ai souvent croisé. Et franchement, elle s'en tire à la perfection.

— Vous avez de très bonnes références, mon petit, continue-t-elle sans prendre conscience qu'elle me livre une information déterminante la concernant. Mais une petite chose m'ennuie encore. Pas grand-chose, cela dit. Pensez-vous que vous pourriez faire quelque chose de vos cheveux ? Vous voyez ce que je veux dire, mon petit ? Quelque chose de plus… enfin… de moins…

Elle me fixe quelques secondes en silence.

— Généralement, quand on en arrive à ce stade-là, poursuit-elle alors, je coupe la personne en lui disant que oui, je vois parfaitement ce qu'elle voudrait : quelque chose de plus blanc, ou de moins noir, n'est-ce pas ? Je t'épargne les réponses embarrassantes qu'on me donne ou les silences honteux qui suivent. Toutefois, certains ont la franchise d'approuver tout en me précisant, bien sûr, qu'ils ne sont pas du tout racistes, mais que je passerais mieux auprès des parents. D'autres ajoutent même parfois : *Vous avez de la chance, vous n'êtes pas trop foncée, vos traits sont harmonieux et fins. Vous êtes même très jolie pour une noire… on dirait une blanche peinte en noir…*

Je ressens toute l'amertume qui émane d'elle. Juste avant qu'elle la dissimule à nouveau derrière ce sourire que je trouvais hautain jusqu'à maintenant. Celui qui veut dire :

Va te faire foutre ! J'ai alors une brusque envie de la serrer dans mes bras pour la réconforter. Mais je ne m'y risque pas. Car je suis certain qu'elle m'enverrait balader.

— Je ne suis pas en train d'affirmer qu'ils sont tous racistes. Ce serait trop simple. C'est bien plus compliqué que ça. Seulement, supporter ce genre de comportements et toutes ces réflexions finit par user à la longue, alors je me débrouille comme je peux, avec les moyens du bord, pour les éviter. Tout simplement.

Tout simplement ?!

— Je n'y ai pas pensé une seule fois, je lui assure avant de lâcher brusquement la boucle de cheveux avec laquelle je joue toujours en me traitant de tous les noms. D'accord… maintenant, tu vas pouvoir ajouter gros con à ta liste.

— Je te crois, murmure-t-elle en s'éloignant de moi, et cette fois, je la laisse faire, même si je n'en ai toujours pas du tout envie. Quand je te disais que j'avais tendance à me méprendre, tu viens d'en faire la douloureuse expérience. Je suis désolée, Scott. Vraiment…

Elle me dit tout ça en me regardant droit dans les yeux, sans broncher et avec un air parfaitement sincère. Même si sa réaction était disproportionnée, il n'en demeure pas moins qu'elle m'a gazé dans le seul objectif de venir en aide à une parfaite inconnue. Et cela seul en dit beaucoup sur elle. Je n'ose imaginer ce qui a bien pu se passer dans sa vie pour qu'elle ait réagi ainsi. S'est-elle fait agresser ? Violenter ? La colère me saisit rien que d'y songer.

— Je n'en doute pas, Jo. Tu te sens d'attaque pour te mettre au boulot ?

Je lui laisse le choix. Elle peut décider de démissionner – ce qui ne me ravirait pas le moins du monde – ou garder son job.

J'ignore pourquoi la simple idée d'une réponse négative de sa part me perturbe soudain au plus haut point.

Après tout, il n'y a pas longtemps encore, je cherchais tous les moyens pour la renvoyer.

Chapitre 12

Joanna

8 avril, 17 h 00

Il ne s'attendait visiblement pas du tout à ce que je viens de lui confier. Comment aurait-il pu ? À moins d'en avoir déjà discuté avec des amis. Ce qui n'était clairement pas le cas, vu sa réaction. J'ai un petit sourire en me remémorant l'instant précis où mes paroles ont fait tilt dans son esprit, et la vitesse à laquelle il a lâché ma mèche de cheveux. Réflexe typique, et qui conduit souvent à une situation encore plus embarrassante qu'elle ne l'est déjà. Toutefois, il m'a épargné l'apitoiement trop démonstratif de certains, tout comme les questions curieuses qui enfoncent le clou. Ou pire, ceux qui compatissent en affirmant qu'ils comprennent tout à fait – c'est tout juste s'ils ne vous assurent pas avoir vécu la même chose et ne vous donnent pas des conseils –, alors que je ne vois pas comment un Blanc pourrait ressentir ce qu'un Noir éprouve dans ces moments-là. L'empathie a ses limites… On peut imaginer. Essayer de se mettre à la place de l'autre. Mais on ne sera jamais à SA place ! Certains états ne s'appréhendent réellement que lorsqu'on est plongé dedans de façon similaire. Qui comprendra mieux les souffrances d'une mère qui a perdu son enfant, en dehors d'une autre privée du sien à tout jamais ? Les désespoirs, les douleurs, les malheurs ne se comprennent vraiment que lorsqu'ils sont identiques…

— Jo ?

L'insistance de Scott me tire de mes pensées. Il attend une réponse. Laquelle ? Sa seule présence a le don de faire remonter à la surface des sentiments qui pour la plupart m'indisposent, m'embarrassent et me déconcertent. C'est difficile et éprouvant de toujours donner l'impression aux autres que tout va pour le mieux. Que rien ne vous atteint. Que vous êtes au-dessus de tout… quand vous vivez un drame dont ils ne sont absolument pas conscients ! Alors que chaque petit regard, chaque geste, chaque parole vous touche… et menace le fragile équilibre que vous tentez de maintenir. Scott fait partie de ces personnes qui, sans même s'en apercevoir, font resurgir vos blessures – mes blessures – les plus profondes.

— Je ne sais pas pourquoi, lâche-t-il d'une voix encore rauque – peut-être à cause de la bombe –, mais ça m'ennuierait vraiment que tu décides de partir…

C'est cet aveu qui m'aide finalement à trancher. Savoir qu'il a envie que je reste me fait du bien. Me rassure. Me réconforte.

— J'ai besoin de travailler, et les pourboires sont bons.

— C'est vrai que le boss a un sale caractère, ajoute-t-il avec un sourire, mais tu dois reconnaître que les heures sup sont bien rémunérées. Ça peut être un argument de plus, non ?

— Oui, et c'est un argument de poids, je lâche en lui retournant son sourire. Je reste.

Pour la seconde fois dans ma vie, je ne suis pas mon instinct. Ma raison. J'espère juste ne pas devoir le regretter.

***

J'ignore combien de temps s'est écoulé depuis que nous sommes dans la réserve à contrôler les stocks. Scott ouvre chaque caisse et vérifie le nombre de bouteilles. De mon côté, je me contente de lui confirmer que cela correspond bien à ce qui est inscrit sur le cahier et de rajouter une commande quand il m'informe que la quantité de bouteilles est insuffisante. Assise sur une chaise, mon job est de loin le plus tranquille. Il me laisse tout loisir d'observer en catimini la puissante musculature de mon patron, chaque fois qu'il soulève et déplace une caisse. Son front est luisant de sueur. Sous son tee-shirt couvert de poussière, je ne rate pas la moindre contraction de ses épaules, de ses abdos… de ses cuisses lorsqu'il se lève, puis se baisse. Si j'avais un fusain, je le croquerais avec plaisir. À défaut, je me contente de mémoriser chaque plein et délié de son corps magnifique en songeant qu'il serait un parfait modèle. J'ai un pincement au cœur. Même si je continue à pratiquer cette passion à la maison pour des raisons pécuniaires, l'ambiance de l'atelier et les conseils de Mel – mon ancienne prof de dessin – me manquent…

— Et voilà ! Ce n'est pas la partie du boulot que je préfère, mais il fallait le faire… hum…

Merde ! Avec mon stylo dans la bouche, les yeux braqués sur ses fesses, il vient de me surprendre en plein délit de reluquage aggravé, je songe en sursautant. *Et il va encore s'imaginer je ne sais quoi…*

— Hum… continue-t-il en époussetant son jean, alors que je me lève brusquement. La vue était intéressante ?

— Je sais à quoi tu penses, et je t'assure que ce n'est pas du tout à ça…

— Et à quoi pensais-tu précisément en matant une partie bien spécifique de mon anatomie ? demande-t-il en retenant un rire.

— C'é… c'était juste le… le…

Mon Dieu ! Ou comment se tirer une balle dans le pied toute seule ?!

— Je t'imaginais simplement en train de poser pour moi, je finis par lui avouer sans bégayer, à mon grand soulagement. J'aime beaucoup dessiner et…

— Tu m'imaginais en train de poser pour toi ? répète-t-il en me coupant en pleine phrase, l'air songeur. Et tu m'imaginais… nu ?

Brusquement, la réserve me paraît beaucoup trop petite pour nous deux. Et beaucoup trop chaude, malgré son ambiance volontairement maintenue à une faible température. Je suis certaine que si je pouvais rougir, une tomate ferait pâle figure à côté de mes pommettes.

— Pas du tout, je parviens néanmoins à lui répondre dans un souffle. Tu étais dans une tenue tout à fait décente.

— Ça arrive que les modèles posent nus, non ? m'interroge-t-il en s'approchant.

Soudain, il empiète sur mon espace personnel. Je me retrouve proche de lui au point de sentir la fraîcheur de sa respiration sur ma peau brûlante.

— Oui, bien sûr, je murmure. Ça arrive…

Assez près pour surprendre le tressaillement de ses lèvres.

— Je ne l'ai jamais fait, mais je serais ravi de te servir de modèle. Et si tu veux que je sois nu, ça ne me pose aucun problème…

Mon souffle se bloque.

Fais quelque chose, ma grande ! Recule !

— Je suis pudique du cœur mais pas du corps, continue-t-il la voix éraillée et avec un sourire amusé. Et je suis certain que l'expérience serait très agréable…

Oh la la ! Danger imminent !!!

Même quand il fait la gueule, ce mec est outrageusement sexy. Alors, s'il est souriant, c'est un piège diabolique. Mais c'est avant tout – et surtout ! – mon boss.

— Scott ! T'es où ? rugit soudain la voix stridente de l'adolescente.

Je me recule promptement en essayant de reprendre mes esprits, alors que le bruit de ses pas – annonce de son arrivée imminente – met fin à notre tête à tête incongru.

— Je suis dans la réserve, s'écrie-t-il pour la rassurer, avant d'ajouter à voix basse : En plus, ça te permettrait de vérifier si la réalité est à la hauteur de ton imagination.

— Je t'ai déjà dit que je te visualisais uniquement en vêtements. Tout habillé…

Non ! Surtout ne pas commencer à l'imaginer nu… non, non !

— Ça y est ? Vous avez terminé ? nous demande Lily Rose en surgissant, et alors que son frère éclate de rire : Qu'est-ce qui te fait rigoler comme ça ?

Sans lui répondre – heureusement pour moi –, il l'attrape par le bras et quitte les lieux. Je ramasse cahier et stylo… et leur emboîte le pas.

Dans le couloir, je jette un coup d'œil au cadran de ma montre : dix-huit heures quarante-cinq. Si je me dépêche, j'ai encore le temps de prendre une douche, manger un petit quelque chose et revenir ici à l'heure pour prendre mon service.

Dès que nous arrivons dans la salle, je dépose mon chargement sur le bar et attrape mon sac.

— Ravie d'avoir fait ta connaissance, Lily Rose…

Je note mon numéro de téléphone sur la feuille vierge d'un carnet qui traîne sur le comptoir, l'arrache d'un coup sec et la lui tends. J'évite de croiser le regard de Scott, pourtant je sens ses yeux posés sur moi.

— Si l'envie te prend un jour de discuter avec une folle furieuse, n'hésite pas !

Comme son frère s'apprête à ouvrir la bouche, et avant qu'il ait le temps de prononcer le moindre mot, j'ajoute :

— Bon, il faut que j'y aille ! Mon patron m'a à l'œil, et si je me pointe en retard, je vais encore me faire virer…

Puis je les laisse en plan et file à toute vitesse vers la sortie en me faisant l'effet d'une voleuse. Ce n'est qu'une fois sur le parking que je respire à nouveau librement. Et la tension qui crispait mes épaules disparaît enfin.

Ça aurait pu être pire, je songe en ouvrant la portière de ma voiture, *j'ai toujours mon job ! Maintenant, il suffit que je suive mon instinct… me tenir éloignée de lui…*

Ça ne devrait pas être si compliqué !

Chapitre 13

Scott

8 avril, 19 h 30

J'ai le sentiment d'être seul responsable du départ précipité de Jo. C'est un sentiment d'autant plus désagréable que j'en ignore la raison. Ce n'est tout de même pas le fait de lui avoir proposé de poser nu pour elle, si ? Je pensais qu'un seuil avait été franchi et que l'ambiance entre nous deux était plus cordiale à présent… moins glaciale… Il semblerait bien que je me sois trompé.

Et puis, merde !

J'ai des problèmes plus importants à régler. Et parmi tant d'autres, j'en fixe en ce moment même un de taille, lamentablement échoué sur une banquette du club. Ma charmante – et sage, enfin, jusqu'à aujourd'hui – petite sœur.

Mais qu'est-ce qui lui est passé par la tête ?!

— Tu joues à quoi, Lily Rose ? Qu'est-ce que va dire notre père, d'après toi ?

— Rien du tout, affirme-t-elle en haussant les épaules. Parce qu'il faudrait déjà qu'on se croise pour ça, et vu que ces derniers temps, ça ne nous arrive presque plus… pas de risque.

— Tu ne devrais pas être en train d'étudier, là ? Qu'est-ce que tu as fait de ta journée pour finir dans un état pareil ?

Ne me dis pas que tu as séché les cours ? Pas toi !

— Et pourquoi donc, pas moi ? riposte-t-elle d'une voix agressive. N'essaie pas de me faire croire que tu en as quelque chose à foutre ! Tu ne passes plus jamais à la maison ! Tu te souviens de la dernière fois où tu es venu, hein ? Parce que ça fait un sacré bail… pour être plus précise, c'était avant la mort de maman…

Ses paroles me font atrocement mal. Mais moins que l'ombre triste et désemparée que je parviens à discerner derrière les brumes de l'alcool. La voir dans cet état me replonge des années en arrière. Combien de fois suis-je rentré à la maison, complètement bourré ? Combien de fois ai-je fait l'impasse sur le lycée ? Combien de fois ma mère a-t-elle été obligée de me traîner jusqu'à ma chambre ? De s'interposer entre mon père et moi ? Un putain de nombre incalculable de fois ! Sauf que ma mère n'est plus là ! Elle n'est plus là pour prendre soin de Lily Rose. Pour veiller sur elle. Pour lui éviter de sombrer comme elle l'a fait avec moi. Et apparemment, mon père – bien que toujours en vie… en tout cas, aux dernières nouvelles – ne semble pas prêt à endosser ce rôle. Mais qu'est-ce que fabrique Matthew ? C'est lui l'aîné, après tout !

Et toi ? souffle une petite voix dans ma tête. *Qu'est-ce que tu fabriques, toi ?*

— J'ai merdé grave, c'est vrai, suis-je bien obligé de reconnaître en m'agenouillant devant elle. Mais ne dis plus jamais que je n'en ai rien à foutre. Parce que c'est faux !

— Ben voyons ! Y a qu'à voir comment tu prends de mes nouvelles…

Je ne me souviens même plus de la dernière fois où je lui ai téléphoné. Sans doute était-ce avant la mort de notre mère, c'est vrai. En revanche, je sais qu'elle m'a appelé souvent, très souvent, tout comme mon frère, et que j'ai préféré ne pas répondre. Que j'ai choisi de fuir sa détresse.

Parce qu'elle ne faisait qu'amplifier la mienne. Et qu'isolé dans ma rage égoïste, je n'avais aucune parole ou geste de réconfort à lui apporter. À apporter à ma famille.

— Tu m'as laissée tomber, continue-t-elle, implacable, des larmes plein les yeux. Tu m'as oubliée, rayée de ta vie, comme si je n'avais jamais existé…

Dire qu'en cet instant je me fais l'effet d'un connard est encore très loin de la vérité.

— Comme si, moi aussi, j'étais morte, conclut-elle en plongeant son regard perdu dans le mien.

C'est comme un coup de poing. Brutal. Violent. Qui me coupe le souffle et me laisse complètement sonné durant quelques secondes par sa cruelle sincérité.

— Ne dis pas ça, je lâche d'un ton rauque en attrapant son visage entre mes mains. Ne dis plus jamais une horreur pareille ! Je ne t'ai pas oubliée et encore moins rayée de ma vie. Mais tu as raison, je me suis trop longtemps laissé bouffer, ronger par la haine qui m'habite.

— Pour qui éprouves-tu de la haine ?

Je comprends alors que chacun de nous tente comme il le peut de surmonter la perte de notre mère. Lily Rose en se noyant dans l'alcool. Mon père, dans le travail. Tout comme mon frère. Moi…

— Pour la personne qui a mis fin aux jours de maman. J'y pense tous les jours et…

Les mots s'arrêtent au bord de mes lèvres.

— Et quoi ? insiste ma cadette. À quoi penses-tu ?

J'ai la sensation que si j'exprime tout haut ce qui me hante depuis des mois, une digue se brisera. Et j'ignore quel sera le résultat du raz de marée que cela provoquera. Bon ou mauvais ?

— J'aimerais que cette saloperie paye pour ses crimes !

— Et c'est exactement ce qui se passe…

— Ce n'est pas suffisant ! je la coupe d'une voix chargée

de fureur mal contenue. Ça ne le sera jamais assez.

— Tu me fais peur, Scott.

Je regrette aussitôt mes paroles. Mais il est trop tard pour les effacer.

— Moi aussi, je me fais peur, crevette. Tu comprends maintenant pourquoi j'évite de venir vous voir. Pourquoi il est préférable que je reste dans mon coin.

— Non, c'est justement tout le contraire qu'il faut faire, assène-t-elle avec force en s'agrippant à moi. Tu ne dois pas rester seul, et surtout, tu ne dois plus penser à des choses pareilles. Tu dois penser à moi…

Son débit de paroles se fait de plus en plus rapide. Comme si elle avait peur.

— Et aussi à maman. À ce qu'elle voudrait te voir faire, à ce qu'elle te dirait…

Comme si elle avait peur de me perdre.

— Tu ne dois penser qu'à moi, à maman, à notre grand nigaud de frère qui rêve de devenir Président… et à papa aussi… parce que je t'aime, on t'aime tous…

Comme si… mais peut-être le « si » est-il déjà de trop ?

— Tu ne dois penser qu'à moi, à moi, à nous…

Elle continue ainsi, sans s'interrompre, pendant de longues, longues minutes, jusqu'à ce que je lâche un mot. Un seul. Celui qui la rassure.

Et alors seulement, elle se tait.

***

Je ferme la porte du club et enclenche l'alarme. Lily Rose à mes côtés, je me dirige vers ma voiture.

— Ce n'est pas ta serveuse, là-bas ? m'interroge ma sœur en désignant de la main une petite Mazda rouge un peu cabossée.

— On dirait bien que tu as raison, je confirme après avoir vérifié, puis j'ajoute en lui confiant ma clé : Attends-moi dans le 4x4, je vais voir ce qui se passe.

Elle devrait être partie depuis un bon moment, je songe en avançant à grandes enjambées jusqu'au véhicule. Je tape un petit coup sec sur la vitre.

— Tu as un problème ?

Cela ne dure qu'une seconde, néanmoins j'ai le temps de surprendre son froncement de sourcils et la crispation de ses lèvres lorsque ses yeux tombent sur moi.

— Mon portable doit être dans ta poche, marmonne-t-elle en ouvrant la portière et en sortant. Le garagiste m'avait bien prévenue qu'il ne fallait pas attendre pour réparer cette maudite fuite d'huile, mais j'ai cru qu'il exagérait, comme toujours…

Elle donne un coup de pied dans un pneu et poursuit, agacée :

— Sauf que ce n'était pas le cas, et cette satanée bagnole a décidé de me lâcher maintenant ! Foutu karma !

J'ignore ce qui me fait le plus sourire. Ses petits coups de pied rageurs ou les jurons qu'elle maugrée entre ses dents.

— Pourquoi tu n'es pas revenue au club pour téléphoner à ton garagiste ?

Elle pivote vers moi. À la voir ainsi, dans sa tenue estivale, avec ses cheveux bouclés qui encadrent son visage, l'image d'une touriste – diablement séduisante – s'impose à moi.

— J'aurais pu, répond-elle en entortillant une mèche autour de son doigt, mais j'ai pensé que vous aviez des choses à vous dire, ta sœur et toi. Alors, je me suis dit que j'allais attendre un peu.

— Seulement tu ne pensais pas que ça prendrait si longtemps, je lâche en étouffant un rire, puis après avoir jeté un œil sur ma montre, je rajoute : Écoute, il est trop tard pour joindre ton garagiste. Tu peux laisser ta voiture sur le parking du club, elle ne risque rien. Je vais te déposer chez toi et…

— Non, non, ce n'est pas nécessaire, m'interrompt-elle subitement. Je vais juste appeler un taxi, ce sera très bien.

— Un taxi ? Et tu comptes aussi revenir bosser tout à l'heure et repartir chez toi en taxi ? Ça va te coûter une fortune…

À ses traits crispés, je devine aussitôt que mon argument financier a fait mouche.

— Tu n'as pas hésité à venir me filer un coup de main aujourd'hui, et…

— Des heures sup bien payées, me rappelle-t-elle. Donc, tu ne me dois rien du tout.

— Peut-être, je riposte avec un sourire, mais je ne fais pas seulement allusion à ça. Je n'oublie pas ce que tu as fait pour ma sœur quand tu as pris sa défense…

— Ce n'était pas la meilleure idée de la journée, intervient-elle encore.

— J'en connais beaucoup qui n'auraient jamais pris le risque de perdre leur boulot pour une inconnue. Crois-moi, je te dois plus que tu ne le penses. Alors à partir de maintenant et jusqu'à ce que ta voiture soit réparée, considère-moi comme ton chauffeur attitré…

Et avant même qu'elle puisse ouvrir la bouche pour refuser, je l'attrape par la main et ajoute :

— Fin de la discussion ! Après tout, c'est moi le boss, non ?

Chapitre 14

Joanna

8 avril, 20 h 10

Ses doigts entrelacés aux miens. Le contact de sa peau sur la mienne. Son corps tout proche du mien… Tout cela fait naître en moi un désir charnel que je préfère rejeter. Je dégage ma main de la sienne d'un geste sans doute un peu trop brusque.

En silence, nous regagnons sa voiture. D'un signe de tête, il m'invite à prendre place à l'avant, tandis qu'il en fait le tour pour s'installer derrière le volant. Sa sœur est allongée sur la banquette arrière, un bras replié sur le visage.

— Comment va-t-elle ? je l'interroge tout doucement en bouclant ma ceinture.

Le regard attristé et doux qu'il me lance me bouleverse. Probablement parce que j'y lis sans peine tout l'amour fraternel et l'inquiétude qui s'y manifestent. L'un de ces regards que j'aurais aimé que ma mère ait pour moi. Ne serait-ce qu'une fois.

— Pour ce qui est de sa petite beuverie, ça ira. Pour le reste… je n'ai pas vu qu'elle allait si mal, m'avoue-t-il dans un souffle en démarrant, mais j'aurais dû me douter qu'elle est bien trop jeune pour gérer ça toute seule. Surtout en voyant que je n'y arrive pas moi-même. J'ai été complètement aveugle à sa détresse et d'aucun soutien pour elle…

J'ignore toujours précisément le drame qui le touche, mais je comprends brusquement qu'il n'est pas le seul à être impliqué. Sa sœur aussi. Et donc, probablement, toute sa famille.

— Pas plus que mon père, à l'évidence, me confirme-t-il alors qu'une question me brûle les lèvres. C'est quoi ton adresse, déjà ?

Je lui donne la même que celle qui figure sur mon contrat. Celle de la mère de Cooper. *Juste au cas où,* m'avait-il dit, *autant mettre toutes les chances de ton côté, et si jamais l'envie leur prenait de vérifier, aucun risque qu'ils fassent le rapprochement avec ta mère et que cela te nuise.* Je remercie en silence mon meilleur ami pour sa sagacité.

— J'espère que les choses vont s'arranger, maintenant, je murmure en jetant un rapide coup d'œil sur Lily Rose. Pour vous deux et ta famille…

J'hésite quelques secondes à lui demander quelle tragédie les a frappés. Mais je ne suis que son employée après tout – en aucun cas une personne de son entourage, et encore moins une amie –, et c'est cela qui me stoppe.

— Merci, Jo, je l'espère aussi. Lily Rose est jeune, c'est peut-être sa plus grande force, non ?

J'ai l'impression que sa question ne concerne pas uniquement sa sœur. Qu'elle l'englobe, lui aussi. Cependant, je n'ai pas le temps de formuler une réponse qu'il enchaîne déjà d'une voix étranglée :

— Elle a seize ans tout juste et… elle vient de perdre sa mère. Tu crois que tu y survivrais, toi ?

Si je survivrais à la perte de ma mère ?! À la disparition de Lucy Richardson ?!

Un frisson d'horreur me transperce lorsque je songe à la réponse qui me vient spontanément. *Oui !* J'aurais même préféré être orpheline, vu le peu de cas que cette femme a fait de moi depuis ma naissance. *Alors, oui ! Oui ! Mille fois oui !*

Et je survivrais même plutôt bien. Toutefois, je ne dis rien de tout cela. Bien évidemment ! Je tente juste de reprendre mon souffle qui s'est brusquement emballé. De calmer les battements effrénés de mon cœur. Les mains crispées sur mes genoux tremblants, je m'efforce d'occulter le flot de pensées malsaines qui me submerge en songeant à ma mère… cette meurtrière. Je m'acharne à refouler toute la monstruosité que ses actes m'inspirent.

— Vu ta réaction, tu n'y arriverais pas non plus, affirme Scott en posant sa main sur mon bras. Et c'est bien normal…

J'ai un haut-le-cœur. Une envie subite de vomir. De vomir ma mère. Moi !

— Merde ! s'exclame-t-il en arrêtant la voiture sur le bas-côté puis en attrapant mes mains. Tu es glacée ! Excuse-moi, je ne voulais pas te mettre dans un état pareil.

Il me fait sortir du 4x4 et me frotte énergiquement les bras puis le dos. Un goût acide dans la bouche, je peine à retrouver une respiration normale.

— Tu te sens mieux ? s'inquiète-t-il en m'enlaçant. Ça va aller ?

Le visage plaqué contre son torse, je laisse la chaleur de son corps m'envahir. S'insinuer lentement dans chaque parcelle de mon être. Puis chasser le vide glacial, la noirceur qui me dévaste de l'intérieur.

— Désolée, je finis par lâcher d'une petite voix. Je ne sais pas ce qui m'a pris…

— Hey ! Ne t'excuse pas d'être sensible, et d'avoir du cœur alors que trop de gens en manquent cruellement.

Ses mains quittent mes épaules et se placent de chaque côté de mon visage. Sa bouche n'est plus qu'à quelques centimètres de mes lèvres. Ses yeux plongent dans les miens. Son souffle glisse sur ma peau. Et le temps d'un battement de cils, tout ce qui nous entoure s'évanouit. Les bruits de la ville, des voitures qui défilent. Les phares qui nous éclairent par rafales. Il attrape une mèche de mes cheveux et l'enroule autour de son doigt. Je sens les battements de son cœur contre ma poitrine. Une veine palpite frénétiquement sur sa gorge. Sa respiration s'accélère de seconde en seconde. Tout comme la mienne. Je sais que je devrais m'éloigner. Reculer. Mais je n'y arrive pas. Je reste immobile. Dans l'attente de quelque chose… quand un klaxon de camion retentit soudain et nous fait sursauter tous les deux. Je reprends brutalement mes esprits en me traitant d'idiote et m'écarte aussitôt.

— Ça va mieux, merci, je lance précipitamment. Il faudrait y aller…

J'ignore si son froncement de sourcils est dû à mon geste de recul, ou plutôt à notre échange un peu trop familier. Je ne sais pas ce qui me déstabiliserait le plus…

— Oui, tu as raison, marmonne-t-il en ouvrant sa portière. Il faut que je dépose ma sœur et que je repasse te chercher ensuite.

L'imposant 4x4 se glisse à nouveau dans la circulation, nous restons muets désormais. Pendant que la route défile, je triture nerveusement mes doigts. *J'aurais dû appeler un taxi,* je pense, alors qu'un sentiment de malaise m'étreint dans le silence qui s'éternise et qu'aucun de nous deux ne semble prêt à briser. *Pourquoi a-t-il fallu que ma voiture me lâche aujourd'hui ? Hein, pourquoi ? Pourquoi reste-t-il ainsi sans rien dire ? Je pourrais dire quelque chose… mais quoi ? Merde ! Merde ! Merde ! C'est franchement gênant comme situation… on ne devrait plus être très loin maintenant ?*

Et puis j'entends les premières notes du *concerto pour piano n°* 21 s'élever dans l'habitacle. Un morceau que j'apprécie tout particulièrement.

— Oh ! *WAM*… tout s'explique… je souffle subitement.

Un sourire se dessine sur son visage.

— Vraiment ? s'enquiert-il en haussant les sourcils avec incrédulité. Je t'écoute.

— *WAM*… pour Wolfgang Amadeus Mozart !

Je ne rate pas l'éclair de surprise qui passe dans son regard.

— À part ceux qui me connaissent vraiment bien – et encore, pas tous –, tu es la première à le comprendre sans que j'aie besoin de l'expliquer, lâche-t-il, médusé. Tu aimes ?

— C'est l'un de mes compositeurs préférés. Pour ne pas dire le préféré. À tel point que j'ai baptisé mon chat… Mozart !

— Mozart, répète-t-il avec un rire plein de tendresse. Mozart le chat…

Le sentiment de gêne qui m'étreignait quelques minutes auparavant disparaît avec nos rires qui se mêlent aux notes de musique.

— Qu'est-ce qui vous fait rire, tous les deux ?! bougonne soudain une petite voix à l'arrière alors que Lily Rose se redresse sur son siège.

— Figure-toi que Jo a compris l'acronyme des lettres du club sans avoir besoin de la moindre explication, crevette, et que son chat s'appelle Mozart !

L'adolescente me fixe avec un drôle de petit sourire et des yeux pétillants, où toute trace d'alcool a désormais disparu.

— Génial ! Une autre tordue de musique classique comme toi, frérot ! Mais je vous préviens : ne comptez pas sur moi pour vous accompagner à des concerts.

Le rire de Scott s'amplifie encore tandis que sa cadette me fixe avec gentillesse.

— Merci, lâche-t-elle dans un murmure. Ça fait du bien de l'entendre rire.

Je ne lui dis pas que moi aussi, ça me fait du bien. Je me contente de profiter de cet instant qui ressemble à s'y méprendre à un petit morceau de bonheur. J'ai conscience qu'il ne durera pas, alors j'en savoure juste chaque seconde.

Quand le 4x4 s'arrête devant la maison de la mère de Cooper, Lily Rose m'arrache la promesse que nous nous reverrons pour discuter de trucs de filles et que je lui donne quelques conseils pour ses études. Une promesse qui sera des plus faciles à tenir. La jeune sœur de Scott est adorable, et bien qu'elle soit largement plus âgée que mes élèves de la *Crowley Kindergarten School*, il n'en demeure pas moins que mon travail me manque énormément.

— Je vais te raccompagner jusqu'à ta porte, m'informe Scott alors que je m'apprête à sortir de la voiture.

Oh mon Dieu, surtout pas !

— Merci, mais franchement, ce n'est pas nécessaire. Vraiment ! Dis-moi juste à quelle heure je dois t'attendre.

Je me glisse à toute vitesse à l'extérieur en priant pour qu'il n'insiste pas.

— Ce n'est peut-être pas nécessaire, mais on m'a élevé ainsi, riposte-t-il, sourire aux lèvres.

Merde ! Merde ! Merde !

— Qui a dit que les hommes n'étaient plus galants de nos jours ? je rétorque en cherchant une idée de génie pour me tirer de ce mauvais pas.

Quand je le vois me rejoindre, je suis au bord de la syncope. Pour l'empêcher d'aller plus loin, je pose fermement ma paume sur son torse. Aussitôt, une onde de chaleur se répand dans tout mon corps. Décontenancée et confuse, j'entends un imperceptible *désolée* qui s'échappe de ma bouche tandis que son cœur bat sourdement contre ma main. Je la retire brusquement et recule un peu. Puis je balance le premier truc qui me vient à l'esprit.

— J'apprécie ton geste, Scott. Mais… disons que mon père est plutôt… enfin, bref, disons que mon père ne te ferait pas le plus charmant des accueils, galanterie ou pas ! Il peut être excessif, parfois…

Il m'observe pendant de longues secondes. Son regard allant de moi jusqu'à la porte de la maison de la mère de Cooper, quelques mètres plus loin.

— D'accord, je ne veux en aucun cas te causer des problèmes, lâche-t-il enfin. Je repasserai te prendre d'ici une heure. OK ?

— Oui, je serai prête.

Je le regarde remonter dans sa voiture. Quand son 4x4 disparaît de mon champ de vision, j'attends encore quelques minutes sur le trottoir. Puis je file à toute vitesse vers mon domicile, à quelques rues de là.

J'ignore s'il m'a crue ou s'il a parfaitement deviné que je lui racontais des mensonges. Mais c'est bien le dernier de mes problèmes, non ?

De toute façon, en quoi son opinion a-t-elle de l'importance ?

Chapitre 15

Scott

19 avril, 22 h 00

— C'est la même adresse que celle qui est enregistrée sur son contrat de travail, non ?

Je suis bien obligé d'admettre qu'il n'y a pas d'erreur.

— Effectivement, je rétorque en m'ébouriffant nerveusement les cheveux. C'est la même, Nathan, mais je suis persuadé qu'elle me ment.

Mon ami se laisse choir dans le fauteuil en cuir qui fait face à mon bureau. D'une main, il saisit son verre puis avale une gorgée. Mes yeux sont fixés sur l'écran de surveillance qui transmet en direct des images du *WAM*. Et pas besoin d'être devin pour savoir que mon attention est focalisée sur une seule de nos serveuses : Jo.

— Pourquoi te mentirait-elle ? À quoi cela pourrait-il bien lui servir ? insiste-t-il. Franchement, je ne vois pas…

— Je n'en ai pas la moindre idée non plus, je réplique en me levant d'un bond. Mais je sens qu'elle me raconte des conneries ! Bordel ! Elle a vingt et un ans. Tu ne vas pas me faire croire que son père dirige sa vie à ce point-là ?! Elle m'interdit même de la raccompagner jusqu'à sa porte de peur qu'il ne me tombe dessus… tu imagines ? En pleine nuit ? Ça devrait plutôt le rassurer, non ?

Cela fait une semaine que Jo et moi arrivons et repartons ensemble. Je viens la chercher chaque soir et je la ramène chaque matin. Quand elle m'a annoncé que sa voiture ne serait pas réparée avant une quinzaine de jours, j'ai crié victoire. En silence. Et je l'ai convaincue, malgré sa manifeste velléité contraire, de me laisser poursuivre dans mes fonctions de chauffeur. Je me mentirais à moi-même si j'affirmais que je n'attends pas avec impatience les moments où je me retrouve seul avec elle. J'ai même réussi l'exploit de rallonger le trajet pour passer encore plus de temps en sa compagnie.

— Donc, tu ne penses pas que c'est à cause de son père ?

La question de Nathan me sort de mon introspection.

— Tout ce que je peux te dire, c'est qu'elle flippe totalement dès que je veux la reconduire à sa porte. Et chaque fois que je viens la prendre, elle m'attend déjà au coin de la rue. Comme si elle ne voulait pas qu'on nous voie ensemble.

— Son père est peut-être raciste, suggère Nathan en fronçant les sourcils. Après tout, ça marche dans les deux sens.

— J'avoue que ça ne m'était même pas venu à l'esprit.

Son père serait-il un fanatique anti-Blancs ? Ne supporterait-il pas de voir sa fille entretenir une relation avec un homme qui n'appartient pas à leur communauté ? OK, nous sommes encore loin d'avoir la moindre relation, Jo et moi. Pourtant, si cela ne tenait qu'à moi… J'ai une bouffée de désir en songeant à toutes les fois où elle passe devant moi dans un jean moulant et avec un tee-shirt ajusté qui ne cache rien de ses formes à damner un saint. Et comme je suis loin d'être un saint… je m'imagine en train de lui faire l'amour sur la banquette arrière de mon 4x4, ou dans mon bureau, puis sur le bar… dans mon lit… partout… encore et encore…

Putain, Scott… Arrête !

— On dirait bien que la sacro-sainte règle du boss est en train de prendre l'eau, ironise Nathan en me donnant une tape amicale sur l'épaule. Ce n'est pas moi qui t'en tiendrai rigueur. Seulement…

Il se plante face à moi, les traits soudain tendus, la mine sérieuse et inquiète.

— Écoute, Scott, tout le monde ici a remarqué qu'elle te fait du bien. Depuis qu'elle est arrivée au club, tu sembles plus serein et ça me fait franchement plaisir de te voir comme ça… mais si ce n'est pas à cause de son père, n'oublie pas qu'il est possible que ce soit à cause de *Beau Gosse*.

Sa remarque me fait l'effet d'un uppercut en pleine figure.

— Je l'avais complètement zappé, ce connard ! je lâche d'une voix rageuse.

J'inspire profondément. Plusieurs fois. Puis, quand j'ai retrouvé mon calme, j'ajoute :

— J'ai besoin de savoir où je mets les pieds et dans quoi je m'embarque avant qu'il ne soit trop tard. J'ai besoin de savoir que je peux lui faire confiance…

— Et si tu avais tout simplement une discussion sincère avec cette jolie demoiselle ?

— Oui. Et je n'attendrai pas une journée de plus !

***

Je n'attendrai pas une journée de plus, en effet. Mais quelques heures, au moins jusqu'à la fermeture du *WAM*…

Après ma discussion avec Nathan, j'ai préféré rester enfermé dans le bureau. Seul. À ressasser les moindres mots et gestes que nous avons échangés jusqu'ici, Jo et moi, pour tenter d'y voir plus clair. À disséquer le plus petit signe qui aurait pu me donner une indication quant à ses sentiments envers moi. Jamais je ne me suis pris autant la tête pour une nana. Et tout cela sans même l'avoir encore mise dans mon lit. Pas même embrassée. Juste quelques effleurements de sa main sur mes bras, de la mienne sur sa taille quand je l'aide à monter dans la voiture – toutes les excuses sont bonnes pour la toucher… –, de mes doigts jouant dans ses cheveux. Ses lèvres à la douceur incomparable qui se posent sur ma joue avant de me souhaiter une bonne nuit. *Putain de bonne nuit, tu parles !* En y réfléchissant, toutefois, tout cela n'a rien d'équivoque. Je suis peut-être le seul à voir des réactions là où il n'y en a pas. Le seul à ressentir ce désir infernal.

Ouais, tu es aussi sans doute le seul à te branler dans ton lit, alors que si ça se trouve, elle prend son pied avec l'autre connard, je songe, excédé. *Qu'est-ce qu'elle a de plus que les autres filles ?*

D'accord, j'aimerais m'accorder un corps-à-corps torride avec elle. Je rêve de voir s'enrouler ses jambes autour de ma taille. De plonger les mains dans sa crinière pour attirer sa bouche contre la mienne. De laisser fondre les heures sur sa peau caramel avec mes lèvres, ma langue… de l'embrasser jusqu'au bout de la nuit. Mais en toute honnêteté, cela ne s'arrête pas à son physique ou à son visage. J'aime surtout la façon dont elle me sourit et qui me réchauffe instantanément. J'aime sa voix, rauque et chaude, quand elle s'enthousiasme au sujet d'un film ou qu'elle me parle d'un bouquin. Sa passion, égale à la mienne, pour la musique classique, les vieux films et les musées. Son intérêt évident et sincère envers Lily Rose qui, même si elle n'est pas encore sortie de son cauchemar, semble aller mieux depuis qu'elles se téléphonent régulièrement toutes les deux… comme moi ?! Parce que c'est vrai, quand Jo est avec moi, je me sens mieux ! Je crois aussi que notre mère l'aurait adorée !

C'est tout ça qu'elle a de plus que les autres filles, je pense en fermant la porte du bureau avant d'aller la rejoindre au bar. *Tout ça, et sûrement beaucoup plus encore. Et pour toutes ces raisons, j'ai besoin de savoir si je peux te faire confiance, Jo !*

— On ne t'a quasiment pas vu de la nuit. Tout va bien ?

Comme d'habitude, je prends sa main et nous nous dirigeons vers la sortie. J'adore sentir sa peau contre la mienne, même si cela ne dure que quelques minutes, le temps de rejoindre la voiture. J'aime aussi le fait qu'elle ne la retire plus, désormais. Qu'elle me la laisse.

— Oui, j'avais juste besoin de réfléchir un peu...

Le bip de la commande d'ouverture des portières résonne dans la nuit. Je glisse mes doigts sur sa taille pour l'aider à entrer dans le 4x4, alors qu'elle n'en a nul besoin. Je me fais l'effet d'un pauvre mendiant, à sauter ainsi sur chaque occasion de la toucher. De la sentir plus proche. Seulement c'est plus fort que moi.

— Lily Rose t'aime beaucoup, dis-je en prenant place derrière le volant.

— C'est réciproque. Ta sœur est adorable...

Son parfum flotte dans l'habitacle. Même quand elle n'est pas là, son odeur est toujours avec moi. Je me demande combien il faudrait d'heures, de jours, avant qu'elle finisse par disparaître complètement. Tout en conduisant, je l'écoute en silence me vanter le dernier Stephen King. Comme je ne réponds rien alors que j'ai moi aussi lu le livre, elle enchaîne avec quelques anecdotes sur le groupe de filles un peu – beaucoup – éméchées venues fêter un EVJF, et dont l'une a failli finir en petite culotte sur le bar. Ce qui n'aurait pas été pour déplaire à la clientèle masculine du *WAM*.

— Tu n'es pas comme d'habitude, Scott. Quelque chose te dérange ? Tu... tu as envie d'en parler ?

Sa légère hésitation me déconcerte. Elle me donne l'impression qu'elle ne tient pas réellement à connaître ma réponse. Qu'elle a peur d'entendre ma réponse. Et je me demande bien pourquoi. Les mains crispées sur le volant, je laisse passer plusieurs minutes. Ce n'est qu'à l'instant où je tourne à l'angle du Quartier français que je me rends compte avec surprise que nous sommes déjà presque arrivés. *Finalement, ne serait-ce pas plutôt moi qui aurais peur d'entendre ses réponses ?* je m'interroge soudain en me garant sur le trottoir. Cette réflexion étrange me perturbe plus que je ne l'aurais souhaité.

— Je n'ai pas envie, mais j'ai besoin de te parler ouvertement, Jo, je commence en détachant ma ceinture. Je n'ai fait que ressasser dans le bureau et je t'avoue que j'aime bien savoir où je vais quand une fille… j'aime savoir où je mets les pieds avant de… Bref, j'ai besoin de connaître la vérité, que tu sois honnête avec moi. D'accord ?

Le tremblement de ses mains. De ses lèvres. Sa respiration plus rapide. Trop rapide. Son regard soudain fuyant et gêné.

Tout me saute brutalement aux yeux.

Chapitre 16

Joanna

20 avril, 3 h 30

Sa question reste suspendue dans les airs. Telle l'épée de Damoclès au-dessus de ma tête, n'attendant qu'un signal – le sien – pour me trancher la gorge. Pourquoi n'ai-je pas suivi mon instinct ? Je savais que cela n'apporterait rien de bon de me rapprocher ainsi de lui. Jour après jour, comme l'araignée tisse sa toile, il a créé des liens entre nous. Des petites bulles de douceur. Des petits instants de bonheur. Et quand nos doigts s'enlacent ou quand sa main s'attarde un peu trop sur ma taille, des frissons de désir…

— En es-tu capable ?

— Qu'est-ce que tu veux savoir, Scott ? je parviens tout juste à articuler d'une voix que je reconnais à peine.

Je jette un regard dans la rue. Il est à peine trois heures trente du matin. Aucune lumière aux fenêtres alentour. Tout le monde dort. Tout semble tranquille… mais peut-être est-ce juste une illusion ? Qui sait si, tapie dans les ténèbres, une silhouette ne me guette pas ? Du coin de l'œil, j'aperçois un chat qui passe d'un fourré à un autre. À quelques centaines de mètres d'ici, Mozart est certainement allongé sur mon lit. À m'attendre. En sécurité…

— Pourquoi refuses-tu obstinément que je te raccompagne jusqu'à ta porte ? C'est à cause de ton père ? Ou de ton petit ami ?

À cause de mon père ?! De mon petit ami ?!

— Je n'ai pas de petit ami, je lâche avec un hoquet de surprise. Et que vient faire mon père là-dedans ?

— Est-ce qu'il serait contre le fait que sa fille fréquente un… Blanc ?

Merde ! Merde ! Merde ! Je commence à comprendre pourquoi une telle idée lui est venue à l'esprit. Mais que puis-je lui répondre ? La vérité ? J'ignore totalement si mon géniteur serait contre le fait que sa fille sorte ou non avec un Blanc, étant donné que lui et moi n'avons jamais été en contact. Si je le croisais dans la rue, je ne saurais même pas le reconnaître. Et vice versa, d'ailleurs !

— Il ne me semble pas que nous entretenions une relation tous les deux, je me contente de lui répondre. À moins que j'aie loupé un épisode et ce serait dommage…

Je lui souris et tente de faire passer un peu d'humour dans la conversation, mais son regard fermé m'informe que je me suis lamentablement vautrée.

— Bordel ! Ton père est-il ou non un gros con de raciste, Jo ? C'est pourtant simple comme question, non ?!

Prise de court, je lâche :

— Non !

Je le regrette aussitôt en devinant ce qui va suivre et me reprends précipitamment :

— Enfin, si ! Si ! D'accord…

Que puis-je dire d'autre ? Que cette maison devant laquelle il me dépose chaque soir appartient à la mère de Cooper ? Que je réside en fait quelques rues plus loin ? Dans la demeure de Lucy Richardson, tueuse en série ? Et accessoirement… la femme qui m'a mise au monde ?!

— Je… je suis désolée, je bafouille, la respiration haletante. Mon père peut avoir… de drôles de réactions, parfois…

— Je me fous complètement de savoir que ton père est raciste, m'affirme-t-il d'une voix qui me fait frémir et en m'enlaçant. Il va devoir apprendre à me connaître, c'est tout. Et peut-être arrivera-t-il à m'apprécier.

Son souffle sur ma peau m'électrise. Prisonnière de ses bras, je ne peux empêcher mon cœur de s'emballer. Et mon corps de s'embraser. Pourtant, j'essaie de lutter encore.

C'est ton patron ! Ne l'oublie pas !

— Pourquoi moi ? Tu as l'embarras du choix. J'ai bien vu, au club, comment les clientes tentent d'attirer ton attention…

— Pourquoi aimes-tu autant le chocolat ? me coupe-t-il d'une voix rauque et en approchant son visage tout près du mien. Parce que c'est doux, sucré et amer tout à la fois ? Parce que chaud ça glisse tout seul dans ta bouche…

Ses mots me font fondre. Littéralement. Autant que la passion qui émane de lui en cet instant. Et c'est dans un soupir que je murmure :

— Tu me compares à de la nourriture. Vraiment ?!

— J'aimerais surtout que tu te jettes sur moi comme je t'ai vue le faire hier avec la tablette de chocolat…

Un gémissement teinté de désir s'échappe de mes lèvres alors que ses yeux plongent dans les miens, et qu'il lâche dans un souffle :

— Parce que c'est toi, Jo… tout simplement.

Est-ce trop égoïste de vouloir que cet instant dure juste un peu plus longtemps encore ?

Coupant court à toute tentative de discussion, si j'en avais eu l'intention, sa bouche se pose alors sur la mienne. Ses lèvres sont tendres, aussi légères qu'un nuage. Son baiser a la saveur de l'oubli, le goût de l'espoir, des rêves insensés…

Son baiser me trouble. M'étourdit. C'est comme un délicieux vertige qui s'empare de moi.

20 avril, 11 h 30

Toujours enfouie sous les draps, je tâtonne à la recherche de Mozart… qui n'est plus à mes côtés. Le soleil inonde la chambre par les volets entrouverts. Mon lit. Moi.

Je m'étire langoureusement. Je passe un doigt sur ma bouche d'où s'échappe un petit gémissement de frustration, là où les lèvres de Scott ont laissé une empreinte. Une trace. Comme un songe délicieux… qui brusquement s'efface lorsqu'un bruit de verre brisé m'extirpe de ma rêverie sentimentale.

— Mozart ! Tu n'as pas bientôt fini !

Je repousse les draps et attrape à la va-vite un long tee-shirt que j'enfile. Pieds nus, je descends les escaliers à toute allure pour découvrir l'origine du bruit qui m'a obligée à me lever, et qui me semble provenir du salon.

— J'espère pour toi que tu n'as pas fait de bêtise…

Mais dès que je pénètre dans la pièce, j'aperçois la vitre brisée et la brique sur le parquet, entourée d'un papier blanc maintenu par un élastique. Je reste d'abord plusieurs minutes sans rien faire. Le corps tendu. Les mains crispées. La peur que j'avais murée au pays des songes revient en force et gagne du terrain de seconde en seconde.

Mon portable se met à sonner. Je ne bouge toujours pas. Je me contente de fixer le papier blanc et les morceaux de verre éparpillés sur le sol. Puis la sonnerie retentit encore. Insistante et stridente dans le silence terrifiant qui m'entoure. Elle finit par rompre ma léthargie. Tremblante de crainte et de rage, j'esquisse quelques pas avec précaution et attrape mon sac pour en sortir mon téléphone.

— Quoi ?!

Surpris par la fureur de ma voix, mon correspondant demeure muet un court instant avant de se manifester.

— Miss Richardson, commence avec hésitation une voix féminine. Je suis la secrétaire de maître Fields, l'avocat de votre mère.

Comme s'il était nécessaire de me le préciser !

— Nous tenions à vous faire savoir que nous n'avons toujours pas reçu votre chèque, mais sans doute est-ce un simple oubli de votre part ?

Bande de vautours !

— Néanmoins, nous souhaitons vous rappeler qu'il est impératif que vous respectiez les dates de versement, continue-t-elle, puis après un bref arrêt, elle ajoute sur un ton qui se veut humoristique : Nous ne sommes pas une banque, voyez-vous ?!

Tu m'étonnes !

— Miss Richardson ? Que dois-je dire à maître Fields ?

Qu'il aille se faire foutre ! Qu'elle aille se faire foutre !

— Miss ? Vous m'entendez ?

Avec toi, maman, je ne gagne jamais, n'est-ce pas ?

— Le chèque…

Je perds à tous les coups !

— … partira aujourd'hui.

— Très bi…

Sachant que même les appels téléphoniques me sont facturés, et avant qu'elle me balance sa formule de politesse, je lui raccroche au nez. *Bien piètre consolation,* je songe, le regard toujours focalisé sur le papier blanc qui me nargue au beau milieu de mon salon parsemé d'éclats de verre. *Encore des menaces, aucun doute !*

Le portable toujours à la main, je m'interroge sur l'utilité de prévenir – encore – le poste de police. Finalement, je m'abstiens. À quoi bon ? Je sais déjà que cela ne servira à rien. Personne – et surtout pas mes chers voisins – n'aura rien vu, rien entendu. Les flics n'auront pas le temps de venir relever d'hypothétiques empreintes. Bien au contraire, ils me feront remarquer que je vais leur faire perdre de précieuses heures pour une bêtise de gamins !

Tu leur sembleras plus digne d'intérêt quand tu finiras en fait divers !

Je me demande alors si, ce jour-là, les Maize auront vu ou entendu quelque chose…

Je finis par rejoindre la cuisine et, tel un automate, j'allume la radio, remplis la bouilloire d'eau et fourre deux tranches de pain de mie dans le toaster. Puis j'attrape le paquet de croquettes et je garnis la gamelle de mon monstre affamé en l'appelant plusieurs fois. Mais cet ingrat ne daigne pas pointer le bout de son museau.

Assise devant mon bol de thé, j'effectue un tri dans mes factures. Il ne me faut que quelques minutes pour constater qu'il n'y a qu'une pile : à régler de toute urgence ! Les honoraires de l'avocat, le crédit de la maison, l'électricité, le téléphone, l'assurance, la nourriture… et maintenant, celle du vitrier qu'il va falloir que j'appelle en urgence car je ne peux pas partir travailler ce soir en laissant la maison avec une vitre cassée… Mon salaire au club et les pourboires parviennent tout juste à les couvrir. J'ouvre la dernière enveloppe.

La poisse !

Celle du garagiste ! Un nœud me tord l'estomac à la vue de la pile de dettes qui s'entasse sur la table. J'avais un boulot que j'adorais et je me retrouve serveuse dans une boîte de nuit. Je paye un avocat pour défendre une meurtrière. Le crédit d'une maison remplie de souvenirs détestables et honteux, et où je ne me suis jamais vraiment sentie heureuse… et tout ça à cause de qui ? Ma mère ! J'ai la sensation détestable qu'elle m'entraîne dans sa descente aux enfers, centimètre après centimètre. Inexorablement. Qu'elle m'enlise dans sa boue en une lente agonie.

Pourquoi as-tu fait ça ?! Comment as-tu pu faire ça ?! Comment ai-je pu ne rien voir venir ? Ne rien deviner ? Comment est-ce possible ? Pourquoi, maman ? Pourquoi ?!

Et moi ? Moi ?!
Est-ce juste une question de temps avant que je devienne comme toi ?
Dis-moi !

Chapitre 17

Scott

20 avril, 22 h 30

— Vous vous êtes disputés, tous les deux ?

C'est la deuxième fois que Bella me pose la question.

— C'est vrai, quoi, continue-t-elle avec un petit sourire en coin tout en rendant la monnaie à Olivia – qui en profite pour tendre l'oreille –, il a dû se passer quelque chose pour que Jo arrive toute seule ce soir, non ?

Agacé, je lui lance un regard noir et continue de préparer mes cocktails. Malheureusement, cela ne l'arrête pas le moins du monde.

— En plus, j'ai trouvé qu'elle avait les yeux rouges… comme si elle avait pleuré.

— Ah ! Tu as remarqué, toi aussi, lance alors Olivia en se penchant au-dessus du bar. Elle n'a vraiment pas l'air en grande forme.

— Il ne me semble pas que ce soit l'heure de ta pause. À moins que je ne me trompe ? je l'interroge énervé et d'un ton sec.

Olivia se saisit aussitôt de son plateau et disparaît sans demander son reste. J'aimerais que ce soit aussi facile avec ma barmaid en chef. Sauf que mes humeurs sombres et mon caractère de cochon ne l'ont jamais fait fuir. Bien au contraire.

— Et elle est arrivée en retard, reprend-elle comme si de rien n'était. C'est plutôt étrange…

Je ne peux que lui donner raison. Depuis que j'ai reçu le SMS de Jo m'informant qu'elle se rendrait seule au club, mon cerveau n'arrête pas de carburer. Et son arrivée n'a rien arrangé. Moi aussi, j'ai remarqué ses yeux rouges. Pourtant, elle n'a pas cessé de m'assurer que tout allait bien et mon insistance a fini par lui porter sur les nerfs. Tout comme celle de Bella en ce moment même m'exaspère au plus haut point.

— Il n'y a eu aucune dispute entre nous.

— Tu en es bien sûr ? persiste-t-elle encore en inclinant la tête pour me fixer. Parce qu'à la voir, on ne dirait pas !

— Bordel ! Puisque je te le dis !

— OK ! Pas besoin de crier ! abdique-t-elle enfin en haussant les épaules. Si tu le dis…

J'étouffe un juron en devinant qu'elle n'en croit pas un mot. Toutefois, je n'essaie plus de la convaincre et je reporte mon attention sur la salle. Mes yeux cherchent Jo. Cette nuit encore, le club est comble. Il me faut plusieurs minutes pour repérer sa silhouette dans la foule. J'ignore ce qui me dérange le plus. Sa volonté de ne pas partager avec moi ce qui la met dans cet état ou le fait que son attitude résulte peut-être de notre baiser… Elle me l'a pourtant rendu ce baiser ! Elle en avait autant envie que moi !

— Scott ! Il faudrait aller chercher quelques bouteilles de gin. Tu t'en charges ?

— On n'en a déjà plus ?

— Tu ne vas pas t'en plaindre, rétorque Bella avec un sourire. Profites-en pour rapporter une caisse de champ', parce qu'on ne va pas tarder à en manquer aussi.

— Je ne me plains pas, je maugrée en attrapant les clés dans le tiroir de la caisse. J'y vais !

Tout en me dirigeant vers la réserve, j'observe avec

vigilance la foule autour de moi. C'est toujours plus compliqué le week-end. Les clients veulent tous s'amuser et en profiter au maximum. Un regard un peu trop appuyé ou un geste déplacé, et les choses peuvent vite dégénérer. Mika, derrière ses platines, met une ambiance de folie. Elle me fait un signe de la main en me désignant la clientèle qui se déhanche sur la piste. Nathan donne un coup de main aux filles. Tout va pour le mieux.

La musique s'atténue dès que je pénètre dans la réserve. J'allume et relève les manches de ma chemise. J'attrape trois bouteilles de gin que je coince tant bien que mal dans une caisse de champagne. Mon fragile chargement dans les bras, je claque la porte d'un coup de pied, puis repars en sens inverse. Il me faut le double de temps pour rejoindre le bar.

— Il faudra penser à verrouiller la réserve, je lâche en déposant mon colis sur le comptoir, avant de découvrir le visage fermé de Bella. Ça va ? Un problème ?

— Je ne sais pas encore, m'avoue-t-elle en pivotant dans ma direction. Ça fait cinq minutes que je surveille le groupe, là-bas…

Elle me désigne une table d'un geste du menton et mon regard tombe sur trois types, installés dans un coin de la salle.

— Ils ont commandé un magnum d'Eristoff Black.

— On les a informés du prix ? je m'enquiers en les scrutant plus attentivement.

— Olivia leur a répété plusieurs fois que le magnum est à huit cents dollars. L'un d'eux a sorti une liasse de billets tandis qu'un autre tendait sa carte de crédit en disant qu'elle est raccord avec la couleur de la bouteille. Ce qui les a fait exploser de rire.

— D'accord. On a donc affaire à des petits frimeurs… et blindés, de surcroît. Ce qui ne fait jamais très bon ménage.

— Exactement, grommelle Bella tout en préparant leur commande. Ils m'ont déjà l'air bien chauds.

Tout en rangeant les bouteilles de champagne, je fais un signe discret à Jason pour lui indiquer la table à surveiller. Il me répond par un hochement de tête. Je ne les lâche pas des yeux tant qu'Olivia est à leurs côtés. Vu son sourire crispé, j'imagine très bien que les paroles qu'ils lui adressent sont loin de lui faire plaisir.

— Quels petits cons ! crache-t-elle en tendant leur carte à Bella, quelques minutes plus tard.

— Tu veux qu'un des videurs t'accompagne ?

— Non, c'est bon, Scott ! C'est pas les premiers à croire qu'il suffit d'avoir une belle gueule et du fric pour que les filles tombent direct dans leurs bras. J'ai l'habitude.

Pendant la demi-heure qui suit, les commandes s'enchaînent les unes derrière les autres. Pas le temps de bavarder. Pas le temps non plus d'en apprendre plus sur ce qui tracasse Jo. Les rares fois où je tente de le faire, elle s'obstine à me dire que tout va bien. Seulement je vois bien que c'est loin d'être le cas. Plus les minutes passent, plus elle me semble nerveuse. Elle renverse même son plateau. Ce qui ne lui était jamais arrivé jusqu'à présent.

— Tu maintiens que tout va bien entre vous ?

Bella s'approche de moi et pose sa main sur mon bras. Son attitude soucieuse et bienveillante m'empêche de me mettre en rogne.

— On avait l'impression que vous étiez devenus beaucoup plus proches, tous les deux, et franchement, ça nous faisait super plaisir.

— Nous ?

— Nathan et moi, répond-elle d'une voix douce. Tu n'en as peut-être pas conscience, mais Jo a fait des miracles sur toi…

— Des miracles ?! je l'interromps avec un sourire.

— Oui, comme celui-ci, justement. Ça faisait des mois que tu ne souriais plus, Scott, et…

Un remue-ménage dans la salle attire soudain notre attention. Simultanément, nous en cherchons l'origine. J'ai une bouffée de rage lorsque j'aperçois que le brouhaha vient de la table qui a commandé le magnum de vodka. L'un des types tient Jo par la taille – plaquée contre lui –, sa bouche collée à son oreille. Les autres sont assis et les regardent en ricanant bruyamment. Jo se débat pour se dégager, ce qui les fait rire un peu plus fort encore.

— Préviens les videurs !

Le temps que je me fraie un chemin dans la foule, j'ai déjà perdu plusieurs minutes, et je suis au bord de l'explosion lorsque j'arrive à leur table pour constater que ce connard a toujours ses mains posées sur elle.

— Dégage tes mains de là ! Tout de suite !

Un de ses amis se lève brusquement et vient se planter devant moi.

— Mêle-toi de tes affaires, mec !

Dans ma vision périphérique, j'aperçois Jason, Kyle et Nathan qui arrivent à toute vitesse. Jo a les yeux humides. Je remarque qu'elle a ce regard hautain – celui qu'elle avait avec moi, il y a peu de temps encore – et j'ignore à qui il est adressé. Eux ou moi ?

— Justement, ce sont mes affaires, je siffle d'une voix glaciale.

— Jo et moi, on est des vieilles connaissances, ça remonte à loin, me balance au visage celui qui la tient toujours. Dis-lui, Joanna, qu'on se connaît *très* bien tous les deux !

J'ai d'abord une seconde d'étonnement en m'apercevant qu'il connaît son prénom… et donc, Jo, et en comprenant qu'ils ont un passé commun. Puis une rage intense m'envahit en comprenant le sous-entendu salace de ses paroles. Ce connard est son ex. Aussitôt, une multitude de questions assaillent mon cerveau. Quand ? Combien de temps ? Lequel des deux a rompu ? Qu'est-ce qu'elle a bien pu lui trouver ? Mais surtout, était-elle amoureuse de lui ? L'est-elle encore ?

Putain !

— Quel est le problème ? demande alors Nathan en se campant à mes côtés, tandis que Kyle et Jason se placent de part et d'autre de la table, prêts à intervenir, en cas de besoin.

— Ça suffit, maintenant, John ! Tu t'es bien amusé, lâche-moi !

J'ai du mal à reconnaître la voix de Jo. Dure. Et pourtant, j'y perçois également comme une fêlure. Une blessure.

— C'est ton nouveau boulot ? Serveuse ? Sérieux ?! l'interroge ce connard de John en ayant néanmoins la bonne idée de retirer ses mains. Non mais vous imaginez, les mecs ? La prochaine fois, si ça se trouve, elle bossera au *Glam's* et elle nous fera un strip-tease pour vingt dollars !

Il me faut faire un effort surhumain pour ne pas me ruer sur lui. Les deux autres explosent à nouveau de rire. Ils connaissent son ancien métier alors qu'elle ne m'en a encore jamais parlé. Jo vient se mettre naturellement à mes côtés, ce qui m'apaise un peu. Aussitôt, je glisse mon bras autour de sa taille et la serre tout contre moi en lançant un regard satisfait à son ex.

— Maintenant, nous allons vous demander de quitter l'établissement, annonce Nathan. Et sans faire d'histoires !

— Vous plaisantez ou quoi ?! On n'a pas claqué huit cents dollars pour se faire jeter comme des malpropres… tout ça à cause d'une petite Black !

— Toujours aussi élégant, Chad, intervient Jo. Tu n'as pas changé à ce que je vois.

— Et toi, toujours aussi prétentieuse. Mais dis-moi, Jo, au fait, comment va ta chère maman ?

Jo se met à trembler comme une feuille. J'ai une furieuse envie d'exploser la tronche de ce Chad. Et surtout de son copain John ! Je voudrais comprendre pourquoi le fait de mentionner sa mère la met dans un état pareil. Je me rends compte que je la connais à peine. Qu'elle ne se livre pas à moi comme je le fais avec elle. Elle me tient à l'écart de sa vie. D'elle. Et ça me rend fou !

— Virez-les-moi d'ici !

Cette fois, le trio se laisse escorter jusqu'à la sortie sans émettre la moindre contestation. Ce qui n'est pas vraiment surprenant avec les physiques de Kyle et Jason. Il faudrait être complètement inconscient pour avoir envie de les prendre à rebrousse-poil. Et ces trois connards ont tout de même un minimum de sens commun. En moins de temps qu'il n'en faut pour le dire, ils ont disparu de notre champ de vision.

— Tu les connaissais vraiment ?

Jo cherche son souffle quelques secondes encore avant de répondre à Nathan.

— Oui… on était au lycée ensemble, murmure-t-elle, les yeux braqués sur la sortie.

— Belle brochette de petits connards racistes, conclut mon bras droit, furieux. Ne t'inquiète pas, ils ne remettront jamais plus les pieds ici. Le physionomiste se souviendra parfaitement de leurs têtes et ils sont blacklistés à jamais.

Elle lui adresse un sourire. Un drôle de sourire.

— Ils ont pas mal de défauts, mais ce ne sont pas vraiment des racistes. C'est leur façon de s'amuser. C'est juste de la bêtise…

— Et ça fait une différence ? lui lance mon ami avec un clin d'œil avant d'ajouter, plus sérieux : Ça va aller ? Tu veux rentrer chez toi ?

— Oui, ça va, ne t'inquiète pas, affirme-t-elle alors que je la sens toujours trembler contre moi. J'ai l'habitude…

— Tu peux gérer la suite, Nathan ? j'interviens sans demander son avis à la jeune femme. Jo et moi, on va rentrer.

— Je pense qu'on devrait pouvoir s'en sortir sans vous, me répond-il avec une accolade. Et puis, ça servirait à quoi d'avoir un bras droit, si tu ne pouvais pas en profiter un peu ? Filez !

Sans lui lâcher la main, j'entraîne Jo silencieuse jusqu'au vestiaire pour qu'elle prenne son sac et ses affaires. Je ne lui laisse pas le temps de se changer et nous filons directement jusqu'au parking. Toujours fou de rage, je préfère me taire. Je sais que nous avons évité de peu une belle bagarre. C'est mon boulot de patron de prévenir et de gérer ce genre de problèmes. Et les flics n'aiment pas intervenir dans ce type de conflits. Sans compter que ce n'est jamais une bonne publicité pour le club. Mais putain, comme j'avais envie d'éclater la tronche de ces trois connards ! Je commence à peine à entrevoir ce qu'elle subit à cause de ses origines. Je suis furieux et frustré de ne pas leur avoir fait ravaler leurs paroles à coups de poing. Jo trottine près de moi en silence, avec sa main dans la mienne.

Bordel, comment fait-elle pour rester aussi calme ? Est-ce parce que ça arrive si souvent qu'elle garde ainsi son sang-froid ?

Chapitre 18

Joanna

21 avril, 1 h 30

Je suis toujours sous le choc. Pas tant celui d'être tombée sur ces trois imbéciles. J'ai appris à ne plus me laisser atteindre par leurs paroles et leurs insinuations immondes et sexistes. John, Chad et Kyle font partie de tous ceux qui m'ont permis d'être plus forte aujourd'hui. Chacun d'eux m'a aidée – sans en avoir conscience – à forger cette cuirasse qui ne me quitte jamais et me protège. Ils m'ont enseigné comment voir au-delà des sourires et des paroles. C'est si facile de se laisser abuser par des mots doux et des gestes affectueux.

Non, si je tremble encore, si j'ai la gorge sèche, les jambes flageolantes et l'estomac noué, c'est encore une fois uniquement à cause d'elle.

Mais dis-moi, Jo, au fait, comment va ta chère maman ?

Au boulot, il m'arrive parfois d'oublier qu'elle existe. Que je suis sa fille. Et surtout ce qu'elle a fait. Combien de temps pourrai-je encore cacher à mon employeur que je suis la fille de Lucy Richardson ? Je le connais si peu… J'ignore totalement comment il réagira à cette nouvelle. Mais surtout, je suis incapable de savoir si j'aurai un jour le cran de lui en parler de moi-même. De lui avouer que je suis la fille d'une meurtrière. Et puis, un patron n'a pas besoin de connaître la vie privée de ses employés. Du moment que le travail est fait correctement, le reste ne le concerne pas, après tout.

— Jo…

Je frissonne. À cause du timbre de sa voix. Rauque.

— Je n'ai pas envie de te raccompagner chez toi.

À cause de ce que je lis dans son regard. Le désir. Et à cause du besoin que son baiser a éveillé en moi.

— Et tu sais pourquoi… ?

Mon sac s'écrase mollement sur le béton du parking avec un petit bruit sourd.

— Parce que cette nuit, j'ai envie de sentir ta bouche sur mes lèvres...

Je recule et me retrouve le dos collé à sa voiture.

— De sentir ma peau contre la tienne...

Ses cheveux sont aussi sombres qu'une nuit sans lune. Ses yeux ont la couleur d'un ciel d'été assombri par la menace d'orages et de tempêtes. Ses lèvres douces et sensuelles sont aussi attirantes qu'un fruit mûr, gorgé de sève, dans lequel j'ai envie de mordre à pleines dents.

— Je veux te goûter… sentir ta douceur au bout de mes doigts.

Doucement, il encadre mon visage de ses mains.

— J'ai envie de toi…

Nous restons ainsi, suspendus dans l'espace et le temps, à quelques centimètres l'un de l'autre. Front contre front. Mon dos contre la portière de la voiture et m'empêchant de battre en retraite.

— Mais je peux très bien me contenter de m'asseoir sur mon canapé avec toi juste dans mes bras.

Une nuit ? Ça ne peut pas porter à conséquence. Ma dernière relation sexuelle remonte à presque deux ans. Une éternité. J'ai oublié ce que l'on ressent quand des mains vous caressent avec envie. Quand un corps bouillant de désir se plaque contre un autre. Comme le sien en cet instant. Alors, tandis que nos bouches se frôlent, se cherchent, hésitent encore, je lâche dans un murmure :

— Moi non plus, je n'ai pas envie que tu me raccompagnes…

La preuve de son désir palpite contre mon ventre. Et le mien s'enflamme au plus profond de mon intimité. Une nuit… Juste quelques heures… J'en ai tellement envie. Après tout, qu'est-ce qu'une nuit dans une vie ? Et cette nuit avec lui, personne ne pourra m'en priver. Même pas elle !

— Moi aussi, j'ai envie de toi…

L'ouragan gronde au fond de son regard. Crépite tout autour de nous. Le temps semble s'arrêter à nouveau. J'attrape sa paume et la fais descendre lentement de mon visage jusqu'à mon épaule. Ma taille. Sa respiration se bloque. Comme la mienne. Nos mains descendent encore. Jusqu'à la frontière du tissu. Son cœur résonne aussi fort que le mien. Nos doigts entrelacés se glissent sous ma robe. Entrent en contact avec ma peau. Frissonnante. Brûlante. Nos yeux ne se quittent plus. Mes oreilles bourdonnent. J'ai la bouche sèche tandis que je le guide avec lenteur sur le chemin entre mes cuisses. Vers la dentelle humide de ma culotte.

Une nuit… une éternité…

Le frottement de sa barbe naissante sur ma pommette rend cet instant plus érotique encore. Je crispe mes doigts dans ses cheveux et l'attire à moi. Nos langues se mêlent l'une à l'autre avec la même urgence. La même frénésie. C'est intense et sauvage. Impérieux. Son baiser n'a rien à voir avec celui d'hier. Il est passionné. Incandescent. C'est un feu brûlant qui nous dévore, nous consume et nous laisse à bout de souffle. La folie au bord des lèvres. Un frisson me parcourt tout entière lorsque je découvre la lueur sauvage qui brille dans ses yeux, et me laisse complètement démunie.

— Il vaudrait mieux y aller, lâche-t-il d'une voix rauque en inspirant profondément.

Il me sourit. D'un sourire rempli de promesses tentatrices. Son regard glisse sur moi et son sillage me fait tressaillir de désir. Je le fixe et hoche la tête, incapable de prononcer le moindre mot. Dans la voiture, je tente de me convaincre que je ne suis pas en train de commettre une erreur. Déjà, s'envoyer en l'air avec son boss n'a jamais été l'idée de l'année. C'est même généralement le moyen le plus rapide et le plus sûr pour perdre son emploi.

— Scott, je ne suis pas certaine que…

— Chut ! Je sais que tu es en plein doute et inquiète.

Sa main se pose sur ma cuisse et je ne peux retenir un gémissement.

— Tu n'es pas la seule. Je n'ai pas pour habitude de draguer mes employées, et pour tout te dire, tu es la première. Je sais aussi ce que tu penses…

Vraiment ?

— Je suis ton boss, et aucun de nous deux ne peut prévoir ce que ça donnera…

Gagné !

— Mais je peux te promettre que, quelle que soit l'issue de notre relation, même si la rupture n'est pas de mon fait, ça n'aura aucune incidence sur ton poste. Tu pourras travailler au *WAM* aussi longtemps que tu le souhaiteras.

S'il n'y avait que ça !

Ce ne sont que des mots mais j'y décèle une indéniable sincérité.

— Quant à ton père, laissons-le où il est pour le moment. Il ne s'agit que de nous. Juste toi et moi. Le reste n'a aucune importance.

— C'est un peu comme si tu me disais : peu importe le flacon pourvu qu'on ait le poison…

Il éclate de rire. Un rire qui emporte avec lui mes hésitations, mes angoisses et mes peurs dans la nuit. Une nuit pour tout oublier et juste ressentir…

***

— J'aime beaucoup ton loft, je m'enthousiasme en regardant autour de moi et en retirant mes baskets.

C'est une grande pièce aux murs presque blancs – dont tout un pan est entièrement couvert d'affiches de vieux films –, avec une hauteur sous plafond de plusieurs mètres.

— Il te ressemble et on s'y sent tout de suite bien, je continue, un peu nerveuse, alors que mes orteils s'enfouissent avec ravissement dans la laine moelleuse d'un tapis ancien aux couleurs chaudes, décoré d'arabesques.

Je m'installe dans le gigantesque canapé de velours vermillon qui fait face à l'immense baie vitrée. Un balcon court tout le long et on aperçoit au loin les lumières de la ville.

— Ma mère m'a aidé pour la déco, avoue-t-il en s'activant derrière le comptoir en zinc qui délimite l'espace cuisine. Elle adorait les brocantes, et chaque week-end, Matt, Lily Rose et moi, on y avait droit. Parfois, mon père nous accompagnait. Elle nous a appris à aimer chiner, à chercher les bonnes occasions et à avoir le goût de l'authentique, du passé. Des objets qui ont une histoire, une âme…

Lui aussi a retiré ses chaussures. Ses pieds nus ne font aucun bruit sur le parquet en chêne clair tandis qu'il avance vers moi, deux bières à la main.

— C'est sans doute grâce à elle – ou à cause d'elle –, précise-t-il avec un petit sourire en me tendant ma bouteille, que j'ai une profonde aversion pour tous ces meubles fabriqués à la chaîne. C'est elle aussi qui m'a transmis sa passion des musées, du cinéma et de la musique classique.

— Ça n'a pas trop réussi avec ta sœur, je me moque gentiment.

— C'est vrai, au grand désespoir de ma mère, pouffe-t-il après avoir avalé une gorgée de sa boisson. Idem pour les musées, Lily Rose y est totalement réfractaire…

Il dépose sa bière sur une table basse en verre et, toujours debout, m'observe un moment. Puis il me tend une main… que j'attrape en me levant pour me retrouver face à lui.

— C'est toujours comme si je venais d'apprendre sa mort hier, mais cette nuit, pour la première fois depuis des mois, s'étonne-t-il d'une voix étranglée, j'arrive à penser à elle sans ressentir de souffrance ou de haine.

Il secoue la tête. Comme le chien qui s'ébroue pour se débarrasser d'une pluie glaciale, puis il me plaque contre lui et me serre fort pendant de longues minutes. J'entends son cœur battre. Son souffle qui fait écho au mien. Je pourrais rester ainsi – blottie dans ses bras – pendant des heures.

— Tu n'as pas idée de ce que ça représente pour moi. Merci…

Oh si ! Je comprends parfaitement.

Moi aussi, depuis des mois, quand je pense à ma mère, je ne ressens que haine et souffrance. Colère et incompréhension, aussi. Honte et culpabilité. Je pourrais également ajouter que j'étouffe à la simple idée de penser que le jour où je songerai enfin à elle sans ressentir tout cela n'est pas pour demain. Ni même pour dans un an. Ou dix. En fait, je crois bien que ce jour n'arrivera jamais. Mais bien évidemment, je ne dis rien.

— Sa mort avait fait disparaître tous les instants de bonheur que j'ai partagés avec elle, continue-t-il sans me lâcher. Mais grâce à toi… Ça a commencé le jour de mon anniversaire, quand tu es venue au *WAM*. Les contacts physiques m'étaient insupportables et quand tu as posé ta main sur moi, j'ai eu l'impression d'être déconnecté de tout. Pendant quelques minutes, je me suis senti soulagé… apaisé. Ça faisait des mois que ça ne m'était plus arrivé…

Il saisit mon visage entre ses mains. Le sien – magnifique – est empreint d'une intense gravité, mais également d'une incroyable douceur. Ses lèvres frémissent, son souffle s'accélère, comme s'il hésitait encore à formuler ce qu'il ressent. Ses yeux plongent dans mon regard, me fouillent, à la recherche d'un signe. D'un indice, même infime, lui indiquant qu'il peut m'ouvrir son cœur. Parce que c'est ce qu'il est en train de faire. Il est d'une désarmante et bouleversante sincérité. Et je suis pétrifiée.

— Je ne sais pas comment l'expliquer ni si ce sont les mots justes. Ceux qui expriment ce que j'éprouve réellement, mais ta présence me fait du bien, Jo. Tu me fais du bien dans ma tête, dans mon corps…

J'ai du mal à respirer. J'ai autant envie d'entendre tout cela que de lui crier de se taire. J'ai subitement froid. Puis chaud. Tremblante et d'une main hésitante, je fais glisser mes doigts sur son front, ses joues, ses lèvres, tandis qu'il continue d'une voix basse et rauque :

— C'est un peu comme si j'avais découvert un îlot de paradis au milieu de mon enfer et j'ai seulement envie que ça continue…

Plus il me parle, plus l'étau se resserre. J'ouvre la bouche, toutefois aucun mot n'en sort. Parce qu'aucun mot ne pourrait décrire le chaos qui règne en moi. La peur panique qui me submerge. Ni l'espoir insensé que suscitent ses paroles. Et surtout, j'ignore ce que je ressens réellement. Non, si je veux être parfaitement honnête avec moi-même, je sais que je ne veux rien ressentir pour lui, car je ne peux pas me le permettre. Je ne *dois* rien ressentir pour lui. Rien !

— C'est… c'est impossible, je murmure. C'est… toi et moi, c'est une mauvaise idée. On ne devrait pas…

— C'est peut-être risqué, me coupe-t-il avec un sourire attendrissant qui me remue complètement. Mais oublie tout. Tire un trait sur tous ceux qui diront que c'est sans issue… oublie-les tous, on s'en fout. Moi, je m'en fous. Parce que j'ai envie d'essayer avec toi. Et toi…

— Tout oublier ?

Submergée par le désir, rien ne me semble plus facile. En finir avec la raison. Au moins pour une nuit…

— Personne ne peut nous empêcher d'essayer.

— D'accord, je lâche dans un souffle. Personne ne peut nous empêcher d'essayer…

Elle ne peut pas…

Elle ne peut pas…

Elle ne peut pas…

Chapitre 19

Scott

21 avril, 2 h 30

Je n'avais pas conscience à quel point une réponse positive de sa part me serait primordiale. Indispensable. Jusqu'à maintenant. Soudain, je respire mieux. Je me sens plus léger. Plus fort. Cette beauté aux cheveux bouclés et au regard blessé a le pouvoir de soulager ma souffrance. D'éloigner mes ténèbres. De faire rentrer la lumière dans ma vie. Elle est comme un shoot de bonheur pur dont je sens les effets dans tout mon corps et jusqu'au bout des doigts.

— Il me semble t'avoir entendue me dire que tu avais une folle envie de m'embrasser ?

— Entre autres choses, lâche-t-elle d'une voix chaude et vibrante, puis en glissant sa main sous ma chemise, elle ajoute avec un petit air mutin : Mais on peut aussi simplement profiter de ton canapé… dormir…

— C'est un concept intéressant, je grogne en glissant mes bras sous ses genoux et en la soulevant pour la porter jusqu'à ma chambre. Mais je pensais à une activité plus physique et… beaucoup plus intense.

— J'aime ce mot… intense… chuchote-t-elle sa bouche contre mon oreille tandis que je grimpe les escaliers. Et tu vas commencer par quoi ?

Je donne un coup de pied dans la porte pour pénétrer dans mon antre. Jo se charge fébrilement d'ouvrir les boutons de ma chemise. Un à un. Quand elle arrive au dernier, je suis sur le point d'exploser. Putain ! Et je ne l'ai même pas encore touchée, caressée. Je la dépose sur le sol en la laissant glisser contre moi. Lentement. Et, joignant le geste à la parole, je murmure tout près de son oreille :

— Je vais commencer par te retirer cette petite robe…

Ma gorge s'assèche subitement lorsque son corps se révèle enfin à moi. Je serre les poings. Me contraignant à rester quelques secondes immobile pour ne pas lui sauter dessus comme un débutant, à l'admirer sous toutes les coutures. Sa lingerie ivoire fait magnifiquement ressortir la douce teinte caramel de sa peau. J'en ai l'eau à la bouche. Des fourmillements dans tout le corps. Je n'ignorais pas qu'elle avait un corps de déesse. Mais là, avec juste ces bouts de tissu vaporeux qui dévoilent plus qu'ils ne dissimulent ses formes voluptueuses, je suis… en apnée… j'espère seulement que je ne bave pas comme un collégien dans un club de strip-tease.

— Tu es… splendide !

Elle laisse vagabonder son regard sur mon torse avec un sourire qui me fait chavirer. Littéralement. D'un mouvement rapide, je me débarrasse de ma chemise et la jette loin de moi.

— J'ai hâte de voir la suite, lance-t-elle en posant une main sur sa hanche.

En moins d'une seconde, je me retrouve en sous-vêtements. Impossible pour elle de ne pas remarquer désormais l'effet qu'elle a sur moi.

— J'aime beaucoup ton intensité, murmure-t-elle avec un coup d'œil appuyé sur mon entrejambe.

Nom de Dieu ! J'adore sa façon de dire les choses. D'assumer son désir. Je retiens mon souffle alors qu'elle avance dans ma direction. Ses doigts virevoltent sur mes bras, mes épaules, mon torse et laissent dans leur sillage des frissons brûlants, délicieux et intolérables, qui me traversent tout le corps.

— Et moi… j'adore la tienne, je gronde avant de la plaquer contre moi et de me jeter avec voracité sur sa bouche.

Dès l'instant où mes lèvres entrent en contact avec les siennes, mon corps avec le sien, tout explose. Sauvagement. Elle est l'étincelle. Mon étincelle. Celle qui m'embrase. Ses ongles me griffent la peau. Ses mains s'agrippent à moi comme si elle avait peur que je ne la repousse. Et pourtant, si je pouvais parler, si elle ne me rendait pas mon baiser avec une rage identique à la mienne, je lui assurerais qu'elle n'a aucun souci à se faire.

Dans sa bouche, la bière maltée au petit goût de caramel se mélange à celui plus métallique du sang. J'ignore auquel de nous deux il appartient. Mais cela ne l'arrête pas plus que moi. Le désir cogne partout. Dans ma tête. Mon corps. Mon cœur. Ma queue. Si fort que j'ai peur de ne pas m'en remettre.

Son soutien-gorge et sa culotte ne sont plus qu'un lointain et doux souvenir. Peau contre peau. Complètement nus. J'ai envie de la dévorer. Mon sexe frotte contre la douceur de son ventre. Je l'entraîne avec moi sur le lit avant de l'embrasser dans le cou. Puis je m'aventure le long de son corps. Ma bouche sur ses seins. Mes mains dans un tourbillon de caresses. Ses cris d'extase me font vibrer et je déguste avec lenteur chaque parcelle de sa peau brûlante jusqu'à ce qu'elle me supplie d'une voix chaude et sensuelle :

— Scott, je ne peux plus attendre… viens…

J'aime ses yeux quand je m'y vois. Sa bouche quand elle murmure mon prénom. Ses mains quand elles me caressent. Nos corps nus qui s'emmêlent et le sien qui tremble sous le mien. C'est juste excellent. Tellement que ça me fait mal.

— Viens, répète-t-elle en se cambrant vers moi, les pupilles dilatées par la passion. Viens…

Seulement je veux d'abord la faire chavirer. Perdre pied. Ma bouche descend plus bas, encore plus bas, et effleure l'intérieur de sa cuisse d'un baiser. Elle tressaille et ondule sous moi. Ma tête vient se nicher entre ses jambes. Je m'amuse du bout des dents et de la langue. De mon pouce, je caresse son petit bouton gonflé de désir. Elle bouge au rythme que je lui impose. Quand j'accélère, elle me presse contre elle. J'entends sa respiration haletante. Saccadée. D'une main, je la plaque sur le lit. Plus je la caresse, plus je la sens se contracter. Et plus son envie m'inonde et m'excite violemment.

— Tu es magnifique, gémit ma voix tout contre elle à l'instant où elle crie mon prénom en tremblant de tout son corps.

Je lève les yeux. Ses doigts crispés s'accrochent aux draps blancs. Ses yeux sont embrumés de plaisir. Ses lèvres gonflées. Ses tétons durcis.

Qu'est-ce qu'elle est belle !

— Si j'attends plus longtemps, je lâche à mon tour d'une voix rauque en lui écartant les cuisses et en me mettant au-dessus d'elle. Je vais exploser… j'ai trop envie…

Mon sexe est à une seconde de la pénétrer lorsqu'elle pose une main sur mon torse pour me stopper.

— La capote, Scott… la capote…

Putain !

J'ai une telle envie d'elle que mon cerveau n'est même plus en état de fonctionner. Depuis mes quinze ans, cela ne m'était jamais arrivé. Je me lève précipitamment et fonce vers la commode. J'ouvre le tiroir en priant pour qu'il me reste encore des préservatifs. Un soupir s'échappe de mes lèvres lorsque ma main tombe sur la fameuse petite boîte. Sous le regard de Jo, je déballe le truc à toute vitesse en revenant vers le lit.

Sa main caresse mon sexe et me fait tressaillir de plaisir.

— Laisse-moi faire, murmure-t-elle avec un regard coquin, tout en déroulant le préservatif le long de mon sexe.

Elle exacerbe tous mes sens avec une ivresse diabolique tout en me guidant jusqu'à elle. Comme dans mon rêve, elle noue ses jambes autour de moi. Ses mains remontent le long de mes côtes. Puis elle me plaque contre son corps, ses talons contre mes fesses, pour que je m'enfonce au plus profond d'elle. D'un seul coup. Je me perds entre sa peau et la mienne alors que nos bouches se remplissent l'une de l'autre.

Elle a déclenché un orage dans mon corps. Puissant. Violent. À chaque coup de reins, je m'enfonce un peu plus dans sa chaleur, dans sa douceur. Plus profondément. Elle est aussi insatiable que moi. Ses yeux accrochent mon regard. Débordants de pensées indécentes, ils m'enlacent et m'enchaînent avant que ses ongles ne marquent ma chair. Et je lui fais l'amour à la folie, jusqu'à l'étourdissement. Jusqu'au moment où le plaisir fuse le long de ma colonne vertébrale. Où je sais que je ne vais plus tenir très longtemps. Jusqu'à l'entendre crier d'une voix brisée. Jusqu'à l'instant où je sens spasmes et frissons parcourir son corps. Jusqu'à l'instant où un plaisir intense et fulgurant me submerge avant que je m'écroule sur elle. Le nez enfoui dans ses cheveux.

Liquéfié. À bout de souffle. Ruisselant de sueur et de débauche…

Au paradis.

Chapitre 20

Joanna

28 avril, 15 h 00

— Tu as le droit d'être heureuse, Jo. Tu as le droit de profiter de chaque petit moment de bonheur que la vie t'accorde.

— C'est ce que je fais depuis quinze jours, Cooper. J'en abuse au maximum, crois-moi.

Le téléphone coincé entre mon épaule et ma joue, j'attrape ma robe d'une main tandis que l'autre essaie d'agrafer mon soutien-gorge.

— Qui est le petit chanceux ?

Je reste quelques secondes silencieuse devant la perspicacité de mon meilleur ami. Je ne lui ai pas encore parlé de ma relation avec Scott, même si ce n'est pas un secret. J'avais encore besoin de la garder pour moi. Peut-être parce qu'il me fallait plus de temps, quelques jours encore, pour me persuader qu'elle existe vraiment. Que ce n'était pas juste un coup d'un soir. Ou de deux… trois…

— Qui a dit qu'il y avait un petit chanceux, je riposte, un sourire dans la voix. Je n'ai jamais rien dit de tel.

— Je te connais trop bien, m'affirme-t-il d'une voix tendre. Et je ne me souviens même plus de la dernière fois où j'ai ressenti autant de joie à t'écouter parler. Même si je ne te vois pas, je peux deviner les étoiles qui brillent dans tes yeux, et les battements de ton cœur résonnent jusqu'à New York, ma puce.

Je lâche un petit rire alors que Mozart se frotte contre mes jambes en mendiant une caresse.

— Et ton rire ne fait que confirmer mes soupçons… si besoin était ! Alors, qui est l'heureux élu ? insiste-t-il.

J'attrape Mozart et, tout en lui faisant des papouilles, je m'assieds sur le lit, puis lâche d'une traite :

— C'est Scott… le patron du club où je bosse.

Le ronronnement de mon chat vibre dans mes oreilles un long moment.

— Waouh !

— De quel genre de *waouh* s'agit-il exactement, Cooper ? je m'inquiète, brusquement mal à l'aise. Je sais déjà ce que tu vas me dire parce que j'ai d'abord pensé les mêmes choses.

— Ah bon ?! Lesquelles ?

— Tu fais chier, Cooper ! Tu sais parfaitement de quoi je veux parler. Que ce n'est vraiment pas l'idée du siècle de s'envoyer en l'air avec son boss, même s'il est beau comme un dieu…

— Je ne me souvenais pas de ce détail, me coupe-t-il. J'avais plutôt gardé en mémoire l'image d'un connard fini, et raciste sur les bords, sans doute à cause des nombreuses critiques à son égard dont tu me bassines depuis que tu as commencé à bosser pour lui.

— Ça a changé, je marmonne en haussant les épaules. Mon opinion a évolué. Je me suis trompée à son sujet.

— Et ton instinct ? Lui aussi, il a changé d'avis ? Parce qu'il me semble bien que tu m'avais affirmé que ce n'était pas un mec pour toi. Que ton instinct te dictait de le fuir, non ?

Finalement, c'est sans doute pour cette raison que je ne lui ai rien dit jusqu'ici. Parce que je n'avais pas envie d'entendre ce qu'il vient de me balancer. Je n'avais pas envie de me retrouver face à mes propres contradictions. Et probablement aussi parce que la seule fois où je n'ai pas écouté mon instinct, je l'ai regretté amèrement par la suite. Et Cooper le sait mieux que quiconque.

— Peut-être… peut-être que ce que j'ai pris pour de l'instinct n'était que de la peur, je murmure. Juste de la peur !

J'ignore qui je cherche à convaincre en cet instant. Cooper ou moi-même ? Nous deux, probablement. Je ne peux manquer son profond soupir dans l'écouteur.

— Tu as raison, ma puce, lâche-t-il d'une voix désolée. C'était peut-être juste de la peur…

Là encore, je suis incapable de savoir s'il est persuadé de ce qu'il dit ou s'il tente simplement de se rassurer… de *nous* rassurer.

— Promets-moi de faire attention, c'est tout ce que je te demande, exige-t-il d'un ton autoritaire. Promets-le-moi !

— Promis.

— De toute façon, je rentre bientôt. Et si jamais il te fait du mal d'ici là, je me fous qu'il soit ton patron… Mais pour le moment, je suis vraiment heureux qu'il te fasse du bien !

Comme un rayon de soleil en plein hiver, ses paroles me réchauffent. Cooper ne désire que mon bonheur. Comme toujours.

— Il me fait beaucoup, beaucoup de bien, je lance tandis qu'un sourire éclaire mon visage et que son rire résonne agréablement à mes oreilles.

Je l'informe que Scott m'a invitée chez son père pour un brunch familial, ce qui le rassure un peu quant à ses sentiments pour moi et ajoute un point positif dans la balance de son jugement. Cooper lui en accorde un deuxième quand je lui apprends qu'il a endossé la fonction de chauffeur particulier lorsque ma voiture est tombée en panne. Un troisième suit dès que j'annonce qu'il a tenté par tous les moyens de régler la facture du garagiste. En vain.

— Il me rend heureuse, Cooper. Tu n'as pas idée ! Dans toute ma vie, à part toi, aucun homme, personne, tu le sais bien, ne m'avait rendue heureuse.

Un ange passe.

— Alors, dis-moi pourquoi je sens poindre le petit mot qui gâche tout, Jo ?!

Je jette un œil sur ma montre en me disant qu'il ne me reste plus beaucoup de temps pour me préparer si je ne veux pas être en retard à mon rendez-vous avec l'objet de notre discussion.

— Ce n'est pas à cause de lui, je finis par lâcher en m'allongeant sur le lit. C'est… moi.

Mon regard fait le tour de ma chambre. Je constate qu'ici aussi la peinture s'écaille à certains endroits. Le parquet aurait besoin d'un bon coup de cire pour retrouver son lustre d'antan. La glace du miroir est dépolie. Elle a perdu son éclat. Cette pièce ne reflète que tristesse et désillusion, et je me demande soudain comment j'ai pu y passer autant d'années, de temps, sans en avoir conscience. C'est comme si je la découvrais pour la première fois. Et je n'aime pas ce qu'elle laisse deviner de son occupante. De moi. Le loft de Scott est aux antipodes de cet endroit. Il dégage tant de chaleur. C'est un lieu accueillant, réconfortant, où l'on se sent à l'abri. Cette maison est tout le contraire d'un cocon douillet. Elle ne donne pas envie de s'y attarder, et encore moins d'y vivre. Alors, pourquoi n'en suis-je pas partie dès que j'ai trouvé du travail ? Dès que j'en ai eu la possibilité ?

— Joanna ? Tu es toujours avec moi ?

La voix de Cooper me tire de mes réflexions.

— Oui, je suis toujours là. J'étais en train de me demander pourquoi je n'ai pas déguerpi dès que j'en ai eu les moyens. Pourquoi je suis restée là… avec elle…

J'entends le juron que Cooper laisse échapper.

— Parce que tu as toujours attendu un signe de sa part, me rappelle-t-il d'une voix chaude dans laquelle je perçois toute sa tendresse et son désespoir. Tu as toujours voulu croire que les rapports entre ta mère et toi finiraient par s'améliorer un jour. Tu ne peux pas te résoudre à accepter que tu ne représentes rien pour elle… je t'ai déjà dit tout ça un millier de fois. Et ça me fait aussi mal à chaque fois d'avoir à le répéter…

— Je sais. Je devrais me sentir mieux, maintenant qu'elle n'est plus là, et pourtant, c'est tout le contraire. Pas uniquement quand je pense à ce qu'elle a fait, Cooper. Parce que rien que d'y songer, ça me donne envie de vomir. Mais quand je suis avec Scott et qu'elle vient s'immiscer entre nous… Dans ces moments-là, j'ai une peur panique qu'il ne découvre qui je suis et qu'il ne le supporte pas.

— Tu n'es pas responsable des actes de ta mère, assène-t-il avec colère. Tout comme je ne suis pas coupable de ceux de mon père. Ils nous ont laissé un héritage maudit, mais notre avenir ne dépend que de nous !

— Cette peur ne me quitte jamais. Elle empoisonne chaque instant que je partage avec lui, et malgré tout, je suis incapable de lui avouer qui est ma mère. Parfois, je me dis qu'il n'a pas besoin de le savoir. Et la seconde d'après, je pense le contraire. Et ainsi de suite sans jamais décider ce que je dois faire. Puis je me dis que ça ne sert à rien de me prendre la tête car je ne sais même pas où nous en serons dans une semaine, un mois, ou plus. Après tout, notre relation débute à peine. Mais si jamais…

Je pousse un soupir qui trahit mon débat intérieur, avant de reprendre :

— Si nous étions encore ensemble dans un mois… Comment construire une relation durable si je ne fais que lui mentir ? Si je passe mon temps à lui raconter des bobards ? Tu pourrais aimer une femme qui n'a pas cessé de te mentir depuis le premier jour ?

— Non, tu as raison. Je ne pourrai jamais aimer quelqu'un qui me ment, mais j'aimerai sans condition celle qui saura trouver le courage de me dire un jour la vérité. Aussi atroce soit-elle.

— Oui, toi… parce que la vie t'a appris à voir au-delà des apparences, je murmure, puis d'une voix plus ferme et avant de raccrocher, j'ajoute : Je suis en retard, il faut que j'y aille, Coop !

Mais Scott ? Sera-t-il capable de supporter la vérité ?

Chapitre 21

Scott

28 avril, 16 h 30

Jo m'a envoyé un SMS pour m'avertir de son retard, et je ne peux m'empêcher de m'interroger sur sa cause. Son père ? Je ne sais toujours quasi rien à son sujet. Et encore moins sur sa mère. Tout ce que j'ai pu apprendre à ce jour, c'est que Jo est fille unique et qu'elle voue une adoration sans bornes à son meilleur ami, Cooper. Le fameux type que toutes les serveuses du *WAM* surnomment Beau Gosse ! Personnellement, je préfère connard, mais bon… Jo pourrait passer des heures à en parler. C'est d'ailleurs la seule personne sur laquelle elle accepte de se confier pour le moment. Ses parents sont des sujets tabous. Dès que je tente d'en apprendre un peu plus, elle détourne habilement la conversation, et si j'insiste trop, elle finit carrément par m'envoyer balader.

— La même chose ?

Je lève les yeux vers la serveuse du *Café du Monde* – véritable institution à N.O.L.A. depuis plus de cent cinquante ans –, l'endroit où sont servis les meilleurs cafés au lait et beignets de toute la ville. Si certains le fuient pour son côté trop touristique et bruyant, moi je l'adore pour sa convivialité. J'y ai beaucoup de souvenirs avec ma mère. Elle aussi adorait y faire une pause après une petite visite dans un musée ou chez les brocanteurs.

— Oui, je réplique, avant d'ajouter précipitamment : Deux, et des beignets, s'il vous plaît ! Merci.

Juste en face, à l'orée de Jackson Square, Jo vient de me faire un signe de la main. Les cheveux lâchés, dans une petite robe fleurie et légère qui lui arrive à mi-cuisse, elle est à tomber ! Je la regarde se faufiler à travers la foule, les yeux braqués sur moi, puis traverser la rue sans se départir de ce sourire magnifique – celui qui me réchauffe de partout. Je me retrouve aussitôt à l'étroit dans mon jean.

— Salut, toi, me lance-t-elle en déposant un baiser sur mes lèvres. Tu m'as manqué…

Elle déplace sa chaise et s'assoit tout près de moi. Tandis que sa main attrape un beignet, son péché mignon, l'autre vient se poser instinctivement sur ma cuisse et me torture par de longues caresses sensuelles. Il ne m'a pas fallu longtemps pour découvrir que Jo est très tactile. Et surtout, à quel point j'adore ça !

— Toi aussi, je murmure contre ses lèvres pleines de sucre. Si tu ne perdais pas ton temps avec tous ces allers et retours de mon appart à chez toi…

Elle marmonne quelques syllabes incompréhensibles et sa langue se glisse dans ma bouche. Un baiser court, sucré, mais qui nous laisse tous les deux à bout de souffle. Et qui, encore une fois, me cloue le bec. Chaque moment en sa présence ne fait qu'augmenter mon désir d'en posséder plus encore. La mort de ma mère m'a enseigné que le temps passé avec les gens qu'on aime était toujours trop court. Chaque occasion perdue l'est à jamais. Ma vie peut s'arrêter dans dix ans, un an… demain ! La sienne également. Chaque heure, chaque minute est importante. Alors je n'ai pas envie de gaspiller la moindre seconde avec Jo. Le problème dans tout ça ?… Jo !

— Tu ne m'as pas dit pourquoi tu étais en retard, je l'interroge sans en avoir l'air après avoir avalé une gorgée de café. Tout va bien chez toi ?

La bouche pleine de beignet, elle hoche la tête de bas en haut. Je passe mon pouce sur ses lèvres afin d'en retirer les traces blanches, puis je le porte à ma bouche. Je me dis brusquement que j'adorerais la recouvrir de sucre, et ensuite, lécher chaque parcelle de son petit corps. Bordel ! Il faut que je me calme ou notre après-midi de tourisme va finir aux oubliettes. Comme bon nombre d'entre elles déjà.

— J'étais au téléphone avec Cooper et je n'ai pas vu le temps passer, me répond-elle, les yeux pétillants. Mais je promets de tout mettre en œuvre pour me faire pardonner…

J'ignore pourquoi, mais savoir que Cooper est la cause de son retard, et donc, celle de mon attente, m'irrite prodigieusement.

— Il devait avoir une nouvelle exceptionnelle à te raconter pour que tu m'oublies, je lâche en faisant signe à la serveuse d'apporter l'addition. Surtout quand on sait que tu l'as presque tous les jours au bout du fil…

— Il rentre bientôt, m'annonce-t-elle alors – comme si c'était une bonne nouvelle… –, et j'en ai profité pour lui parler de toi…

Je n'y crois pas ! je songe, énervé. *Elle ne lui avait pas encore parlé de moi ? Ça veut dire quoi, ça ?!*

— Tu ne lui avais encore rien dit à propos de nous ? Pourquoi ? J'ai du mal à comprendre puisque, en plus d'être ton meilleur ami, il est aussi ton confident… c'est ce que tu m'as laissé entendre, en tout cas.

Elle gigote nerveusement sur sa chaise. La serveuse dépose l'addition sur la table, que je m'empresse de régler avant de me lever. Jo glisse sa main dans la mienne. Nos doigts s'entrelacent tandis que nous marchons en silence sur Decatur Street, avant de passer devant *Coop's Place*, un de mes restaurants préférés depuis l'âge de treize ans – première fois où ma mère nous y a emmenés, Matt et moi, pour y manger de l'alligator. Je pourrais y avoir une carte de fidélité tant la cuisine y est bonne et je ne m'en lasse pas.

— Tu es la première fille que j'invite à la maison, tu sais ? Enfin, je veux dire la première petite amie. Ça ne signifie peut-être rien pour toi, mais…

Elle s'arrête brusquement, me force à pivoter afin de lui faire face et pose ses mains sur mon visage.

— Ça signifie beaucoup pour moi, Scott, au contraire, murmure-t-elle. Si je n'avais rien dit à Cooper jusqu'ici, c'est juste parce que…

Elle s'interrompt et me pousse contre le mur d'une maison avant de se blottir contre moi. Ses mains reprennent aussitôt leur place de chaque côté de ma mâchoire. Sa bouche me frôle. J'ai beau être énervé, en colère, je ne peux m'empêcher d'avoir envie d'elle. Et son petit sourire me révèle qu'elle n'ignore rien de la trique d'enfer que son geste vient de provoquer.

— D'abord, j'ai pensé que je n'étais peut-être qu'une fille parmi tant d'autres, poursuit-elle tandis que je laisse échapper un juron et qu'elle pose un doigt sur mes lèvres. Ensuite, je me suis dit que tu te lasserais au bout de quelques jours…

— Putain, Jo ! je la coupe, furieux. Tu m'as redonné le goût de vivre, de me battre contre mes démons… ça peut sembler rapide, trop rapide, mais je m'en fous !

J'aimerais lui enfoncer tout cela dans le crâne une bonne fois pour toutes. Et je compte bien le lui répéter jour après jour jusqu'à ce qu'elle le comprenne… et l'accepte.

— Avec toi, tout va si vite que je ne sais plus où j'en suis. Il faut que tu sois patient… tout ça est si rapide…

Elle pousse un petit gémissement de plaisir quand je laisse courir mes mains sur son dos, sa taille.

— Et puis, j'ai… plus de mal avec mes propres démons, finit-elle par lâcher dans un souffle en évitant mon regard.

D'une main ferme, je remets son visage face au mien et lui ordonne de me regarder.

— Et si tu m'en parlais, justement ? Ne crois pas que je n'ai pas remarqué que tu te défiles chaque fois que je mentionne ton père ou ta mère…

Impossible de manquer le tremblement de son corps et la crispation de ses lèvres. Ni son imperceptible recul. Je la plaque à nouveau au plus près de moi, et je martèle à voix basse :

— Ne laisse pas tes démons s'immiscer entre nous !

Quand je suis avec elle, quand elle est dans mes bras… c'est le paradis. Je n'ai besoin de rien d'autre. Juste elle.

— Je… je… commence-t-elle avant de s'interrompre.

J'attrape son visage à pleines mains. Mes doigts se crispent dans ses cheveux. Ses yeux brillants me balancent un uppercut et me laissent K.O. J'ai à nouveau une putain d'envie de l'embarquer chez moi et de lui faire l'amour pendant des heures.

— Loin de moi l'idée de te mettre la pression, je lâche d'une voix sourde. Mais tu as énormément d'importance pour moi et j'aime ma vie quand tu elle se mélange à la tienne...

Elle plaque sa bouche contre la mienne. Si nous n'étions pas en pleine rue, elle serait déjà nue. Quand elle s'écarte de moi, nous n'avons plus de souffle. Je découvre dans ses pupilles dilatées une expression qui fait écho au feu qui m'embrase. Le désir, la faim, le besoin que je lui inspire.

— Je crois qu'on va être obligés d'attendre un peu avant de retourner à la voiture, je marmonne en tirant sur mon tee-shirt pour essayer, tant bien que mal, de dissimuler la bosse qui déforme mon jean. Il me faudrait aussi une douche glacée…

Elle éclate de rire et vient se blottir dans mes bras. Bordel ! Je n'ai jamais été aussi heureux de toute ma vie.

29 avril, 3 h 30

Après notre petit déjeuner tardif – quand on travaille de nuit, les horaires sont décalés –, j'ai embarqué Jo à l'appartement. J'avais trop envie d'elle. Et c'était manifestement réciproque. Nous sommes restés quelques heures chez moi, avant de décider de respecter malgré tout le programme que nous nous étions fixé, une visite au *McKenna Museum of African American Art*. Et j'ai adoré le redécouvrir avec elle à mes côtés. J'aurais dû me douter que ce n'était pas non plus une première pour Jo. Bien qu'elle ne soit pas une militante antiracisme forcenée, c'est un sujet qui lui tient de toute évidence très à cœur. Et quand on sait que l'attraction principale ici est l'œuvre de Carrie Mae Weems – première femme noire à avoir obtenu une exposition personnelle au *Guggenheim* [2] –, cela devient juste une évidence. Pourtant, la magnifique collection d'art de la diaspora africaine a perdu tout son attrait quand je me suis retrouvé piégé dans un coin par ma belle invitée pour un baiser à couper le souffle… qui nous a valu un second crochet à l'appartement.

J'ai encore un sourire de pure satisfaction masculine en me remémorant le visage de Jo éperdu de désir.

La nuit est tombée depuis longtemps désormais. Notre fuite de Bourbon Street – à l'ambiance proche du chaos, mais somme toute habituelle, entre crieurs de rue, show-girls en string, bikers et évangélistes rédempteurs – nous a conduits jusqu'aux riffs d'une Fender. J'ai passé deux heures merveilleuses avec Jo blottie dans mes bras, à écouter un chanteur au timbre de blues et au physique de jazz. Une main sur sa cuisse et l'autre sur le volant, je roule

2. Musée d'art contemporain de New York, édifié entre 1956 et 1959 par F. L. Wright, consacré à l'art du XXe siècle.

maintenant en direction de son domicile. Un petit regard sur ma passagère m'apprend qu'elle s'est envolée au pays des songes. Je fulmine en silence en songeant que ce serait tellement plus simple si elle se décidait enfin à transporter quelques affaires chez moi.

Il faut que tu sois patient.

Le problème, c'est que la patience est loin d'être ma qualité première. Sans compter que j'en ai marre de la raccompagner sans même avoir le droit d'aller jusqu'à sa porte. Même si son père est un timbré de raciste, il n'ira pas jusqu'à me mettre une balle entre les yeux, si ? Il faudra bien qu'un jour ou l'autre on finisse par faire connaissance, lui et moi.

Il faut juste que tu sois patient.

Sa demande tourne en boucle dans ma tête. Je gare mon 4x4 à la place habituelle, détache ma ceinture et celle de Jo, avant de poser mes lèvres sur les siennes. Dès qu'elle ouvre les yeux, elle me sourit et s'accroche à mon cou tout en picorant ma bouche.

— J'adore être réveillée de cette façon, chuchote-t-elle. J'adore que *tu* me réveilles comme ça.

Il faut que tu sois patient.

— Je pourrais te réveiller comme ça tous les jours, ou au moins plusieurs fois par semaine, si tu m'en laissais la possibilité, je bougonne en m'éloignant pour réajuster mon jean. Demain matin, onze heures, c'est bon pour toi ?

— Dis donc, constate-t-elle avec un sourire coquin en faisant passer sa main sur mon sexe. Je vais finir par croire que tu ne penses qu'à ça.

Puis elle sort de la voiture en riant et je baisse la vitre. Elle me souffle une multitude de baisers avant d'ajouter :

— Je dois apporter quelque chose ? Un dessert ?

Je lui fais non de la tête et elle disparaît. J'attends quelques minutes avant de redémarrer, puis j'augmente le volume de la radio que j'avais baissé pour la laisser dormir. Je prête à peine attention aux paroles de l'animateur jusqu'à ce qu'un nom parvienne à mon cerveau. Un nom que la présence de Jo avait réussi à éloigner. Un nom synonyme de malheur et de haine. L'horreur de ce que j'entends me percute de plein fouet. Je braque alors comme un fou. Dans un crissement de freins, la voiture s'arrête sur le trottoir. Un frisson glacial me transperce alors qu'une vague de rage monstrueuse m'envahit.

— NOOON !

Chapitre 22

Joanna - 10 ans

La petite boule de poils roux bien serrée dans mes bras, je me faufile entre les buissons à toute vitesse pour éviter les garçons du quartier et rentrer à la maison. Un soupir de soulagement s'échappe de mes lèvres serrées en voyant que maman n'est pas encore rentrée du travail. Si je fais vite, elle ne se rendra compte de rien. Je me précipite dans la salle d'eau et, en me servant du gant de toilette, je fais une petite toilette à l'adorable chaton. Comme s'il avait compris, il se laisse faire. Aussi tranquille et sage qu'une poupée. En moins de dix minutes, il est tout propre. Son petit museau frais et humide contre mon nez, je chuchote :

— Tu devras rester dans ma chambre. Elle ne rentre jamais dans ma chambre… et il faudra faire bien attention de ne pas miauler, d'accord ?

Comme pour me répondre, sa petite langue rose et râpeuse me lèche le visage. Je souris. Mon cœur déborde d'un amour soudain et inconnu qui me réchauffe de partout. Je sors de la salle de bains pour aller à la cuisine. D'une main, j'attrape un bol – tandis que de l'autre je tiens mon précieux trésor. J'ouvre le réfrigérateur pour prendre la bouteille de lait. Le chaton ronronne contre moi.

— Il te faut un nom, dis-je en versant le lait dans le récipient. En cours de musique, l'autre jour, nous avons écouté du piano… c'était la première fois pour moi, tu sais. C'était si beau que j'ai pleuré, et bien sûr, les autres se sont moqués de moi. Mozart… c'était du Mozart. Alors je t'appellerai comme lui, d'accord ? Tu veux bien…

— Mais qu'est-ce que c'est que cette horreur ?

Oh non ! Elle est là !

Je ne l'ai pas entendue. Mozart serré tout contre moi, je recule. Elle est en colère. Je le vois à ses lèvres rouges toutes pincées. Mozart ne ronronne plus. Ses petites griffes traversent mon tee-shirt telles de minuscules aiguilles.

— Je… je l'ai trouvé dans la rue…

— Et tu as eu la fabuleuse idée de le ramener ici ?! Tu crois que ma maison est un refuge pour sales bestioles ?

Elle a la voix que je n'aime pas. Celle qui parfois me fait peur. Alors, je recule encore.

— De quel droit ? Qui t'a donné l'autorisation ?

— On l'a abandonné, j'explique d'une voix craintive. Si on le laisse dehors, il va mourir… il est encore si petit…

— Effectivement, c'est un sale petit microbe !

À cause du mur, je ne peux plus reculer. Je serre Mozart trop fort car il pousse un petit miaulement plaintif et tente de se dégager.

— Ne me dis pas que tu espères le garder ?!

Oui ! Oui ! je hurle en silence dans ma tête.

Elle m'observe minutieusement comme si elle cherchait quelque chose dans les moindres recoins de mon cerveau. Mais je n'ai aucune idée de ce qu'elle espère y découvrir.

— C'est vraiment ce que tu souhaites ? m'interroge-t-elle alors avec… un sourire ?!

Oh non ! Normalement, maman ne me sourit jamais… sauf…

— Si tu ne réponds rien, c'est que tu n'en as probablement pas réellement envie, continue-t-elle en tendant la main. Dans ce cas, le problème va être vite résolu.

— Non ! je m'exclame avant de baisser aussitôt la voix : je veux le garder. S'il te plaît, maman… je m'en occuperai bien. Il restera dans ma chambre. Il ne t'embêtera pas…

S'il te plaît, ne me le prends pas !

— Oh, je n'en doute pas ! Mais si tu veux qu'il reste ici, tu vas devoir me prouver à quel point tu le mérites et…

— D'accord, je l'interromps sans vraiment comprendre le sens de ses paroles.

— Je t'ai déjà dit de ne jamais me couper la parole ! Et ne te réjouis pas trop vite, ma petite… ne bouge pas !

Elle quitte la pièce. J'entends du bruit à l'étage et je reste à ma place, Mozart dans mes bras, jusqu'à son retour. Elle laisse tomber un carton au sol.

— Mets-le dedans !

J'attrape le torchon sur la cuisinière pour faire un petit lit, puis j'y installe le chaton délicatement à l'intérieur. Pendant ce temps-là, elle traîne une chaise au milieu de la pièce et grimpe dessus. Elle fait passer une corde dans le crochet qui pend du plafond et quitte une nouvelle fois la cuisine avant de revenir quelques minutes plus tard, avec cette fois une pile de magazines dans les bras, qu'elle dépose sur la chaise.

— Parfait ! Viens ici !

Comme je ne réagis pas assez vite, elle se dirige vers le carton, alors je me dépêche de la rejoindre.

— Très bien. Voyons voir, il est exactement…

Elle s'arrête pour regarder sa montre et sourit. Je jette un œil sur Mozart qui ne bouge pas de son refuge. Il pousse des petits miaulements. Je ne sais pas ce qu'elle veut. Mais la corde qui tombe du plafond ne me rassure pas du tout, et je suis secouée par un violent frisson.

Je n'ai pas peur. Je n'ai pas peur. Je n'ai pas peur.

— Il est exactement sept heures trente. Monte sur la chaise…

J'ai une seconde d'hésitation, je veux lui dire : non ! Je voudrais lui dire non… mais la lueur glaciale qui apparaît dans son regard me stoppe net, alors j'obéis.

— Lève les bras….

Effarée, je la regarde sans pouvoir bouger.

— Pourquoi ? je lâche dans un souffle.

Je regrette aussitôt ma question quand elle se dirige à grands pas vers le carton et attrape Mozart si brutalement que son miaulement résonne à travers toute la pièce.

— S'il te plaît, ne lui fais pas mal !

Elle le secoue puis le jette sans ménagement dans sa boîte avant de me lancer :

— Soit tu fais immédiatement ce que je t'ordonne sans poser la moindre question, ou il ne passera pas une minute de plus dans ma maison ! Est-ce que c'est bien clair ?

Je hoche la tête plusieurs fois et m'exécute. Je me retrouve sur la pointe des pieds – bras tendus au-dessus de ma tête – quand elle revient vers moi et m'attache les poignets avec la corde. Elle serre fort. Si fort que j'ai l'impression que la corde rentre dans ma peau. J'ai mal, mais je ne dis rien.

— Il est dix-neuf heures trente. Si tu tiens sans faire tomber la pile de magazines pendant trois heures, tu pourras le garder. Tu m'as bien comprise ?

— Oui…

Un sourire étire ses lèvres. Elle me scrute en silence. Mes bras commencent à s'alourdir. Mes jambes à se raidir. Elle ne bouge toujours pas. Immobile, son regard braqué sur moi, elle reste ainsi pendant un temps indéfini. Je serre les dents. Je ne sens plus le bout de mes doigts. Si je pouvais, je lèverais la tête pour vérifier qu'ils sont toujours accrochés à mes mains.

— Tu veux que je te détache, peut-être ?

— Non, je lâche dans un petit souffle.

Je pose mes yeux sur Mozart qui m'attend sagement dans le carton. Lui non plus ne me quitte pas du regard. Je ne te laisserai pas tomber, mon beau.

Je vais y arriver. Je vais y arriver. Je vais y arriver.

— Tu n'as qu'à m'appeler pour que je revienne, si c'est trop dur pour toi. Mais tu te doutes de ce qui se passera, n'est-ce pas ?

Tout doucement, parce que j'ai trop peur de faire tomber la pile, je remue la tête alors que son sourire s'agrandit… Je déteste ses sourires.

Elle attrape son sac et quitte la pièce. Le claquement sec de ses talons résonne avant de s'estomper. Mozart tente de sortir de sa boîte et pousse de petits miaulements plaintifs dans ma direction. Pendant plusieurs minutes, il fait des bonds, puis ses petites griffes s'attaquent au carton. De toutes ses forces, il tente de sortir. Pendant que moi, je m'efforce de tenir sur mes pointes de pied. Mes jambes sont de plus en plus douloureuses. Elles sont aussi dures qu'une barre de fer. Et faibles comme un chamallow. Mes bras pèsent si lourd que j'ai l'impression qu'ils vont se séparer de mon corps dans un craquement sinistre et tomber comme deux branches mortes au sol.

Je n'ai pas mal. Je n'ai pas mal. Je n'ai pas mal.

Mozart continue toujours sa bataille contre le carton. Il ne miaule plus mais gratte comme un forcené. Puis il essaie à nouveau de bondir. Plusieurs fois, mais sans résultat. Mon petit Mozart est un vrai combattant. Il ne lâche rien. Il continue encore. Et encore. Les dents serrées, le front en sueur, je me concentre sur mon chaton. Il est à moi si je tiens. Je peux tenir trois heures. Trois heures ce n'est pas grand-chose. Ça passe vite pendant les cours de dessin. Mes préférés. Ce sont les mêmes heures… aucune différence entre celles-ci, maintenant, et celles quand je dessine…

— Alors, toujours sur ta pile de livres ? s'exclame soudain ma mère en pénétrant dans la cuisine, un sourire grandiose sur le visage.

— Oui…, je murmure en constatant que son sourire s'efface et que Mozart s'est figé. C'est l'heure ?

Elle éclate de rire. C'est la première fois qu'elle rit, et ma surprise est si grande que je manque de glisser. Je me reprends à la dernière minute, des larmes plein les yeux. Une douleur violente éclate dans mon épaule. On dirait qu'un millier d'aiguilles me transpercent de partout.

— Tu as à peine passé une heure, répond-elle en jetant un œil sur la pendule derrière moi. Tu veux que je te détache ?

Elle s'approche, le ciseau dans une main, un verre de vin dans l'autre, mais je secoue la tête en retenant un gémissement.

— Tu en es bien certaine ?

Je crois qu'un seul mot risque de briser mon équilibre, alors en silence, je hoche la tête. Je la regarde sortir et aussitôt Mozart reprend sa bataille. J'ignore combien de temps. Mais il ne s'arrête pas et lutte contre le carton. Mon corps me brûle de partout. J'ai soif. Ma gorge est si sèche que je n'arrive plus à avaler ma salive. Ça me fait trop mal. Jamais je n'ai eu aussi mal. J'aimerais tourner la tête pour voir la pendule mais je sais que le moindre mouvement sera fatal. À travers la fenêtre de la cuisine, je vois que la nuit est tombée. Depuis longtemps déjà. Mais combien de temps ? Il me reste combien d'heures encore ? La pendule dans mon dos se moque de moi avec son tic-tac… tic-tac… tombera… tombera pas… J'entends du bruit dans la chambre de maman. J'essaie de deviner ce qu'elle fait. Si je tiens, Mozart sera à moi. À moi ! Elle l'a dit ! Il faut juste tenir. Trois heures. Ce n'est rien du tout. Je peux le faire. Elle verra que j'ai réussi. Que je suis forte ! Comme elle ! Elle sera fière de moi !

Je vais y arriver. Je vais y arriver. Je vais y arriver.

Quand elle revient dans la cuisine, je n'ai plus assez de force pour lui demander combien de temps encore. Je ne sens plus mes bras, ni mes jambes. Je ne sais plus si j'ai mal. Mon corps s'est comme désintégré en milliers de petits morceaux. Il a disparu. Mais il se reforme brusquement quand elle coupe la corde et que j'atterris brutalement sur le sol. J'ai alors l'impression de me briser comme du verre.

— Il est à toi, lâche-t-elle d'une voix froide. Mais je te préviens qu'il n'a pas intérêt à faire ses griffes sur le canapé ou ailleurs. À la moindre bêtise de sa part, tu sais ce qui lui arrivera !

Elle jette un regard furieux sur le chaton et pendant un moment j'ai peur qu'elle ne change d'avis et ne le jette dehors. Mais elle quitte la pièce sans rien ajouter de plus.

— Tu es à moi, Mozart, je murmure en le fixant. Toi et moi, c'est pour toujours. Toujours et plus encore…

En gémissant et toujours allongée sur le sol, je tourne la tête vers la pendule…

Vingt-trois heures trente !

Tu m'avais dit trois heures… et ça fait une de plus…

C'était encore un jeu, maman ?

Chapitre 23

Joanna

29 avril, 9 h 00

Dépitée, je fixe la pile de vêtements qui s'est amoncelée peu à peu sur mon lit.

— Ça ne devrait pourtant pas être bien compliqué de trouver une tenue adéquate, je marmonne toute seule dans ma chambre. Quelle est la tenue de circonstance ? Un jean… une robe ? Et puis zut ! Après tout, ce n'est qu'un brunch…

Oui, mais c'est aussi la première fois que je rencontrerai la famille de Scott. Sans oublier que c'est également une première pour lui. Et pour moi ! Jusqu'à présent, aucun garçon ne m'a jamais présentée à ses parents… si l'on excepte Cooper. D'après mon meilleur ami, on peut classer les mecs en deux catégories. La première, celle de Coop : défilé perpétuel de petites amies à tel point que les parents s'emmêlent les pinceaux dans les prénoms. Aucun risque à avoir de ce côté-là. Et la seconde…

Merde ! Merde ! Merde !

Le sourire qui ne m'a pas quittée depuis mon réveil s'efface brusquement de mon visage quand je songe que cette première présentation symbolise sans doute quelque chose de particulier pour Scott. J'ai peur de ne pas lui attribuer la même signification. Ou pour être honnête, de ne pas *pouvoir*.

La seule fois où j'y ai cru, c'était il y a longtemps. Pourtant, mon instinct me criait de prendre la fuite, me hurlait de ne pas y croire… mais je ne l'ai pas écouté. Je me suis laissée abuser par les mots tendres, le physique éclatant et la popularité de John. J'ai réalisé – trop tard – que tout ce baratin n'était destiné qu'à s'envoyer en l'air avec la petite Black !

— Va pas te faire de film, Joanna, je te trouve super craquante, mais t'es quand même trop noire pour qu'il y ait un truc sérieux entre nous, m'a-t-il balancé juste après avoir pris ma virginité sur la banquette arrière de la voiture de son père. Mais je suis carrément OK pour du sexe avec toi…

J'ai compris ce jour-là que ma couleur de peau – pour certains, dont John – augmentait considérablement mon potentiel pour des histoires de sexe, mais diminuait jusqu'au point de nullité absolue celui d'une relation sérieuse. Il ne m'a pas menacée, forcée, ni violée. J'étais totalement consentante et surtout très naïve. Pourtant, je me suis sentie souillée et profondément humiliée.

Mon sourire réapparaît quand les mots prononcés hier par Scott se manifestent soudain et m'extirpent de mes années de lycée.

Tu as énormément d'importance pour moi…

J'aurais pu lui répondre la même chose. Je sais que c'est ce qu'il attendait. Sauf que je suis restée muette. Il n'avait pas besoin d'un long discours. Mais aucun mot n'est sorti, à part un lamentable « je », suivi d'un silence. Pourquoi n'ai-je pas eu le courage de lui avouer ce que je ressens pour lui ? Peut-être parce que j'ignore ce que j'éprouve réellement pour lui ?

Ou peut-être aussi parce qu'il devrait connaître la vérité avant ? me souffle une petite voix.

Mais entre ce que je *devrais* lui dire, ce que je *voudrais* lui dire et ce que je *pourrais* lui dire, j'en suis au stade insurmontable de… ne rien dire !

— Bon, si tu commences comme ça, Jo, je m'exclame tout haut pour me secouer, tu ne seras jamais prête à temps ! Oublie tout, et ne pense qu'à Scott !

J'attrape Mozart pour lui faire un gros câlin, puis je file dans la salle d'eau. Quinze minutes plus tard, j'en ressors ragaillardie pour me précipiter dans ma chambre. Après m'être enduit le corps avec ma lotion préférée et vaporisée d'un léger nuage de parfum, j'enfile un petit ensemble de lingerie qui, j'en suis certaine, fera craquer Scott. Mes boucles encadrent mon visage en une cascade désordonnée, pourtant je n'ai ni le temps ni l'envie de les lisser. Un petit coup de gloss sur les lèvres suffira.

Je finis par porter mon choix sur une longue robe blanche au tissu léger, sans manches, qui marque la taille avant de s'évaser en corolle, au décolleté sage sans trop en faire. Des boutons de nacre du haut jusqu'en bas, ce qui, selon l'humeur et l'endroit, permet de découvrir plus ou moins de peau, en haut et en bas. Enfin satisfaite, je chausse une paire de tennis blanche et j'attrape mon sac avant de dévaler l'escalier. À l'instant de sortir, je fais un détour par la cuisine, où je remplis de croquettes la gamelle de Mozart et change son eau. Quand je franchis le seuil de la maison, ma bonne humeur s'atténue quelque peu en découvrant mes chers voisins – *Mr et Mrs Maize* – sur le pas de leur porte. D'un pas rapide, je traverse le jardin.

— Comment vas-tu, Joanna ?

— Très bien, je rétorque avec un sourire éclatant. Et vous ? La chaleur ne vous indispose pas trop ?

Ma voisine reste quelques secondes étonnée. Il faut dire que j'ai rarement l'habitude d'afficher un air aussi radieux en sa présence. Quant à m'enquérir de sa santé ou de celle de son mari, cela m'arrive aussi très rarement.

— Nous avons l'habitude, tu sais, et puis nous avons une bonne climatisation dans les chambres, m'informe-t-elle.

Elle semble hésiter, et après un petit coup d'œil en direction de son mari, elle poursuit d'une voix mal assurée, tout en s'éventant avec son chapeau de paille :

— Écoute, Joanna, on ne voit plus ta voiture devant chez toi… or, il se trouve que nous avons dans le garage une Dodge qui date de notre jeunesse, mais qui est encore en très bon état. Alors, si jamais tu en as besoin, tu peux l'utiliser.

Merde alors ! Si je m'attendais à ça !

Cette fois, c'est moi qui reste muette quelques secondes, la bouche grande ouverte.

— C'est… c'est très gentil, je finis par lâcher, une fois remise de ma stupéfaction. Mais je gare seulement ma voiture à quelques rues d'ici pour éviter tout nouveau tracas.

— Tu as bien fait ! m'affirme son mari en s'essuyant le front avec un mouchoir. Et j'espère bien que tu n'auras plus d'ennuis, mais dans le cas contraire, n'hésite pas. En plus, cela ne fera pas de mal à cette antiquité de voir le jour et de rouler un peu. Je crois bien qu'elle n'est pas sortie du garage depuis… depuis…

Sa femme le tire d'embarras en continuant à sa place.

— Depuis plus de dix ans, mon chéri.

— Tant que ça ?

Elle hoche la tête avec un sourire pendant que je jette un regard sur le cadran de ma montre.

— Il faut que je file. J'ai rendez-vous et je risque d'être en retard. Merci encore pour votre proposition. Ça me touche beaucoup.

— Ce n'est pas grand-chose, Joanna. Allez, dépêche-toi et passe un bon dimanche.

Je leur souhaite de même avant de filer à toute allure. Tout en parcourant les rues au pas de course, je songe que cette journée a débuté de façon bien étrange… surprenante et néanmoins agréable. Je ne suis toujours pas remise de mon échange avec mes voisins, et lorsque j'aperçois le 4x4 de Scott, je me rends compte que je n'ai même pas jeté un coup d'œil par-dessus mon épaule. J'ouvre la portière à la volée et me glisse sur le siège.

— Salut, toi, je m'exclame… juste avant de remarquer sa mine pâle et défaite.

Je me penche vers lui et attrape son visage d'une main pour déposer un baiser léger sur ses lèvres. Il n'est pas rasé et des cernes marquent ses yeux. Ses traits sont abattus.

— Tu m'as manqué, je murmure en effleurant ses traits d'une caresse. Tu as passé une mauvaise nuit. Tu veux qu'on en discute ?

Il me scrute un long moment. Je redécouvre dans son regard cette expression que j'y voyais avant – celle qui mettait mon instinct en alerte – et qui avait disparu. Et cela me déconcerte.

— Pas maintenant, répond-il d'une voix cassée et en esquissant un pauvre sourire. Mais tu as raison, j'ai passé une putain de mauvaise nuit…

Soudain, il me plaque contre lui. Si fort que j'en ai la respiration presque coupée. Je caresse tout doucement son dos, et ma bouche dépose une nuée de baisers légers dans son cou. Il a besoin de moi. De mots qui pourraient le soulager. Lui apporter un peu de réconfort. J'aimerais les trouver. Mais je ne les possède pas… je ne les connais pas… j'aimerais alléger sa peine mais je ne sais même pas comment m'y prendre. Je me sens lamentable et inapte en tant que petite amie.

— Prête ? m'interroge-t-il en me relâchant et en m'adressant un vrai sourire, cette fois.

Je marmonne un vague acquiescement en bouclant ma ceinture. Sa main qui se pose sur ma cuisse en fait stopper le tremblement dont je n'avais même pas conscience.

— Tu n'as aucune raison de stresser, me rassure-t-il avec un petit clin d'œil. Tu connais déjà Lily Rose et elle t'adore. Matthew, mon frère aîné, est un gros connard… mais je l'adore.

— Un gros connard ?!

— C'est un terme affectueux entre frères.

— Oh d'accord… Et tu crois qu'il m'adorera lui aussi ?

J'ai l'air de plaisanter, alors qu'en fait je suis nerveuse. Affreusement nerveuse. Sa famille va-t-elle m'apprécier ou pas du tout ? Peut-être son père s'attend-il à rencontrer une fille…

Oh merde ! J'espère que Scott l'a prévenu que j'étais métisse, je songe en me tortillant nerveusement sur mon siège. *J'imagine que oui… c'est un sujet dont j'aurais dû discuter avec lui avant…*

Combien de fois me suis-je retrouvée en face de parents qui, en découvrant ma couleur de peau, trouvaient subitement une excuse déplorable pour que je n'assiste pas à l'anniversaire de leur enfant. Alors que j'avais déjà été invitée par leur fille…

— J'ai surtout peur qu'il ne t'adore un peu trop et que ça finisse dans un bain de sang, s'amuse Scott avant d'ajouter, plus sérieux : Tu es *adorable*, et je sais que vous vous entendrez très bien tous les deux. Aucun doute à ce sujet.

Je n'ose pas lui faire part de mes interrogations muettes. Lui demander si son père est raciste pourrait le blesser. De toute façon, je m'en rendrai compte dans peu de temps, maintenant.

***

Nous roulons à présent dans le très chic quartier de Garden District. Les demeures sont ici pour la plupart d'anciennes villas ayant appartenu à de riches propriétaires de plantation, à une époque bien lointaine. Comme ailleurs dans la ville, certains nouveaux acquéreurs rivalisent d'inventivité pour leur donner un petit air *spooky*. Et pour être tout à fait honnête, le résultat est parfois carrément flippant.

— Et ton père… je murmure en triturant mes mains.

La rue que nous venons d'emprunter est bordée de chênes massifs couverts de mousse filandreuse. Sur certains pendent encore des colliers de perles [3]. Reliquats du dernier Mardi gras.

— Depuis la mort de ma mère, il est… il est… il n'est pas au mieux de sa forme, lâche-t-il en garant finalement la voiture devant une énorme bâtisse. Et nous n'avons pas toujours été…

Il détache sa ceinture et attrape mes mains.

— Lui et moi, ça a toujours été très compliqué. Quand ma mère était là, elle arrondissait les angles et servait de médiatrice. Elle était notre lien et parvenait à nous recadrer quand l'un ou l'autre allait trop loin.

— Tu es certain que ma présence sera la bienvenue ? Je peux très bien rentrer et…

— Hey ! On se calme et on respire, me coupe-t-il avec un sourire qui me fait fondre. Mon père n'est pas un monstre, et je suis persuadé qu'il va énormément t'apprécier.

— J'espère que tu ne te trompes pas.

— Je ne me trompe jamais, bébé !

Bébé ?!

L'entendre me donner pour la première fois ce petit nom m'envoie directement des papillons dans le ventre. Ses yeux débordent d'une tendresse infinie qui me bouleverse.

— Prête ?

Je hoche la tête et dépose un baiser sur ses lèvres, puis nous sortons de la voiture. C'est dimanche. Il fait un temps magnifique. Mes voisins ont été gentils avec moi. Mon petit ami va me présenter à sa famille… et je suis morte de trac.

---

3. C'est une tradition typique de N.O.L.A. pendant le carnaval de décorer les arbres avec des colliers de perles « bead tree ».

Mais c'est une journée magnifique, je songe en marchant vers l'échafaud à ses côtés, nos doigts enlacés. *Tant que je ne renverse rien et ne casse rien, tout ira bien. Qu'est-ce qui pourrait m'arriver, hein ?! À part m'étouffer avec une cacahuète...*

À chaque pas que nous faisons, je prends conscience de tout ce qui me sépare de Scott. La couleur de ma peau, déjà. Et dans ce coin très sélect de Garden District, on ne peut pas dire que ma communauté soit la plus représentée parmi les habitants. Tout comme son loft, ou même le fait qu'à son âge il soit déjà propriétaire de son propre club. Mais, alors que nous parvenons en bas des marches qui mènent à une immense terrasse, l'imposante demeure familiale à la façade de style colonial ornée d'un étage me donne l'envie subite de tourner les talons.

— Ça va ?

Je hoche la tête et tente un pauvre sourire.

— Tu es sûre ? m'interroge-t-il encore. Parce qu'à la façon dont tu me broies les doigts, j'en doute un peu...

— Je ne m'étais pas rendu compte que...

Mal à l'aise et ne sachant comment dire les choses, je m'interromps brusquement.

— Tu ne t'étais pas rendu compte de quoi ?

Je pousse un soupir et, en lui montrant tout ce qui nous entoure de la main, je lâche :

— De tout ça ! Ta maison, le quartier où tu vis avec ta famille. Qu'à vingt-cinq ans à peine, tu es déjà propriétaire de ton club, et si ça se trouve, peut-être même de ton loft ?

Il semble sincèrement étonné, et cela me déstabilise plus encore.

— Et en quoi ça poserait un problème ? Ma famille est aisée, oui, mais rien d'extraordinaire non plus... alors c'est vrai, je n'ai jamais manqué de rien. Mais crois-moi, je n'ignore pas la chance que nous avons d'être privilégiés...

Il hésite un moment, se passe une main dans les cheveux, avant de poursuivre tout près de mon oreille :

— Ça ne doit pas créer une barrière entre nous. Il y en a déjà suffisamment sans qu'on ait besoin d'en rajouter, tu ne crois pas ? Et puis, dis-toi bien que l'argent ne protège pas de tout…

Même s'il ne la mentionne pas, je sais qu'à cet instant précis il pense à sa mère.

— Tu as raison, je murmure contre ses lèvres. Pas besoin d'en rajouter.

— Très bien, et juste pour info, je ne suis que locataire du loft, précise-t-il avec un sourire. Pour ce qui est du *WAM*, même si mes parents m'ont avancé les fonds nécessaires, ils ne m'en ont pas fait cadeau. Tous les mois, je rembourse ma dette…

Sa main caresse mon visage avec tendresse.

— Vous allez rester dehors encore longtemps ?

Lily Rose apparaît dans mon champ de vision tel un diable sortant de sa boîte et m'embrasse sur chaque joue avant de m'attraper la main.

— Je suis trop contente de te voir, babille-t-elle en m'entraînant à sa suite. C'est moi qui ai tout préparé, j'espère que tu as faim !

— Vraiment ? s'étonne son frère avec une grimace comique. J'espère pour ma part qu'Angelina ne t'a tout de même pas laissée seule en cuisine…

— Je me suis surtout occupée de décorer la table, rectifie-t-elle en haussant les épaules. Car avant le plaisir de la bouche, il y a celui des yeux, n'est-ce pas ?

Pendant un court instant, j'assiste à un échange de regards entre eux dont je me sens exclue.

— Notre mère adorait faire de belles tables, précise aussitôt Scott d'une voix étranglée en me serrant la main. Nous n'avons jamais pris un repas sans qu'elle ait au moins disposé un bouquet de fleurs…

— Des bougies, des pétales de fleurs, de la belle vaisselle, poursuit sa sœur, des larmes dans les yeux. Elle affirmait que chaque détail avait son importance. Le vendredi soir, elle supportait même d'avaler nos infâmes pizzas… à condition qu'on ne les lui serve pas dans le carton.

— On a pourtant tout essayé pour lui faire comprendre que les déguster de cette façon était justement ce qui les rendait encore meilleures, lance alors dans mon dos une voix grave vers laquelle je me tourne. Mais elle n'a jamais rien voulu entendre. Je suis ravi de faire ta connaissance…

— Joanna, je précise pendant qu'il me lance un sourire chaleureux. Je suis ravie aussi.

Je devine tout de suite qu'il s'agit du frère aîné. Aussi grands et aussi musclés l'un que l'autre. Les cheveux de Scott ont toujours ce style craquant coiffés/décoiffés. Alors que son frère aborde une coupe plus courte et bien nette, plus sérieuse. Des petites rides au coin des yeux. Et si Scott porte le costume avec un côté voyou totalement irrésistible, son frère est plutôt dans la catégorie BBSD [4]. Nul doute que lui non plus n'a aucune difficulté à faire tomber les petites culottes.

— Je suis vraiment content de te voir, Scott, marmonne-t-il en le serrant fermement dans ses bras. Tellement content…

Lily Rose me traîne à l'intérieur, laissant les deux frères se retrouver sur la terrasse.

— Matt avait peur qu'il ne vienne pas. D'ailleurs, il n'était pas le seul à redouter son absence, m'informe l'adolescente en me faisant traverser l'entrée à toute vitesse. Viens, je vais te présenter papa. J'ai pensé que ce serait plus agréable de prendre le brunch dehors… il fait si beau aujourd'hui. Autant en profiter.

4. Big Boss Sexy Dominant.

Un magnifique piano trône au centre de la pièce que nous franchissons, et j'ai juste le temps d'apercevoir quelques photos. Photos sur lesquelles je reconnais entre autres le visage de Scott. Puis nous nous retrouvons à nouveau à l'extérieur, sur une autre terrasse. Encore plus grande que la précédente, habillée du même parquet à la couleur très sombre. Des fauteuils en osier, agrémentés de coussins fleuris, sont dispersés autour d'une belle table basse, en osier blanc elle aussi, et donnent envie de s'y installer.

— Tu aimes ?

— Comment pourrais-je ne pas aimer ? je souffle en jetant un regard admiratif autour de moi. J'ai l'impression que je vais bientôt voir surgir Tennessee Williams [5] et qu'il va s'installer là, à ce petit bureau, pour se mettre à écrire.

Je désigne le meuble ancien du doigt.

— Maman aimait beaucoup venir ici pour lire, m'informe Lily Rose. J'ignore si elle a pensé à lui en faisant la décoration, mais je sais qu'*Un tramway nommé Désir* et *Une chatte sur un toit brûlant* font partie des nombreux livres qui garnissent notre bibliothèque. C'était une amoureuse des livres. Elle pouvait passer des heures, plongée dans une histoire, à condition que personne ne vienne la déranger, et ça arrivait…

— Très souvent, l'interrompt alors un homme à la carrure impressionnante, au regard du même bleu intense et aussi brun que ses enfants en surgissant près de nous. Mais elle adorait quand l'un de vous grimpait sur ses genoux pour l'écouter lire à haute voix.

— Papa ! Laisse-moi te présenter Jo, l'amie de Scott…

Je tends une main hésitante à l'inconnu qui me fait face, tout en lâchant un timide « Bonjour, Sir ! »

---

5. Dramaturge et écrivain américain, né à Colombus, dans le Mississippi, dont de nombreuses œuvres furent portées au cinéma, dont *Un tramway nommé Désir*.

— Jo… ? s'étonne-t-il avec un petit sourire, alors que je prends conscience que Lily Rose ne connaît pas mon nom de famille.

— Jo… Joanna Clementine, je précise alors en espérant que Scott va venir me rejoindre au plus vite. Je…

Mais pourquoi j'ai accepté de l'accompagner à ce brunch ?!

— Je suis enchantée de faire votre connaissance, Sir.

C'est bien la formule d'usage, non ?!

— Et que faites-vous dans la vie, Joanna ?

Déjà ?! On ne parle pas un peu de la pluie et du beau temps avant ?

— Papa ! Jo n'est pas l'un de mes petits copains que tu peux impunément soumettre à la question. Et si maman était là, elle te dirait que tu manques gravement à tous tes devoirs…

L'air surpris, il se tourne vers sa fille dont je bénis l'impertinence en silence.

— Avant de lui demander de te fournir un CV intégral, poursuit l'adolescente en me faisant signe de prendre place sur l'un des fauteuils, tu ne crois pas que la moindre des choses serait de te présenter également et de lui proposer quelque chose à boire ? Jo, tu as devant toi Matthew Bradley Senior, procureur de son état… et accessoirement, mon père.

Procureur ?! Heureusement que je suis déjà assise, sinon je crois que mes jambes me lâcheraient.

— Ma fille a raison, je suis un bien piètre hôte, Joanna. J'espère que vous ne m'en voulez pas trop ?

Je n'ai pas le temps de répondre, Scott et son frère réapparaissent enfin. *Ouf !*

— Pourquoi Joanna aurait-elle déjà des raisons de t'en vouloir ?

La question de Matthew déclenche des petits rires.

— C'est plus fort que lui, me lance Scott en s'asseyant à mes côtés tandis que sa sœur nous tend de grands verres de citronnade. Je le soupçonne même d'avoir voulu vérifier le casier judiciaire de nos grands-parents maternels, poussé par son indécrottable curiosité.

— Tu es encore trop naïf si tu ne fais que le soupçonner, surenchérit son frère en m'adressant un sourire bienveillant.

— Ne les écoutez pas, Joanna. Ils veulent juste vous taquiner et je suis loin d'être aussi inquisiteur que mes enfants le laissent entendre…

Ses paroles déclenchent l'hilarité de sa descendance, et ce n'est qu'après plusieurs minutes qu'ils parviennent enfin tous à se calmer. De mon côté, ce que je viens d'apprendre ne me donne pas du tout envie de rire. Je me félicite une fois de plus d'avoir suivi le conseil de Cooper. Même si Joanna Richardson a un casier vierge, je préfère éviter que cet homme puisse un jour faire le lien avec celui de ma mère.

— Oh papa… si tu crois vraiment ce que tu viens de dire, alors c'est encore pire que ce que je pensais, pouffe Lily Rose en s'essuyant les yeux. En tout cas, ça faisait longtemps qu'on n'avait pas piqué une telle crise de rire… Merci ! Bon, si on commençait ? J'ai les crocs, pas vous ?!

Scott, une main sur ma taille, me guide vers une table recouverte d'une nappe blanche qui tombe jusqu'au sol. Un bouquet de fleurs de saison l'agrémente joliment. Je félicite Lily Rose pendant que nous prenons place. Les chamailleries incessantes entre les deux frères et l'adolescente finissent par avoir raison de ma nervosité. Impossible de ne pas voir à quel point ils sont proches tous les trois et combien ils s'aiment. Matthew semble particulièrement protecteur à l'égard de ses cadets. Je ne me lasse pas de les entendre se remémorer leurs innombrables souvenirs d'enfance. Leur mère y est toujours présente. Un bref regard sur leur père silencieux me conforte dans l'idée que celui-ci regrette amèrement d'en avoir raté certains. Malgré tout, je vois qu'il prend un indéniable plaisir à les écouter. La délicieuse crêpe à la myrtille que je déguste prend brusquement un goût amer quand je songe que je n'ai pour ma part pas le moindre souvenir heureux avec ma mère. Qu'avons-nous en commun elle et moi, à part notre sang, nos gènes ? Pas le plus petit moment de joie ou de bonheur partagé. Juste une longue suite d'années, toutes plus vides et tristes les unes que les autres. J'ai beau fouiller au plus profond de ma mémoire, je ne trouve rien. Rien du tout. Pas une parole. Pas un geste. Je suis tellement perdue dans mes pensées qu'il me faut de longues minutes pour m'apercevoir que plus personne ne parle et que tous les regards sont posés sur moi.

— J'ai bien peur que vous n'ennuyiez Joanna avec nos vieilles histoires, annonce alors Matthew Bradley Senior avec un petit sourire.

— Pas du tout ! j'affirme avec empressement, un poids soudain sur la poitrine. C'est même tout le contraire, je suis heureuse que vous partagiez avec moi d'aussi beaux souvenirs…

Mais pitié, ne me demandez surtout pas de partager les miens en retour.

— Et à vous entendre tous les trois, j'aurais adoré avoir des frères et sœurs.

— Ne va pas t'imaginer qu'avoir deux grands frères est le bonheur suprême, me lance Lily Rose en retour avec des yeux pétillants de malice. Cela peut même devenir franchement insupportable de vivre avec ces deux-là.

— Pas plus que d'avoir à tolérer ta présence, crevette ! riposte Scott tandis que Matthew ébouriffe les cheveux de sa sœur.

J'ai un bref soupir de soulagement en constatant que je ne suis plus le centre d'intérêt de la tablée, et quand Scott annonce – enfin ! – que nous devons partir, j'ai presque envie de lui sauter au cou.

Voilà, c'est fini ! Je n'ai pas fait de gaffes. Je n'ai rien cassé, rien renversé. Tout s'est bien passé… merveilleusement bien passé, je songe, ravie. *Après tout, qu'est-ce qui aurait bien pu m'arriver ?*

Chapitre 24

Scott

21 avril, 13 h 00

J'attends que Lily Rose ait disparu à son tour dans la maison, comme notre père il y a quelques minutes, pour m'entretenir avec Matt.

— Alors ? Dis-moi que ce que j'ai entendu à la radio n'était qu'un ramassis de conneries !

Ma voix est pleine de rage. De colère à peine contenue. J'ignore encore comment j'ai fait pour ne pas exploser à table. Depuis que j'ai entendu ce flash à la radio, hier soir, j'ai la sensation que le cauchemar recommence. Avec plus de force encore cette fois. Comme si on assassinait notre mère une nouvelle fois.

— J'espérais que tu n'avais encore rien entendu, lâche mon frère d'une voix blanche. Lily Rose n'est pas au courant… papa n'a pas réussi à le lui dire. Pas encore.

J'ai envie de tout casser. De tout fracasser. De tout détruire.

— Putain ! Elle commence à peine à aller mieux. Dis-moi que ce n'est pas possible ! Que cette pourriture n'a pas le droit !

— Rien ne dit qu'elle obtiendra ce qu'elle demande, mais… c'est une possibilité qu'il faut envisager et à laquelle nous devons nous préparer… tous les quatre.

Le sang bourdonne dans mes oreilles tandis que je fixe Matt. Pendant quelques secondes, je suis comme déconnecté. Quelques secondes d'un silence total pendant lesquelles je n'entends plus rien. Je ne ressens plus rien. Quelques secondes d'amnésie complète. Jusqu'à ce que tout me revienne, tel un boomerang lancé à pleine vitesse.

— Et qu'est-ce que tu attends pour l'en empêcher, bordel ?! je hurle brusquement en attrapant mon frère par la chemise et en le plaquant contre la porte. Ne me dis pas que tu ne peux rien faire ! Que papa et toi, vous n'en avez pas le pouvoir !

— Scott ! Scott !

— Ne t'inquiète pas, Joanna, la rassure Matthew alors que la main de Jo se pose sur mon bras. Ce n'est pas ce que tu crois…

Je laisse échapper un juron avant de le lâcher. Jo me scrute comme si c'était la première fois qu'elle me voyait. Et ce n'est pas totalement faux, car c'est bel et bien la première fois qu'elle me voit ainsi. Dans ses yeux, je peux lire une multitude de sentiments, allant de la surprise la plus complète à l'horreur absolue.

— Je ne comprends pas, murmure-t-elle, son regard affolé papillonnant de Matt à moi. Qu'est-ce qui t'arrive, Scott ?

Je suis tellement hors de moi, si près de disjoncter, que je dois concentrer toute ma volonté sur le fait de refréner ma fureur et qu'il m'est impossible de lui répondre. C'est Matt qui s'en charge à ma place tout en me surveillant du coin de l'œil, pendant que je fais les cent pas sur le perron.

— Je suppose que tu es au courant que notre mère est décédée il y a quelques mois, commence-t-il alors qu'elle fait un signe d'acquiescement. Mais je ne pense pas que Scott t'ait appris de quelle façon…

— Non, il ne m'a rien dit, murmure-t-elle sans me quitter des yeux.

— Notre mère avait été admise à l'hôpital pour un problème d'insuffisance cardiaque. L'opération s'était bien déroulée, et il n'y a eu aucune complication par la suite. Tout allait très bien et le médecin avait prévu sa sortie. Il ne lui restait plus que quelques jours à passer encore à l'hôpital… juste quelques jours avant de rentrer à la maison...

Il s'interrompt, incapable de poursuivre, et se laisse tomber dans l'un des fauteuils qui ornent la terrasse. Joanna se triture nerveusement les mains en nous observant à tour de rôle.

Combien de fois ai-je maudit le destin à cause de ces quelques malheureux jours ? Ou l'hôpital pour avoir engagé cette femme ? Matt, mon père ou moi pour ne pas avoir eu l'idée de lui rendre visite à cet instant fatidique et pouvoir ainsi la sauver ? Combien de fois n'ai-je pas maudit la Terre entière ? Aurait-elle été arrêtée plus tôt si elle n'avait pas changé aussi souvent d'hôpital ? Les doutes de quelques collègues face aux décès trop élevés – un nombre supérieur aux statistiques normales – dans son service lorsqu'elle était de garde n'ont jamais déclenché d'enquête interne dans les établissements qu'elle a fréquentés. *Putain, comment est-ce possible* ?! Peut-être même serait-elle libre en ce moment précis si une infirmière ne l'avait pas surprise dans la chambre de ma mère… la seringue à la main. Finalement, elle a été arrêtée et inculpée pour son meurtre, et celui d'une autre patiente dont on l'avait vu sortir de la chambre alors qu'elle n'était plus de service, et où, là encore, la malade est décédée d'un arrêt cardiaque. Les enquêteurs ont parlé d'une quarantaine de meurtres possibles au cours des quinze années précédant son arrestation et dans une vingtaine de lieux de travail. Mais de la mort de combien de personnes est-elle responsable dont on n'a pas encore connaissance ? *Combien* ? Le point commun de toutes ces victimes ? Toutes de belles femmes. Mères de famille pour la plupart et d'une catégorie sociale privilégiée. Je suis toujours en train de me demander si c'est à cause de ces caractéristiques que ma mère a été assassinée. Si c'est comme cela que cette malade choisissait ses victimes. Le procès ne m'a donné aucune putain de réponse !

Les poings serrés, je m'approche et continue à la place de Matt, d'une voix étranglée :

— Aucune complication, c'est vrai. Sauf celle d'avoir croisé la route de cette pourriture : Lucy Richardson ! Cette femme a assassiné notre mère en lui faisant une injection de potassium…

Le visage de Jo devient brutalement d'une pâleur effrayante, pourtant je ne peux retenir les mots qui désormais se bousculent pour franchir la barrière de mes lèvres en un flot haineux.

— Elle a déjà eu la chance d'échapper à une condamnation à mort, mais non, ça ne lui suffit pas ! Cette saloperie réclame un autre procès ! Tu y crois, toi ?! Elle veut un putain de nouveau procès ! Alors qu'elle ne mérite que le pire. Si tu savais le nombre de fois où j'ai souhaité sa mort… ou même de la tuer…

— Scott ! m'interrompt mon frère alarmé. Ne dis pas une chose pareille.

— Pourquoi ? C'est juste la putain de vérité ! Si tu tiens vraiment à comprendre pourquoi je suis resté des semaines sans vous voir, à vous éviter à tout prix, c'est pour cette raison… des jours et des nuits à chercher le moyen de l'atteindre pour lui infliger les pires souffrances. Survivre avec pour seul but : sa mort…

À son tour, Jo se laisse choir dans un fauteuil tout proche. Un gémissement de douleur et de désespoir s'échappe de ma bouche lorsque je me remémore toutes ces heures, ces semaines et ces mois de cauchemar.

— Puis je t'ai rencontrée, et ton sourire m'a réchauffé, ta simple présence m'a apaisé, je lâche en m'agenouillant devant elle et en prenant ses mains – glacées – dans les miennes. C'est à cause d'elle que j'ai passé une mauvaise nuit… C'est à cause de cette femme monstrueuse que je suis sur le fil du rasoir depuis des mois. Jo… ? Joanna… tout va bien ?

J'ai l'impression qu'il ne reste plus une goutte de sang dans son corps tant elle est livide et paraît sur le point de s'évanouir. Elle essaie de parler, mais aucun son ne sort de sa bouche. Son corps tremble et des larmes se mettent à couler sur ses joues.

— Je vais lui chercher un verre d'eau, m'informe Matt, inquiet lui aussi par sa réaction, en disparaissant aussitôt.

Je la prends dans mes bras et m'applique à frictionner son dos jusqu'à ce que son corps crispé se détende peu à peu et que cessent les tremblements. Me focaliser sur son malaise a l'avantage de m'apaiser et d'éloigner ma rage… au moins pour un court laps de temps.

— Je… je suis… désolée, balbutie-t-elle enfin d'une voix pleine de sanglots. Tellement désolée…

— J'aurais préféré te l'apprendre d'une autre façon, et je sais que ma réaction par rapport à mon frère a dû te faire très peur. Je l'ai vu dans tes yeux et…

— Non, non… m'interrompt-elle. Je… je n'ai pas peur de toi…

Elle semble vouloir ajouter autre chose, toutefois l'arrivée de Matt l'en empêche.

— Tiens, j'y ai mis un peu de sirop, précise-t-il en lui tendant un verre. Ça va t'aider à te remettre.

Elle le remercie d'un signe de tête et avale la boisson d'une traite.

— Désolé, Matt, je lâche en me relevant. Lily Rose n'a rien entendu ?

— Non, elle est dans sa chambre avec sa musique à fond, comme d'habitude, me rassure-t-il en me donnant une bourrade affectueuse. Mais on sera bien obligés de l'avertir à un moment ou à un autre.

— Ouais, je sais bien. À moins qu'il n'y ait pas d'autre procès…

Le silence éloquent de Matt brise net le peu d'espoir qu'il me restait.

— Elle me plaît beaucoup, murmure-t-il alors à mon oreille en désignant du menton Jo, qui semble perdue dans ses pensées. Alors si tu veux un conseil…

— Pas besoin, je le coupe avec un sourire. Je sais déjà ce que tu vas dire.

Il me fixe intensément pendant quelques minutes. Comme lorsque nous étions plus jeunes et qu'il tenait à s'assurer que j'avais parfaitement compris ce qu'il attendait de moi.

— Tant mieux, déclare-t-il finalement, les traits détendus. Vous devriez y aller avant que papa ne se pose des questions et ne débarque ici pour voir ce qui se passe.

— Tu as raison, je t'appelle dans la semaine pour avoir des nouvelles, j'acquiesce avant d'attraper la main de Jo.

Pas besoin de préciser à quoi je fais allusion. Je sais qu'il a compris. Jo et moi rejoignons mon 4x4 sans échanger le moindre mot, et c'est toujours dans un silence absolu que je démarre. J'ignore ce qu'une telle révélation a pu provoquer chez elle. J'imagine mal comment je réagirais à sa place. Notre famille a été victime d'une tragédie. De celles qui n'arrivent qu'aux autres, jusqu'au jour où elles fracassent votre vie. Après ça, les gens ne portent plus le même regard sur vous. Brusquement, ce qu'ils voient n'est que le fils, la fille ou le mari de la femme assassinée. Vous êtes vous aussi une victime. Un fait divers sanglant qui attire comme un aimant la compassion indécente des uns, ou la curiosité malsaine des autres. Surtout la curiosité malsaine. Je ne supporterai ni l'une ni l'autre de la part de Jo. Encore moins sa pitié ! Et c'est probablement pour cela que je ne lui avais encore rien dit. Cette femme n'a pas seulement tué ma mère, elle a aussi massacré toute ma famille. Tout en conduisant vers mon loft, je ne cesse de m'interroger sur le mutisme persistant de Jo. Quand je gare la voiture à ma place dans le parking, je suis exaspéré par l'agonie de son silence. À bout de nerfs.

— On est arrivés, je l'informe d'une voix un peu trop sèche et nerveuse, en détachant ma ceinture.

Elle semble brusquement émerger d'un long sommeil.

— Je… je crois qu'il vaudrait mieux que tu me raccompagnes chez moi, commence-t-elle d'une voix hésitante. Je pense que ce serait… plus…

Je laisse échapper un juron et la fusille du regard. Je ne souhaite pas sa pitié… mais un minimum de soutien quand même, non ?

— Plus quoi ? Bordel !

— Ce serait plus judicieux, répond-elle en se triturant les mains nerveusement. Tu es manifestement à cran et…

— Tu as peur ? je la coupe en tentant de me calmer.

—Je t'ai déjà dit que je n'avais pas peur de toi, affirme-t-elle, les doigts toujours crispés. C'est juste que, parfois, il vaut mieux se laisser du temps…

— Du temps ? Pour faire quoi ? Tu as besoin de temps pour savoir si…

Je la regarde, abasourdi, en comprenant ce que *se laisser du temps* semble signifier à ses yeux.

— Si tu m'avais appris que ta mère avait été assassinée, j'ignore comment j'aurais réagi… mais je suis persuadé d'une chose, c'est que je ne t'aurais pas quittée dans l'heure, comme tu es en train de le faire avec moi.

— Non ! Ce n'est pas ce que je suis en train de faire…

— Vraiment ? Parce que ça en a franchement l'air, vois-tu !

Des larmes coulent sur ses joues. J'ai autant envie de la prendre dans mes bras que de lui hurler de quitter ma bagnole. J'ignore pourquoi, pourtant je ne fais ni l'un ni l'autre. C'est pour ça que je n'avais encore rien dit. Elle est tellement déboussolée par ce qu'elle vient d'apprendre qu'elle ne sait même plus comment se comporter avec moi. Ni comment réagir. Et comme certains, elle n'a qu'une seule envie : fuir ! Très loin de moi. Me quitter le plus vite possible… en tout cas, aussi vite que la décence la plus élémentaire le lui permet. Les victimes de faits divers sanglants font parfois aussi cet effet-là…

Bordel !

— Je n'ai aucune idée de ce qui se passe dans ta tête, Jo, je finis par articuler en sortant de mon silence. Tout ce que je sais, c'est que j'ai besoin de toi… un besoin dont tu n'as même pas idée. Et aujourd'hui, plus que jamais…

Je laisse retomber ma nuque raide sur l'appuie-tête. Je ferme les yeux. J'inspire profondément plusieurs fois, et je lâche d'une traite :

— Mais si tu veux que je te raccompagne chez toi, dis-le ! Et je le ferai…

Chapitre 25

Joanna

21 avril, 14 h 00

Pourquoi n'ai-je pas écouté mon instinct ? Si je l'avais fait, je ne me retrouverais pas dans cette situation cauchemardesque. Je ne serais pas sur le point de blesser plus encore qu'il ne l'est déjà celui que je n'ai nulle envie de faire souffrir…

Il dit avoir besoin de moi, mais comment lui donner ce à quoi il aspire ? Je sais désormais que notre histoire est vouée à l'échec. Que plus rien n'est possible entre nous. J'ai vu toute la haine que Lucy Richardson lui inspire. Alors, quand il apprendra que je suis la fille de celle qui a assassiné sa mère, que pèseront ses sentiments pour moi face à l'atrocité de la vérité ?

— Jo…

Je me tourne vers lui. Ses yeux sont toujours clos. Ses mains, posées sur le volant. Sa respiration profonde résonne en moi tel un écho.

— Ma mère ne m'a jamais fait de cadeau, je chuchote en serrant mes mains très fort l'une contre l'autre pour m'empêcher de les poser sur lui. Pas une seule fois en vingt et un ans. J'ai mis un certain temps à me rendre compte que ce n'était pas comme ça dans les autres familles. Non ! S'il te plaît, reste comme tu es…

Il m'obéit et referme aussitôt les yeux, puis replace ses mains à l'endroit exact où elles se trouvaient.

— C'est plus facile comme ça, je continue alors d'une voix mal assurée. Au début, j'ai pensé que je ne les méritais pas, que je n'étais pas assez gentille… Alors, j'ai fait des efforts pour être la fille qu'elle désirait… j'avais des notes excellentes, un comportement exemplaire, malgré tout rien n'a changé. J'ai reçu mon premier cadeau à l'âge de onze ans. Il venait de Cooper. Depuis, il n'a jamais raté un seul de mes anniversaires. Elle n'est jamais venue aux réunions organisées par les profs non plus. Pas une seule fois…

J'essuie rageusement une larme. Scott est toujours dans la même position. Ses doigts se crispent sur le volant.

— Elle travaillait et n'avait pas le temps, c'est ce qu'elle m'a répondu quand je lui ai demandé comment il était possible qu'elle soit la seule à ne jamais se déplacer. Mais j'avais déjà compris depuis longtemps que, travail ou pas, le résultat aurait été le même. Quand vous avez commencé à raconter vos souvenirs, je n'ai jamais été aussi mal à l'aise de toute ma vie et…

Sa mâchoire se contracte, et je me demande s'il ne va pas se briser les doigts tant les jointures en sont blanches.

— J'avais peur et surtout honte, je finis par avouer d'une voix étranglée. Honte… parce que je me demandais ce que j'aurais bien pu vous raconter, si vous aviez voulu que je partage les miens avec vous. Ma mère ne m'a pas appris à chiner, à aimer la musique, les films, à apprécier une belle table, à rendre une maison accueillante, à faire des câlins, des bisous… elle ne m'a pas appris à dire des mots affectueux, à avoir des gestes tendres… elle n'en avait jamais avec moi. Jamais !

Je reste quelques secondes à chercher mon souffle.

— Ma mère ne m'a pas appris tout ce que la vôtre vous a enseigné, à tous les trois…

Je n'ai pas le temps de le voir bouger, ses mains se trouvent déjà de chaque côté de mon visage. Sa bouche est à quelques centimètres de mes lèvres.

— Oh, bébé, je ne sais pas quoi dire… murmure-t-il d'une voix douce.

— Il n'y a rien à dire, je chuchote en retour. J'essaie juste de te faire comprendre une partie infime de ce qui se passe dans ma tête, qui je suis réellement, d'où je viens...

Et ce n'est que la face immergée de l'iceberg.

— J'ai toujours mangé à ma faim. Si j'étais malade, j'allais chez le médecin. J'étais vêtue correctement, pas comme une souillon…

À la colère que je découvre dans ses yeux, je sais que ma tentative de dérision pour atténuer l'horreur de mes paroles n'a aucun effet. Et c'est sans doute ce qui me fait le plus mal à cet instant précis. Je ne veux pas de son apitoiement.

— Je n'ai jamais manqué de rien, tu sais…

— Putain ! Tu te rends compte que tu la défends, là ? me coupe-t-il avec rage. Tu dis que tu n'as jamais manqué de rien, mais c'est faux, bébé. Tu as manqué de la chose la plus importante au monde. Elle t'a privée de l'amour que toute mère devrait porter à son enfant. Le silence d'une mère peut faire aussi mal que des coups. Tout autant que son rejet et son indifférence. Il n'y a pas toujours besoin de frapper pour faire souffrir…

Même si ce n'est que la vérité, elle est insupportable à entendre. Quelque part, au plus profond de moi, j'ai besoin de penser qu'elle était capable d'éprouver quelque chose de bon pour moi. Je ne peux pas nier qu'elle est une meurtrière, mais avant son arrestation elle n'était que ma mère. Pas encore ce monstre. Même si je la hais de tout mon être, je veux croire qu'elle était apte à ressentir de l'affection, qu'elle m'a aimée un peu. Elle aurait pu avorter ou m'abandonner, et elle ne l'a pas fait. Ça veut bien dire quelque chose, non ? Impossible pour moi d'imaginer qu'elle est un monstre dénué de cœur. Parce que dans ce cas-là, que puis-je dire de moi ? Moi, sa fille, qui pendant des années ai souhaité être aimée par elle. Je veux espérer qu'elle n'est pas absolument mauvaise… qu'elle n'est pas totalement incapable d'aimer… parce que j'aurais trop peur d'être comme elle. Je préfère cette version plutôt que celle qui me souffle avec un plaisir pervers qu'elle n'aurait pas supporté de savoir qu'un couple aurait pu me rendre heureuse. Qu'elle ne m'a jamais aimée et n'a jamais souhaité mon bonheur. Qu'elle désirait juste me détruire, tout doucement, sans bruit et sans arme… que ce qui la liait à moi n'était qu'une haine fusionnelle. Quel enfant, quel adulte a envie de croire à ça ?! Et surtout, pourrais-je être indemne de toutes ces années passées sous sa coupe ? Dans quelle mesure ne m'aurait-elle pas infectée ? Souillée ?

— On ne meurt pas d'un manque d'amour, je lui fais alors remarquer.

— Peut-être pas aussi vite que si l'on est privé d'eau et de nourriture. Mais vivre sans amour, ça ne s'appelle pas vivre… c'est de la survie, rien de plus.

Nous restons face à face de longues minutes sans dire un mot. Nerveux, il se passe une main dans les cheveux.

— J'ignore pourquoi je t'ai raconté tout ça. C'est difficile pour moi, dis-je d'une voix où se dessine toute ma lassitude. À part avec Cooper, c'est la première fois que je parle de ma mère. Que j'arrive à en parler…

Et surtout, que je dis la vérité… enfin, une partie de la vérité. Et il me reste encore tellement de choses à t'avouer.

— Reste avec moi, bébé.

J'en ai tellement envie. Tellement besoin moi aussi. Quand on meurt de faim, on se contente de la moindre miette. Et je suis affamée de sa tendresse. De chaque caresse, du moindre baiser qu'il voudra bien m'offrir. Je sais maintenant que chaque jour de plus passé avec lui ne fera qu'accroître nos souffrances. Pourtant, malgré cette certitude inéluctable, et parce que j'ai le pouvoir de le rendre fantastiquement heureux ou terriblement malheureux en fonction de ce que je lui dis, je réponds :

— D'accord…

Un sourire radieux éclaire alors son visage. Prendre conscience que j'en suis la seule cause est le plus beau des cadeaux… et le pire des tourments.

L'après-midi touche à sa fin quand, avant de rejoindre le loft, nous finissons de faire quelques emplettes.

— Franchement, ce n'est pas la peine d'en prendre autant, je m'exclame, amusée, en le voyant remplir le panier. J'ai l'impression qu'on vient tout juste de sortir de table.

— Tu n'as peut-être pas faim maintenant, mais d'ici quelques heures, et après ce que je compte te faire, qui sait si tu ne changeras pas d'avis ?

Sa voix chaude me fait autant d'effet que le désir qui inonde son regard. Moins toutefois que ses lèvres se posant sur les miennes dans un baiser à couper le souffle lorsque nous sortons du magasin. Moins encore que ses mains, quand nous arrivons dans le loft, qui me retirent ma robe avec exaltation. J'ignore lequel de nous deux est le plus pressé de dévêtir l'autre. Mais nous y mettons la même ardeur. La même rage. Comme si chaque seconde nous était comptée. Nous ne prenons pas le temps de gagner la chambre à l'étage. Je me retrouve allongée sur le canapé. Nue. Le sexe de Scott plaqué contre ma peau. Ses lèvres sur les miennes. Sa langue dans ma bouche. Vorace et passionnée. Ses mains partout sur mon corps. Dans mon corps.

— Putain ! J'allais oublier, dit-il avant de s'éloigner.

— Quoi ? je m'impatiente dans un gémissement de frustration, tout en m'agrippant à son cou pour le retenir. Qu'est-ce que tu as oublié ?

— La capote, bébé, me rappelle-t-il, le souffle saccadé.

— Ooooh, la capote…

Il se lève et cherche dans la poche arrière de son jean.

— Tu me fais perdre la tête, murmure-t-il contre ma bouche.

— Toi aussi…

Les mots s'arrêtent net au bord de mes lèvres et laissent place à un cri de plaisir quand il me pénètre d'un seul coup de reins.

Oui, il me fait perdre la tête.

Et quand je suis dans ses bras, je me moque bien de la retrouver.

Chapitre 26

Joanna

1er mai, 23 h 30

Cooper – de retour de New York – m'observe d'un air…

— Quoi ? je lui lance avec aigreur en refermant d'un geste rageur l'écran de mon ordinateur. Qu'est-ce que tu aurais fait à ma place, toi ? Hein ?!

Il lève les yeux au ciel et vient prendre place à mes côtés sur le canapé informe et défraîchi.

— Je n'en sais rien, finit-il par reconnaître en posant tendrement sa main sur mes poings crispés. Bordel ! Je n'en sais foutre rien…

— Bordel ? C'est encore bien en dessous de la vérité. Ce n'est pas un bordel ! C'est un cauchemar ! Un putain d'effroyable cauchemar… une horreur monstrueuse ! Une saloperie de… de…

Ma voix frise l'hystérie. Mozart se carapate à toute vitesse dans les escaliers et renverse au passage ma tasse pleine de thé qui se répand sur le portable.

— Et merde ! Merde ! Merde ! Comme si ça ne suffisait pas…

— Du calme, ma puce ! m'interrompt Cooper en essuyant le liquide avant de vérifier que mon ordinateur fonctionne toujours.

Alors que l'écran reste désespérément noir, il ajoute pour me rassurer :

— Reste zen. On va attendre encore un peu… va chercher ton sèche-cheveux.

Hein ?!

— Tu crois que j'ai envie de me faire un brushing ?! Tu crois que c'est le moment que je me fasse un PUTAIN de brushing ?!

Furieuse, je le dévisage comme s'il avait perdu la tête.

— Remarque, ça te calmerait peut-être, m'affirme-t-il avec un sourire qui me donne envie de le gifler. Mais pas avant que je t'aie jetée sous une bonne douche froide…

— Fais gaffe à toi, Cooper, je le menace avec hargne. Là, je ne suis vraiment pas d'humeur.

— Tiens donc, comme si je ne m'en étais pas aperçu, ironise-t-il en m'enlaçant alors que je le bourre de coups de poing – ce qui n'a visiblement aucun effet sur lui, puisqu'il se met à pouffer. Le séchoir, c'était juste pour l'ordi, ma puce. C'est un truc qui marche parfois. Et de toute façon, au point où il en est, ça ne peut pas être pire…

Je laisse retomber mes mains et fixe mon ami avec des larmes plein les yeux.

— Ouais… j'admets en reniflant. C'est toujours mieux que d'avoir encore à payer une réparation.

— D'autant que ça fait plus d'une semaine que tu te fais porter pâle au club et…

— Tu voulais que je fasse quoi ? je l'interromps en reniflant encore plus fort. Après ce que je venais d'apprendre…

J'ai toujours du mal à y croire. Ou plutôt, je ne veux surtout pas y croire. Le jour du brunch, quand j'ai compris que c'était ma mère… si j'avais pu m'enfuir à l'autre bout du monde, je l'aurais fait sans hésiter une seconde. Sauf que je suis restée sidérée. Complètement sonnée. Totalement glacée. Le temps que je sorte de mon état, j'étais dans la voiture de Scott en train de me demander quelle excuse j'allais pouvoir lui servir pour rentrer chez moi. Il fallait absolument que je parte. Que je le fuie. Que je m'éloigne de lui… sauf que je n'ai rien fait de tout cela. Il avait besoin de moi à ce moment-là. Tellement. Juste besoin de moi. Et je pouvais lui donner ce qu'il voulait. Je pouvais le soulager. Au moins encore un peu. Parce que, dès le lendemain, quand je suis enfin rentrée chez moi…

— J'étais vraiment malade, Cooper. La cuvette des toilettes et moi, nous sommes devenues de grandes copines, pendant deux jours on ne s'est pas quittées, je continue d'une voix blanche. Et après, je suis restée au fond de mon lit… impossible d'en sortir. Je n'en avais pas la force, pas le courage.

— Heureusement que mon contrat se terminait à ce moment-là, conclut-il en déposant un baiser sur mon front. Je n'ose même pas imaginer dans quel état je t'aurais retrouvée si mon engagement avait duré un mois de plus…

— Mmmm, je préfère ne pas y penser moi non plus, je murmure en esquissant un pauvre sourire.

À mon tour, je dépose un baiser sur son front. Je le serre de toutes mes forces.

— Qu'est-ce que tu comptes faire ? Tu ne pourras pas l'éviter indéfiniment…

Comme si je ne le savais pas ! Quoique…

— À moins que tu n'aies décidé de rompre sans la moindre explication ? Sans rien lui dire ?

Pourquoi pas ? Sauf que le regard que Cooper pose sur moi m'informe qu'il n'aimerait pas du tout que je choisisse cette option.

— Il mérite une explication, Jo. Si tu décides de le laisser tomber, tu lui dois au moins ça. C'est un type bien. Tu n'es pas obligée de lui parler de ta mère, continue-t-il d'une voix basse et grave, si tu ne t'en sens pas la force. Mais tu ne peux pas le quitter de cette manière. Sans un mot. Ce serait dégueulasse de ta part.

— Je sais bien…

***

Cooper a passé l'après-midi à mes côtés tandis que je découvrais avec une horreur grandissante sur Internet tout ce qui concernait « l'affaire *Lucy Richardson* » et que j'avais volontairement occulté jusqu'à présent. J'ai déjà eu tellement de mal à comprendre ce qui me tombait sur la tête, quand la police m'a annoncé son arrestation. Et surtout, j'ai eu tant de mal à survivre à toute cette abomination que j'ai préféré me protéger de tout ce qui pouvait me confronter aux actes odieux de ma mère. Depuis l'annonce de sa condamnation, je ne lisais plus aucun journal. Ma main zappait d'une chaîne à l'autre pour éviter les informations ou le moindre flash spécial. Idem pour la radio. Par entente tacite, Cooper ne me disait rien. Et c'était très bien ainsi.

Toutefois, je viens de comprendre de la plus horrible des façons qu'un jour ou l'autre – on a beau essayer de l'oublier ou de la masquer de toutes ses forces –, la vérité vous rattrape toujours. Je n'ignorais pas que ma mère était soupçonnée d'avoir fait de nombreuses victimes… mais prendre conscience que la liste est plus longue que celle que j'avais imaginée jusqu'ici m'a tout simplement horrifiée. Comme si je ne l'étais pas déjà suffisamment. La mère de Scott n'est que l'une des nombreuses personnes à avoir eu la malchance de croiser le chemin de la mienne, et heureusement, elle fut la dernière. Son nom n'a jamais été cité dans la presse – peut-être parce que son mari est procureur, et qu'il a donc pu faire jouer sa position pour protéger sa famille, je l'ignore… – et sa photo n'a pas été diffusée non plus. Mais elle n'est pas la seule dans ce cas. Beaucoup d'autres familles ont pu garder l'anonymat. Peut-être aussi pour les besoins de l'enquête ? La justice n'a peut-être pas encore assez de preuves pour certaines ?

Je n'en ai aucune idée, n'ayant pas non plus voulu assister au procès. Bien entendu ! Et la seule fois où son avocat a voulu m'entretenir à ce sujet, je l'ai immédiatement stoppé en lui affirmant que je ne voulais plus jamais en entendre parler. Rien du tout ! Et que s'il persistait, il pourrait faire une croix définitive sur mon argent. Argument de poids ! Qui a tenu jusqu'à peu… quand il s'est agi de m'annoncer que ma mère réclamait un nouveau procès.

— Tu ne réponds pas ?

La voix de Cooper et une sonnerie parviennent soudain jusqu'à moi. Il se saisit de mon téléphone et me le tend. J'hésite quelques secondes avant de m'en emparer, pensant que c'est probablement Scott. Depuis que j'ai annoncé à Bella que j'étais malade et que j'avais besoin de quelques jours avant de reprendre mon poste, il ne cesse de m'appeler. Son inquiétude manifeste et touchante ne fait qu'accentuer mon tourment. Les deux fois où j'ai décroché, la seule façon de l'empêcher de se précipiter chez moi a été de mettre mon refus sur le dos de mon père. Comme s'il n'y avait pas déjà assez de mensonges entre nous…

Je fronce les sourcils en découvrant le nom qui s'affiche à l'écran :

— Lily Rose ? Ça va ?

Il est presque deux heures du matin, et c'est bien la première fois qu'elle me téléphone à une heure aussi tardive. Ce qui m'alarme aussitôt.

— Jo ! Jo, tu peux venir me chercher ? sanglote-t-elle à l'autre bout du fil, ce qui confirme mes pires craintes. Je me suis enfermée, mais…

J'enclenche aussitôt le haut-parleur pour que Cooper puisse entendre la conversation, tout en enfilant déjà mes baskets à toute allure. Et pendant qu'elle nous explique – la voix entrecoupée de hoquets et de larmes – qu'elle s'est rendue à une soirée chez des amis d'amis d'amis, qui a apparemment mal tourné, nous nous précipitons dehors et grimpons dans la voiture de mon ami.

— Donne-moi l'adresse, ma chérie, je lui demande alors qu'il démarre sur les chapeaux de roues. Je suis en route.

Elle semble tellement affolée qu'il lui faut s'y reprendre à plusieurs fois pour que je la comprenne correctement.

— Je sais où c'est, marmonne Cooper en accélérant, puis d'une voix forte, il ajoute : On y sera dans moins de dix minutes, ma belle. Tu ne bouges pas d'où tu es et tu n'ouvres à personne ! Compris ?

— C'est qui ?

— Cooper, mon meilleur ami. Et je peux t'assurer qu'à la vitesse où nous roulons, on sera même là avant…

J'entends comme un petit rire, toutefois je ne suis sûre de rien. Je continue de lui parler pour la réconforter tandis que nous filons à travers les rues désertes de N.O.L.A.

Chapitre 27

Scott

2 mai, 3 h 30

Je me gare à l'adresse que Jo m'a transmise. Devant une maison à l'apparence encore plus modeste que la sienne, et à juste quelques rues de là. Quand son nom s'est affiché sur l'écran de mon portable, j'ai décroché avec un sourire énorme. Dix jours ! Putain ! Dix jours que je ne l'ai pas vue, et dire que cela m'a foutu en rogne est un doux euphémisme. Surtout quand je songe qu'elle est malade et qu'elle ne veut pas que je lui rende visite. Tout ça, à cause de son père. Mais il va falloir que ça change. J'ignore encore comment, pourtant il n'est pas question que les conneries d'idées rétrogrades de son paternel s'interposent entre elle et moi.

Je sors du 4x4 en courant. Je prends une profonde inspiration pour me calmer. Jo m'a assuré que Lily Rose allait bien, seulement tant que je ne l'aurai pas vérifié par moi-même, je ne serai pas rassuré. Je n'arrive pas encore à imaginer que ma sœur – ma petite sœur, ce bébé hier encore ! – a fait le mur pour aller dans une soirée. Mais qu'est-ce qui lui est passé par la tête ? J'ouvre un portillon et traverse un petit jardin… ou du moins ce qui pourrait s'appeler ainsi s'il n'était pas laissé à l'abandon. Je me dirige vers le porche éclairé et donne un coup sec à la porte.

J'entends de la musique, et tout en attendant que l'on vienne m'ouvrir, je remarque que les murs de la façade sont recouverts à certains endroits de peinture fraîche. Comme si on avait voulu cacher quelque chose… je me demande bien quoi… Je jette un regard sur les maisons voisines, plus pimpantes, mieux entretenues, lorsque la porte s'ouvre.

— Bonsoir, Scott, murmure Jo en avançant vers moi et en posant une main sur mon torse. Ne sois pas furieux contre elle, s'il te plaît…

Je reste muet quelques secondes, avec une envie phénoménale. La prendre dans mes bras et l'embrasser jusqu'à n'en plus pouvoir respirer. Je constate que son visage est plus pâle que d'habitude. Je regrette qu'à cause de son père je n'aie pas pu être avec elle alors qu'elle était malade.

— Lily Rose va bien ? je demande à nouveau d'une voix angoissée en notant que les yeux de Jo sont rouges. Dis-moi qu'elle va bien…

— Elle a eu très peur, mais elle va bien, m'assure-t-elle avec un faible sourire. Viens, entre. Elle t'attend dans le salon.

Je pénètre à sa suite dans un petit vestibule. J'ai envie de l'enlacer, toutefois elle ne m'en laisse pas le temps et ouvre une porte sur sa droite. La première chose que je vois, c'est un vieux canapé où ma sœur est assise. Sa tête repose sur une épaule masculine, pendant que son propriétaire lui murmure je ne sais quoi à l'oreille. Une seconde plus tard, mon cerveau a donné un nom – ou plutôt un prénom – au propriétaire de l'épaule : Cooper ! Et une fois encore, celui que toutes mes serveuses surnomment Beau Gosse me donne une furieuse envie de lui foutre mon poing dans la tronche. D'abord pour le tableau que j'ai devant les yeux. Et ensuite parce que, à la même seconde, mon esprit entrevoit un tas de scénarios concernant la « maladie » de Jo. Pas une seule fois, quand je l'ai eue au téléphone, elle ne m'a dit qu'il était rentré. Et en l'occurrence, il semble bien qu'il ait été avec elle lorsque ma sœur l'a appelée. Ou alors – et je ne sais pas si ce n'est pas pire ! – Jo s'est tournée vers lui pour aller chercher Lily Rose, sans même penser à me contacter en premier. Putain !

— Scott, je te présente Cooper, m'annonce Jo en se dirigeant vers eux. Cooper, voici Scott…

— Salut, lance ce dernier avec un sourire que je ne lui retourne pas.

— Désolé de te déranger chez toi, je rétorque, la mâchoire crispée.

Impossible de louper l'échange de regards étrange qu'il a avec Jo avant de me répondre :

— Aucun problème J'aurais préféré faire ta connaissance dans d'autres circonstances…

Il se lève et me tend la main. Pendant quelques secondes, la température de la pièce semble chuter de plusieurs degrés. *Ne lui fous pas ton poing dans la gueule !* Alors, en prenant sur moi, je la serre dans la mienne.

— Moi aussi, je grince, en songeant surtout que j'aurais préféré qu'il reste jusqu'à la fin de ses jours à New York, puis en m'adressant à ma sœur : Pourquoi tu ne m'as pas téléphoné ?

Un sourire amer se dessine sur ses lèvres crispées. Je m'approche et m'agenouille devant elle en prenant ses mains entre mes paumes. Du coin de l'œil, j'aperçois Jo qui s'entretient à voix basse avec son ami. Trop bas pour que j'entende le moindre mot. Ce qui m'irrite encore plus.

— Je n'étais pas sûre que tu décroches, m'avoue Lily Rose en gigotant nerveusement. Alors j'ai appelé Jo…

Comment pourrais-je lui en vouloir ? Combien de fois n'ai-je pas décroché ?

— Tu as bien fait, et je ne la remercierai jamais assez d'avoir été là pour toi…

Je me tourne vers Jo et son ami.

— Merci ! À vous deux. Si jamais il lui était arrivé quelque chose…

Ils hochent la tête de concert en souriant, alors que ma cadette se pend à mon cou.

— Ils sont arrivés très vite, m'explique-t-elle d'une voix saccadée. J'ai compris qu'ils étaient là dès que l'autre malade a arrêté de donner des coups de pied dans la porte…

Je ne peux m'empêcher de lâcher un juron.

— J'ai entendu des cris. Jo m'a dit d'ouvrir, et quand je suis sortie…

Elle lance un regard brillant vers celui qui se tient tout proche de Jo. Une main posée sur son épaule. J'ai envie de lui hurler : *pas touche* ! Lily Rose continue avec une voix où perce l'admiration :

— Cooper mettait la correction du siècle à cet imbécile. Une sacrée raclée…

— Il ne t'a rien fait ? je la coupe brusquement. Il ne t'a pas…

Je n'arrive même pas à finir ma phrase tant je suis fou de rage.

— Non, ne t'inquiète pas, intervient Jo en s'approchant et en posant une main apaisante sur mon bras. Ta sœur a réussi à s'enfermer dans une salle de bains et, Dieu merci, la porte a été assez solide pour tenir jusqu'à notre arrivée.

— C'est surtout le taux élevé d'alcool de ce type qu'il faut remercier, ajoute Cooper. Et quand je pense que pas un des petits connards présents n'a bougé le petit doigt, ça me donne envie d'y retourner pour leur apprendre la vie.

— Personne ne t'a aidée ? je m'horrifie à l'idée de ce qui aurait pu lui arriver, tandis qu'elle secoue la tête. J'ai envie de te passer le savon du siècle, tu sais ! Et si je n'étais pas certain que tu as eu la peur de ta vie, c'est ce que je ferais.

— J'ai eu la peur de ma vie, confirme-t-elle avec un pauvre sourire. Tu ne vas rien dire à papa, n'est-ce pas ? Si jamais tu lui en parles, il voudra porter plainte… et ça n'en finira jamais, tu connais papa. S'il te plaît, Scott…

Je l'observe de longues minutes. Elle tremble toujours. Son visage porte encore les traces de ses larmes. Son maquillage la fait ressembler à un panda. Elle me paraît plus fragile que jamais, j'ai l'impression qu'il suffirait d'un souffle de vent un peu fort pour qu'elle se brise. Et je ne pense pas qu'elle refasse la même erreur. Bordel ! Je préfère ne même pas y songer ! Je n'en parlerai pas à mon père. Néanmoins, j'avertirai Matt et on avisera. Tel que je le connais, lui aussi, ne laissera pas passer ça.

— Si tu me promets de ne plus jamais faire le mur. Et si jamais tu as envie d'aller dans une soirée, tu nous en parles avant à Matt ou à moi. Promis ?

— Promis.

Je la serre fermement contre moi, soulagé que sa mésaventure ne se soit pas terminée en tragédie. Une autre.

— Si jamais il t'arrivait quelque chose, je ne le supporterais pas, crevette, je lâche dans un souffle.

Puis nous nous relevons tous les deux. Je m'avance vers Cooper et cette fois je lui tends volontiers la main.

— Je n'oublierai jamais ce que tu as fait pour ma sœur. Merci.

— De rien, réplique-t-il avec un sourire auquel je réponds sincèrement. Rentrez bien, et fais attention à toi, Lily Rose.

Même si je n'en ai pas très envie, je la laisse se jeter au cou de *Beau Gosse* pour prendre congé. Je devine déjà que ma cadette vient de le classer dans la catégorie : super héros ! Puis je l'attrape par la main et me dirige vers l'entrée.

— Tu peux nous raccompagner, Jo ?

J'ai la désagréable sensation que, si elle le pouvait, elle me répondrait non. Toutefois, elle m'emboîte le pas.

Dès que nous sommes sous le porche, je donne les clés à Lily Rose en lui demandant de m'attendre dans le 4x4. Il est quatre heures du matin. Je suis crevé. J'ai passé une putain de mauvaise semaine. Une putain de fin de soirée. Alors, autant dire que je ne suis pas de bonne humeur. C'est le moins qu'on puisse dire. Et surtout, l'angoisse que je ressentais pour ma sœur n'a pu m'empêcher de remarquer certains petits détails troublants. Jo et moi avons à peine échangé quelques phrases depuis mon arrivée et son silence ne fait que confirmer mes doutes.

— Tu m'as dit que tu étais malade et que ma présence n'était pas la bienvenue chez toi à cause de ton père, je commence d'un ton froid. Ça m'a foutu en rogne, mais j'ai pris sur moi… difficilement mais bon…

Elle triture ses mains. Son souffle s'accélère.

— Je me suis dit que tu étais trop malade pour pouvoir sortir et que c'était l'affaire de quelques jours, rien de plus. Mais ce que je ne pige pas, c'est que je te retrouve en pleine nuit chez ton meilleur ami. Explique-moi ! Parce que là, j'ai vraiment du mal à saisir. À ton avis, j'en tire quelles conclusions ?

Elle se mord plusieurs fois la lèvre.

— J'étais réellement malade, Scott. Je ne t'ai pas menti.

— Pourquoi je n'arrive pas à te croire ? Pourquoi est-ce que j'ai toujours l'impression que tu ne me dis pas tout ? Que tu me racontes des bobards depuis le premier jour ?

— Je n'en sais rien, répond-elle d'une voix qui me semble lasse. Tout ce que je peux te dire, c'est que je ne t'ai pas menti en te disant que j'étais malade…

— Et Cooper ? je l'interromps en me penchant sur elle avec une envie folle de l'embrasser. C'est ma sœur, bordel ! Pourquoi l'as-tu averti, lui, d'abord ?

— Il était avec moi quand ta sœur a appelé et nous sommes partis aussitôt. Pendant tout le trajet, je n'ai pas arrêté de parler à Lily Rose pour la rassurer. Ça s'est juste présenté comme ça, Scott. Rien de plus.

Je sais qu'elle mérite toute ma reconnaissance – et plus encore – pour s'être précipitée au secours de Lily Rose. Tout autant que son ami. Mais ce que je sais aussi, c'est qu'elle était avec lui quand ma sœur a appelé… Pas avec moi. Et ça me met en rage.

— Vous étiez où, quand tu as reçu l'appel de ma sœur ?

Sa respiration se bloque un court instant. Une lueur affolée traverse ses yeux.

— J'étais ici, lâche-t-elle finalement. Ici…

Je recule comme si j'avais pris un coup de poing.

— Tu étais ici ?! Chez lui ?!

Il me faut plusieurs secondes pour assimiler ce qu'elle vient de dire. Pour comprendre que je ne suis qu'un pauvre con.

— Alors que tu m'as raconté que tu étais incapable de sortir de ton lit ? Et qu'il était hors de question que je vienne te rendre visite chez toi, à cause de ton père !

Si ça se trouve, même l'excuse de son père n'est qu'un tissu de mensonges !

— Ce n'est pas ce que tu crois…

— Tu te fous de qui, là ?! Tu m'as demandé d'être patient. Tu m'as dit que j'allais trop vite pour toi. Tu m'as fait comprendre qu'il valait mieux éviter certains sujets, comme ton père ou ta mère. Et j'ai abondé dans ton sens à chaque fois… à chaque putain de fois ! Bordel ! Je n'y crois pas…

Elle tend une main vers moi, mais cette fois, c'est moi qui recule.

— Non, ce n'est pas ça…

— Je ne suis pas bouché au point de ne pas comprendre quand une nana veut me quitter, Jo ! je la coupe violemment en descendant les quelques marches du perron.

Puis j'ajoute encore :

— Je pensais juste que tu aurais assez de cran pour éviter tout ce cirque et me le dire en face. J'imaginais que tu avais un minimum de sentiments pour moi, mais je me suis planté… comment j'ai pu être aussi aveugle ?!

Putain ! Comment j'ai pu me laisser avoir si facilement ?

Les poings serrés et rempli de colère, je donne un coup de pied rageur dans une motte d'herbe. Je prends une profonde inspiration pour tenter de me calmer avant de lâcher :

— Mais, comme je m'y suis engagé, que la rupture vienne de moi ou non, tu pourras continuer à travailler au *WAM* aussi longtemps que tu le voudras… si c'est cela qui t'inquiétait.

Je la regarde une dernière fois avant de passer le portillon. Elle est toujours sur le perron. Dans la pénombre, il me semble voir une larme briller au coin de ses yeux, je suis néanmoins trop loin pour en être certain.

Pauvre con ! Comme si elle allait verser des larmes pour ce qui n'a été pour elle qu'un petit intermède.

— Merci pour Lily Rose.

Et je lui tourne le dos pour de bon.

J'ignore si elle continuera à bosser chez moi.

J'ignore si je serai capable d'être indifférent à sa présence.

Et surtout, j'ignore combien de temps il me faudra pour l'oublier…

La seule chose dont je suis sûr, c'est que je suis fou de rage.

Chapitre 28

Joanna

2 mai, 4 h 00

— Finalement, il t'a évité le douloureux problème du choix, me lance Cooper dès que je rentre dans le salon. La fenêtre était restée ouverte…

D'une main, il me la désigne en haussant les épaules. Comme si le fait qu'il ait entendu notre conversation était vraiment involontaire. Tremblante, je me laisse choir à ses côtés dans le canapé.

— C'est ce que tu voulais, non ?

Sa voix est tendre.

— Je n'en sais rien.

Je me glisse dans ses bras. J'ai besoin de sa chaleur. De son réconfort. Comme toujours, il me l'offre inconditionnellement.

— J'ignore ce que je voulais réellement, je murmure, la tête enfouie au creux de son épaule. De toute façon, qu'est-ce que ça peut bien faire ce que je voulais ! Ou même ce que j'espérais. Un jour ou l'autre, on en serait arrivés là.

— Tu n'en sais rien, rétorque-t-il en caressant mes cheveux. Et tu ne le sauras jamais, maintenant. Sauf si tu te décides à lui dire la vérité… en sachant que s'il ne la supporte pas, le résultat sera le même. Alors qu'est-ce que ça change pour toi ? Ça vaut la peine d'essayer, non ?

Ce que ça change pour moi ?!

— Comme si tu ne le savais pas ! Tu as oublié le nombre de fois où certains abrutis ont fait l'amalgame entre ton père et toi ? Tu es bien placé pour savoir ce que ça change…

— Ce sont de pauvres tarés qui ne méritent pas mon intérêt ! Et je n'oublie pas tous les autres, par contre. Ceux qui justement ont été assez intelligents pour ne pas mélanger l'inné et l'acquis, l'hérédité, les gènes et tout le reste…

— Peut-être, je le stoppe, brusquement agacée. Mais tu n'es pas amoureux d'une fille que ton père a violée, que je sache. Quand ça se produira, fais-moi signe… on verra si c'est tellement facile de le lui dire.

— Tu te rends compte de ce que tu viens de balancer, ma puce ?!

— Oui, c'est vrai, ce n'était pas sympa de ma part de rappeler ton père à ta mémoire…

— Non, pas ça ! me coupe-t-il avec un sourire énorme. Tu es amoureuse ! A. Mou. Reu. Se !

Je prends conscience que les mots sont sortis avec une facilité déconcertante. Sans même que j'y réfléchisse. Ils sont venus du plus profond de mon cœur. Comme si j'avais besoin de ça ! Comme si je n'étais pas déjà assez dans la merde ! Je lâche un pauvre gémissement. Cooper soupire et essuie les larmes qui s'écoulent sur mes joues.

— À l'évidence, être amoureuse ne semble pas te ravir, murmure-t-il avec un air attristé. Pour le reste, tu as raison, c'est loin d'être une situation facile… mais si j'étais amoureux – vraiment amoureux –, je sais que je ne la laisserais pas me quitter sans me battre.

— Alors, c'est sans doute que je ne suis pas *vraiment* amoureuse…

— Si tu le dis.

— Je n'ai plus envie d'en parler, je marmonne en me collant plus près de lui encore. D'ailleurs, je n'ai plus envie de parler du tout.

— D'accord, ma puce, concède-t-il en s'installant plus confortablement sans cesser de m'enlacer. On se met en mode silence et on reste vautrés comme deux baleines. Juste toi et moi…

— Toi et moi contre le monde entier. Toujours…

***

Quand j'ouvre les yeux, je suis toujours allongée sur le canapé. Seule. Le soleil entre à flots dans le salon. Pendant quelques secondes, je ne me souviens plus de rien. Puis tout me revient. Le coup de téléphone de Lily Rose. Son sauvetage. Cooper administrant à grands coups de poing une leçon dont j'espère que le destinataire se souviendra longtemps et qui l'empêchera désormais de confondre un non avec un oui. Et puis l'arrivée de Scott et…

« Que la rupture vienne de moi ou non, tu pourras continuer de travailler au WAM *aussi longtemps que tu le voudras. »*

J'ai la gorge sèche. Les jambes flageolantes. N'est-ce pas ce que je voulais ? Ce que j'attendais, plutôt ? Alors pourquoi ai-je autant de regrets ? Quelle est donc cette sensation si désagréable au fond de moi ? Comme si…

À quoi bon ressasser tout cela ? je songe en refoulant mes larmes. *Et puis, ne lui ai-je pas affirmé qu'on ne mourait pas d'un manque d'amour ?! J'ai été à bonne école avec ma mère… je suis toujours là !*

L'odeur de café, d'œufs frits et de bacon m'indique sans erreur possible où se trouve Cooper. Mozart ne daigne même pas lever le museau de sa gamelle lorsque je pénètre dans la cuisine.

— Ça va ?

Mon ami – en caleçon et torse nu – me dévisage avec bienveillance. Je m'assois sur une chaise.

— Mmm…

— Peut-être que ça ira mieux après un bon petit déjeuner, poursuit-il en garnissant l'assiette devant moi. De toute façon, ça ne pourra pas être pire.

— Tu crois ?

— J'espère pour toi que tu as atteint ton quota maximum de désastres, répond-il avec des yeux pétillants. Et je ne vois pas bien ce qui pourrait encore te tomber sur la tête… non ?!

Je pourrais lui citer la bonne dizaine – non, la centaine ! – de catastrophes qui me viennent brusquement à l'esprit.

— À mon avis, je suis largement au-dessus du quota maximum, je rétorque après avoir avalé une gorgée de thé. Reste à savoir si j'ai droit quelque part à un quota minimum de bonheur.

— Oh oui, ma puce ! Fais-moi confiance, tu l'auras ton quota de bonheur…

Je lui adresse un sourire.

— Tant que tu seras dans ma vie, Cooper, j'aurai toujours droit à mon quota de bonheur.

— Et tu peux être certaine que ce n'est pas près de changer, conclut-il en déposant un baiser sur mon front. Maintenant, avant que je parte, dis-moi ce que tu as l'intention de faire. Ça fait plus d'une semaine que tu ne travailles plus. Tu sais que si tu as besoin d'aide, je suis là…

Comme toujours ! je pense en hochant la tête avant de me lever pour faire la vaisselle.

— Mais il faut bien que tu bosses, non ? Tu… penses retourner au club ou tu veux chercher autre chose ?

Bonne question !

— Vu ce qu'ont donné mes précédentes recherches, je lui rappelle en rangeant bols et assiettes dans le placard, le plus intelligent, et surtout, le plus lucratif serait que je continue mon boulot de serveuse…

Nous restons silencieux. Nous nous connaissons si bien que nous n'avons même pas besoin de parler pour deviner les pensées qui nous assaillent l'un et l'autre. Le petit sourire en coin qui se dessine sur les lèvres de Cooper m'indique plus clairement encore qu'il est déjà prêt à parer à toutes mes objections.

— Au moins pour un certain temps, je lâche finalement. Le temps de voir venir…

— Bien ! s'exclame-t-il comme s'il avait remporté une victoire – ce qui est peut-être le cas –, et si tu ne te comportes pas comme une trouillarde, qui sait ce qui va ressortir de tout ça, hein ?!

— Ne me dis pas que tu crois encore au père Noël à ton âge ! C'est un boulot qui rapporte, et mes dix jours de congé maladie m'ont déjà coûté beaucoup trop cher. Avec tout ce que je dois payer, je ne peux pas me permettre de perdre une journée de plus…

Mais aurai-je la force de me retrouver face à Scott ?

— Tu y arriveras, assène Cooper comme s'il avait deviné mes pensées. Tu es passée par bien plus difficile que ça.

C'est vrai.

— Il me suffit de faire mon boulot, j'assure avec conviction, pour moi bien plus que pour lui, en le poussant hors de la cuisine. Rien de plus !

— Tout à fait, ma puce ! rétorque-t-il en grimpant les escaliers. En attendant que tu files bosser, on a le temps d'aller se faire une toile, tous les deux. Ça te dit ?

— Ça me dit même beaucoup, je rétorque avant qu'il entre dans la salle d'eau. Dépêche-toi !

— Que je sache, ce n'est pas moi qui passe des plombes à me préparer, riposte-t-il en me claquant la porte au nez.

Je reste quelques secondes les bras ballants. Indécise. J'ignore si ma décision de reprendre mon poste de serveuse au club est judicieuse. La seule chose que je peux espérer, c'est que Scott ne m'en veut pas trop et qu'il se comportera comme… comme…

Comme avant ? Comme s'il ne s'était jamais rien passé entre nous ?

J'entends l'eau qui coule et Cooper qui chante sous la douche. Je file dans ma chambre pour préparer mes affaires en songeant que, décision judicieuse ou non, de toute façon, je n'ai pas vraiment le choix. Quand l'image du deuxième procès que demande ma mère s'impose brutalement dans mon esprit, je me dis que c'est de toute manière la meilleure – et seule – solution pour le moment qui me permettra de subvenir à tous les frais que son nouveau caprice égoïste m'impose.

Oui, c'est la seule solution.

Toutefois, est-ce la meilleure… pour moi ?

J'ai une bouffée de haine en imaginant la détresse de toutes les familles des victimes – dont celle de Scott –, si jamais elle parvient à ses fins.

Aura-t-il la force de supporter un deuxième procès ? Et Lily Rose ?

Et moi… comment réagirai-je, cette fois ?

Aurai-je la volonté et la force d'assister à son procès ? De la revoir ? De me trouver en présence des familles de ses victimes ?

Chapitre 29

Scott

5 mai, 13 h 00

Je pousse un juron quand Matt ouvre la portière de mon 4x4 et s'installe tranquillement sur le siège passager.

— Qu'est-ce que tu veux ? je bougonne en pivotant vers lui. J'ai eu ma dose, là…

Mon père et Lily Rose n'ont cessé de me demander pourquoi, cette fois, je n'étais pas venu avec Jo. Leurs regards insistants et leurs mines désespérées quand ils ont constaté que je n'étais pas au mieux de ma forme n'ont pas aidé non plus à faire passer la pilule de ma rupture. Bordel ! J'avais pourtant fait l'effort de me pointer alors que je n'en avais aucune envie, qu'est-ce qu'ils voulaient de plus ?!

— J'ai eu Nathan au téléphone, lâche-t-il en bouclant sa ceinture – signe manifeste qu'il n'a pas l'intention de quitter ma caisse, OK ! –, il paraît que ça fait une semaine qu'ils ne t'ont pas vu au club…

— Et alors ? je martèle en démarrant. Tu me surveilles ou quoi ? Papa flippe pour le remboursement de ses mensualités ?

— Tu sais très bien que ce n'est pas le cas, répond mon aîné, agacé. Et je ne te surveille pas non plus. Mais tu ne peux pas empêcher les personnes qui tiennent à toi de se faire du souci à ton sujet…

Je lui jette un coup d'œil assassin, qui ne le trouble pas le moins du monde.

— Eh bien, arrêtez de vous faire du souci pour moi, je lâche d'un ton froid. Je vais très bien ! Et je n'ai besoin de personne !

— Tu en es certain ? insiste-t-il dans un soupir.

Si jamais il mentionne Jo, je l'explose.

— Ne viens pas me faire chier, Matt ! Je t'ai dit que j'avais eu ma dose avec papa et Lily Rose, et si tu continues, ça va mal finir…

Je lui balance un autre regard mauvais pour bien lui faire comprendre que je ne plaisante pas.

— Tu as raison, concède-t-il avec un petit sourire. Gare-toi ! Ça fait un moment que je ne t'ai pas dérouillé, et j'avoue que ça me manque un peu…

— T'as un problème ou quoi ?! je beugle en suivant néanmoins ses directives et en garant le 4x4 dans une petite rue isolée.

En moins d'une seconde, j'ai détaché ma ceinture et je suis dehors. Matt retire sa veste et la laisse à l'intérieur, posée sur le siège. Je bouillonne de colère. Les poings crispés, je le regarde relever les manches de sa chemise sans se presser. Et toujours avec ce sale petit sourire sur les lèvres. J'ai envie de le lui effacer à grands coups de poing.

— Maman ne risque pas de se pointer pour nous séparer, cette fois, je siffle en le regardant approcher.

— Tant mieux, riposte-t-il d'une voix nonchalante. Comme ça, j'aurai tout le loisir de m'amuser avec toi…

Et avant même que je puisse le parer, je me prends un uppercut en pleine mâchoire. Je me retrouve par terre. Sonné.

— Bordel ! j'éructe en crachant une bordée de sang sur le bitume. D'habitude, on compte toujours jusqu'à trois…

— J'ai eu envie de changer les règles, avoue-t-il, une main tendue pour m'aider à me relever. Un peu comme toi…

J'hésite un instant avant d'accepter son aide et, tout en me remettant sur pied d'un bond souple, je lui lance avec un sourire :

— Connard !

— Ouais, frérot, mais un connard qui a une droite d'enfer.

Matt m'observe avec attention, parfaitement conscient que je suis en train de décider si je vais lui sauter dessus ou laisser tomber. Comme il est toujours sur le qui-vive, j'en déduis qu'il s'attend à ce que je penche pour la première option. Et c'est ce que j'aurais fait il y a peu de temps encore. Mais pas aujourd'hui. J'ai envie de taper, de cogner, d'évacuer ma rage, oui… mais pas sur mon frère. Alors, je fais quelques pas, et je m'assois sur le premier banc que je trouve. Matt ferme la voiture et me rejoint.

— Je suis là si tu ressens la nécessité de te confier, Scott. Ça sert aussi à ça un grand frère…

Je le regarde en ne sachant que faire. Je n'ai jamais aimé me confier et, bien que je sois très proche de lui, je ne l'ai jamais considéré comme mon confident. Bien sûr, je n'ai pas hésité à lui poser des questions ou à lui demander des conseils pour les filles, autrefois, mais rien de plus…

— C'est avec maman que je parlais… avec elle, je ne sais pas pourquoi, j'y arrivais. Je pouvais tout lui dire.

— Je sais, je donnerais tout pour qu'elle soit là avec nous, avec toi… parce qu'elle pourrait vraiment t'aider, elle, et que ça me tue de te voir comme ça et de me sentir aussi impuissant.

J'aime mon frère et je sais qu'il en est de même pour lui. Pourtant, c'est la première fois que j'appréhende vraiment à quel point il tient à moi. Combien il souffre pour moi.

— C'est à cause de Jo, mais tu dois t'en douter…

Son sourire me tient lieu de réponse.

— Je crois bien que c'est la première fille qui compte autant pour moi, Matt. Non, je ne crois pas, j'en suis certain. Seulement je sais qu'elle me ment. Depuis le début, elle ne fait que ça.

— Tu as des preuves ?

J'ai un rire bref en songeant que son métier d'avocat lui colle parfaitement à la peau. Je lui explique en détail pourquoi j'en suis arrivé à rompre avec elle, il y a quelques jours de cela. Pas une seule fois il ne me coupe la parole. Il se contente de m'écouter. Très attentivement. Jusqu'au bout.

— Putain ! je lâche dans un souffle à la fin de mon discours. Ce n'était déjà pas facile avec maman, mais avec toi, c'est pire.

— Ouais, bougonne-t-il, aussi mal à l'aise que moi. Je n'ai pas non plus les facilités d'Oprah Winfrey pour discuter de tes problèmes sentimentaux…

— Ni les facilités ni le talent, je confirme avant que nous éclations de rire tous les deux.

Toutefois, même si Matt ne risque pas de faire de l'ombre à Oprah, pas plus qu'à ma mère, il a réussi à me dérider, ce qui est déjà un exploit.

— J'ignore ce que maman te dirait, Scott. Mais une chose est sûre, si tu lui avais raconté que tu tiens autant à une fille, qu'elle a autant d'importance pour toi et que tu baisses aussi vite les bras, elle t'aurait mis un…

—… coup de pied aux fesses, je termine à sa place en songeant qu'il ne se trompe pas.

— Et pas un petit, affirme-t-il avec un sourire. Quant à moi, je suis d'accord pour te le mettre, si besoin. Tu es trop pressé ! Comme d'habitude, tu es incapable de la moindre patience. Tout petit déjà, tu beuglais comme un malade pour être servi le premier à table, avoir tes cadeaux avant moi…

— Tu penses que j'ai voulu aller trop vite ?

— Votre relation est toute neuve. On peut comprendre que ça lui ait fait peur et qu'elle ait besoin de plus de temps pour te faire confiance.

Je me lève, Matt m'envoie les clés du 4x4 et nous nous installons dans l'habitacle.

— D'accord, admettons que mon manque de patience l'ait fait flipper, je concède en démarrant. Mais pour les mensonges… parce que je suis certain qu'elle me ment.

Les yeux perdus dans le vague, Matt reste un moment silencieux. Puis il se tourne vers moi et, avec un air grave que je ne lui ai vu que rarement, il me propose :

— Je n'ai jamais fait ça à des fins personnelles… mais si tu me donnes son nom, son adresse, son numéro de sécu, je peux prendre des renseignements sur elle, et comme ça, tu en sauras un peu plus.

De surprise, je fais une embardée et redresse vivement le volant en poussant un juron. Matthew adore son travail. Il n'a jamais – jamais ! – utilisé son statut d'avocat autrement que dans le cadre strict de son boulot. C'est un homme d'une grande probité. Impartial. Intègre. Qui aime la justice et croit aux principes fondamentaux de notre pays. Alors pour me proposer un truc pareil, soit il a perdu la tête soit, ce qui est le plus vraisemblable, il pense que c'est moi qui ne suis pas loin de perdre la raison.

— Tu as entendu ce que tu viens de suggérer ? Je m'offusque, toujours abasourdi. C'est papa qui agit ainsi, pas toi !

Il pousse un grognement et me jette un regard furax.

— Peut-être pense-t-il lui aussi agir pour de bonnes raisons, me fait-il remarquer en se passant une main nerveuse dans les cheveux. Comme moi en ce moment…

C'est en effet l'excuse que m'a donnée notre père, la première fois que j'ai appris qu'il s'était servi des avantages de sa profession de procureur à titre personnel. Et les avantages sont nombreux. Je ne me souviens même plus du nombre de disputes que nous avons eues, lui et moi, quand il agissait ainsi pour *de bonnes raisons*.

— Écoute, Scott, poursuit mon aîné, la décision t'appartient. Si jamais… enfin, si… si tu veux…

Bordel ! Si c'est facile pour notre père, je vois bien qu'en l'occurrence, c'est loin de l'être pour Matt. Les mots semblent coincés dans sa gorge.

— Merci, Matt ! J'ignore pour le moment si j'en arriverai là, je murmure d'une voix basse. Et puis, utiliser les mêmes moyens que papa, alors que…

— Je sais, frérot, me coupe-t-il avec une bourrade affectueuse. Bref, pour faire court, et au cas où tu n'aurais pas compris mes laborieuses explications – ce qui serait un comble quand on connaît mon fabuleux talent d'orateur ! –, si tu as besoin, je suis là !

Je ne peux m'empêcher d'être profondément touché, et secoué, par cette proposition qui va à l'encontre de tous ses principes. Et des miens.

Pourtant, désormais, une question primordiale parasite mon esprit.

Vais-je accepter sa proposition ?

Chapitre 30

Joanna

5 mai, 20 h 00

Un rapide coup d'œil sur le parking me confirme que l'emplacement réservé à la voiture de Scott est encore vide ce soir. J'ignore si Nathan ou Bella l'ont informé de mon retour au *WAM*. Toujours est-il qu'il ne s'y est pas manifesté une seule fois depuis que j'ai repris mon poste voilà trois jours. Si j'ai bien essayé d'obtenir des infos auprès de son meilleur ami et de Bella, aucun des deux n'a voulu me dire quoi que ce soit. Mais comment leur en vouloir si Scott les a mis au courant de notre rupture… ?

— Je repasse te prendre, comme d'habitude, m'informe Cooper.

L'avoir laissé lire les lettres de menace, surtout celle avec les deux cercueils, n'était pas très judicieux de ma part. J'aurais dû me douter que son caractère hyper-protecteur le conduirait à des actes extrêmes. Il a d'abord piqué une colère noire pour mon *oubli* d'en informer la police, et lui par la même occasion, puis il a tout simplement décrété qu'il serait mon chauffeur jusqu'à nouvel ordre. Pour ensuite finir en me laissant le choix :

— Je m'installe chez toi ou tu viens chez moi ?

L'appartement de Cooper étant le plus éloigné du boulot, et ne disposant que d'une chambre, j'ai donc pris le parti de le laisser s'installer à la maison. Cela lui permettra également de rendre plus souvent visite à sa mère. Et puis, je ne crois pas que Mozart aurait apprécié de déménager.

— Tu sais que certaines payeraient des sommes folles pour avoir un *bodyguard* tel que toi à leur service, je plaisante en détachant ma ceinture. Je ne te parle même pas de l'effet que tu as sur la petite culotte des serveuses qui bossent avec moi.

Il éclate de rire et, tout en me désignant le cadran de sa montre, me fait signe de me dépêcher. Je dépose un baiser sur sa joue et sors de la voiture. Comme chaque soir, il attend que je sois entrée dans l'établissement avant de partir. Je salue les videurs, puis Mika, que j'aperçois derrière ses platines, avant de filer au vestiaire.

— Salut les filles !

Je me hâte de retirer mon jean et mon tee-shirt. Jennifer se maquille tranquillement et m'adresse un sourire.

— Bon, allez, Jo… me harcèle Olivia. Avoue qu'il y a quelque chose entre Beau Gosse et toi !

C'est la même conversation depuis ma reprise. Personne ne veut croire que Cooper est juste mon meilleur ami, et rien d'autre. Et cette idiote d'Olivia aime raconter que je joue sur plusieurs tableaux à la fois.

— Je ne sais pas ce que je pourrais dire ou faire de plus pour te convaincre, Olivia. On se connaît depuis des années et on est très proches, mais c'est tout ! Alors… si l'envie te démange de tenter ta chance, fonce.

Je me glisse dans ma tenue de travail, enfile mes baskets et range mon sac dans mon casier.

— Tu ne m'en voudras pas ? insiste-t-elle encore alors que Jennifer étouffe un rire. Tu es certaine ?

— Tu as ma bénédiction, je réplique en quittant les vestiaires à sa suite. Depuis son retour de New York, je ne l'ai vu avec personne…

— Il a laissé quelqu'un là-bas ? s'inquiète-t-elle quand nous arrivons devant le bar.

— Pas que je sache. Salut, Bella, ça va ?

— J'ai une foutue migraine, mais à part ça, tout baigne, me répond la barmaid en se tenant le front. Toujours le même sujet de conversation ?

— Oh, ça va ! s'emporte Olivia tandis que je hausse les épaules. Je n'ai pas vu la queue d'un mec depuis si longtemps que je ne sais même plus à quoi ça ressemble…

— Tu n'as pas vu… quoi ? l'interroge Nathan qui vient d'arriver dans son dos. Je n'ai pas bien compris…

Jennifer et Bella explosent de rire tandis qu'Olivia pique un fard et bafouille lamentablement.

— Bon, les filles, la mise en place ne se fera pas toute seule… finit par lâcher la barmaid en chef, mettant ainsi fin au calvaire de notre camarade. Au boulot !

Nous avons toujours droit à une période assez calme une fois la mise en place terminée. C'est comme ça chaque nuit. Puis, brusquement, le club est plein à craquer. Comme s'ils décidaient tous d'assaillir la piste de danse à la même heure. Tout ce que je sais, c'est que cette frénésie gestuelle leur donne chaud et soif, et qu'alors les commandes s'enchaînent les unes à la suite des autres.

Comme toujours, je ne vois pas le temps passer. Je cours d'une table à l'autre en passant par le bar. Mon plateau vide plaqué contre moi dans un sens et rempli de boissons dans l'autre. Si j'avais un podomètre, je suis persuadée qu'il afficherait des milliers de pas au compteur. Une nouvelle commande en main, je me faufile entre les clients pour rejoindre le comptoir. Puis je me dirige vers l'accès réservé au personnel et dépose mon plateau.

— Quatre bières et deux mo…

Mon cœur fait un bond dans ma poitrine. Et le reste de ma phrase reste bloqué au fond de ma gorge.

— Bonsoir, Jo !

Qu'est-ce que j'imaginais, exactement ? Je me doutais bien qu'il reviendrait tôt ou tard. Mais j'avais espéré que ce serait un peu plus tard. Beaucoup plus tard, même. Pas ce soir. Parce qu'à l'évidence je n'étais pas prête à me retrouver en sa présence. Pas encore. Mes doigts se crispent sur le rebord du zinc.

— Scott…

Ma voix n'est qu'un murmure. J'ai un mal fou à respirer. Son regard insondable posé sur moi n'arrange rien. Il appuie ses deux mains sur le bar et se penche lentement dans ma direction. Ce qui a pour effet de me tétaniser encore plus que je ne le suis déjà.

— Qu'est-ce que tu veux ? demande-t-il d'un ton étrange en plongeant ses yeux dans les miens.

Ce que je veux ? Que veut-il dire, précisément ? Il parle des boissons ou…

— Tu… tu m'as dit que… que…, je bafouille lamentablement… que je pouvais continuer à travailler au club.

— Qu'est-ce. Que. Tu. Veux ? répète-t-il en détachant chaque syllabe.

Je crispe si fort les doigts que j'en ai mal. Je sens son souffle sur ma peau. Brûlant. Pourtant je suis glacée.

— Quatre bières et deux mojitos…

Il se retourne si soudainement que je sursaute et que le *s'il te plaît* reste au fond de ma gorge. Immobile, je le regarde préparer ma commande puis déposer les boissons sur mon plateau. Imperturbable, il coince le ticket de caisse sous l'un des verres et repousse la commande vers moi.

— Voilà.

Je fais un effort surhumain pour décrocher mes mains du comptoir et attraper le plateau. Le son des verres et des bouteilles qui s'entrechoquent m'avertit d'une catastrophe imminente si je ne me reprends pas. Voyant qu'il s'occupe désormais de la commande de Jennifer, je parviens à retrouver mes esprits. Je pivote et, d'une démarche incertaine, me dirige vers la table où attendent mes clients.

Comment vais-je arriver à tenir jusqu'à la fermeture ?

Sans un mot, je dépose mon chargement sur la table et encaisse l'addition. Mes mains sont moites. Mes lèvres desséchées. Mes jambes me supportent à peine.

J'ai besoin de faire une pause ! Je dois faire une pause !

Mon plateau coincé sous le bras, je me dirige vers le couloir de service. Je file entre les tables, me faufile au travers de la clientèle à toute allure. J'ai peur de m'écrouler. Ma respiration s'accélère de seconde en seconde et je suis quasi à bout de souffle quand j'arrive enfin devant le vestiaire. J'ouvre la porte. Personne. J'entre et me laisse glisser tout doucement le long du mur jusqu'à me retrouver au sol, accroupie. Mes bras s'enroulent autour de mes genoux. Je ferme les yeux et inspire profondément. Le sang bourdonne dans mes oreilles. J'ai froid. Je me mets à grelotter. Mon cœur bat à tout rompre. Comme s'il voulait sortir de ma poitrine.

Il faut que je me calme. Il faut que je me calme. Il faut que je me calme.

Chapitre 31

Scott

5 mai, 23 h 30

À l'instant où mes yeux se sont posés sur Jo, j'ai compris que la voir chaque nuit au club serait un enfer. Un enfer que je me suis infligé tout seul en lui assurant qu'elle pourrait toujours continuer à travailler au *WAM*.

Bordel ! Comment ai-je pu sortir une connerie pareille ? Croire une telle énormité ?

OK ! À ma décharge, j'étais bien loin de penser que ce moment arriverait aussi vite. Pour tout dire, je ne l'envisageais même pas. Ces quelques jours à l'écart, loin d'elle, à tenter d'y voir plus clair et de refouler ma colère n'ont servi à rien. À la seconde où je l'ai revue, toutes mes belles résolutions m'ont explosé à la figure.

— On a super bien bossé pendant ton absence, m'informe Bella tandis que, côte à côte, nous préparons des cocktails. On a fait de bons chiffres et pas le moindre accroc avec les clients.

— J'ai beaucoup de chance de vous avoir avec moi, je la félicite en lui adressant un sourire. Je sais que chacun de vous contribue au succès du club, et ça compte énormément pour moi… et tout le reste aussi. Tout le soutien que vous m'apportez depuis des mois…

Je détourne les yeux de la salle pour les poser sur Bella. Les siens sont brillants. Un sourire ému éclaire son visage.

— Tu comptes énormément pour nous aussi, Scott.

Je n'ai pas pour habitude d'avoir des gestes familiers avec mon personnel féminin. Alors, quand j'attrape Bella pour la serrer contre mon torse pendant quelques secondes, je sais qu'elle est encore plus étonnée que moi. Mais elle comprend tout ce que j'essaie de lui dire sans que j'aie besoin de prononcer un mot de plus.

— C'est le quart d'heure des câlins ? plaisante Nathan en surgissant à nos côtés. Parce que j'aimerais bien participer, moi aussi.

— Trop tard ! riposte la barmaid en se remettant au boulot. Et puis, je ne vois pas pourquoi tu y aurais droit, toi !

Mon ami me donne une bourrade amicale et, avec un petit clin d'œil, ajoute :

— Peut-être parce que je suis irrésistible, tout simplement, et que tu en rêves…

— J'hallucine ou quoi ? le coupe-t-elle en haussant les épaules. T'es complètement à côté de la plaque mon grand et…

Je les laisse se chamailler et mes yeux repartent malgré eux à la recherche de Jo. Depuis sa dernière commande, je ne l'ai plus revue au bar. Ce qui n'est pas le cas de Jennifer et Olivia. Je continue mon boulot tout en scannant la foule.

Qu'est-ce qu'elle fout ?!

— Quelqu'un a vu Jo ?

— Non, pas depuis un petit moment, mais faut dire qu'il y a tellement de monde… me répond Jennifer avant de repartir avec son plateau.

— Je vais aller jeter un petit coup d'œil, m'annonce Nathan. Mais s'il y avait le moindre problème, on le saurait, Scott. Ne t'inquiète pas…

Il quitte le bar tandis que je fouille toujours les lieux dans l'espoir de découvrir enfin la silhouette de Jo.

— Elle est sans doute aux toilettes, lâche Bella en encaissant. Tu veux que j'aille vérifier ?

— Non, pas la peine. J'y vais. De toute façon, je voulais passer au bureau…

Je lui jette un dernier regard avant d'ajouter :

— C'est bon si je te laisse maintenant ?

Elle éclate de rire.

— Comment tu crois que j'ai fait pendant ton absence ?

— Ouais, c'est vrai. En fait, parfois, je me demande même à quoi je sers.

— À signer nos chèques à chaque fin de mois.

Je ris à mon tour. Tout en me dirigeant vers le bureau, j'aperçois Nathan qui me fait un signe négatif de la tête pour m'indiquer que Jo n'est pas en salle. Je fais un petit crochet vers Jason pour prendre la température et en profite pour lui demander s'il n'a pas croisé la jeune serveuse.

— Non, elle n'est pas passée par ici.

— Je l'ai vue tout à l'heure, m'informe Kyle. Elle allait vers le vestiaire.

Ni une ni deux, je fonce. Je regarde l'heure sur ma montre et je constate que plus de trente minutes se sont écoulées depuis son dernier passage au bar. Pourtant, si elle avait eu le moindre problème avec un client, je le saurais.

Qu'est-ce qu'elle fout pendant que tout le monde bosse ?

Pas franchement de bonne humeur, j'ouvre la porte à la volée.

— Bordel ! C'est quoi encore, ton problème ?! je lance d'une voix froide en déboulant dans la pièce et en la découvrant assise sur le sol.

De stupeur, elle sursaute et sa tête cogne contre le mur. Elle prend appui sur ses mains et tente de se relever lentement.

Comment rester sourd, aveugle, insensible, totalement imperméable à tout ce qu'elle déclenche en moi ? Et alors que je n'en ai aucune envie ?

Chaque muscle de mon corps est tendu à l'extrême. Mes poings se serrent pour étouffer l'envie que j'ai d'elle. Qui bouillonne en moi. Sa lèvre inférieure tremble. Je ferme les yeux et prie en silence pour trouver la force de ne pas lui sauter dessus. Quand je les ouvre à nouveau, elle est à la même place. Immobile. Le souffle court. Collée contre le mur comme si elle était incapable de rester debout sans son soutien.

— Ne bouge pas…

Je ne reconnais pas ma voix tant elle me semble venir de loin. Du plus profond de moi. De mon corps. De mon cœur. Sans m'en rendre compte, j'avance d'un pas.

— Ça fait des jours que je ne dors plus. Même quand je ne veux pas penser à toi, tu es là. Dans ma tête… tu squattes mon cerveau jour et nuit.

J'avance encore et me retrouve à quelques centimètres d'elle. Je pose mes mains sur le mur de part et d'autre de son visage.

— Je me souviens du timbre de ta voix, de ton regard brûlant, de la caresse de tes mots, de tes mains qui me touchent, de ton corps qui m'aime. Parce qu'il n'y a pas que ma tête qui est en manque, mon corps aussi te réclame… et je me souviens si bien, si fort, trop fort…

J'ai le souffle court. Des fourmillements dans les jambes. Les bras.

— Tu me manques trop…

J'inspire son odeur.

— J'aime ton odeur, j'ai envie de la sentir le matin, le soir, la nuit. C'est la seule que j'ai envie d'avoir sur ma peau…

— Avec toi, je me sens vivante, heureuse, murmure-t-elle d'une voix douce qui me réchauffe comme un rayon de soleil. Et quand tu n'es pas là, j'ai froid… mon corps a froid et mon cœur aussi.

Je vois son pouls battre plus vite dans son cou qui m'invite à y déposer ma bouche. Pourtant je ne bouge pas. Je profite de chaque souffle chaud qui s'échappe de ses lèvres et caresse ma peau. Nous sommes aussi près l'un de l'autre que nous pouvons l'être sans le moindre contact physique. Parce que je sais qu'à la seconde où je la toucherai, je ne répondrai plus de moi.

— J'ai envie de toi, bébé. Comme un fou…

Mon paradis. Mon enfer. Elle est les deux à la fois. Mais si je suis prêt à succomber à l'un, qu'en est-il de l'autre ? Il y a encore tellement de doutes et de questions entre nous. Le désir que je lis dans ses yeux n'est peut-être que le reflet désespéré du mien.

— Dis-moi si ça va ?

— Oui. Quand tu es avec moi…

Elle hésite un moment. Elle ne me touche pas non plus, comme si elle avait deviné. Ou qu'elle aussi avait peur.

— J'ai eu besoin d'être seule un moment, dit-elle à mi-voix. Quand je t'ai vu, ça m'a… ça m'a…

— Ça t'a, quoi ? je demande avec un petit sourire.

— C'est difficile à expliquer. Mais ce qui s'en rapproche le plus… c'est comme si la Terre s'était arrêtée de tourner un moment, pour repartir brusquement… mon cœur a bugué !

— C'est l'effet que tu me fais, toi aussi.

Sa bouche forme un joli petit O muet.

— Oui, bébé, c'est ce putain d'effet que tu me fais quand je te vois ! je souffle à son oreille d'une voix rauque de désir. Et à cause de ça, je vais reculer sans te toucher même si j'en crève d'envie…

Je joins le geste à la parole sans la quitter des yeux.

— Et je vais aller ensuite dans mon bureau…

Elle hoche la tête.

— Tu te sens d'attaque pour reprendre le boulot ?

— Oui.

— Très bien. Je vais attendre la fermeture, et après, je te raccompagnerai chez toi…

— Cooper vient me chercher, m'interrompt-elle alors que je m'apprête à ajouter « ou chez moi ». Je ne savais pas que…

Comment aurais-tu pu savoir que j'allais me pointer ce soir alors que je l'ignorais moi-même il y a quelques heures encore ? Merde !

La main sur la poignée de la porte, je la regarde. Je suis incapable de dire quel sentiment l'emporte sur la colère, le désir, l'incompréhension, la passion ou la déception. Alors je sors et referme la porte sans un mot.

Je file direct dans mon bureau où je me sers un whisky que j'avale d'une traite. Puis je me laisse tomber dans mon fauteuil. Je reste ainsi, les yeux pointés sur les caméras. Mes doigts pianotent sur l'accoudoir. J'aperçois Jo qui rejoint la salle et se dirige vers le bar. Nathan discute avec elle. Elle lui sourit. Je regarde l'heure : presque deux heures du matin.

Est-ce qu'il dort déjà ?

J'attrape mon portable. Et j'appuie sur la touche de raccourci. Celle de mon frère.

Finalement, je ne vaux pas mieux que toi, papa.

Chapitre 32

Joanna

5 mai, 3 h 00

Je pousse un soupir de soulagement quand l'ultime client quitte le *WAM*. Je remplis mon plateau des derniers verres vides et dépose mon chargement sur le comptoir.

— C'est bon, dis-je à Cooper, déjà là, qui discute avec Bella. Je me dépêche…

Je tourne les talons en me demandant toujours si le fait de ne pas avoir revu Scott depuis notre discussion dans le vestiaire est une bonne chose ou pas. J'ignore ce qui a été le plus difficile. Attendre le moment où il allait réapparaître et ne pas savoir si j'arriverais à mieux gérer la situation ? Ou constater qu'il préférait rester dans son bureau malgré son désir flagrant pour moi ? Et je ne veux même pas penser au mien. Comment ai-je pu croire que je pourrais continuer à travailler ici et le croiser comme si de rien n'était ? Qu'il me suffirait de faire mon boulot. Rien de plus ! Quelle imbécile ! Parce qu'il n'est pas le seul à se souvenir. Moi aussi, je me souviens. Sur ma peau, il a laissé son odeur, sur mes lèvres, son goût, sur mon corps, son empreinte. Et je ne parle même pas de mon cœur… en miettes.

Et dans son cœur, y suis-je encore ?

— On pensait aller faire un tour au *Spotted Cat* sur Frenchmen Street, Jennifer et moi, me lance Olivia tandis que je me change. Il y a un super groupe qui joue en ce moment. Tu es partante ?

Pas besoin d'être devin pour comprendre qu'elle pense surtout à Cooper en me proposant cette sortie.

— C'est sympa, Olivia, mais franchement, je n'ai qu'une envie, là… c'est de retrouver mon lit. Je suis crevée.

Son sourire s'évanouit tandis qu'elle rétorque :

— À ta place, moi aussi je n'aurais qu'une envie… surtout si « être dans mon lit » inclut la présence de Cooper !

J'attrape mon sac.

— Je t'ai déjà dit ce qu'il en était avec Cooper et…

— Tu parles ! me coupe-t-elle en haussant les épaules. Après, je comprends que ce soit difficile pour toi de choisir entre le Boss et Beau Gosse…

Furieuse, je me retiens de lui balancer une gifle et préfère lui tourner le dos et traverser la pièce pour quitter les lieux au plus vite.

— Mais fais gaffe, à courir deux lièvres à la fois, tu risques de te retrouver le bec dans l'eau, continue-t-elle alors que j'ai déjà la main sur la poignée de la porte. Sauf si bien sûr…

— Qu'est-ce que tu sous-entends ? je lance d'une voix glaciale en pivotant et en la fixant.

Elle me dévisage en silence avec un petit air narquois qui hérisse ma colère.

— Elle ne sous-entend rien. Rien du tout ! répond Jennifer à sa place en m'adressant un sourire.

Puis, se tournant vers Olivia, elle ajoute :

— N'est-ce pas ? Tu es juste un peu vénère parce que tu espérais que Joanna et Cooper nous accompagneraient. N'est-ce pas ?!

— Ouais, marmonne Olivia. Je suis vénère, c'est tout…

Incertaine sur la sincérité de sa réponse, je décide néanmoins de ne pas insister, et je hoche la tête.

— Cool ! s'exclame Jennifer. À demain, Jo.

— Amusez-vous bien, les filles, je lâche entre mes dents avant de sortir des vestiaires.

Tandis que je retourne en salle, j'ai une désagréable sensation au creux de l'estomac. Les insinuations d'Olivia m'ont affectée plus que je ne l'aurais souhaité, et ne pas avoir pu lui rabattre son caquet m'agace plus encore. Toutefois, j'ai déjà assez de problèmes sans avoir besoin d'en rajouter. Et puis je suis bien placée pour savoir qu'on n'empêche pas les gens de croire ce qu'ils veulent.

— On y va, Coop !

Mon ton un peu brusque lui fait hausser les sourcils. Je remercie rapidement Bella qui me tend mon enveloppe de pourboires.

— On est partis, lance néanmoins mon ami avec un sourire en saluant Nathan au passage.

Une main sur mon épaule, il ajoute plus bas, alors que nous nous dirigeons vers la sortie :

— Hey, ça va, toi ? Tu n'as pas l'air dans ton assiette. Il y a eu un problème ?

J'attends d'être installée dans la voiture pour lui répondre.

— C'est cette idiote d'Olivia, j'explose alors. Non mais quelle conne !

Et tandis qu'il nous ramène à la maison, je lui raconte ma soirée dans les moindres détails. Comme je l'ai toujours fait depuis le premier jour, je ne lui cache rien. Il me connaît si bien qu'il ne me servirait à rien de chercher à lui dissimuler quoi que ce soit. Et de toute façon, je n'en ai pas la moindre envie. J'ai toujours été d'une totale honnêteté avec lui. Dans tous les domaines. Et réciproquement. Il est le seul à me comprendre si bien. À savoir comment je fonctionne. Ce qui lui donne la capacité de lire en moi comme dans un livre ouvert. Il est le seul en ce monde dont je suis aussi proche et à qui je n'ai pas peur de tout dire. Avec qui je peux vraiment être moi. Pas celle que j'ai été ou que j'aimerais être. Juste celle que je suis. Tout simplement.

— On sait très bien tous les deux que le problème ne vient pas d'Olivia, affirme-t-il en se garant dans une rue voisine de la maison. Pas plus que de ses stupides insinuations.

— Oui, tu as raison… je souffle en claquant la portière. Ça n'empêche pas que c'est une conne !

Il laisse échapper un petit rire. Côte à côte, nous rejoignons la maison. Posée au sol sur le perron, l'enveloppe noire nous saute aux yeux. Cooper, plus rapide que moi, se baisse pour la ramasser en étouffant un juron.

— On doit aller voir les flics, cette fois, lâche-t-il après avoir lu le message, alors que je secoue la tête négativement. Il faut y aller, Jo !

Une fois à l'intérieur, j'enlève mes baskets puis attrape la lettre que je lis à mon tour. Cela ne me prend que quelques secondes, car tout comme la dernière, elle est très succincte.

« Si je ne peux pas atteindre la mère, j'aurai la fille. Tes jours sont comptés ! »

— Je ne crois pas que ce soit la même personne, dis-je en me laissant choir dans le canapé. La dernière était manuscrite et pas celle-ci. En plus, il n'y a pas de cercueils…

Cooper jette son blouson sur le canapé tout en m'observant avec des yeux ronds.

— Tu plaisantes ou quoi ?! Tu ne veux pas aller chez les flics ?!

— … ce qui est plutôt bon signe, je poursuis sans tenir compte de son interruption, tout en caressant Mozart qui s'est installé sur mes jambes. Et aller voir les flics ne servirait pas à grand…

— Depuis quand tu es devenue experte en criminologie ? m'interrompt-il, furieux. Et si ce n'est pas la même personne, raison de plus pour s'inquiéter et les prévenir ! Tu es complètement inconsciente ou quoi ?

Il attrape son portable et compose le 911.

— Cooper, je t'assure que ça ne sert à rien. Raccroche !

Totalement hermétique à mon avis, il me tourne le dos et je l'entends exposer à l'opératrice la raison de son appel, pour finir par lui indiquer mon adresse. Je lui lance un regard noir quand il met fin à l'appel.

— Je me fous pas mal que tu sois en colère contre moi, Jo. Il est hors de question que je reste sans rien faire pendant qu'un malade – ou plusieurs – te menace…

Je me lève et me coule dans ses bras.

— Si jamais on te faisait du mal, je perdrais la tête, murmure-t-il en m'étreignant avec force.

— Il ne m'arrivera rien. Ce ne sont que des gamins stupides qui s'amusent…

Je lui sors les mêmes platitudes que les flics, maintenant… Pathétique !

— Et à moins de les prendre sur le fait, ou d'avoir des témoins, la police ne peut pas grand-chose.

Il ne répond rien. Il se contente de déposer un baiser sur mon front et de me tenir dans ses bras. Il ne me lâche pas. Jusqu'à ce que la sirène d'une voiture de police retentisse dans la nuit. Il se précipite alors dehors tandis que je reste dans le salon. Je suis fatiguée et peu encline à tenter de convaincre des policiers du bien-fondé des craintes de mon meilleur ami.

— Jo, j'ai déjà tout expliqué, m'informe-t-il lorsqu'il revient enfin accompagné de deux hommes en tenue de ville. Il faudrait que tu leur donnes les autres lettres de menace…

— Bonsoir, Miss Richardson, dit l'un des agents en me faisant un petit signe de tête auquel je réponds. Vous les avez encore ?

— Pas toutes.

Son collègue observe méticuleusement celle que je viens de recevoir.

— Je comprends, dit-il avec un petit sourire. Ce n'est pas le genre de correspondance qu'on garde précieusement dans son tiroir. Donnez-nous celles que vous avez encore en votre possession.

Je file dans la cuisine pour y chercher la dernière lettre que j'ai rangée dans un tiroir, les autres ayant fini à la poubelle. Quand je reviens, il me demande de lui énumérer exactement toutes les menaces qui ont été formulées à mon encontre. Ce que je fais – après avoir jeté un petit coup d'œil à Cooper –, bien que je ne sois pas certaine que cela soit vraiment utile. Tandis que je lui parle des actes de vandalisme sur ma voiture, des graffitis sur ma façade et autres dégradations, il m'écoute attentivement tout en prenant des notes sur un petit carnet.

— Mais j'ai déjà expliqué tout ça à vos collègues, je conclus, agacée, en lançant un regard peu amène à Cooper. C'est mon ami qui a insisté pour vous appeler…

J'hésite un instant.

— Parce que si ça n'avait tenu qu'à moi, je vous aurais évité le déplacement, je lâche finalement. Toutefois, je dois dire que, cette fois, vous faites mentir les journalistes qui affirment qu'il vous faut plus de quarante-cinq minutes pour arriver sur une scène de crime. Vous avez été beaucoup plus rapides. En même temps, il n'y a pas eu de crime… enfin, pas encore.

Il y a un moment de silence. Pendant lequel j'ai le temps d'observer à loisir l'homme qui me fait face. Je ne rate rien de l'expression désapprobatrice qui s'est peinte sur son visage ridé à la suite de mes dernières paroles. Une tache sombre – de café sans doute – macule sa chemise blanche tendue au-dessus de sa petite bedaine. Et je ne sais pourquoi, cela me tire un sourire. Il doit avoir la cinquantaine ou pas loin. J'ignore depuis combien d'années il est dans les forces de l'ordre... probablement assez longtemps pour que cet air fatigué et désabusé semble lui coller à la peau. Assez longtemps aussi pour avoir perdu toutes ses illusions. Comme moi, quoi !

— Nous arriverions plus vite si nous étions plus nombreux, lâche son jeune collègue d'une voix frémissante de colère.

Je me tourne vers lui. C'est moi qui ai lancé les hostilités – ce dont je ne suis pas vraiment fière –, il ne fait que défendre sa profession... pourtant, c'est la triste réalité. Le quartier français a même sa police privée, la *French Quarter Task Force*, qui intervient dès qu'une activité suspecte est signalée par un résident via une application de smartphone. C'est dire...

— Et si N.O.L.A. ne détenait pas le triste record de la ville à la plus forte criminalité des États-Unis, continue-t-il, ce serait encore plus facile. On ne s'en sort plus !

Je sais que je devrais me taire. Que c'est la meilleure chose à faire en face d'un représentant de la loi pour une personne de couleur, comme moi. Toutes ces remarques que je garde – parce que c'est plus simple ainsi, pour ne pas faire de vagues, ou parfois parce que c'est moins dangereux – finissent par me pourrir encore plus. Je les entends depuis ma plus tendre enfance. À force, je me suis habituée. D'une certaine façon, je les ai assimilées. La plupart du temps, elles glissent toutes seules. Et parfois... peut-être à cause d'Olivia... une allusion parmi tant d'autres – et ça ne sera pas la dernière –, mais cette nuit, c'est celle de trop, celle qui allume la mèche. Et je n'aime pas ce qui se cache derrière ses paroles.

— C'est vrai que s'il n'y avait pas tous ces Noirs, vous n'auriez plus autant de boulot, je riposte avec mon petit sourire habituel. Après tout, selon les dernières statistiques, la plupart des détenus de cet État sont issus de la communauté noire, n'est-ce pas ? Et dans le même temps, de nombreux crimes perpétrés par le Ku Klux Klan restent encore à élucider et les bavures policières envers les Afro-Américains sont régulières… ça ne vous interpelle pas, quelque part ?

S'il y avait une mouche dans le salon, on l'entendrait voler. Je perçois sur ma droite un son qui me fait penser à un raclement de gorge. Je ne cherche pas à savoir de qui il provient, je me contente de soutenir le regard furieux du jeune flic.

— On ne vous a jamais appris qu'il pouvait être bon de savoir tenir sa langue, jeune demoiselle ? intervient alors d'une voix bourrue son partenaire en me saisissant par le coude et m'asseyant de force sur le canapé. Certaines vérités ne sont pas bonnes à énoncer devant tout le monde…

— Même si c'est *la* vérité ? je m'insurge.

Cooper vient prendre place à mes côtés et pose une main ferme – du genre, *boucle-la, maintenant* ! – sur ma jambe.

— Pourquoi les gens ont-ils la fâcheuse habitude de ne penser qu'au plus mauvais ? De ne retenir que les brebis galeuses d'une corporation ou d'une communauté et d'en faire une généralité ? poursuit le quinquagénaire.

Sa voix est douce et ses yeux brillent d'un éclat vif. Je me demande à présent si je ne me suis pas une fois encore emportée un peu trop vite… possible. Cependant, les propos de son collègue pouvaient prêter à confusion.

— Je suis désolée, dis-je en m'adressant à lui et avec un regard contrit à l'attention de son partenaire.

— Nous aussi.

Devant mon air surpris, il précise :

— Pour nos collègues qui n'ont pas accordé à cette affaire tout le sérieux qu'elle mérite. Surtout quand on sait qui est votre mère…

La main de Cooper appuie plus fortement sur ma cuisse alors que je me crispe davantage. Que mon souffle s'accélère. Et que ma gorge devient sèche.

— Ils savaient qui elle était avant même d'arriver ici, ma puce, me souffle-t-il en m'attirant près de lui. Et tu ne pouvais pas continuer à recevoir ces menaces sans en informer les autorités…

Je sais bien qu'il a raison, pourtant j'aurais préféré qu'il n'en soit rien. Si je n'étais pas si lasse, si vide, j'aurais presque envie de rire devant l'ironie de la situation. Parce qu'après tout, c'est quand même à cause de ma mère que je vis un cauchemar depuis des mois ! Ma mère, cette femme au QI supérieur à 150, avec un physique magnifique, blonde, les yeux verts – *l'American Dream Girl* – et surtout, Blanche ! À qui on donnerait le bon Dieu sans confession. Alors que moi, Afro-Américaine, physique lambda et à l'intelligence moyenne, qui ne doit surtout pas oublier ses papiers d'identité dès qu'elle met un pied dehors, sans oublier tout le reste…

Mais qui est la tueuse en série de nous deux ? je songe, en pensant à tous ceux qui me jugent à cause de ma couleur. *Hein* ?*!*

La voix soudain plus forte de l'agent m'extirpe de mes sombres pensées. Je hoche la tête pour lui indiquer que je suis à son écoute.

— Désormais, il va falloir tout nous dire. Nous avons besoin d'avoir tous les éléments en main pour définir au mieux la manière dont il convient d'agir…

Oui, c'est évident. Comment appréhender et surtout gérer correctement une situation si on n'a pas connaissance de tous les tenants et aboutissants ? Comment savoir ce qui est préférable ou non ? Je ne peux en rien le contredire, cette fois. Cependant, si je veux être tout à fait honnête, sans la présence de Cooper, je sais que jamais je ne les aurais appelés… Serais-je capable à partir de maintenant de faire preuve à leur encontre d'une totale franchise ?

Et Scott ? me rappelle sournoisement ma conscience. *N'a-t-il pas le droit, lui aussi, de tout savoir* ? *N'a-t-il pas droit à la vérité* ?

— Jo ?

La voix de Cooper me fait sursauter. Je me rends compte que j'ai encore loupé une bonne partie de la conversation.

— Les inspecteurs vont partir, m'informe-t-il en se levant.

Toujours silencieuse, je les suis jusqu'à la porte d'entrée. Le plus âgé nous tend sa carte en nous assurant que nous pouvons, et même devons si cela s'avérait nécessaire, l'appeler sans crainte à toute heure du jour ou de la nuit.

— Ne vous inquiétez pas si vous voyez notre voiture tourner régulièrement dans le coin, lance le plus jeune avec un sourire.

Après avoir hésité un moment, il ajoute :

— C'est votre mère qui est coupable. Pas vous. Ne l'oubliez pas.

Je reste quelques secondes figée, avant de lâcher dans un souffle :

— Merci.

Nous les regardons remonter dans leur voiture.

— Tu vois que j'avais raison, me fait remarquer Cooper en rentrant. Ils n'ont pas pris ces menaces à la légère.

— Oui, tu avais raison, tu as bien fait.

Toutefois, ce que je ne lui dis pas, ce que je garde pour moi… c'est que je doute que cela suffise à me protéger du danger qui pèse sur moi.

Chapitre 33

Joanna

8 mai, 13 h 00

— Fais-moi un sourire, ma puce…

J'obéis à mon meilleur ami et plaque un sourire factice sur mes lèvres.

— Et maintenant, dis-moi ce qu'il se passe !

— Scott veut me voir… il veut qu'on « parle », j'avoue en mimant les guillemets. Et tu sais aussi bien que moi ce que ça veut dire.

— Vous en avez besoin, concède Cooper après avoir avalé une gorgée de bière fraîche. Enfin… disons plutôt que *tu* as besoin de lui parler. Il tient à toi. Vraiment. Et tu ressens la même chose pour lui, n'est-ce pas ?

Impossible de lui mentir, je sais qu'il ne me croirait pas. Alors, je hoche simplement la tête.

— Qu'est-ce que tu risques à tout lui avouer maintenant ? Si tu veux que votre relation ait la moindre chance, tu dois avoir le courage de lui parler. Il y a des mecs qu'on peut mener en bateau et à qui on peut faire croire n'importe quoi, mais visiblement, ce type n'en fait pas partie. Il est assez intelligent et à ton écoute pour s'être rendu compte que tu lui cachais des choses…

Cooper n'a pas tort. Le problème ne se serait pas posé avec un homme moins attentif… tout le contraire de Scott.

— Alors ne bousille pas tout ça ! Franchement, je ne te comprends pas…

Il s'extirpe du canapé dans lequel il était affalé et se plante devant moi.

— Dis-moi pourquoi tu as si peur de lui dire la vérité.

— En dehors du fait qu'il risque de m'envoyer balader quand il saura que c'est ma mère qui est responsable du malheur qui a fait voler sa famille en éclats ? je lui balance d'une voix frôlant l'hystérie.

— Mais putain, Jo ! explose-t-il. Ce n'est pas comme si ce n'était pas déjà fait ! Il me semble que Scott a pris ses distances avec toi ! Alors où est la différence, hein ? Dis-moi où est cette putain de différence ?!

Nous restons face à face pendant de longues minutes. Les poings serrés et le corps crispé. Aucun de nous deux ne veut lâcher prise.

— Je n'en reviens pas, finit-il par murmurer en se passant une main dans les cheveux. Tu ne veux rien me dire ? À moi ?

Il recule comme s'il avait reçu un coup de poing, et la tristesse, mêlée à la déception, que je lis dans ses yeux me heurte de plein fouet.

— Mais non ! Tu sais bien que non, Cooper !

Je me précipite vers lui et l'attrape par le tee-shirt. Je me plaque contre son torse. À bout de souffle et le cœur battant à tout rompre.

— Je ne pourrais jamais rien te cacher, je chuchote dans son cou. Même si j'en avais envie, je ne le pourrais pas…

— Mais tu en as envie ? me coupe-t-il d'une voix étranglée.

— Non, pas du tout, je riposte aussitôt. C'est juste que, parfois, le fait de ne pas exprimer les choses haut et fort me donne l'impression qu'elles ne sont pas vraiment réelles.

— Je peux comprendre ça, ma puce.

Il attrape mon visage entre ses mains et plonge en moi un regard empli de tendresse.

— Mais partager nous permet aussi d'être plus forts pour lutter contre nos démons.

— Si j'ai tellement peur de dire la vérité à Scott, c'est parce que j'ai peur d'être comme elle…

— Comment peux-tu imaginer une connerie pareille ? m'interrompt-il, stupéfait. Tu es à mille lieues de ta mère. Tu es pleine de compassion, de douceur. Tu te…

Je pose un doigt sur sa bouche pour le faire taire.

— Laisse-moi finir. Tu ne comprends pas ce que je veux dire. Quand je dis que j'ai peur d'être comme elle, ce n'est pas en rapport avec son caractère, mais…

Un frisson glacial me transperce à l'idée de formuler de vive voix mon angoisse la plus profonde.

— Avant son premier meurtre, ma mère était comme tout le monde…

— Comme tout le monde ?! me coupe Cooper d'une voix pleine de rage. Tu as oublié le nombre de fois où je t'ai dit qu'elle était complètement timbrée ? OK, j'étais loin de l'imaginer en meurtrière…

Il lâche un juron en fronçant les sourcils et continue :

— Pourtant, avec ce qu'a fait mon père… je suis bien placé pour savoir que derrière une belle façade peut se cacher un salopard de la pire espèce.

Je hoche la tête et enchaîne à mon tour.

— Oui, c'est vrai, tu as raison. Mais j'ai toujours pensé qu'elle ne se comportait ainsi qu'avec moi. Je me disais qu'elle devait être totalement différente à l'extérieur, que ce soit avec ses collègues au boulot ou avec les mecs qu'elle ramenait à la maison… et j'imagine que ça devait être le cas, sinon, elle se serait fait coincer beaucoup plus tôt, non ?

— Je ne croisais ta mère que lorsque je venais chez toi et elle ne pouvait pas me sentir, tu le sais bien. Les rares fois où je l'ai vue avec un voisin, j'avais l'impression que ce n'était pas la même femme… c'est d'ailleurs ce qui me mettait en rage quand je voyais comment elle se comportait avec toi.

— Elle vient d'une famille aisée et n'a subi aucun mauvais traitement, enfin pas que je sache, je continue. Et du peu qu'elle m'a laissé entendre quand elle avait envie de parler de ses parents.

Je lis dans ses yeux qu'il a déjà compris où je veux en venir.

— Je n'arrête pas de me demander à quel moment elle a basculé. Qu'est-ce qui a provoqué cette envie de tuer ? Et surtout, je me dis que la même chose pourrait bien m'arriver à moi aussi.

Avant qu'il puisse émettre l'objection que je devine déjà sur ses lèvres, je l'arrête d'un geste et poursuis :

— Ne me fais pas l'affront de me dire que tu es certain que ça ne se produira jamais. Ne me dis pas non plus que ça ne t'a jamais effleuré l'esprit en ce qui te concerne par rapport à ton père…

Il n'a même pas besoin de dire un mot, je lis la réponse dans son regard.

— Je n'ai pas juste peur de dire la vérité à Scott. J'ai peur de découvrir dans ses yeux le reflet de ma plus grande peur, et même si elle n'y était pas… comment avoir la putain de certitude que je ne finirai pas comme elle ? Que je ne suis pas exactement comme elle ?

— Non, Jo ! On n'a rien en commun avec eux. On est plus forts que ça…

— Toi, oui ! je m'exclame en déposant un baiser sur sa joue. Toi, tu es tellement plus fort que ça. J'aimerais tant avoir la même force… mais comment être certaine qu'un jour je ne passerai pas à l'acte, moi aussi. Surtout quand on sait l'environnement dans lequel j'ai baigné pendant toutes ces années. Tu sais comment elle était avec moi… tu le sais bien. Tu crois que ça n'a laissé aucune trace ? Qu'il n'y a aucun risque ? Parce qu'aucun de nous ne peut affirmer une telle chose. Pas plus toi que moi.

Je le remercie en silence de ne pas essayer de me persuader du contraire. Parce qu'il aurait beau faire, je ne le croirais pas.

— Si je suis plus fort, comme tu dis, ma puce, c'est parce qu'on m'a aidé. Toi la première, depuis notre première rencontre, et ensuite le psy… j'en avais réellement besoin même si je n'en avais pas conscience au début. On ne ressort pas indemne après avoir vécu pendant des années avec un père comme le mien, ou une mère comme la tienne ! Ça laisse des cicatrices profondes, des peurs incontrôlables. Ça nous bousille…

— Il faut que j'y aille, je l'interromps avant d'attraper mon sac et de me diriger vers la porte.

— Jo ! Ne la laisse pas tout gâcher ! Tu peux être beaucoup plus forte si tu te fais aider ! Fais-le !

Je me précipite à toute vitesse au-dehors, mais le juron d'impuissance qu'il pousse dans le salon parvient malgré tout jusqu'à moi.

Tu peux être beaucoup plus forte si tu te fais aider ! Fais-le !

Ai-je besoin d'aide ? Son ordre tourne en boucle dans ma tête, tandis que d'un pas rapide je me dirige en direction de l'arrêt du tramway.

On ne ressort pas indemne après avoir vécu pendant des années avec un père comme le mien ou une mère comme la tienne !

C'est vrai. J'ai constaté les dommages que le père de Cooper a fait à sa famille.

Ça laisse des cicatrices profondes, des peurs *incontrôlables*…

Il n'a pas tort. Vivre avec des monstres laisse des cicatrices profondes…

Ai-je jamais été une enfant innocente ? Suis-je complètement bousillée moi aussi ?

Tout serait tellement plus simple si j'étais amoureuse de mon meilleur ami, et non de Scott. Si je n'étais pas la fille de ma mère. Si ma mère n'était pas ce qu'elle est. Je monte dans le tram et m'installe sur un siège libre. Pendant tout le trajet, une question tourne en boucle dans ma tête.

N'est-il déjà pas trop tard pour moi ?

Chapitre 34

Scott

8 mai, 13 h 30

— Scott Bradley ?

— Lui-même.

— Signez ici…

Je m'exécute docilement avant de récupérer l'enveloppe – à remettre en main propre – que vient de m'apporter le coursier. Je le regarde disparaître dans l'ascenseur. Je reste pensif quelques secondes, puis je compose le numéro de Matt.

— Salut frérot, me lance-t-il en décrochant. J'attendais ton appel…

— Ouais… le livreur vient de me déposer l'enveloppe…

Nous restons silencieux tous les deux un moment jusqu'à ce que Matt reprenne la parole d'une voix hésitante :

— Tu… l'as ouverte ?

— Non, pas encore. Et toi ? Tu as pris connaissance de…

— Non ! me coupe-t-il sèchement avant de reprendre sur un ton plus posé : J'ai demandé qu'on me fasse parvenir les renseignements concernant Joanna sous scellés – comme tu as pu le constater –, mais tout le reste ne me concerne pas. Je trouve déjà que j'en ai fait assez sans pousser… l'indiscrétion – et le mot est bien faible – au-delà de certaines limites.

— Je comprends. Merci, Matt. Je sais que ça n'a pas été facile pour toi…

J'entends son soupir dans l'écouteur.

— C'est parce que je t'aime, Scott, mais j'avoue que je ne me sens pas fier de moi. J'espère au moins que tu auras les réponses à tes questions, et surtout, que tout se passera désormais comme tu le souhaites entre vous deux.

— Ouais… de toute façon, je ne suis pas encore certain de lire tout ça. Je vais attendre et réfléchir un peu pour le moment… avant de prendre une décision.

— Je pense qu'à ta place je prendrais moi aussi le temps… Bon, il faut que je te laisse, frérot. On se voit dimanche ?

Je lui confirme que je serai présent au brunch dominical, avant de raccrocher. L'enveloppe toujours dans la main, je rejoins mon parking, et dès que je suis à bord du 4x4, je la glisse dans la boîte à gants.

Pourquoi ai-je soudain l'impression d'être descendu aussi bas que toi, papa ?!

Agacé, je fais démarrer mon véhicule. Durant tout le trajet jusqu'au *Café du Monde*, mes pensées oscillent entre une avidité coupable et un profond dégoût de moi-même à l'idée de céder à la tentation malsaine d'ouvrir cette enveloppe. Je me remémore les violentes disputes qui nous ont opposés chaque fois que mon père a laissé libre cours à ses privilèges de procureur. Je ne compte plus le nombre de fois où il a utilisé ce passe-droit pour s'immiscer dans ma vie privée et dans celle de son entourage. En toute impunité. Et en brandissant le bandeau de l'amour paternel. Tu parles d'une excuse à deux balles ! Mais moi, alors ? Qu'est-ce qui me donne le droit de fouiller dans les secrets de Jo ? Jusqu'où suis-je capable d'aller ? Quelle sera ma limite ? Bordel ! Je n'arrive pas à y croire ! Pourquoi je me pose ce genre de questions, d'abord ? J'aurais dû refuser la proposition de Matt. C'est tout !

Mais tu t'es bien gardé de le faire, n'est-ce pas ? me souffle une petite voix mesquine. *Finalement, tu ressembles peut-être beaucoup plus que tu ne le penses à ton cher papa. Ne dit-on pas : tel père, tel fils ?*

— Non ! je lâche, furieux, en donnant un coup de poing sur le volant.

Je trouve une place pour garer le 4x4, pas très loin de Jackson Square, ce qui atténue mon humeur de chien, et je profite des quelques minutes de marche jusqu'au *Café du Monde* pour tenter de penser à autre chose qu'à cette foutue enveloppe. Si cette petite promenade n'y parvient pas tout à fait, en revanche, Jo y réussit totalement. Dès que mes yeux se posent sur elle, tout s'efface. Il ne reste plus qu'elle… et moi, et ce désir fou qui m'envahit brusquement. Sans la quitter du regard, j'avance droit sur elle. Un sourire – ce sourire si spécial qui me réchauffe de l'intérieur – illumine ses traits lorsqu'elle lève les yeux de son téléphone et me découvre. Sourire trop bref et qui laisse rapidement place à un visage grave. Je n'ai alors qu'une envie : tout faire pour qu'il réapparaisse. Et que j'en sois l'unique destinataire.

— Scott…

Soudain, j'aimerais pouvoir oublier les raisons qui m'ont poussé à lui proposer ce rendez-vous. Après tout, parler, c'est très surfait. J'ai déjà tellement d'autres idées – ô combien plus agréables ! – pour nous occuper pendant des heures.

— Bonjour, Jo…

Nous hésitons tous les deux sur la conduite à adopter. Si cela ne tenait qu'à moi, je la plaquerais contre moi pour un baiser qui nous laisserait à bout de souffle. Mais depuis notre entrevue dans le vestiaire, nous évitons tout contact physique. Comme si nous savions que le moindre frôlement entre nous serait irréversible.

Oui, mon paradis et mon enfer !

— On doit parler, dis-je en m'installant sur la chaise en face de la sienne. On ne peut pas continuer comme ça… enfin, disons que c'est surtout moi qui ne peux pas continuer comme ça.

La serveuse qui arrive avec une corbeille de beignets, un café et un thé m'interrompt. J'attends patiemment qu'elle reparte après avoir déposé la commande devant nous. Les doigts de Jo pianotent nerveusement sur la table. J'avale une gorgée de café en cherchant exactement ce que je veux lui dire. Toutefois, Jo me devance et attaque la première.

— C'est ma présence au *WAM* qui te pose un problème ?

Je réfléchis longuement.

— La réponse est non. Je ne dis pas ça pour tenir mes engagements, mais simplement parce que c'est la vérité. Seulement, si je veux être tout à fait honnête avec toi, te voir chaque nuit… ça me rend dingue !

— Tu préférerais que je ne vienne plus ? demande-t-elle d'une voix douce et chaude. Si c'est ce que tu souhaites, je peux le comprendre… je ne t'en voudrais pas, tu sais ?

Bordel ! J'ai mal à force de crisper mes poings, tellement l'envie de la serrer contre moi, de poser ma bouche sur la sienne me tenaille. J'inspire profondément pour me ressaisir… à l'instant où je perçois le même désir chez elle. Je le vois à la veine qui palpite dans son cou. À son souffle qui s'accélère. Nous en avons autant envie l'un que l'autre. C'est une évidence. Mais est-ce suffisant pour moi ? Il y a quelques mois, j'aurais répondu oui sans hésiter. Et plutôt deux fois qu'une ! Du sexe, seulement du sexe, et rien d'autre. Mais avec Jo, je veux cette relation torride et… tout le reste !

— Non, je veux te voir. J'ai besoin de te voir, je murmure en me rapprochant d'elle. Mais juste te voir et rien d'autre, ne pas pouvoir te toucher, t'embrasser, te faire l'amour... c'est ingérable. J'ignore combien de temps je pourrai supporter ça parce que je...

Parce que je t'aime ?! je poursuis en silence, les mots au bord des lèvres.

Je crois que je suis sous le choc. Il me semble que tout ce que je ressens peut se résumer à trois mots : Je. Suis. Amoureux. J'ignore si c'est ce qui pouvait m'arriver de mieux ou si c'est la pire connerie de toute ma vie. Mais quand je suis avec elle, quand elle est dans mes bras... c'est le paradis. Je n'ai besoin de rien d'autre. Juste elle.

— Je ne suis pas responsable de cette situation, me fait-elle remarquer à juste titre. Malgré tout, c'est peut-être mieux ainsi...

— Mieux pour qui ? Pour moi ? Pour toi ?

Elle tressaille, et je ne peux m'empêcher de penser que, si elle se décidait enfin à être honnête avec moi, tout pourrait s'arranger.

— Tu te souviens de la nuit où je t'ai demandé d'oublier ton père, ta mère et tous ceux qui diraient que notre histoire est sans issue ? Que ce ne serait peut-être pas facile, mais que personne ne pouvait nous en empêcher ?

Elle hoche la tête.

— Je pense toujours la même chose, Jo. Personne ne peut nous empêcher d'être heureux, à part nous. Et quand je te regarde, je suis certain de ne pas être le seul à ressentir tout ça...

Et, alors que je m'étais interdit le moindre contact, je ne peux refréner l'envie qui bouillonne en moi. J'attrape son visage entre mes mains. Ma bouche n'est plus qu'à quelques centimètres d'elle. J'ai besoin de toute ma volonté pour ne pas poser mes lèvres sur les siennes.

— Dis-moi que je me trompe, je murmure. Dis-moi que je me fais des idées. Si c'est le cas, alors je...

Bordel ! Je préfère ne pas y penser !

— Dis-moi la vérité, bébé. Suis-je le seul à ressentir tout ça ?

Chapitre 35

Joanna

8 mai, 15 h 00

La vérité, ma pire ennemie…

J'ai parfois l'impression que je ne connais même plus la définition exacte de ce mot. Depuis des mois, je ne dis plus la vérité à personne. Je me contente de naviguer entre les frontières floues de l'omission, du non-dit et du mensonge. À part avec Cooper.

— Est-ce si difficile pour toi de me révéler tes sentiments ?

Son visage est si proche du mien qu'un cil tombé sur sa joue me saute aux yeux. J'ai envie de le retirer doucement, mais je n'en fais rien. Le contact de ses mains sur moi me perturbe déjà bien assez, tout comme le désir que je lis dans son regard et qui me tétanise. Pourtant, ce qui m'ébranle le plus, c'est la tendresse qui s'y mêle. On ne m'a jamais regardée avec une telle ferveur. Une telle attente. En revanche, je me souviens très bien d'avoir eu ce même regard pour ma mère durant les premiers temps, et de mon désespoir quand je n'ai pas trouvé en retour chez elle ce que j'attendais tant.

La vérité… je peux au moins lui offrir celle de mon cœur. Ce serait déjà un bon début en attendant de lui avouer qui je suis réellement.

— Moi aussi, j'ai besoin de toi, Scott. J'ai besoin de te toucher…

D'un doigt, je finis par enlever le cil sur sa joue.

— J'en ai envie même quand tu n'es pas près de moi, je continue tout bas alors qu'il frissonne sous ma caresse légère. Quand je suis avec toi, je suis heureuse comme je ne l'ai jamais été…

Le sourire qui illumine son visage à cet instant me submerge comme une vague de bonheur gigantesque. Je voudrais pouvoir m'y noyer. Me laisser emporter et oublier tout le reste. Soudain, j'ai la sensation d'être la seule en ce monde à détenir ce pouvoir suprême : le rendre heureux. Un pouvoir réciproque. Dangereux.

— C'est la même chose pour moi, bébé. Tu me rends heureux comme aucune femme ne l'a fait avant toi. Et je veux seulement que ça continue.

Ses mains toujours sur mes joues, il approche mon visage, et sa bouche se pose enfin sur la mienne avec une douceur infinie. Nous restons ainsi sans bouger. Tout ce qui nous entoure disparaît. Les conversations autour de nous, les rires des enfants dans le square, les voitures dans la rue… Mes doigts s'immiscent dans ses cheveux. Un soupir s'échappe de ses lèvres. Un gémissement de ma gorge.

— J'ai besoin de toi, Joanna ! Tu es mon univers, mon air, mon paradis… mon enfer. Le monde ne serait rien si tu n'y vivais pas ! Je t'aime, bébé !

Deux petits mots qui me font l'effet d'une bombe. Le cœur soudain erratique, la gorge paralysée de peur, j'essaie en vain de parler. Je veux le garder encore auprès de moi. Aussi longtemps qu'il le pourra.

— J'aimerais passer tout l'été… l'hiver… mes bras autour de toi. Juste toi et moi, aussi longtemps que tu le voudras…

— Alors, c'est tout ce que j'ai besoin de savoir, murmure-t-il d'une voix rauque. C'est tout ce qui compte…

Je veux le croire ! Je veux croire que ce que je ressens pour lui est tout ce qui compte à ses yeux. Qu'il n'a pas besoin de tout savoir. De tout connaître de moi. Qu'il n'a pas besoin d'apprendre toute la vérité. J'ignore la petite voix de Cooper dans ma tête qui me chuchote que je ne suis qu'une dégonflée. Une lâche. Je la repousse de toutes mes forces.

Un jour ou l'autre, ça va t'exploser à la figure, ai-je l'impression de l'entendre dire.

Comment pourrais-je me séparer de Scott quand il m'offre autant d'amour ?

— C'est tout ce qui compte, Scott ? Tu en es vraiment certain ?

Il dépose un billet de vingt dollars sur la table, puis attrape ma main et m'entraîne à sa suite sans un mot. Nos doigts entrelacés, nous marchons à toute vitesse dans la rue.

— Scott ? Tu ne m'as pas répondu.

Il s'arrête brusquement pour me prendre dans ses bras et me donner un baiser qui me laisse les jambes flageolantes et le cœur en déroute.

— Je vais le faire, bébé, lâche-t-il d'une voix éraillée. Un peu de patience.

Une main sur ma taille, il me pousse à poursuivre notre chemin. Je reste silencieuse jusqu'à ce que nous arrivions à son 4x4. Alors que je m'apprête à nouveau à ouvrir la bouche, il pose un doigt en travers de mes lèvres.

— Je vais te répondre, répète-t-il en déclenchant le système d'ouverture et en me poussant à l'intérieur de sa voiture. Monte !

Il fait le tour du véhicule et grimpe à son tour. Puis il se penche vers moi, ouvre la boîte à gants et en sort une enveloppe blanche. J'ai juste le temps d'apercevoir un scellé, avant qu'il ne la déchire en petits morceaux sous mes yeux.

— Tu veux bien me répondre, maintenant ? je l'interroge

en me demandant ce que tout cela signifie. Est-ce que c'est tout ce qui compte ?

— Crois-moi, c'est tout ce qui compte !

Il descend la vitre et jette les débris de l'enveloppe dans la rue. Aussi sec, je sors du 4x4 en étouffant un juron et ramasse les morceaux éparpillés sur le trottoir. J'entends la portière qui claque et, lorsqu'il me rejoint, je lui lance un regard noir.

— Ici ! je m'exclame en jetant mon butin dans la première poubelle qui se présente à moi. Pas dans la rue. Merde !

— Promis, rétorque-t-il en esquissant un petit sourire contrit. Je ne le ferai plus, M'dame.

— Y a intérêt ! je riposte en souriant à mon tour et pendant qu'il m'enlace pour me reconduire à la voiture.

— Tu ne peux pas comprendre, lâche-t-il soudain tandis que nous remontons dans le 4x4 et qu'il démarre sur les chapeaux de roues, mais ce que je viens de faire est la preuve que c'est *vraiment* tout ce qui compte…

— Tu as raison, je concède en haussant les épaules, je ne comprends rien. Mais alors rien du tout.

Les yeux pétillants, il attrape ma main et dépose un petit baiser au creux de mon poignet. Puis, le visage plus grave, il ajoute :

— Je n'ai pas juste envie de sexe ou d'une histoire impersonnelle entre nous…

Il pivote vers moi et m'observe attentivement quelques secondes avant de reporter son attention sur la route. Ma respiration s'accélère, parce que je devine que ce qu'il s'apprête à me dire est important.

— Je sais aussi que tu me caches des choses… les détails de ta vie, tes secrets, ce qui te pèse, je ne veux l'apprendre de la bouche de personne d'autre que toi. D'accord ?

Nerveuse, je triture mes doigts, lisse ma robe. J'inspire profondément pour puiser le courage qui me fait défaut.

— D'accord, je lâche alors dans un souffle en comprenant que je ne peux pas continuer à lui mentir, qu'il a le droit de tout savoir. Je te le promets.

— Je sais aussi que tu n'es pas prête à te confier. Pas encore… ce que je te demande, c'est de t'ouvrir à moi. De me faire confiance.

— Je le ferai Scott. Laisse-moi juste un peu de temps… et je le ferai, je t'assure.

— Je peux attendre, lâche-t-il avec un sourire éclatant avant de se passer une main dans les cheveux et d'hésiter un moment avant de reprendre : Mais j'ai besoin de savoir si notre relation est… exclusive ?

Mon regard se braque brusquement sur lui. J'ignore ce qui me met le plus en colère à cet instant. Qu'il puisse s'imaginer que je suis le genre de fille à entretenir deux relations à la fois ? Ou que mon attitude lui ait donné matière à le croire ?

— Il n'y a personne d'autre que toi ! j'affirme d'une voix cassée par l'émotion et en retenant mes larmes. Personne.

Le soupir de soulagement qui lui échappe ébranle quelque chose en moi, car j'ai l'impression que même si je lui avais annoncé le contraire, il ne m'aurait pas quittée. Et je le lui demande aussitôt.

— J'aurais détesté devoir te partager, répond-il en me fixant. Mais j'aurais tout fait pour que tu me choisisses un jour, moi. Je me serais battu jusqu'au bout pour qu'il ne reste que moi…

— Jamais on ne m'a aimée de cette façon, je chuchote, alors que des larmes de gratitude s'écoulent sur mes joues.

— Moi, si ! Et plus encore…

Du pouce, il essuie mes pleurs.

— Mais bon… je préfère largement être tout seul dans la course.

Il gare la voiture sur le bas-côté et détache ma ceinture de sécurité pour m'attirer dans ses bras. Son visage est à peine à quelques centimètres du mien. Ses yeux ne lâchent plus les miens.

— Est-ce que tu m'aimes ?

Est-ce que je t'aime ? Tout serait beaucoup plus simple si je n'étais pas amoureuse. Je n'aurais aucun mal à m'éloigner de toi. À te quitter. T'aimer me donne le vertige. J'ai peur de tomber et de ne jamais me relever.

— Je t'aime, Scott. C'est la vérité. La seule qui compte !

— Alors j'aurai mes réponses, et peu importe le temps qu'il te faudra pour me les donner, j'attendrai jusqu'à ce que tu sois prête.

Chapitre 36

Scott

24 mai, minuit

Je pourrais rester des heures à la regarder dormir dans mon lit. Nue. Le corps à moitié recouvert par les draps. Son adorable visage perdu au milieu de toutes ses boucles sauvages. Je soulève la masse de ses cheveux pour enfouir mon nez dans sa nuque. J'adore cette odeur vanillée et fleurie qui me donne envie de la croquer. Mes lèvres glissent sur sa peau comme sur de la soie. Je souffle tout doucement sur son épaule, puis la mordille. Encore et encore. J'adore la réveiller de cette façon.

— Mmm… quelle heure est-il ?

Si je n'étais déjà pas aussi dur qu'une batte de base-ball, sa voix encore tout endormie, chaude et rocailleuse, m'infligerait direct une trique d'enfer. Mais avec Jo, je suis toujours au garde-à-vous. Je pourrais passer des heures à lui faire l'amour. Ma main descend tranquillement jusqu'à ses fesses. Bordel ! J'adore ses fesses. Je vire le drap, et d'un bond, je me retrouve agenouillé sur elle.

— C'est l'heure du petit déjeuner ?

— Oui, je murmure en mordillant son oreille. Et j'ai une faim de loup.

— Tu as toujours faim, chuchote-t-elle en remuant son adorable petit cul contre mon sexe, ce qui me tire un grognement de plaisir. Tu as de la chance, j'ai très faim, moi aussi…

D'une cuisse, je lui écarte les jambes. Je me frotte contre elle. J'enfile à la hâte un préservatif, tandis que ses doigts se crispent sur la taie d'oreiller, puis que les miens se glissent au plus profond d'elle. Encore et encore. Lentement. Plus vite. Elle pousse un petit cri qui m'envoie presque au paradis. J'attrape alors fermement ses fesses et la pénètre d'un seul coup. Mon rythme est frénétique. Sans merci. Être avec elle, en elle, je ne m'en lasserai jamais. J'en suis absolument certain. Je n'entends plus que sa respiration haletante. Le bruit de nos corps qui se rencontrent. Je la tiens avec force par les hanches et je poursuis inlassablement mon va-et-vient jusqu'à ce qu'elle libère mon prénom dans un cri de plaisir et me fasse jouir à mon tour. Le corps frissonnant et à bout de souffle, je m'allonge à ses côtés. Elle se met sur le dos et nos yeux se rencontrent. Elle dépose un baiser sur mon front brûlant, un autre sur le bout de mon nez, puis se glisse naturellement entre mes bras. Sa main caresse mon torse. Son visage se niche dans mon cou. Ses jambes s'emmêlent aux miennes. J'aime son odeur sur ma peau…

Oh oui ! J'adore la réveiller de cette façon.

25 mai, 18 h 00

Avec Jo, j'apprends une chose que même ma mère n'a jamais réussi à m'enseigner – et Dieu sait pourtant qu'elle s'y est employée pendant des années –, la patience ! À certains moments, comme maintenant, je m'en veux presque de lui avoir affirmé que j'attendrais qu'elle soit prête à se confier. OK ! Cela fait à peine plus de deux semaines que nous avons eu cette discussion, et sans doute a-t-elle besoin de plus de temps. De beaucoup plus de temps. Mais combien, exactement ? Si je n'avais pas déchiré cette foutue enveloppe, je n'en serais pas là ! Pourtant, je ne le regrette pas. Au contraire. Je me sens soulagé. En paix et en accord avec moi-même. Et, bien que je rage de constater que Jo ne me juge pas encore assez digne de confiance pour me parler de tous les fantômes qui hantent son passé et troublent notre présent, je n'en suis pas au point d'agir comme mon père. Je vaux mieux que lui. Et Joanna aussi !

— Je n'ai pas envie qu'on se dispute.

J'avale une gorgée de bière fraîche sans la quitter des yeux.

— Moi non plus, Scott.

— Mais reconnais que c'est difficile pour moi de ne pas savoir où se trouve exactement la limite à ne pas franchir.

Bordel, c'est vrai, quoi ! Je ne sais jamais si ce que je vais lui demander risque de causer des tensions entre nous.

— Ce serait plus facile si tu me disais précisément quels sont – pour le moment, en tout cas… – les sujets de conversation et les questions à bannir.

Agacé, je dépose un peu trop brusquement ma bouteille sur le comptoir, et du liquide se répand sur le zinc. J'attrape un torchon pour réparer les dégâts en bougonnant. Parfois, j'ai la désagréable sensation que chaque discussion va partir en vrille en un instant. Et tout ça, sans le vouloir.

— C'est comme me balader dans un terrain miné en attendant que ça m'explose à la figure, je lâche enfin en me passant une main dans les cheveux. Et s'il y a bien une chose que je ne souhaite pas, c'est que notre histoire m'explose en pleine tronche. Je veux que ça marche entre nous, Jo. Tu n'as pas idée à quel point j'en ai envie…

Elle déplie ses jambes et se lève du canapé. Le tee-shirt qu'elle m'a emprunté lui arrive à mi-cuisse. Elle ne porte ni soutien-gorge ni culotte. Même énervé, je ne peux m'empêcher d'avoir envie d'elle. Ce qui m'irrite plus encore. Elle avance, fait le tour du bar puis vient se blottir contre moi. Ses bras entourent ma taille. Je sens la pointe de ses seins caresser mon dos. Ses jambes nues contre les miennes. Je crispe mes doigts sur le rebord du comptoir en regrettant de ne pas avoir enfilé un jean sur mon caleçon. Et un tee-shirt. Parce qu'alors je ne serais pas distrait par la douceur de sa peau sur la mienne. Par la chaleur de son corps plaqué contre le mien.

— Avant de travailler au *WAM*, chuchote-t-elle. Et pour répondre à ta question, j'étais institutrice…

Instit ? J'avais imaginé tout un tas de boulots, mais certainement pas celui-ci.

— J'ai été gentiment remerciée, et comme je n'arrivais pas à obtenir une place dans un autre établissement, je me suis retrouvée serveuse dans ton club…

Je pivote brusquement pour lui faire face. J'ai envie de l'embrasser. De la serrer contre moi. J'ai envie de tout. Parce que je sais qu'elle vient de faire un effort gigantesque. Cette toute petite information qu'elle vient de me confier est le premier pas qu'elle fait vers moi sur le chemin de la confiance. En effleurant ses lèvres, je lâche dans un souffle :

— Merci…

— Toutes ces choses que je n'arrive pas encore à te dire sont autant de pas qui m'éloignent de toi, je le sais. Et ça me tue… précise-t-elle avec un pauvre petit sourire qui me remue de fond en comble. Parce que je n'ai qu'une envie, un seul désir, être le plus proche de toi. J'aimerais que chaque jour qui passe soit une page qu'on écrira ensemble, chaque semaine un chapitre de notre histoire à nous… j'en ai tellement envie, Scott.

— Oh, bébé, et moi, je n'ai qu'une envie, c'est d'écrire avec toi le livre de notre vie, je murmure ma bouche contre la sienne. Chaque mot, chaque ligne, je veux les écrire avec toi…

Je l'imagine soudain avec un chignon strict, des lunettes rondes posées sur son petit nez joliment retroussé, une jupe serrée, et un air coquin sur le visage.

— Instit ? Vraiment ?

— Et pourquoi pas ? demande-t-elle en fronçant gentiment les sourcils. Ça te semble si difficile à croire ?

J'éclate de rire avant de lui répondre.

— Non ! Pas du tout. Mais ça m'excite encore plus… tu m'excites encore plus.

— Comme si tu avais besoin de ce genre d'information pour être excité. Tu es un vrai obsédé sexuel…

— Non ! je la coupe en la plaquant contre moi, je suis obsédé par toi, seulement par toi. Ce n'est pas la même chose. Pourtant j'avoue que tu viens de réveiller un vieux fantasme de collégien.

— Ah bon ! Lequel ? demande-t-elle d'une voix chaude et en ondulant des hanches.

— Celui de pouvoir baiser avec ma prof, bébé.

Pour donner encore plus de poids à mes paroles, et alors qu'elle éclate de rire, je la soulève, la jette sur le canapé avant de lui faire l'amour comme un fou. Et, parce qu'elle est la seule à en être capable, elle m'envoie directement au paradis sans passer par la case enfer.

Chapitre 37

Joanna

27 mai, 15 h 00

Naviguer sans cesse entre le loft de Scott et mon domicile peut se révéler épuisant. Surtout un jour comme aujourd'hui où la chaleur est écrasante, et la climatisation de ma voiture, encore hors service. Mais je ne peux m'en prendre qu'à moi-même, parce que si cela ne tenait qu'à Scott, j'aurais déjà transféré toutes mes fringues dans son dressing, et Mozart serait confortablement installé dans son salon. Comme je ne compte pas m'éterniser, je me gare devant la maison. Heureusement pour moi, Cooper est en plein shooting photo en ville, sinon il me taperait un scandale. Et heureusement encore, mon ami dort ici et tient compagnie à mon pauvre chat. C'est lui également qui le nourrit, change sa litière et lui fait des papouilles… parce que je suis loin d'être une maîtresse idéale avec mes incessants passages en coup de vent. Je pousse un soupir de satisfaction en franchissant le seuil où règne une agréable fraîcheur.

— Mozart ! Mozart !

Je continue de scander le nom de mon matou en grimpant l'escalier pour rejoindre ma chambre.

— J'étais certaine de te trouver vautré sur mon lit. Tu boudes ou quoi ?

Comme il ne daigne pas bouger, je l'attrape et reste un long moment à lui faire des câlins, le nez enfoui dans sa fourrure. La sonnerie de mon portable met fin à notre petit tête à tête. Ne reconnaissant pas le numéro, j'hésite quelques secondes avant de finir par décrocher.

— Miss Richardson ?

Un frisson me transperce lorsque j'entends mon patronyme. Ce n'est pas le cabinet d'avocats, son numéro de fixe et son portable sont enregistrés dans mon répertoire. Et les personnes qui connaissent mon numéro et mon nom se comptent sur les doigts d'une seule main, et ne font pas vraiment partie de mes amis. Ce qui est loin de me rassurer.

— Miss Richardson ? répète une nouvelle fois la voix féminine sur un ton agacé.

Dans un murmure étranglé, je réponds bien à contrecœur :

— Oui… c'est moi…

— Ici, la prison pour femmes de Parish. Acceptez-vous un appel en PCV de Lucy Richardson ?

Oh mon Dieu !

Tout à coup, un goût de bile acide remonte de mon estomac à ma bouche. Mes jambes se mettent à trembler. Pendant quelques secondes – ou minutes, que sais-je –, je n'arrive plus à respirer. Tout devient noir autour de moi. Puis la voix furieuse de l'opératrice me tire brusquement de ma catatonie.

— Alors, vous acceptez ou pas ?

Pourquoi m'appelle-t-elle ? Pas une seule fois, depuis son incarcération, elle n'a tenté de me joindre. Pas plus que moi je n'ai voulu lui téléphoner. Alors pourquoi ? Qu'est-ce qu'elle me veut encore ? Je paye déjà les traites de la maison et l'avocat. Qu'est-ce qu'elle veut de plus ? Ce n'est certainement pas pour prendre de mes nouvelles, elle s'en fout royalement. Elle n'a jamais demandé à l'avocat comment je m'en sortais, financièrement et dans ma vie.

Même quand il lui a annoncé que j'avais perdu mon emploi, la seule chose qui l'a inquiétée a été de savoir si j'en avais trouvé un autre pour régler ses honoraires…

— Miss Richardson, vous prenez l'appel de votre mère ou pas ?

Ma mère ?

C'est quoi, cette putain de blague ? Cette femme est ma génitrice. Rien de plus ! Elle n'a jamais été ma mère. Pas une seule fois depuis ma naissance. Pas une seule fois… et ce n'est pas faute d'avoir attendu un signe de sa part. Un petit geste d'affection ou de tendresse. N'importe quoi, mais autre chose que cette totale et froide indifférence envers moi. Mais rien. Rien du tout ! Jamais !

— Non, je ne prends pas l'appel, je lâche avant de raccrocher brutalement et de filer à la salle de bains.

Je soulève le couvercle des toilettes et me penche au-dessus de la cuvette. Mais cette fois, je ne vomis pas. Rien ne sort. Je frissonne. J'ai des bouffées de chaleur. Je tremble. J'ai le cœur au bord des lèvres. Des nausées. Les yeux humides. Malgré tout, rien ne sort… parce que je suis vide. Complètement. Désespérément. Vide.

18 h 00

J'ignore combien de temps je suis restée prostrée dans ma chambre après l'appel de la prison. Pas assez longtemps en tout cas pour pouvoir croiser Cooper avant de repartir. J'ai tenté de le joindre, une fois. Mais pour éviter qu'il ne laisse tout en plan – parce que c'est ce qu'il aurait fait, comme à son habitude –, j'ai pris sur moi en laissant un message anodin. Inutile de lui donner davantage matière à s'inquiéter. En plus, je suis prête à parier qu'il m'aurait assuré que j'ai réagi exactement comme il le fallait. Ce n'est pas la première fois qu'il m'exhorte à prendre mes distances avec elle.

Mais c'est la première fois que j'y arrive, je songe en garant ma voiture dans le parking du loft. *En même temps, refuser un appel en PCV, ce n'était pas non plus une épreuve insurmontable… ni une grande marque de courage !*

Mon sac sur l'épaule et le double de la clé de l'appartement de Scott dans une main, je me dirige vers l'ascenseur. Dès que j'ouvre la porte et pénètre dans le loft, une bouffée de quiétude et d'harmonie m'envahit. C'est la première fois que je ressens un tel sentiment de bien-être et je comprends soudain ce que veut dire *Home, Sweet Home*. Je laisse tomber mon bagage sur le sol et me précipite dans le salon en criant :

— C'est moi !

— Je ne vois pas qui d'autre cela pourrait être, me répond Scott tout sourire en se levant du canapé, juste avant que je me jette dans ses bras. Wouah ! Toi aussi, tu m'as manqué bébé…

Il me serre contre lui pendant de longues minutes. Il ne dit rien et se contente de me garder dans ses bras. Ma tête enfouie dans le creux de son épaule. J'aime sentir mon odeur sur sa peau. Son étreinte n'est que tendresse, et c'est ce dont j'ai besoin en cet instant. J'ignore comment, mais il l'a compris. Et, alors que je n'ai pas versé une seule larme chez moi, je les sens soudain me submerger et mouiller le tissu de sa chemise. Il passe ses mains sous mes genoux, me soulève avec une facilité déconcertante et m'installe sur lui dans le canapé. Jamais je ne me suis sentie aussi merveilleusement bien, et paradoxalement, aussi mal. Plus les jours passent, et plus je prends conscience que je ne peux pas repousser indéfiniment l'échéance de mes aveux.

— Tu as envie d'en parler ? me demande-t-il à voix basse.

— Pas maintenant, je murmure en reniflant.

— D'accord. Mais si tu en as envie, je suis là, bébé.

Nous restons ainsi, tendrement enlacés, le concerto pour piano n° 21 de Mozart – son préféré – qui résonne doucement autour de nous. Il ne bouge pas, même quand le crépuscule envahit les lieux et que nous nous retrouvons presque dans le noir. Les lumières de la ville s'allument une à une et diffusent bientôt une faible clarté dans le salon.

— Tu es mon *Heart, Sweet Heart*, Scott, je lâche dans un souffle. Et je ne cesserai jamais de t'aimer…

Que se serait-il passé si Scott avait été avec moi quand j'ai reçu cet appel ? Il m'aurait posé des questions. Forcément. Qu'aurais-je répondu ? Quel nouveau mensonge ? Vu l'état dans lequel j'étais, je doute qu'un bobard fabuleux, quel qu'il soit, me serait venu à l'esprit. Cooper a raison. Je ne peux pas attendre plus longtemps. Même si la voix de ma lâcheté me chuchote que peut-être il n'en saurait jamais rien, je me dois d'être sincère avec lui. Je *veux* être sincère avec lui.

Comment être sûre que cette folie ne coule pas aussi dans tes veines ? me serine celle de ma plus grande peur. *Qui peut prédire ce que tu es capable de faire ? Après tout, tu n'es que la fille de ta mère. Une meurtrière… une femme qui a tué de sang-froid… sans aucun remords… son sang coule dans tes veines… le sang d'une meurtrière… un monstre… un monstre que tu défends en payant son avocat… tu ne vaux pas mieux qu'elle…*

Cette voix lancinante s'amplifie dans ma tête. Elle efface toutes les autres. L'une après l'autre. Jusqu'à ce qu'il ne reste plus qu'elle…

Lucy Richardson…

Ma mère…

Ma pire ennemie.

Chapitre 38

Scott

29 mai, 22 h 00

Quand je suis sorti de mon bureau et que j'ai vu Jo, la main de fer qui broyait mon cœur s'est brusquement volatilisée. J'avais peur qu'elle ne vienne pas. Mais elle est là. Elle est même arrivée à l'heure. Pourtant, lorsque je me suis dirigé vers elle, elle s'est précipitée à l'autre bout de la salle afin de terminer la mise en place avec les autres filles. Et j'ai eu l'impression de me prendre une douche glacée. Depuis, elle fait tout son possible pour m'éviter. Maintenant que je suis plus calme, j'ai envie de la prendre dans mes bras et de l'emmener dans un coin tranquille pour l'obliger à me parler.

Et aussi pour lui demander de m'excuser…

Quand ce flash spécial sur Lucy Richardson est passé à la télévision, j'ai été submergé par un flot de rage. Comme avant. Et tout a dérapé quand le journaliste a annoncé qu'elle avait une fille… J'ignore pourquoi, jusqu'à présent, mon esprit était uniquement focalisé sur cette femme. Pourquoi je n'avais pas encore élargi ma colère à ses proches. Sa famille. Son mari, mais le présentateur n'en a fait aucune mention. Ses parents. Oui, jusqu'à ce putain de flash spécial, toute ma fureur se concentrait seulement sur cette femme. Sur la femme qui a tué ma mère. Et là, j'ai appris qu'elle avait une fille.

Putain de bordel de merde ! Une fille qui vivait avec elle, en plus...

Oui, c'est là que tout a dérapé.

— Pourquoi est-ce que tu fais ça ? m'a demandé Jo alors que je surfais sur Internet à la recherche de renseignements sur cette Miss Richardson.

L'expression *Chercher une aiguille dans une botte de foin* a alors pris tout son sens. Impossible de faire le tri avec la multitude d'homonymes portant le même putain de patronyme !

— Pourquoi ? Bordel ! Tu n'en as pas une petite idée ? Cette meurtrière a une fille...

— Et alors ?

— Et alors ?! ai-je explosé, hors de moi. Alors, je veux savoir pourquoi sa fille n'a rien fait ! N'a rien dit ! N'a prévenu personne ! Et surtout pas la police...

J'ai repoussé l'ordinateur et me suis levé du canapé. J'ai fait quelques pas pour la rejoindre du côté du comptoir où elle était en train de prendre son petit déjeuner. Elle s'est levée elle aussi et je me suis planté face à elle.

— Je veux savoir comment elle a fait pour vivre chaque putain de jour avec une meurtrière !

— Sans doute parce qu'elle n'était pas au courant, a-t-elle lâché tout bas.

Je suis resté sidéré pendant quelques secondes, devant tant de... de... *naïveté* ?!

— Pas au courant ?! Tu crois qu'on peut vivre des années sous le même toit qu'une meurtrière sans avoir le moindre doute ? Sans se poser la moindre question ? Tu penses qu'on peut ne rien voir, ne rien sentir, ne rien deviner ? Rien du tout ! Tu le crois vraiment ? Putain ! Elle n'a pas tué que ma mère. Elle a fait des dizaines et des dizaines de victimes ! Et si ça se trouve, il y en a d'autres dont on n'a même pas encore connaissance. C'est évident que sa fille devait – au minimum – flairer quelque chose. Sa mère est une putain de tueuse en série !

— C'est… c'est vrai, tu as… raison. C'est… une tueuse en série… mais… mais…

— Mais quoi, bordel ?

— Tu dois envisager que… que sa fille ne savait peut-être rien… ne se doutait absolument de rien, ce ne serait pas la première dans ce cas…

Oui, c'est là que tout a dérapé. Quand Jo – pour une raison que je ne comprends toujours pas – a pris la défense de cette fille. La fille de la meurtrière de ma mère. Ma mère ! Parce que même si j'aime Jo pour sa formidable compassion, ce n'était vraiment pas le moment d'en éprouver envers une inconnue. Et pas n'importe laquelle. Quand elle a décidé à cet instant précis, alors que j'avais besoin d'elle, de soutenir la fille de cette putain de meurtrière.

Quand elle a choisi une inconnue à ma place !

Oui, c'est là que tout a dérapé…

J'ai crié. J'ai hurlé ma rage contre cette Lucy Richardson. Contre sa famille, ses amies, les infirmières, les médecins, tout le personnel de ce putain d'hôpital… toutes ces personnes qui l'ont côtoyée jour après jour et qui ont gardé le silence. Jo a essayé de me calmer. De me persuader de leur ignorance. De leur innocence. Mais j'étais trop fou de rage pour l'entendre. Pour l'écouter. J'ai campé sur mes positions.

Elle aussi.

J'ignore combien de temps il m'a fallu pour parvenir à me calmer. Tout ce que je sais, c'est que le soleil avait disparu derrière les gratte-ciel, et Jo dans la chambre. Quand elle est revenue habillée, j'étais affalé dans le canapé, un verre à la main. La gorge sèche. Épuisé comme jamais. Elle s'est penchée sur moi. A déposé un baiser sur mes lèvres. Je n'ai pas bougé. Je n'y arrivais pas. Elle a murmuré quelque chose, mais si bas que je n'ai rien entendu. Puis la porte d'entrée a claqué…

— Scott ! hurle la voix de Bella dans mon oreille, me tirant de mes pensées. Tu prépares la commande ou je m'en occupe ?

Du coin de l'œil, j'aperçois Jo qui lève la tête en entendant mon prénom, avant de détourner aussitôt le regard lorsqu'elle me voit chercher le sien. Je lâche un soupir et pivote lentement vers Bella.

— Oui, c'est bon. Désolé, j'avais la tête ailleurs...

Une main familière vient frapper mon épaule. C'est Nathan qui vient de nous rejoindre derrière le bar.

— Pas besoin de chercher où. Je ne sais pas ce qui s'est passé entre vous deux, mais vous avez l'air aussi malheureux l'un que l'autre.

Il reste un long moment à m'étudier en silence. Je bois une gorgée de whisky. Le troisième de la soirée. Il fronce les sourcils, pourtant il ne dit toujours rien.

— On s'est disputés.

Il croise les bras et penche la tête sur le côté.

— Ce n'est pas la première fois, et ce ne sera sûrement pas la dernière.

Il me regarde avec un air amusé sur le visage.

— Mec, je ne connais pas beaucoup de couples qui ne se fritent pas de temps en temps.

— Ouais... sauf que ce n'était pas une petite engueulade, Nathan. C'était à propos de...

J'hésite un instant avant de lâcher :

— Lucy Richardson.

Il déglutit et se racle la gorge.

— Merde ! Qu'est-ce qui s'est passé ? Tu veux en parler ?

Je regarde en direction de la salle. Mes yeux cherchent Jo.

— C'est surtout avec elle que je dois en parler. J'ai pété les plombs quand j'ai appris que cette femme avait une fille et...

Je le vois déglutir une nouvelle fois, difficilement.

— Tu ne l'as pas frappée ? demande-t-il d'une voix rauque.

— Bien-sûr que non ! T'es malade ou quoi ?! J'étais fou de rage, mais jamais je ne lèverais la main sur Jo ou sur n'importe quelle autre femme, d'ailleurs, tu le sais bien, non ?!

— Oui, c'est vrai, affirme-t-il, soulagé malgré tout. Seulement la façon dont tu as dit ça, ça m'a fait flipper. Je me dis que si tu te trouvais un jour en face de cette femme, tu pourrais déraper, vraiment péter un câble et…

Il n'ajoute rien de plus, j'ai très bien compris. Tout ce que je sais, c'est que sa mort me ferait infiniment plaisir. Combien de fois ai-je rêvé que je mettais fin à ses jours ? Je préfère ne pas y songer. Pourtant, depuis que Jo est entrée dans ma vie, j'arrivais à penser à cette femme sans perdre les pédales… sauf aujourd'hui. Fait chier !

— Et elle est certainement la seule pour laquelle je serais capable de faire une exception… je grogne en avalant une nouvelle gorgée d'alcool.

— Je comprends, et à ta place, je penserais sûrement pareil, dit-il en se servant un verre, puis après avoir bu une bonne rasade et s'être gratté la nuque, il ajoute : Mais ne laisse pas cette détraquée te prendre encore plus qu'elle ne l'a déjà fait.

— Oui, tu as raison. Ce qui me rassure, c'est qu'elle ne pourra plus atteindre ma famille et moi là où elle est !

Chapitre 39

Joanna

30 mai, 3 h 30

La réaction de Scott ce matin a confirmé mes pires craintes, plus encore que je ne l'avais imaginé. Jamais il ne pourra comprendre. Jamais ! J'ai bien vu son regard haineux et son expression blessée, quand j'ai tenté de lui faire admettre que la fille de Lucy Richardson – moi, en l'occurrence – pouvait ne pas avoir été au courant des agissements de sa mère. Son regard m'a fait l'effet d'un coup de poignard dans le ventre. Dans le cœur.

Oh mon Dieu ! Ce regard !

J'ai voulu profiter de ce flash spécial pour tout lui avouer, même si ce n'était sans doute pas le moment que j'aurais choisi. C'était l'occasion pour tout lui dire. Pour être tout à fait honnête, je n'étais pas encore prête à me confier. Je voulais encore attendre un peu. Juste quelques jours de plus.

Quand j'ai essayé de lui parler. Et j'ai essayé ! Tout au moins, j'ai commencé. Seulement, ça ne s'est pas passé du tout comme je l'espérais. Il avait une telle fureur en lui qu'aucun de mes arguments n'a trouvé grâce à ses yeux. Au contraire, tout ce que je lui disais semblait rajouter de l'huile sur le feu de sa colère. Chaque parole de ma part ne faisait qu'alimenter le brasier de sa haine. De sa rage. De sa souffrance. Je présume qu'il n'est pas le seul dans ce cas-là. Tous les proches des victimes de ma mère doivent ressentir la même chose. Et surtout, comment penser que les actes de Lucy Richardson n'ont pas rejailli sur sa famille… sa fille… moi ? Comment leur en vouloir de penser que je ne suis que la fille de ma mère ? Que je ne vaux pas mieux qu'elle ? Comment leur en vouloir ? Comment lui en vouloir ? Aujourd'hui, j'ai pris la pleine mesure de tout le mal qu'elle a fait. Je voulais atténuer la douleur de Scott, pourtant tout ce que je disais ne faisait que l'amplifier. Quand il apprendra qui je suis, il ne le supportera pas. Il me jettera hors de sa vie. Parce que c'est ce qui va se produire. Il ne peut en être autrement. Je l'ai compris ce matin…

— Jo, je suis content que tu sois venue, j'avais peur que ça ne soit pas le cas…

C'est l'heure de la fermeture et les filles sont encore en train de se changer dans le vestiaire. Je suppose que le fait que nous soyons tous les deux seuls en salle n'est pas le fait du hasard. Nathan y est certainement pour quelque chose, ou Bella… voire les deux, car je ne les trouve nulle part, eux non plus. Même Mika et les videurs ont mystérieusement disparu.

— … avec ce qui s'est passé tout à l'heure. Comment vas-tu ?

Une des mains de Scott se soulève, passe au-dessus du bar et se pose sur mon visage. Son pouce caresse ma joue.

Mal. Tellement mal, Scott. Tu n'as pas idée.

— Je suis désolé…

— Moi aussi, je murmure alors qu'une boule se forme dans ma gorge. Je ne voulais pas que ça se passe ainsi, et encore moins te blesser… ce n'est pas du tout ce que je souhaitais.

— Je sais, bébé. Moi non plus, et je l'ai peut-être fait avec mes paroles…

Je baisse la tête pour éviter son regard. Pour fuir le malaise qui m'envahit à chacun de ses mots. Mon souffle est rapide, erratique. Je prends une grande inspiration et fais de mon mieux pour paraître calme. Il soupire lentement, tandis que son pouce poursuit sa douce caresse sur ma pommette. Quand je suis avec lui, rien d'autre ne compte. J'oublie tout.

— J'ai perdu le contrôle, reconnaît-il, je m'en veux d'avoir été odieux avec toi. Je n'en avais pas le droit… Tu ne le méritais pas…

Oh si, tu en as tous les droits ! Et je le mérite encore plus que tu ne l'imagines !

J'aimerais être ravie et soulagée par ses paroles. Par le fait qu'il soit aussi honnête et ouvert avec moi. Seulement je ne le peux pas. Tout ce qu'il me dit ne fait que me rendre plus honteuse encore. Que me faire sentir plus coupable encore.

— Je comprends, Scott, et je ne t'en veux pas du tout ! Tu avais tout à fait le droit de réagir comme tu l'as fait. Tu avais le droit d'être en colère, dévasté, furieux, triste… oui, tu en as le droit et c'est même normal, sans aucun doute. Je ne t'en veux pas le moins du monde… et tu ne devrais pas me dire des choses aussi gentilles…

— Pourquoi je ne devrais pas ? m'interroge-t-il en plongeant son regard dans le mien.

Il attrape une mèche qui s'est échappée de ma tresse et joue avec.

— Parce que j'aurais dû comprendre que tu avais besoin de tout mon réconfort et seulement de mon réconfort. Et pas que je prenne la défense de sa… fille, je finis par murmurer en retenant mes larmes. Tu avais besoin de moi, de tout mon soutien. Tu devais être ma priorité… C'est ce que tu aurais fait dans la même situation, non ?

Je peux à peine respirer. Mes doigts se crispent sur le rebord du comptoir.

— Oh bébé, lâche-t-il avec un sourire d'une infinie tendresse. C'est aussi pour ça que je t'adore ! Et je n'ai surtout pas envie que tu changes.

Je ressens sans avoir besoin de la voir la tension qui parcourt son corps. Il pose sur moi un regard brûlant qui me fait tressaillir. Je devine les pensées qui le traversent, parce que j'ai les mêmes chaque fois que je suis avec lui. Quelque part, loin du nuage de désir dans lequel je suis en train de perdre pied, j'entends s'élever la voix de Bella. Avant que j'aie le temps de le voir bouger, il passe au-dessus du bar et me plaque contre lui pour m'embrasser avec une telle fureur que mes jambes flageolent. Et quand notre baiser prend fin, mon cœur bat la chamade et je suis à bout de souffle.

— Je dois y aller. J'ai demandé à Cooper de passer me prendre à la fermeture…

— D'accord, concède-t-il d'une voix rauque. Je sais que je peux être trop… intense, parfois. Furieux. Impatient aussi. Mais je te promets de faire des efforts…

— Non, tu en fais déjà beaucoup, je l'interromps avec une caresse sur sa joue. Si quelqu'un doit en faire, ce serait plutôt moi… tu voulais que je m'ouvre à toi et il est temps que je le fasse, Scott.

Je dépose plusieurs petits baisers sur sa bouche, puis il desserre son étreinte et fait quelques pas en arrière. J'ai un sourire involontaire lorsqu'il tente de remettre son sexe en place de façon discrète.

— File vite avant que je te saute dessus, grogne-t-il avec un sourire craquant, mais demain, tu dors chez moi…

J'acquiesce d'un petit hochement de tête.

— Je me fous de ce que tu me caches, Jo. Je me moque de ton passé et de ta famille. Je t'aime… et tout ce qui compte pour moi, c'est d'être avec toi. Tu me crois, n'est-ce pas ?

À cet instant précis, je le crois. Je sais qu'il est d'une sincérité absolue. Qu'il en est persuadé au plus profond de lui.

— Oui, je te crois…

Mais quand je lui dirai la vérité, m'aimera-t-il toujours ?

Son amour pour moi sera-t-il plus fort que la haine qu'il éprouve pour ma mère ?

Lequel sera le plus fort ?

Chapitre 40

Joanna

30 mai, 15 h 00

Côte à côte, et sans échanger la moindre parole depuis que Cooper et moi avons décidé de ne plus aborder le sujet de ma relation avec Scott, nous déambulons au milieu de la foule joyeuse des estivants, dans le Vieux Carré. Pour Cooper, la réaction de Scott est compréhensible et ne signifie nullement qu'il me rejetterait s'il apprenait la vérité. Vérité qu'il m'intime de lui avouer avant qu'il ne soit trop tard. Pour moi ? Il est déjà trop tard ! Je ne me berce pas de faux espoirs. Néanmoins, je dois la vérité à Scott, et je vais la lui dire. J'ai pris ma décision. Ce que Cooper nomme une attitude défaitiste n'est pour moi qu'une aptitude à ne pas me voiler la face. À regarder la réalité droit dans les yeux. Mon ami a beau être au courant des moindres détails de notre dispute, il n'en demeure pas moins qu'il n'était pas présent. Il n'a pas vu la réaction de Scott quand j'ai tenté de prendre la défense de la fille de Lucy Richardson. Il ne peut pas comprendre tout ce que j'ai découvert dans son regard alors que je me faisais l'avocat du diable. Il n'en a aucune idée. Aucune. Il ne me reste plus que quelques jours de bonheur avec Scott. C'est un sentiment vraiment étrange que de connaître à l'avance l'échéance de son histoire d'amour.

— Je t'offre une glace ? je lui demande avec un sourire timide, dans l'espoir que ma tentative parvienne à rompre le silence tendu qui règne entre nous.

Cooper pivote dans ma direction et pose enfin les yeux sur moi. Devant le pli amer qui barre son front, et dans une vieille habitude, ma main s'avance vers lui. Mais reste suspendue en l'air, à quelques centimètres à peine de son visage fermé et distant. Malgré la chaleur, un frisson glacial me transperce. Au cours des années, j'ai eu l'occasion de voir se dessiner sur ses traits une infinité de sentiments me concernant. Allant de la colère à la joie, en passant par la tristesse, le doute, la peur, l'espoir, le bonheur… mais jamais cette distance horrifiée, comme maintenant. C'est la première fois qu'il me regarde ainsi. D'une voix étranglée et un nœud à l'estomac, je murmure :

— J'ai l'impression très désagréable de te décevoir…

Un cri d'enfant flotte quelques secondes entre nous. Une personne me bouscule, mais mon regard ne quitte pas celui de mon ami. Je ne fais plus cas des hurlements qui surviennent brusquement. Suivis d'autres. Puis de plaintes terrifiées. Je suis focalisée sur Cooper, dans l'attente de sa réponse. Qui ne vient pas. Et cela me fait atrocement mal. Mais moins – beaucoup moins – que le geste qu'il a ensuite. Sa main me pousse avec une violence extrême pour m'envoyer valdinguer sur le trottoir à plusieurs mètres de lui. Et soudain, c'est la panique tout autour de moi. J'essaie de me relever, mais quelqu'un me piétine la jambe. J'ai la respiration coupée par la douleur. J'ignore totalement ce qui se passe. Les gens courent dans tous les sens. Je me rapproche du mur d'un magasin en rampant pour y prendre appui et me relever tout doucement. C'est à ce moment-là que j'aperçois une femme allongée sur le sol. À l'endroit précis où je me trouvais quelques secondes plus tôt avec Cooper. Je reste pétrifiée. Ce n'est que lorsqu'un silence étrange – interrompu par de violentes vagues de pleurs et de plaintes – me tombe brutalement dessus que mon cerveau se remet à fonctionner.

Cooper !

Le regard voilé de larmes, je le cherche dans la foule devenue à la fois silencieuse et hurlante. J'entends les sirènes des voitures de police, des ambulances. Je croise des visages hébétés. Apeurés. Les gens crient des prénoms. D'autres s'accrochent les uns aux autres. Des enfants pleurent. Ma jambe me fait mal. Affolée, je me dirige vers la femme allongée sur le sol et qui ne bouge toujours pas. L'homme qui est agenouillé à ses côtés lève les yeux à mon approche.

— Vous la connaissez ?

J'ai du mal à respirer. Mes oreilles bourdonnent. Je secoue vivement la tête et tente de dire un mot. Mais aucun son ne passe le barrage de mes lèvres.

— Jo ! Jo !

— Cooper ? Cooper !

J'ai beau scruter frénétiquement la foule de visages anonymes, je ne le vois pas. Je pousse un cri de rage en hurlant à nouveau son prénom. Une main délicate se pose alors sur mon bras et retient mon attention.

— C'est lui que vous cherchez ? me demande alors une dame en désignant, quelques mètres plus loin, une autre silhouette sur le sol, masquée par un groupe de curieux.

Je ne prends pas la peine de lui répondre et me précipite vers le petit attroupement d'où la voix de Cooper émerge.

— Cooper ? Cooper… je m'époumone en bousculant les badauds pour arriver jusqu'à lui.

— Ça va, ma puce ? Tu n'as rien ?

La première chose qui me saute aux yeux, c'est le sang qui s'écoule de son crâne et macule son tee-shirt. Je m'écroule en larmes en le prenant dans mes bras et en gémissant.

— Je t'assure que ce n'est pas aussi grave qu'il y paraît. La tête, ça saigne toujours beaucoup. Jo, dis-moi comment tu vas…

Je ne peux que gémir en m'accrochant désespérément à lui.

— Ne meurs pas, je murmure. Ne meurs pas…

— Je n'en ai pas l'intention, ma puce.

Il continue de me rassurer jusqu'à ce qu'une équipe médicale arrive et m'oblige à m'écarter. Pendant qu'on lui prodigue les premiers secours, une femme à mes côtés m'apprend que c'est le geste héroïque de Cooper qui m'a sauvé la vie.

— J'ai vu la voiture arriver à toute vitesse droit sur vous, nous explique-t-elle alors qu'un agent de police prend également des notes. Si votre ami ne vous avait pas écartée de sa trajectoire…

— Putain, j'ai jamais vu un truc pareil ! s'exclame aussitôt un jeune homme – que je reconnais comme étant l'un des serveurs de chez *Coop's Place*. Mais c'est la vérité. Si ton copain ne t'avait pas éjectée, c'est toi qui serais à sa place, là…

Il lance un regard désolé vers l'inconnue dont on a maintenant recouvert le corps d'un drap blanc. Le policier me demande alors si j'ai vu quelque chose. Je renifle plusieurs fois avant de lui répondre.

— Non, rien du tout… je n'ai pas compris ce qui se passait ni pourquoi Cooper me bousculait comme il l'a fait…

— En tout cas, vous lui devez une fière chandelle à votre petit copain, m'affirme gentiment l'agent après avoir pris mon nom et mon adresse. Vous avez beaucoup de chance qu'il ait d'aussi bons réflexes…

— Oh ouais, grave ! intervient encore le serveur, lui faisant froncer les sourcils. Je sais pas si ça vous sera utile, m'sieur l'agent, mais j'ai eu le temps de noter le numéro de la plaque…

— Vous avez noté le numéro de la voiture ?! s'époumone le policier.

Tout fier, le jeune homme sort son téléphone de la poche arrière de son jean.

— J'ai même fait une photo de sa caisse quand il se débinait…

Il n'a pas le loisir de finir sa phrase que l'agent se saisit déjà de son portable et appelle ses collègues à tue-tête. Je me détourne d'eux pour rejoindre Cooper, que les secouristes ont emmené plus loin. J'ai le temps de surprendre des bribes de conversation entre les badauds, mettant en cause un acte terroriste, pour certains, et le geste d'un déséquilibré, pour d'autres. Ma jambe me lance et je retiens une grimace lorsque je grimpe dans l'ambulance pour m'asseoir aux côtés de mon meilleur ami.

— Tu dois voir un médecin, toi aussi, marmonne-t-il d'une voix aussi blanche que son visage. Il faut que tu te fasses examiner dès qu'on arrive à l'hôpital…

Des larmes plein les yeux, je hoche la tête. J'attrape sa main que je serre fort.

— Tu ne m'as jamais déçu, ma puce, murmure-t-il. Jamais…

Chapitre 41

Scott

30 mai, 18 h 00

Si je n'avais pas pété un câble, Jo serait ici en ce moment, encore en train de dormir dans mon lit ou de déjeuner avec moi. Je ne ressentirais pas cet engourdissement de tout mon corps. Ni ce vide. Ce manque d'elle. Voilà plus d'une heure que je fais les cent pas dans mon appartement, ce qui ne m'arrive que dans mes moments de colère. Si je continue à ce rythme, je vais finir par creuser le plancher.

Bordel !

La sonnerie de mon portable trouble le silence. Je décroche en m'affalant dans le canapé.

— Salut frérot ! Tu as des nouvelles ?

Pas besoin de préciser à quoi je fais allusion. Je sais qu'il a parfaitement saisi.

— Salut, Scott…

J'entends un soupir dans l'écouteur, suivi d'un long silence. Ce n'est pas son style de tergiverser. Je me lève d'un bond, la mâchoire soudain crispée.

— Ne me dis pas que…

Je me remets à marcher en lâchant des jurons à tout-va.

— Son avocat lui avait fortement conseillé de ne pas faire appel et je pensais qu'il arriverait à la persuader, m'énonce-t-il d'un ton agacé. Mais elle estime qu'elle a été condamnée à tort et souhaite que la Cour reconnaisse son innocence…

— Bordel ! je le coupe, furieux, alors qu'un *bip* m'annonce un autre appel auquel je ne prête aucune attention. Et elle va avoir droit à un second procès, alors ? La justice va le permettre ?

— Comme à tout condamné qui n'a jamais admis sa culpabilité, oui. Ce que cette femme oublie – et que son avocat lui a pourtant signifié, j'espère ! –, c'est que ce nouveau procès peut entraîner une peine beaucoup plus lourde que la précédente…

Il laisse sa phrase en suspens, me laissant le temps de comprendre où il veut en venir. Et soudain, ma colère descend d'un cran.

— Tu penses que la sentence pourrait être plus… définitive, cette fois ?

Il se racle la gorge avant de me répondre. Je sens qu'il pèse vraiment les mots qu'il s'apprête à prononcer. Je laisse passer un deuxième *bip*. Puis un troisième. *Merde ! Ce n'est vraiment pas le moment !*

— Elle espère être acquittée, Scott. Mais avant que tu exploses, ajoute-t-il précipitamment, car il me connaît trop bien, je suis convaincu qu'elle n'a aucune chance…

— À 100 % ? je l'interromps, brusquement horrifié à l'idée qu'elle obtienne un acquittement pour le meurtre de ma mère, sans oublier ceux de toutes les autres victimes. Tu en es convaincu à 100 % ?

— On ne peut pas l'être à 100 %. Mais à 99 % ? Oui ! Les preuves incontestables sont celles qui concernent maman. L'infirmière qui l'a surprise est un témoin que son avocat ne pourra pas contester. Cette femme est d'une moralité à toute épreuve et travaille dans cet hôpital depuis presque dix ans. Non seulement elle est très appréciée de ses collègues mais aussi des malades, et de plus, elle n'a pas un seul blâme à son actif. Et surtout, les traces de potassium dans la seringue sont indiscutables et la désignent sans le moindre doute comme coupable. Sans oublier l'autre patiente décédée, même si, dans ce cas, les preuves sont plus indirectes. De plus, les enquêteurs découvrent de nouveaux cas de morts suspectes dont elle pourrait être tenue pour responsable… Pour moi, ce second procès lui sera beaucoup plus préjudiciable…

Je sais que mon frère est contre la peine de mort. Et moi aussi, je l'étais. Avant. Mais concernant cette femme… j'ai des envies de meurtre. Or la Louisiane est un État où l'on pratique encore cette sentence.

— Tu crois qu'elle pourrait prendre plus de trente-cinq ans ?

— Je pense que la sentence pourrait être encore beaucoup plus lourde, et qu'elle risque le maximum, cette fois…

Nous soupirons de concert et restons un long moment silencieux, chacun perdu dans ses pensées, puis il reprend la parole :

— Papa est déjà au courant, bien sûr. Il va se charger de prévenir Lily Rose avant qu'elle ne le découvre à la télé ou qu'on ne se charge de le lui balancer au lycée… ou ailleurs.

— Elle commence tout juste à aller mieux, je grogne. Revivre tout ça encore une fois…

Bien que ma sœur n'ait pas assisté au procès, tout ce qui en découlait – dans les journaux, sur les chaînes locales, à la radio et sur les réseaux sociaux –, même si notre famille n'a jamais été directement citée, l'a profondément affectée. Alors, lui faire subir ce chaos à nouveau, c'est intolérable.

— Je sais bien, Scott, lâche-t-il d'un ton grave. Mais on sera là pour elle, non ?

— Oui, on sera là… je serai là, Matt. Cette fois, je ne me défilerai pas.

J'entends le sourire dans sa voix lorsqu'il ajoute :

— Y a intérêt, sinon tu goûteras à une droite d'enfer !

— Ma mâchoire s'en souvient encore, je riposte dans un petit rire. Et papa ? Comment il prend la chose ?

Je me souviens de l'état de mon père pendant le premier procès. Il oscillait entre abattement total – où il oubliait même de se nourrir – et colère froide – où le plus intelligent était de ne pas se trouver sur son chemin. Heureusement, je n'habitais déjà plus à la maison à ce moment-là, car ça aurait fini en pugilat. C'est l'une des rares époques de ma vie durant laquelle j'ai vraiment pu le comprendre. Nous étions habités par la même fureur tous les deux. Avec une envie commune : celle de voir disparaître Lucy Richardson !

— J'ai peur que Lily Rose ne débarque avec ses valises chez un de nous deux…

— Oh putain !

— Je n'aurais pas dit mieux. D'ailleurs, à ce sujet, je…

— Oh non ! je le stoppe aussitôt. Chez moi, c'est carrément impossible. Je n'ai pas de chambre pour elle, ce qui n'est pas ton cas, frérot. Au moins, tes chambres d'amis serviront à quelque chose, pour une fois, et puis ton appart est plus près de son lycée. Sans oublier qu'avec mes horaires de nuit, ce serait vraiment ingérable et…

— C'est bon, j'ai compris, m'interrompt-il à son tour dans un éclat de rire. Jo vient avec toi ce week-end ? Ça ferait plaisir à la crevette…

Et à moi aussi !

— Je ne lui en ai pas encore parlé, je rétorque en songeant que je ne suis plus vraiment certain qu'elle accepte après notre dispute d'hier. J'ignore si elle a quelque chose de prévu. Au fait, j'ai… déchiré l'enveloppe sans la lire.

— Je suis heureux que tu l'aies fait, Scott. Parce je me sentais vraiment comme un connard de te l'avoir proposé…

— T'es un connard de toute façon !

— À dimanche, réplique-t-il avant de raccrocher.

Je jette un œil à mon portable et grince des dents en découvrant que tous les appels en absence proviennent de ma barmaid en chef : Bella. Qu'elle cherche à me joindre en fin d'après-midi, alors que cela ne lui arrive jamais, n'augure rien de bon. Je me frotte le visage et m'appuie sur le comptoir. Puis je la rappelle.

— C'est pas trop tôt, Scott, s'écrie-t-elle en décrochant à la première sonnerie.

— J'étais occupé avec mon frère…

— Il faut que tu promettes de m'écouter sans m'interrompre ! me coupe-t-elle d'une voix précipitée, ce qui me donne envie de sourire. Tu as bien pigé ?

— Oui, j'ai pigé. Y a un problème au *WAM* ?

— Non, tout va bien là-bas, répond-elle avant de répéter : sans m'interrompre, hein ? Souviens-toi !

Je lève les yeux au ciel en marmonnant un « oui ».

— Très bien. Bon, j'ai reçu un appel de Cooper, l'ami de Jo…

Tiens, tiens ! Je ne savais pas que Bella et Cooper…

— J'imagine que tu n'as pas regardé la télé ni écouté la radio aujourd'hui… Bref, Cooper m'a appelée.

Fait chier ! Elle va me demander sa soirée, c'est clair !

— Il faut que tu te rendes à l'hôpital pour le voir…

Moi ?!

— Cooper a besoin que tu lui rendes un service, continue-t-elle, et je comprends maintenant pourquoi elle a exigé que je ne l'interrompe pas avant qu'elle ait fini. D'après lui, tu ne refuseras pas de l'aider… en tout cas, ça semblait vraiment important pour lui que tu le rejoignes au plus vite.

— Ça a quelque chose à voir avec Jo ? je la coupe, agacé. Parce que…

— Merde, Scott ! s'exclame-t-elle, furieuse.

Puis, après un silence et d'une voix plus douce, elle reprend :

— Tu n'as pas entendu les infos sinon tu serais déjà au courant, mais cet après-midi, dans le Quartier français, une voiture a foncé dans la foule et…

J'essaie de contenir la vague de panique qui menace de me submerger tout à coup, et la peur au ventre, je demande dans un souffle :

— Jo… elle va bien ? Dis-moi qu'elle va bien.

— Oui, elle va bien, ne flippe pas. Elle est à l'hôpital avec Cooper, mais elle n'a rien de grave.

Bella continue de me donner les détails pendant que j'attrape les clés du 4x4, puis je pique un sprint jusqu'au parking. Pas question d'attendre l'ascenseur. J'ouvre la portière à la volée, me jette littéralement à l'intérieur de la voiture et démarre sur les chapeaux de roues.

Et là, un soulagement intense m'envahit quand je pense à la putain de chance que j'ai d'avoir toujours Jo dans ma vie.

Elle va bien. Elle est vivante.

Les disputes, les secrets, sa famille… je m'en fous !

Chapitre 42

Joanna

30 mai, 19 h 00

— Ce n'est que pour quelques jours, Jo. Jusqu'à ma sortie d'hôpital, pas plus.

— Tu n'avais pas le droit, je murmure en plongeant mon regard dans celui de Cooper, un peu vitreux à cause du cocktail qu'on vient de lui injecter quelques minutes auparavant. Je peux très bien veiller sur moi.

— Si tu ne le fais pas pour toi, fais-le pour moi, dit-il d'une voix pâteuse en saisissant ma main. Je me sentirai plus rassuré en sachant que tu n'es pas seule chez toi.

La pression de ses doigts se fait insistante. Douloureusement insistante. Comment puis-je lui refuser ce qu'il me demande, alors qu'il m'a sauvé la vie ?

— D'accord, je capitule en jetant un coup d'œil en direction de la porte derrière laquelle m'attend Scott. Je vais m'installer chez lui le temps de ton séjour ici…

Le soulagement envahit son visage et me réconforte. Même si je n'ignore pas que c'est une très mauvaise idée, savoir que Cooper est apaisé est ma priorité.

— De toute façon, le médecin a assuré que tu serais dehors dans une petite semaine…

Je me penche vers lui et pose délicatement ma tête sur son torse en lâchant dans un souffle :

— Je ne supporterais pas de te perdre.

— Ce n'est pas près d'arriver, ma puce.

— Ça a failli se produire aujourd'hui…

— Mais je suis toujours en vie, m'interrompt-il en caressant mes cheveux avec tendresse, puis avec un sourire dans la voix, il ajoute : Et à moins que l'infirmière ne m'ait injecté une dose de cyanure pour m'envoyer brouter les pissenlits par la racine, je le serai encore longtemps.

— Tu trouves ça drôle ? Parce que moi, pas du tout, j'éructe en me redressant brusquement, puis après un moment d'hésitation : Tu y as pensé ? Tu as peur que ça puisse t'arriver ?

L'éclat de son rire résonne dans la petite chambre.

— Non, je t'avoue que je n'y ai pas pensé une seule seconde.

Tout comme moi, je réalise alors. Et comme tous ceux qui se retrouvent à l'hôpital n'y songent sûrement pas le moins du monde.

Le visage soudain plus grave, il se redresse dans le lit en grimaçant et m'observe un moment.

— C'est un type bien, Jo. Je l'ai vu quand il a débarqué comme un fou dans la chambre. Ne laisse pas filer tout cet amour.

— De l'amour ? Ce n'est peut-être que du désir, de la passion. On ne se connaît que depuis quelques semaines !

— Depuis quand l'amour a-t-il besoin d'une date d'officialisation ? Il y a les personnes qu'on rencontre et qui ne seront qu'une parenthèse dans notre vie, celles qui nous marqueront, nous laisseront des cicatrices… et puis, il y a ces êtres rares qu'on n'oubliera jamais, qui éclipseront tous les autres. Scott est cet homme-là pour toi.

— Mais je ne suis peut-être pas cette femme-là pour lui !

Et avant qu'il me coupe la parole, je pose un doigt sur sa bouche et continue :

— Je ne vais pas te mentir. Pas à toi. Tu as peut-être raison…

Devant son froncement de sourcils et avec un sourire, je rectifie aussitôt :

— D'accord, tu as raison. Et dans d'autres circonstances, si… je n'étais pas la fille de ma mère, j'aurais envie de te croire. Malgré les obstacles que nous ne manquerions pas de rencontrer.

— Tous les couples en rencontrent, et heureusement ! Une vie parfaite, ça n'existe pas, ce serait d'un chiant !

— Je ne te parle pas des vicissitudes d'un couple lambda, mais de celles d'un couple mixte… des situations déplaisantes qu'on ne manquerait pas de rencontrer parfois parce que je suis une fille de couleur. Des remarques qu'il entendrait. Des réflexions qu'il surprendrait au détour d'une conversation. Et ça, ce n'est que le côté gentil. Tu sais comme moi que la vie des couples mixtes est loin d'être évidente, ça fait longtemps que je ne crois plus aux contes de fées, Cooper.

— Tu as tort ! Le prince charmant a épousé la petite roturière, actrice, divorcée et Afro-Américaine de surcroît, alors ne viens pas me dire que les contes de fées n'existent pas, Jo.

Je ne peux m'empêcher de pouffer.

— Impossible de discuter avec toi, tu finis toujours par avoir raison.

— Je suis content que tu t'en rendes compte, rétorque-t-il avec un sourire. Mais on sait tous les deux que ton métissage n'est pas le problème principal, n'est-ce pas ?

— Oui, et ce problème s'appelle Lucy Richardson, je lâche en frissonnant. Je vais lui dire la vérité, Cooper. Dès que tu sortiras de l'hôpital, je lui dirai tout ! J'espère juste que sa haine ne l'aveuglera pas et qu'il pourra me pardonner… un jour. Mais franchement, j'en doute.

— La vérité ne peut pas être pire que le mensonge, ma puce.

— On le saura bientôt, je réplique tristement en me levant, et après avoir déposé un baiser sur son front. Repose-toi…

Je ramasse mon sac et j'ajoute en me dirigeant vers la porte :

— Je passerai te voir demain. En fin d'après-midi.

— Tu ferais mieux de te reposer et de passer la journée tranquille sans mettre le nez dehors, marmonne-t-il alors que le sommeil le gagne. Tu as besoin de repos…

— Oui, papa !

Je quitte la chambre en lui offrant une petite grimace qui le fait sourire. Dans le couloir, la main toujours sur la poignée, je reste hésitante quelques secondes. Je cherche Scott des yeux et ne le vois nulle part. Je ressens d'abord une brusque déception.

Ensuite, un certain soulagement.

C'est mieux comme ça, je songe avant de serrer mon sac contre moi et de me diriger d'un pas rapide vers l'ascenseur. Finalement, il m'a écoutée et a pris en compte mon refus de m'installer chez lui. Sans cette horrible catastrophe, sans l'hospitalisation de Cooper et cette fichue promesse que je viens de faire à mon meilleur ami, je sais que je ne l'aurais pas fait avant de lui avoir dit qui j'étais réellement… et je doute qu'il ait toujours envie de m'héberger après ma confession.

La main tremblante, j'appuie sur le bouton d'appel de l'ascenseur. La douleur de ma jambe commence à se réveiller et je remercie en silence l'infirmier qui m'a prescrit des antidouleurs.

Les images de tous ces gens affolés, le souvenir des cris, des pleurs d'enfants se télescopent à nouveau dans mon esprit, alors qu'un frisson glacial me transperce. Je ne me souviens de rien d'autre que de ce brusque mouvement de foule. De la main de Cooper qui me pousse brutalement. Et de cette femme allongée sur le sol. Je ne me souviens de rien d'autre. Juste de cette peur intense à l'idée qu'il ait pu arriver malheur à Cooper, puis de mon bonheur immense quand j'ai constaté qu'il respirait toujours, de ce soulagement indescriptible de le savoir toujours vivant.

Ne devrais-je pas éprouver d'autres choses… ne devrais-je pas penser à cette inconnue qui est morte à ma place ? À sa famille ? Un mari... des enfants... ? Tous ceux qui sont totalement dévastés par sa mort...

La gorge sèche, je pose une main sur ma poitrine oppressée. Je me masse doucement pour tenter de faire disparaître la douleur.

Ne devrais-je pas pleurer toutes les larmes de mon corps… ?

La respiration saccadée, j'appuie de plus en plus fort à l'endroit où l'étau se resserre.

Ne devrais-je pas… ?

Et par un contraste frappant surgit soudain dans mon esprit le visage de ma mère, alors que la douleur cesse enfin et qu'une pensée s'impose à moi.

Je suis la fille d'une meurtrière. C'est peut-être pour cela que je ne ressens rien…

— Jo ! Attends…

Les pas de Scott résonnent dans le couloir tandis qu'il se dirige vers moi à grandes enjambées.

— Est-ce que ça va ? m'interroge-t-il en déposant un gobelet au sol avant de plonger son regard dans le mien. J'étais parti à la cafétéria te chercher une boisson…

Ses bras m'enlacent avec une force extraordinaire et je retrouve soudain mon calme, blottie contre lui.

— Putain ! Si tu savais comme j'ai eu peur, continue-t-il d'une voix méconnaissable. C'est horrible à dire, mais…

Ses mains emprisonnent mon visage et ses lèvres viennent me dévorer frénétiquement. Son baiser ne ressemble à aucun de ceux qu'il m'a déjà donnés. Il a un étrange goût de peur et de sombre désespoir. C'est le baiser d'un homme sorti tout droit de l'enfer et qui brûle tout sur son passage. Ma bouche. Mon cœur. Moi.

— … tout ce qui compte pour moi, lâche-t-il le souffle court, c'est que tu sois vivante. Toi seule, et pas une autre…

Je vois les larmes qui scintillent dans ses yeux et coulent sur son visage. Des larmes qui ne sont pas dans les miens, alors que je les implore de tout mon être. Des larmes que j'aimerais verser pour cette inconnue. D'une main tremblante et glacée, j'efface leur trace.

— J'aimerais pleurer moi aussi, comme toi, je murmure. Je devrais pleurer pour cette femme qui est morte à ma place aujourd'hui, mais je n'y arrive pas. Je ne peux pas. Tout à l'heure, dans la salle d'attente, pendant que le médecin examinait Cooper, ils ont montré des images à la télévision et des gens se sont mis à pleurer… juste en regardant ces images… mais pas moi. Pas moi. Ce n'est pas normal que je ne verse aucune larme. J'ai l'impression d'être cassée, détraquée, vide, d'être un monstre sans cœur comme…

— Chut ! m'interrompt-il en déposant un baiser sur mon front avant que j'aie eu le temps de citer ma mère. Tu es toujours sous le choc et ton esprit n'assimile pas encore correctement les événements…

J'ai envie de lui crier qu'il se trompe. Que mon esprit a parfaitement assimilé l'horreur de cette journée. Toutefois, il ne m'en laisse pas le temps et m'oblige à boire une gorgée de thé sucré. Puis une autre. Je ne peux empêcher mon corps de trembler.

— Calme-toi, bébé… ça va aller…

La chaleur du breuvage se répand dans mon corps glacé. Je le laisse m'entraîner à sa suite dans l'ascenseur, les couloirs, le hall et enfin jusqu'au parking, puis je grimpe dans le 4x4.

— Est-ce que tu veux passer chez toi maintenant pour prendre quelques affaires ?

Sa question me sort brusquement de la torpeur dans laquelle je me laissais glisser. Je me demande ce que Cooper a bien pu lui raconter exactement pour lui extorquer cette invitation. Qu'a-t-il pu invoquer comme prétexte par rapport à mes parents ?

— Mozart, je lâche d'une voix éteinte en pensant à mon compagnon à quatre pattes. Il faut que je récupère mon chat. Pas nécessairement ce soir, mais demain, il faut que j'aille le chercher. Si ça te pose un problème…

— Ça ne me pose aucun problème, m'assure-t-il avec un sourire. Je suis certain qu'on va très bien s'entendre tous les deux…

Il laisse sa phrase en suspens, pose son regard sur moi quelques secondes avant de le braquer à nouveau sur la route et de poursuivre :

— Je ne vais pas te mentir, bébé. Je suis ravi que tu viennes t'installer dans le loft, même si ce n'est que pour quelques jours, et malgré la très nette impression que ton ami Cooper t'a largement forcé la main à l'hôpital…

La crispation de sa mâchoire ne m'échappe pas. Pas plus que le timbre – attristé – de sa voix.

— Ce n'est pas l'idée, qui me déplaît, Scott. Loin de là, je l'interromps nerveusement. C'est juste que je ne pense pas que ce soit une bonne chose pour toi. Ni pour moi.

— S'il y a bien une chose dont je suis certain, c'est de ce que je ressens quand tu es avec moi. Alors ne viens surtout pas me dire ce qui est bon ou pas pour moi ! Tu n'as aucune idée du putain de bonheur que tu me donnes ! Aucune !

— C'est vrai, tu as raison, je murmure en songeant qu'en revanche j'ai une putain d'idée très précise du malheur que je lui infligerai quand il apprendra la vérité. Alors, disons simplement que c'est une mauvaise chose pour moi.

Il me lance un regard impénétrable et n'ajoute rien. Il se contente de conduire en silence jusqu'à son loft.

Chapitre 43

Scott

30 mai, 23 h 00

Promettre à Cooper de prendre soin de Jo le temps de son séjour à l'hôpital n'a rien eu de difficile en soi. Comme s'il avait besoin de me soutirer cette faveur ! Je suis prêt à veiller sur elle jusqu'à la fin de mes jours. Non, ce qui m'a ennuyé, c'est son absence de réponses à mes interrogations sur son père. Sa mère. Ce refus de me donner des informations sur sa famille.

— Une partie de moi a désespérément besoin de réponses, Cooper !

— Et une partie d'elle veut désespérément te les donner ! Mais c'est à elle seule de le faire. Alors, en attendant, aucune question sur son père et sa mère ! s'est-il exclamé en se redressant péniblement sur son lit. Jo va passer quelques jours chez toi, et si tu es aussi malin que je le pense, tu sauras en tirer parti. Mais en dehors de ça, tu n'obtiendras rien de moi. C'est ainsi et pas autrement ! OK ?

Contraint et forcé, j'ai lâché :

— Ça me va !

— Très bien. Je suis content que l'on se comprenne. Elle arrivera à surmonter ses peurs, et sache que je l'encourage à aller dans ce sens…

— Vraiment ? l'ai-je coupé avec un soupçon de doute dans la voix en le fixant droit dans les yeux. Je t'avoue que le lien que vous entretenez tous les deux, cette relation fusionnelle qu'il y a entre vous n'est franchement pas facile à vivre quand on débute une histoire.

— Joanna fait partie de moi. Elle coule dans mes veines, fait battre mon cœur. C'est plus qu'une sœur, qu'une meilleure amie, c'est celle qui sera toujours là pour moi, quoi que je fasse, quoi qu'il m'arrive !

Je me souviens encore de son regard à cet instant – dur et tendre à la fois –, du silence qu'il a volontairement instauré entre nous – comme pour bien me signifier l'importance de ce qui allait suivre – et de sa voix soudain plus ferme. Plus froide.

— Depuis notre première rencontre, ça a été ainsi et rien ne pourra changer ça. On était deux enfants aussi paumés l'un que l'autre, on était comme deux chiens abandonnés, sans maison, sans amour… elle a comblé tous mes manques, a mis du soleil et du bonheur dans la noirceur de ma vie pourrie…. C'est elle et moi contre le monde entier ! Parce que sans elle, j'ignore si je serais encore de ce monde…

Puis sur un ton plus doux, il a ajouté avec un sourire :

— Il ne tient qu'à toi d'être celui qui sera avec elle contre le monde entier. Mais sache que j'aurai toujours un œil sur ma puce, et si jamais tu la faisais souffrir…

L'éclair de menace qui est passé dans son regard à ce moment-là valait bien mieux que des mots.

— Va savoir pourquoi, je ne crois pas que nous en arriverons là, n'est-ce pas ?

— Sache à ton tour qu'accueillir Jo à la maison ne me pèse pas le moins du monde et que si ça ne tenait qu'à moi, elle y serait déjà depuis un bon moment, ai-je rétorqué avant de répondre à sa question : Et tu as bien raison de croire que nous n'en arriverons pas là. Jo est entrée accidentellement dans ma vie, mais je ne désire qu'une chose, c'est qu'elle y reste volontairement et très longtemps…

***

Oui, la rendre heureuse est mon seul désir. Pour cette raison je lui ai laissé la chambre où elle dort en cet instant, alors que je me tourne et me retourne dans mon canapé. Incapable de trouver le sommeil. J'ai bien senti dès mon arrivée à l'hôpital qu'elle avait de nouveau érigé ces maudites barrières entre nous. Et puis, comment ne pas remarquer que l'initiative de son meilleur ami était loin de la ravir ? J'ignore encore pourquoi elle a accepté, néanmoins je suis bien décidé à le découvrir. Seulement, pour parvenir à mes fins, je sais que la patience sera ma meilleure alliée. Alors cette fois, je vais y aller doucement.

Une première pour moi, n'est-ce pas, maman ?

J'ai un sourire nostalgique en imaginant la réaction de ma mère à cet état de fait, et à la fierté qu'elle aurait ressentie en me voyant me comporter ainsi. Et malgré la peine qui m'envahit quand je songe à tous les moments que je ne partagerai plus jamais avec elle et à toutes les discussions que nous n'aurons plus ensemble, je ne peux m'empêcher d'être heureux. Heureux parce que Jo est là. Chez moi. Dans mon lit… même si moi, je n'y suis pas. D'un bond, je me lève du canapé pour aller me chercher une bière fraîche.

— La patience demande de sacrés efforts, je marmonne en décapsulant la bouteille.

Bordel ! Je n'ose même pas imaginer quelle sera ma nuit alors que ça fait à peine une heure que Jo est montée se coucher et que je tourne en rond dans le salon. Espérons que demain m'apportera une petite récompense. J'avale une longue gorgée en repensant à la chance incroyable qui a permis à Cooper d'être aussi réactif et à Joanna d'être toujours en vie. Je réprime un frisson d'horreur pour cette pauvre femme qui, elle, ne l'est plus.

Oui, j'ai une putain de chance, moi aussi ! Et c'est tout ce qui importe.

31 mai, 9 h 30

— C'est quoi, ça ?

Les yeux à peine entrouverts, j'aperçois une boule de poils roux qui se sauve à toute vitesse, tandis qu'un miaulement mécontent résonne dans le loft.

— Mozart !

Tout en enfilant mon pantalon de jogging à la va-vite, je jette un regard sur le petit démon à quatre pattes qui me reniflait le visage il y a une seconde encore et vient de trouver refuge dans les bras de sa maîtresse. Je comprends brusquement que Jo est allée récupérer son chat… Seule !

— Mais pourquoi tu ne m'as pas réveillé ? je grogne. Je t'avais dit que je t'accompagnerais…

— Je me suis levée très tôt, m'interrompt-elle avec un sourire, avant de me tendre une tasse de café, et puis tu dormais si bien…

— Tu aurais dû, je la coupe en fronçant les sourcils. C'est ce qui était convenu entre Cooper et moi !

— Cooper est pire qu'une maman ours, et il a tendance à exagérer les choses. On ne va quand même pas s'arrêter de vivre à cause des actes d'un fou furieux !

— Tu as sans doute raison, mais j'ai promis à ton meilleur ami de veiller sur toi… et j'ai comme dans l'idée que Cooper ne me demanderait pas de veiller sur toi sans raison valable.

Je n'ajoute pas que j'ai malgré tout toujours du mal à comprendre pourquoi il y tenait autant, car il y a peu de risque que Jo se trouve à nouveau prise par hasard dans une telle situation. C'est déjà bien assez rare que cela se produise une fois dans l'existence d'une personne.

— Et tu es un homme de parole, continue-t-elle en caressant son chat désormais blotti dans ses bras. Ce qui est tout à ton honneur. N'empêche qu'il ne faut pas que cela bouscule tes habitudes et que tu chamboules ton quotidien pour ma petite personne.

— Juste au cas où tu en douterais encore, ta petite personne a énormément d'importance à mes yeux, Jo ! Plus encore que tu ne l'imagines !

Je pose ma tasse de café sur la table basse. Mes yeux plantés dans le lac d'émeraude de son regard, j'avance jusqu'à me retrouver à quelques centimètres d'elle. Mon souffle s'accélère brusquement alors que ma main attrape une boucle de ses cheveux.

— Tu ne chamboules rien du tout, je poursuis d'une voix sourde en tirant un peu plus fort sur la mèche afin que son visage soit plus près encore. Pas plus que tu ne bouscules mes habitudes, toutefois, si tu tiens vraiment à connaître le fond de ma pensée…

J'aime entendre sa respiration qui fait écho à mon souffle. Plus rapide. Comme si brusquement elle manquait d'air. J'aime voir cette petite veine sur sa tempe qui bat frénétiquement. Ses paupières qui s'affolent, s'agitent comme un papillon pris dans la lumière.

— Ça fait déjà longtemps que tu as tout bousculé, chamboulé dans ma vie, je murmure tout contre sa bouche. Et j'aime ça…

Tout comme j'aime que son chat choisisse ce moment précis pour sauter de ses bras. Je sens qu'on va bien s'entendre, lui et moi, et je note de lui acheter un beau poisson pour son prochain repas. Mais ce que j'aime par-dessus tout, c'est le désir que je lis dans ses yeux, sur ses lèvres, dans son corps qui se tend vers moi.

— Tu es ma tornade de bonheur. Et bordel, tu peux bien encore plus tout bousculer, chambouler, ravager dans ma vie, je m'en contrefous.

Quelque chose d'indescriptible passe dans son regard. J'aimerais lui en dire plus encore. J'aimerais qu'elle comprenne tout ce qu'elle représente à mes yeux alors qu'aucun mot n'est assez fort, qu'aucune formule n'est assez juste pour l'exprimer parfaitement. Un petit gémissement s'échappe de ses lèvres.

— Mon cœur ne bat que pour toi. Je te sens partout en moi. Tu es mon air, mon paradis…

— J'aimerais tellement n'être que ton paradis, chuchote-t-elle en frémissant tout contre moi. Mais j'ai peur que l'avenir ne se résume qu'à te faire vivre l'enfer.

— Le paradis, l'enfer, je prends tout tant que tu restes avec moi !

Chapitre 44

Joanna - 15 ans

La voiture disparaît dans la nuit. Je jette un regard sur la fenêtre de la chambre de ma mère. Aucune lumière. À cette heure-ci, elle doit être profondément endormie, à cause de ses horaires décalés à l'hôpital.

Et ça m'arrange bien ! Pourvu que ce soit pareil avec le père de Cooper.

Je ne supporterais pas que mon ami se prenne une raclée parce que nous avons décidé de faire le mur et d'aller en boîte. Ce type est une sale brute qui ne connaît que le langage des poings. Heureusement, c'est un langage qu'il n'utilise plus ces derniers mois.

En fait, depuis que Coop le dépasse de quinze bons centimètres et s'est mis à la boxe. Quel gros lâche !

Mais c'est la première fois que Cooper emprunte sa voiture, et surtout sans son autorisation. Je glisse ma clé dans la serrure en sachant que Cooper saura se défendre. C'est un roc. Mon roc.

C'est plutôt à toi que tu devrais penser, je songe, quand le grincement affreux de la marche de l'escalier résonne dans la maison. *Ce n'est pas le moment de la réveiller alors que tu es à deux mètres de ton lit.*

Je pousse la porte de ma chambre et pénètre silencieusement à l'intérieur, un sourire sur les lèvres. Sourire qui s'évanouit instantanément lorsque je découvre une silhouette assise dans le noir. Pas besoin d'appuyer sur l'interrupteur pour deviner qui se dissimule dans les ténèbres.

— Allume !

En moins d'une seconde, la clarté inonde la pièce, et la première chose que je remarque, c'est l'absence de Mozart sur mon lit. Je reste sans bouger, le souffle court. Le cœur déchiré par un affreux soupçon, mes yeux affolés scannent les quelques mètres carrés de ma chambre à sa recherche.

— Il est un peu tard pour te préoccuper de cette affreuse bestiole, tu ne penses pas ?

Je suis incapable de lui répondre. Persuadée que, quoi que je lui dise, elle fera juste ce qu'elle a envie de faire. Je ne sais jamais à quoi m'attendre avec ma mère. Et c'est ça qui me fait peur. Parfois – comme à l'instant précis –, elle me fait carrément flipper.

— Tu es devenue muette ?

Ne pas lui répondre n'est pas envisageable non plus. Elle ne le tolère pas.

— Ma patience a des limites ! s'exclame-t-elle en se levant brusquement. Mais peut-être as-tu envie de les tester ?

Je suis tétanisée. J'aimerais répondre. Vraiment ! Mais aucun mot ne franchit ma bouche ouverte. Chaque pas qui la rapproche déclenche une avalanche de pierres dans mon estomac, et quand elle s'arrête face à moi, j'ai l'impression qu'il pèse une tonne. Que je vais m'écrouler à ses pieds. Dans la nature, l'orage éclate quand c'est l'heure de la tempête. Avec ma mère, il peut exploser à tout moment, même avec un ciel bleu limpide et sans aucun nuage. Alors, si en plus elle a une raison pour le déclencher…

— Dois-je répéter mes questions ?

Sa voix est aussi glaciale que le regard qu'elle pose sur moi. Elle me détaille des pieds à la tête. Je sais que ma tenue – mini-jupe en jean, tee-shirt pailleté et maquillage – lui donne une idée très précise de l'endroit où j'ai passé la nuit.

— Non, ce n'est pas nécessaire, je murmure le souffle court. Je ne veux pas tester tes limites et… et…

Faites que Mozart aille bien. Faites que Mozart aille bien. Faites que Mozart aille bien.

— Et quoi ?!

— Il est un peu tard pour me préoccuper de Mozart, je lâche les jambes tremblantes. Il… il est où ?

— Tu as vraiment envie de connaître la réponse ?

Oh non ! Ne me souris pas, maman. Je n'aime pas quand tu souris comme ça.

Ce n'est pas utile parce qu'elle la connaît déjà, néanmoins, je hoche la tête en bafouillant un misérable : oui. Elle sait combien Mozart est important à mes yeux. Combien je l'aime. Elle le sait si bien.

— Mais avant que je te la donne, tu vas répondre à mes questions, précise-t-elle en me faisant signe de m'asseoir sur la chaise à côté de la table qui me sert de bureau. Et si j'ai un conseil à te donner, un seul, ne me mens pas ! N'essaie même pas !

J'ai un frisson involontaire en voyant qu'elle attrape les ciseaux au passage.

— Parfait ! Alors, avec qui as-tu passé la nuit ?

J'inspire en réfléchissant à toute allure. Impossible pour elle de savoir avec qui j'étais.

— Avec des amis…

Elle lâche un petit soupir.

— Joanna… Parfois, je me demande vraiment si tu es ma fille…

D'une main, elle saisit une mèche de mes cheveux, et de l'autre, donne un coup de ciseaux. Je ne peux retenir un cri lorsque je vois mon reflet dans le miroir posé sur mon bureau. Elle a coupé à quelques centimètres de mon crâne.

— « Des amis » n'est pas une réponse valable, Joanna, et équivaut à un mensonge. Tu es sortie avec ce vaurien de Gallagher, n'est-ce pas ?! Le fils de ce dégénéré !

Depuis quelques semaines, une sale rumeur circule dans le quartier sur le père de Cooper. Cet homme est lâche, violent avec sa femme et ses enfants, plus souvent saoul que sobre, c'est grâce à sa femme qu'ils mangent tous à leur faim, parce qu'il est incapable de garder un job plus de quelques mois. Je le déteste. Mais les ragots sur son compte vont bien plus loin en l'accusant de pédophilie. Et le pire, c'est que ça rejaillit sur sa famille. Notamment sur Cooper, qui s'en prend plein la figure au lycée.

— Cooper n'est pas un vaurien, je murmure avec des larmes dans les yeux. C'est mon meilleur ami et…

Je n'ai pas le temps de finir ma phrase qu'arrive un deuxième coup de ciseaux.

— C'est peut-être ton ami, mais c'est aussi et surtout un vaurien comme son père.

J'entends le sourire dans sa voix. Je ne le vois pas car je ne la regarde pas, mais je sais qu'elle sourit.

C'est encore un de tes jeux, maman ?

Quand la question suivante arrive, je me moque de dire la vérité. J'ai compris que cela ne servirait à rien. Ça lui est complètement égal.

Je réponds.

Elle répond aussi…

Avec les ciseaux.

Et ça continue. Une question. Une réponse. Un coup de ciseaux.

Quand elle s'arrête enfin, je pleure tellement que je n'arrive même pas à voir mon visage dans le miroir. C'est sans doute mieux ainsi. Les paroles de Cooper me reviennent brusquement à l'esprit :

— Ta mère est une malade qui n'aime personne à part elle !

Parfois, je me dis qu'il a raison. Qu'elle doit avoir un problème… avec moi. J'aimerais savoir ce qui cloche chez moi. J'aimerais tellement comprendre.

— Parfait ! Je pense que tu y réfléchiras à deux fois avant de faire le mur, la prochaine fois ! N'est-ce pas, Joanna ?

— Oui…

— Parfait !

J'entends le bruit des ciseaux qu'elle jette sur la table, puis celui de ses pas sur le plancher, et juste avant qu'elle quitte ma chambre, je lâche dans un souffle :

— Mozart…

Je passe une main sur mes yeux, tourne mon visage vers elle et je lui demande encore :

— Mozart…

Combien de temps lui faut-il pour me répondre ? Longtemps. Très longtemps.

S'il te plaît, maman ! S'il te plaît, maman ! S'il te plaît, maman !

Et quand enfin elle lâche sa réponse, je sais qu'elle a fini de jouer.

— Va donc faire un petit tour à la cave !

Chapitre 45

Joanna

7 juin, 11 h 30

— J'ai comme une grosse envie de te croquer, dis-je tout bas en déposant mon mug.

— Moi aussi. De te croquer, de te goûter, de te…

— Pas de cette façon ! je le coupe dans un éclat de rire. Tu ne penses vraiment qu'à ça.

Scott hausse les épaules.

— Je ne vois pas d'autre façon de te croquer, ma belle, lâche-t-il d'une voix rauque en posant ses coudes sur le comptoir. Mais je suis partant pour essayer tout ce que tu veux…

— J'imagine très bien les idées qui te viennent. Mais je pensais plus au fait de te croquer de façon académique.

— De façon… académique ?

J'aime ce petit air surpris qui s'affiche sur ses traits. J'adore le voir boire son café chaque jour, en caleçon et chemise ouverte, comme maintenant. Le souffle court, je contourne le comptoir en zinc pour le rejoindre et me colle contre son dos. Mes mains se posent naturellement sur ses hanches tandis qu'il se redresse lentement. Je ferme les yeux pour respirer son odeur.

— J'ai envie de te dessiner, avec tes cheveux ébouriffés…

Ses mains se crispent sur le bar pendant qu'un grognement s'échappe de ses lèvres.

— J'aimerais capturer sur le papier cette petite lueur dans tes yeux qui me file des frissons, je murmure en mordillant sa peau. Tu serais d'accord ?

— Tu peux capturer tout ce que tu veux, concède-t-il en pivotant et avant de me donner un petit baiser sur le nez, puis il ajoute avec un sourire coquin : Tu préfères me dessiner en tenue d'Adam ?

Je réprime un petit rire avant de répondre :

— Non, tu es très bien comme ça. Je monte dans la chambre chercher mon matériel…

— Avant de commencer, me stoppe-t-il en enroulant une mèche de ma tignasse en désordre autour de son index. J'ai quelque chose à te demander, moi aussi. Je pose pour toi si tu acceptes de m'accompagner au brunch chez mon père.

— Je… je ne suis pas certaine que ce soit une bonne idée, Scott, je tente de me défiler en me crispant, puis en lui donnant un petit coup sur l'épaule, j'ajoute : Et cela ressemble fortement à du chantage.

— Mes proches ont tous compris qu'au lendemain des événements dramatiques dans le Quartier français, tu aies préféré rester tranquille ici. Lily Rose était très déçue de ne pas t'y voir la semaine dernière, et même mon père a regretté ton absence. Je pense qu'il t'aime beaucoup. Et moi, j'appellerais plutôt ça… un compromis.

Comment rester indifférente devant ses attentions, toutes plus adorables les unes que les autres ? Comme hier, lorsqu'il s'est levé à l'aube pour être sûr d'avoir rapporté ma gourmandise préférée avant mon réveil, le fait de noter ma marque de thé favorite et d'en acheter aussitôt, de prendre soin de Mozart, de changer sa litière, de m'offrir un livre dont j'avais fait mention dans l'une de nos discussions il y a des semaines de cela, de me faire de la place dans son dressing comme il m'en fait dans sa vie. De me demander mon avis dans ses choix pour le *WAM*, des conseils pour sa sœur, mes préférences concernant des destinations de vacances… comme si nous avions un avenir ensemble. Oui, comment ne pas craquer devant tout cet amour ? Même si je reste persuadée au plus profond de moi que notre histoire est vouée à l'échec. Je le laisse m'aimer… encore… et encore un jour de plus. Cooper sort de l'hôpital lundi… alors je me contente de profiter de tout ce bonheur avant de lui avouer la vérité… lundi.

— Tout le monde t'adore, Jo. Vraiment !

Il m'observe un long moment tout en jouant avec ma boucle, puis avec une immense tendresse dans les yeux, il ajoute :

— Va chercher ton matos, bébé. Et pour ce qui est du brunch… c'est comme tu le sens. Je ne veux pas te mettre la pression ni t'imposer une chose dont tu n'as pas envie ou pour laquelle tu n'es pas encore prête. Je passerai un coup de fil à Matt pour l'avertir que nous serons absents.

— Rien ne t'empêche d'y aller sans moi, Scott.

— Je le sais bien. Le truc, c'est que je préfère – et de loin – être avec toi. Et puis, il y aura d'autres brunchs. Avec plus d'une cinquantaine de dimanches dans une année, les occasions ne manquent pas, bébé.

— Tu me donnes tellement de bonheur…

— Si tu me laissais faire, je t'en donnerais encore plus, crois-moi, murmure-t-il à mon oreille. Et chaque jour, je ne ferais que ça. Je t'apprendrais le bonheur…

J'attrape son visage entre mes mains et dépose une multitude de petits baisers sur ses lèvres, ses joues, son front. Ma bouche contre la sienne, mon regard perdu dans le sien, je murmure :

— Si le bonheur peut s'apprendre, alors c'est avec toi, et toi seul, que j'ai envie d'apprendre…

Puis je m'éloigne de lui et j'ajoute :

— Pas besoin d'appeler Matt ! Je t'accompagnerai au brunch.

Son « Je t'aime, bébé » me suit pendant que je grimpe les escaliers pour aller chercher mon matériel dans la chambre, et il résonne encore dans mon cœur lorsque je redescends et le découvre installé sur le canapé, un air béat sur le visage, les bras croisés sous la nuque.

— Oh oui, j'ai vraiment une très, très grosse envie de te croquer, je lance en ouvrant mon carton à dessin pour en tirer une feuille vierge. Installe-toi confortablement et essaie de ne plus bouger.

— Je pense avoir trouvé la position idéale, me répond-il, alors que Mozart vient se nicher à côté de sa tête. J'ai l'impression que lui aussi a trouvé la place idéale… c'est bon, je ne bouge plus.

J'attrape mon fusain, et, après l'avoir détaillé un long moment, je me lance à l'assaut de la feuille avec frénésie. Mes doigts connaissent chaque parcelle de son corps, chaque plein, chaque délié. Mes lèvres se souviennent de la texture et du goût de sa peau, de cette cicatrice nichée au-dessus de son genou droit. Je suis presque certaine que je pourrais le dessiner de mémoire, mais l'avoir en chair et en os, juste là devant moi, est une expérience indescriptible. Parce que chaque coup de fusain qui lui donne vie sur le papier est bien plus que le simple écho des sentiments qu'il m'inspire. J'ignore combien de temps je reste perdue dans ma bulle.

— OK, je ne dois pas bouger, mais on peut parler, non ?

Toujours plongée dans mon travail, je laisse échapper un son qui doit vaguement ressembler à un oui, car il enchaîne :

— Je ne me rendais pas compte à quel point le dessin était une passion pour toi. Tu as l'air différente… c'est un peu comme si je te voyais pour la première fois et que toutes les barrières que tu dresses autour de toi avaient soudain disparu. J'aime te voir ainsi… Tu dessines depuis longtemps ?

Ma main arrête brusquement sa danse folle alors que sa question me replonge des années en arrière… et ce n'est qu'après plusieurs minutes de silence que je réponds :

— Sans doute depuis que j'ai su tenir un crayon, et que j'en ai eu à ma disposition…

Je laisse passer encore quelques secondes avant de poursuivre d'une voix à peine perceptible :

— Tu sais le peu de cas que ma mère faisait des anniversaires, des Noëls… quand je t'ai dit qu'elle ne m'a jamais fait de cadeau, c'était vraiment à prendre au pied de la lettre. Pourtant, lorsque j'ai commencé à aller à l'école, elle a bien été obligée de fournir le matériel demandé… Je pense que c'est à ce moment-là que cette passion est née. Quand j'ai découvert les crayons de papier, de couleurs, et surtout, ce qu'on pouvait en faire… c'était le plus beau jour de ma vie !

Scott lâche une flopée de jurons. Son corps se crispe. Sa respiration s'accélère. Mais il reste sagement à sa place même si je suis persuadée qu'il n'a qu'une envie : me prendre dans ses bras.

— Avant de rencontrer Cooper, on peut dire que j'étais une petite fille solitaire. Je n'avais pas d'amie. J'étais très timide et j'essayais toujours d'être la plus discrète possible. Je restais dans mon coin… je… je n'essayais même pas de parler avec les autres enfants.

— Parce que c'était comme ça chez toi, n'est-ce pas ? me demande-t-il d'un ton où perce toute sa tendresse.

Mon regard est posé sur ses cuisses, et je n'ose pas chercher le sien.

— Oui, c'était comme ça à la maison, je réponds dans un soupir. Au début, le personnel enseignant a même cru que j'avais un retard mental… après quelques mois, ils se sont rendu compte de leur erreur. J'étais juste une petite fille silencieuse, renfermée, mais avec un cerveau qui fonctionnait. Et j'ai très vite rattrapé le niveau des autres élèves…

— Putain ! Et ton père ? Qu'est-ce qu'il foutait, bordel !

Oh, merde ! je songe alors. *Perdue entre mes souvenirs et la vérité, je l'avais complètement oublié.*

— Il n'était pas là, je réponds en continuant de lui dire la vérité, et j'enchaîne très vite pour lui faire comprendre que je ne veux pas parler de mon géniteur : Puis j'ai rencontré Cooper. Et ma vie a changé. Réellement. Ça a été le deuxième plus beau jour de ma vie.

Le grognement qu'il lâche me fait comprendre qu'il a parfaitement saisi ma petite manœuvre de diversion. Néanmoins, il n'insiste pas.

— Comment s'est passée votre rencontre ?

— À cette époque, nous n'habitions pas dans le Quartier français, et quand je rentrais de l'école, une fois descendue du bus scolaire, certains gamins du coin s'amusaient à me poursuivre en me balançant des saloperies… certains jours, c'était par rapport à ma mère. Disons qu'elle avait une vie amoureuse assez compliquée et qu'elle changeait très souvent de partenaires.

Je jette un petit coup d'œil sur Scott et son regard plein de bienveillance et de douceur m'incite à poursuivre.

— Bref, et d'autres jours, c'était en rapport avec mes origines. J'étais la seule gamine métisse dans un quartier de Blancs… et on peut dire que ça ne plaisait pas à tout le monde. C'est comme ça que Cooper et moi on a fait connaissance. Il venait d'emménager et il est tombé sur un groupe de petits cons qui m'insultaient. C'était la première fois qu'il me voyait et, bien qu'il soit tout seul, il n'a pas hésité à prendre ma défense…

J'ai un sourire en me remémorant l'image du jeune garçon qu'il était à l'époque. Ses cheveux blonds beaucoup trop longs, ses yeux d'un bleu magnifique, et surtout ce sourire. Éblouissant. Qu'il a posé sur moi avec un petit clin d'œil, comme pour me dire : Maintenant que je suis là, t'inquiète, ça va aller !

— Il est devenu ton héros, quoi… marmonne Scott avec un brin de jalousie dans la voix.

Ça me plaît. Il me fait craquer quand il est jaloux. Je pose mon fusain et ma feuille au sol et me rapproche du canapé. J'attrape Mozart pour le déplacer et, tandis que mon chat se sauve en miaulant de mécontentement, je me glisse dans les bras de Scott.

— Oui, au début, je l'ai vu comme un héros, mais il est devenu plus que ça ensuite. Plus qu'un frère ou même plus encore qu'un meilleur ami. C'est difficile à expliquer…

Scott me serre très fort contre lui. J'entends son cœur qui bat. Je sens son souffle sur moi. Je suis bien. Si bien. J'ai le sentiment d'être enfin si parfaitement à ma place.

— J'ignore si tu comprendras ce que je veux dire, mais c'est comme s'il était devenu une partie, une extension de moi… Tu n'as aucune raison d'éprouver de la jalousie, parce que si tu m'aimes, tu l'aimes aussi. C'est aussi simple que ça…

— Aussi simple que ça, dit-il en me caressant la joue d'un air attendri.

— Oui !

J'ai juste le temps de l'entendre me répondre « alors, d'accord ! » avant qu'il s'empare de ma bouche. Que nos doigts et nos corps s'emmêlent. Et son baiser est si passionné, si ardent que j'ai l'impression que mon cœur s'embrase.

— À quoi penses-tu ? chuchote-t-il longtemps après.

— À toi. Tu remplis toutes mes pensées.

— J'aime ça. Savoir que je remplis toutes tes pensées.

Ses mains parcourent mon corps nu.

— Tu me rends si heureuse.

— Tu le mérites.

— Qu'est-ce que tu en sais ? je l'interroge en frissonnant et en songeant malgré moi à ma mère.

— Je le sais, c'est tout !

Il est le seul – à part Cooper – que je crois lorsqu'il affirme une telle chose. Néanmoins, sera-t-il toujours aussi catégorique lorsqu'il apprendra la vérité ? M'aimera-t-il autant ? M'aimera-t-il tout court ?

— Il ne t'arrive jamais de te tromper ?

Il éclate de rire, puis finit par répondre :

— Si, souvent, même, reconnaît-il en jouant avec une mèche de mes cheveux.

Puis, après un silence et soudain plus sérieux, il ajoute :

— Mais pas en ce qui concerne mes sentiments, Jo. Avec toi, impossible que je me trompe…

Sa voix a l'accent de la vérité. Et je suis convaincue qu'il est sincère… à cet instant précis. Mais quand il découvrira qui je suis. Quand il apprendra qui est ma mère… me dira-t-il toujours qu'il n'a pas fait d'erreur ? Que je ne suis pas la plus grosse erreur de toute sa vie ? La plus abominable des erreurs ?

— Je veux que tu en sois certaine, Jo. Ce ne sont pas juste des paroles en l'air.

Il attrape mon visage entre ses mains. Nos corps nus s'enlacent. Son regard intense ne me quitte pas et j'essaie de lire dans ses yeux au-delà de ses mots. Dans un filet de voix, je lâche :

— J'ai peur…

Oh mon Dieu ! je songe, alors qu'un frisson glacial me transperce. *Je ne veux surtout pas te faire souffrir. Jamais !*

— Tu n'as aucune raison d'avoir peur. Pas avec moi. Je t'aime, Joanna, et rien de ce que tu pourras dire ou faire ne changera ça…

Sa bouche effleure la mienne, se pose sur mon front, mon nez. Ses mains emprisonnent toujours mon visage. Mes doigts sont désespérément accrochés à ses épaules. Mes ongles s'enfoncent dans sa peau.

— Je... je...

Ma respiration s'accélère. J'entends les battements frénétiques et désordonnés de mon cœur. Il semble sur le point d'exploser... car ce que je m'apprête à dire va lui faire l'effet d'une bombe. Une bombe qui va tout détruire. Tout ravager. Mes oreilles bourdonnent si fort que je n'entends même plus le son de ma voix. Ou de la sienne. Un précipice effroyable vient de surgir brusquement devant moi. Tout noir. Je cherche à reprendre mon souffle. À me retenir à lui pour ne pas tomber. Sombrer...

Je suis incapable de prononcer le moindre mot. Totalement glacée à l'intérieur. J'ignore combien de temps je reste ainsi, tétanisée par la peur.

Je peux le faire. Je peux le faire. Je peux le...

— Écoute-moi, m'ordonne-t-il en me serrant tout contre lui. Je ne suis pas pressé. Nous avons tout notre temps. J'ai tout mon temps ! Et le jour où tu seras prête, tu parleras...

Doucement, il efface une larme qui coule sur ma joue. Dépose un baiser sur ma tempe. M'enlace et me garde tout contre lui en réchauffant mon corps.

— Tu me diras ce qui te tracasse au point de te mettre dans des états pareils. Mais pas cette nuit, bébé.

— D'accord, pas cette nuit, je murmure en songeant que je vais juste profiter encore un peu de lui, de son amour. Pas cette nuit.

Mais lundi...

J'espère que ce jour me portera chance.

Il y a des moments dans la vie où on a besoin de croire... de croire désespérément aux contes de fée.

Chapitre 46

Scott

9 juin, midi

Un attendrissement infini me submerge lorsque je songe à ma mère. Ça me brûle la gorge. Mes mains se crispent sur le volant. Je me pince les lèvres, me racle la gorge et tente – surtout, surtout, de bloquer cette putain d'envie de gémir – de retenir mes larmes. Dans quelques minutes, nous arriverons dans la maison familiale et où j'ai passé presque toute ma vie. Où sont nichés mes plus beaux souvenirs, et d'autres moins bons.

Mais surtout, c'est la première fois depuis des mois que je vais y entrer sans cette chape de plomb qui pèse sur mes épaules. Cette rage froide dans le cœur. La première fois depuis des mois où je vais franchir le seuil avec un sourire sincère, et non le masque que j'avais l'habitude d'endosser. Seulement, elle n'y sera pas. Elle n'arrivera pas sur le porche en entendant le bruit du 4x4 pour me serrer dans ses bras. Elle ne passera pas sa main dans mes cheveux ni sur mes joues en penchant la tête légèrement de côté avec les yeux aux aguets pour voir sur mon visage si tout va bien et deviner mon état, sans même avoir besoin de ma réponse, et avant même que j'ouvre la bouche.

Non, ma mère ne sera pas là. Elle ne sera plus jamais là pour moi. Pourtant, et malgré cette souffrance toujours ancrée au plus profond de moi, aujourd'hui, je suis heureux.

Oh maman ! J'aurais tant aimé que tu la rencontres, que tu apprennes à la connaître, à l'aimer comme je l'aime, je songe en me garant. *Et je suis certain que tu l'aurais aimée. Ça ne fait aucun doute.*

— Quelque chose te tracasse ? m'interroge Jo en détachant sa ceinture de sécurité. Tu n'as pas l'air dans ton assiette. Ça va… ?

— Grâce à toi, ça va même très bien, je réponds d'une voix émue en plongeant mon regard brouillé de larmes dans le sien. Si ma mère était encore là, ce serait merveilleux. Elle t'aurait enseigné le bonheur, l'amour, la tendresse et toutes ces petites choses qui font que la vie est fantastique lorsqu'on est aimé…

Elle attrape mon visage entre ses mains et, sa bouche à quelques centimètres de la mienne, elle lâche dans un souffle :

— Elle est là, Scott ! Dans tes gestes, tes larmes, dans tous tes sourires… elle est toujours là ! Pleure autant que tu veux… n'aie pas peur de partager avec moi tout cet amour qui déborde de tes yeux, coule sur tes joues, tes lèvres…

Putain ! Je tomberais raide dingue amoureux d'elle en cet instant, si je ne l'étais pas déjà comme un fou. Elle est mon paradis, celle qui m'éloigne des flammes de l'enfer. Et même si Cooper est sorti de l'hôpital hier, hors de question qu'elle quitte mon appart !

J'ai d'ailleurs réussi à gratter une journée de plus, car elle ne le sait pas encore et pense toujours qu'il ne sort que demain, et j'ai bien l'intention de continuer ainsi, jour après jour.

— Je t'aime, Jo, je murmure contre ses lèvres. Tu n'as pas idée à quel point je t'aime.

Main dans la main, nous remontons l'allée et nous n'avons pas encore atteint le porche que ma sœur déboule de la maison comme une furie, suivie de près par Matt et mon père.

— Vous êtes en retard, s'exclame-t-elle en embrassant Jo et en me lançant un regard noir, comme si j'étais le seul responsable.

— Je n'y suis pour rien, je tente de me défendre pendant que mon frère me donne une accolade et chuchote à mon oreille qu'il devine très bien le motif de notre retard. Mais lorsque Jo entre dans la salle de bains, difficile de prévoir quand elle en ressortira fin prête…

Jo me décoche à son tour un coup d'œil furibond.

— D'ailleurs, le soir où nous nous sommes rencontrés pour la première fois, son meilleur ami avait parié qu'il se ferait tatouer ce qu'elle voudrait si elle était capable d'être prête en moins d'une heure…

Lily Rose me fait une grimace et attrape le bras de Jo pour la conduire à la maison.

— Et alors ? demande mon père avec un grand sourire, tandis que nous rejoignons la terrasse intérieure où la table nous attend, déjà dressée. Quel a été le verdict ?

Le petit air bravache, diablement sexy, qu'affiche Joanna me fait littéralement fondre, et si nous étions seuls, je me jetterais sur elle pour lui faire l'amour. À la place, je m'assois en me sentant subitement un peu à l'étroit dans mon jean.

— Oh oui ! Dis-nous vite quel tatouage tu as choisi pour Cooper, s'impatiente ma sœur. Ne nous fais pas languir.

Jo avale une gorgée de jus d'orange et, avec un clin d'œil crapule, finit par avouer en riant :

— Disons que je ne suis pas encore totalement au point question timing…

Matt et moi explosons de rire, tandis que mon père tente de dissimuler son sourire derrière sa serviette.

— Pourquoi Cooper est allé te raconter ça, continue-t-elle en fronçant les sourcils, alors que Lily Rose lui demande des précisions sur son *timing* et que Jo fait comme si elle n'avait rien entendu. Il aurait mieux fait de se taire…

— Sans doute pour me prévenir que j'avais tout intérêt à être le premier à la douche, le matin. Et pour répondre à ta question, crevette, elle n'est sortie de la salle de bains que deux heures plus tard et…

— Tu exagères ! me coupe Joanna, furieuse. Pas deux heures, juste une petite heure et... quarante-cinq minutes, ça fait quand même une différence, non ?

Et tandis que même mon père ne peut s'empêcher de laisser libre cours à son hilarité cette fois, je me penche au-dessus de la table, j'attrape son adorable visage et dépose un petit baiser sur ses lèvres.

— Oui, bébé, ça fait une différence, tu as raison ! je lâche dans un rire. Une sacrée différence…

Comme elle est bonne joueuse, elle aussi se met à rire. Le repas se poursuit dans une ambiance festive et agréable, entrecoupé de nos habituelles chamailleries entre frères et sœur, de moments plus sérieux lorsque Matt parle de son travail ou que papa essaie de faire entendre raison à Lily Rose sur l'importance de ses études, avec lesquelles les sorties nocturnes en semaine ne sont pas compatibles. Surtout à son âge. Heureusement pour lui, il n'est pas au courant de ce qui a failli lui arriver. J'ai la sensation étrange de faire un bond en arrière de quelques mois et que ma mère va subitement apparaître avec un sourire rayonnant sur le visage. Qu'elle va s'approcher de mon père, poser les mains sur ses épaules et dire :

— Chéri, c'est dimanche, et le dimanche, on oublie le travail et les études. On ne parle pas des choses qui fâchent, tu te souviens ?

Et mon père répondrait en levant un visage amoureux vers elle :

— Oui, tu as raison… comme toujours.

Mais plutôt que d'entendre ce bout de conversation entre mes parents, c'est le carillon qui me tire brusquement de mon passé.

— Quelqu'un attend de la visite ? demande Matt en se servant un deuxième café.

— Pas moi, répond Lily Rose, tandis que notre père se lève de table et lance, avant de se diriger vers l'entrée : J'attends des papiers, ça doit être le coursier.

— J'espère qu'il ne va pas s'enfermer dans son bureau pendant des heures, bougonne ma sœur en fixant sa chaise vide. Je suis certaine que c'est encore pour son boulot.

Matt et moi échangeons un regard inquiet. Nous ne savons toujours pas si un nouveau procès aura lieu et nous sommes en train de penser la même chose tous les deux. La réponse à cette question vient peut-être tout juste d'arriver et mon père est sans doute en train d'en prendre connaissance à l'instant même.

— Tu pourrais en profiter pour aller écouter un peu de musique dans ta chambre, lance mon frère. On a fini de manger et…

— Pas moi, le coupe Lily Rose en se servant une autre part de tarte, puis le fixant attentivement, elle ajoute : On dirait que tu veux me faire déguerpir…

Bien joué, frérot, je songe en me servant à mon tour un autre café.

— Comme si vous cherchiez à me cacher quelque chose… continue-t-elle en nous observant l'un après l'autre. Je ne suis plus un bébé, merde !

— Et ça ne te dirait pas de me montrer ta chambre, par la même occasion ? lui lance alors Jo que je remercie en silence. Moi, ça me ferait plaisir…

La fin de sa phrase reste néanmoins perdue quelque part. Elle fixe désormais un point au-dessus de la tête de Lily Rose et nous nous retournons tous pour voir arriver mon père… le visage blême, les lèvres serrées, et avec ce regard… ce regard…

Oh putain !

Le regard qu'il avait encore il y a peu. Comme moi. Rempli de rage, de douleur, de fureur, de souffrance…

Matt et moi nous levons brusquement, dans une parfaite coordination. Puis c'est au tour de Lily Rose. Mais je vois sur son visage étonné qu'elle ignore encore le cataclysme qui va s'abattre sur nous. Je voudrais être en mesure de la protéger. Je donnerais tout pour lui éviter ce qui va suivre. Pendant quelques secondes, le temps semble s'arrêter. Dans les doigts crispés, blancs de rage, de mon père, j'aperçois des feuilles qu'il jette avec violence sur la table.

— Papa ?! Qu'est-ce qui se passe… ?

La voix de Lily Rose flotte dans les airs. Fragile et délicate. Je donnerais tout pour que rien ne vienne la briser, la détruire, une fois encore. Pour qu'elle soit déjà montée dans sa chambre avec Joanna. Qu'elle n'entende pas ce qui va suivre…

Une autre voix remplace la sienne, métallique celle-là, presque inhumaine, celle de mon père.

— Comment as-tu osé ? Comment as-tu pu commettre une abomination pareille ?! Il n'y a pas de mots pour décrire toute l'horreur que ça m'inspire…

— Mais de quoi tu parles ? je tente de me défendre en me saisissant des feuilles sur la table.

Chapitre 47

Joanna

9 juin, 13 h 30

C'est comme une lame de fond, glaciale, qui me submerge. Qui s'infiltre partout dans mon corps, mes veines. J'ignore encore quelle est la cause précise de la haine que je vois dans les yeux du père de Scott. Mais jamais je n'ai eu aussi peur de toute ma vie. Une peur primale, viscérale, et qui, de seconde en seconde – à mesure que le sang se retire du visage de Scott à la lecture de ces quelques feuilles –, grandit en moi. Me pétrifie. M'envahit. J'ai le souffle coupé quand il lève enfin son visage et pose son regard sur moi…

Parce que j'y découvre la même horreur que celle qui dévaste celui de son père.

— Dis-moi que ce n'est pas vrai. Que ce que je viens de lire n'est qu'un ramassis de mensonges. Que ce n'est pas la putain de vérité ! Que… que… que tu n'es pas sa fille !

La respiration sifflante, la souffrance débordant de ses yeux, il est obligé de s'interrompre avant de hurler :

— DIS-LE !

Je n'ai pas besoin de lui demander de qui il parle. Je sais. Jamais mon corps ne m'a semblé si près de se rompre. Le moindre effleurement pourrait le briser en mille morceaux. J'ignore même comment je parviens à tenir encore debout sur mes jambes. À respirer.

— Je ne peux pas… parce que c'est… c'est… la vérité… *Oh mon Dieu* !

Le gémissement qui sort de sa bouche tandis qu'il s'effondre sur sa chaise est comme la lame tranchante d'un poignard qui transperce mon corps. J'entends le cri de rage et de douleur de son père quand il comprend que son fils n'était encore au courant de rien. Mes yeux toujours braqués sur Scott, je ne le vois pas se précipiter ni s'arrêter à quelques centimètres de moi. Hors de lui.

— Vous êtes bien la fille de votre mère, me crache-t-il au visage d'une voix vibrante de rage. Vous n'êtes que mensonge et duplicité. Mais de quelle engeance êtes-vous faite pour avoir cherché à séduire ainsi le fils de l'une de ses victimes ?! Comment avez-vous pu ?! Comment avez-vous osé venir ici dans la maison de ma femme, partager notre table, écouter nos souvenirs… ?

Les sanglots de sa fille le stoppent brusquement dans ses accusations. Je ne parviens toujours pas à bouger. Mon regard ne quitte pas le visage baissé de Scott.

Je t'en prie, regarde-moi !

— Scott… Scott…

Mais il ne daigne pas relever la tête. Les poings crispés. Haletant et suffoquant. Le visage affreusement contracté.

— Je ne savais pas qui tu étais lorsqu'on s'est rencontrés… je ne te mens pas, il faut que tu me croies…

Je suis obligée de prendre appui sur la table. Le silence qui nous entoure n'est brisé que par les pleurs de Lily Rose.

— J'ignorais encore plus que j'allais tomber amoureuse de toi. J'ai seulement compris qui tu étais le jour où tu m'as invitée ici…

Je capte le frisson qui traverse son corps et fait trembler ses épaules.

— Alors, j'ai voulu tout arrêter entre nous…

— Et c'est moi qui t'ai demandé de nous laisser une chance, articule-t-il d'une voix blanche en levant les yeux sur moi, des yeux vides. C'est moi qui ai insisté chaque fois que tu t'éloignais…

— Je n'avais pas la force de te dire la vérité. Je sais que j'aurais dû, mais… c'était impossible, tout comme te quitter, ne plus te voir… je n'y arrivais pas…

Nous restons les yeux dans les yeux un long moment sans rien dire.

— Et ton père…

Encore l'un de mes nombreux mensonges, mais il a le droit de tout savoir. Peut-être la réponse est-elle écrite sur ces pages et la connaît-il déjà ? Mais je lui dois au moins ça. Lui dire cette vérité-là en face.

— Je ne l'ai jamais connu. Il m'a juste reconnue et sa famille a versé à ma mère une pension alimentaire jusqu'à ma majorité, rien de plus. J'ai été licenciée et je n'arrivais pas à retrouver du travail, dès que les employeurs potentiels avaient connaissance de mon nom, la réponse était invariablement : non. Comment leur en vouloir ? Qui aurait envie que l'institutrice de son enfant soit la fille… d'une meurtrière… ?

Je suis obligée de m'arrêter quelques minutes pour reprendre mon souffle. Personne ne bouge. Tous leurs regards sont braqués sur moi. Pourtant le seul qui compte en ce moment est celui qui me fait face. Celui de Scott. Même s'il est aussi insondable qu'un gouffre sans fond.

— Cooper a alors pensé que mes recherches d'emploi seraient facilitées si j'utilisais le nom de mon père, et qu'il valait mieux que je donne l'adresse de sa mère qui habite à quelques rues de la mienne.

— Mais comment as-tu atterri dans mon club ?

Son père a instillé le doute dans son esprit et il croit que notre rencontre était préméditée. Calculée. Si je n'étais pas déjà brisée au plus profond de moi, je le serais maintenant. Je pourrais tourner les talons et partir. Parce que j'ai déjà compris que tout est fini entre nous. Il ne me reste pas le plus petit espoir. Mais je veux qu'il sache que, même si je lui ai menti sur ma filiation, tout le reste était vrai. Sincère.

— Par hasard. Cooper était revenu spécialement de New York pour fêter mon anniversaire, et c'est lui qui a décidé d'aller passer la soirée au *WAM*, dont il avait entendu parler. Il a discuté avec Bella qui lui a appris que vous embauchiez du personnel. C'est arrivé comme ça… juste par hasard. Je ne t'ai jamais manipulé. C'est la vérité, Scott.

— Dommage qu'elle arrive si tard, me lance-t-il, le regard froid. Et que cela doive être par mon père… Aurais-tu fini par te confier à moi… un jour ou l'autre ?

En cet instant, je touche du doigt toute la justesse de l'expression tomber de Charybde en Scylla. Plus je parle enfin, et plus je lui donne matière à me haïr.

Depuis le jour où j'ai appris le lien horrible qui nous unissait, tout dans mon attitude n'a fait que prouver ma terrible lâcheté. Sans oublier le nombre incalculable de fois où Cooper m'a incitée à tout lui révéler. Mais où j'ai préféré me taire. Ne rien lui dire. Sans trouver non plus le courage de mettre un terme à notre relation. Pourquoi croirait-il que j'avais décidé soudain de tout lui avouer demain ?

Je ne lui ai pas seulement menti, je l'ai aussi trahi. Ainsi que Lily Rose… et toute sa famille. La folie meurtrière de ma mère m'a conduite jusqu'à Scott. Mais quand j'ai appris qui il était, n'est-ce pas la mienne qui m'a poussée à rester auprès de lui ? Et ma folie n'est-elle pas le reflet de celle de ma mère ? Son père a raison, je ne vaux pas mieux qu'elle, finalement.

— Tu n'es même pas capable de me répondre, crache Scott en se levant brusquement, et alors que son frère vient se mettre à ses côtés et pose une main sur son épaule.

Combien de temps avant que tu me dises la vérité ? Combien de mois… d'années… DIS-MOI, PUTAIN !

— Scott ! hurle Matt alors que son cadet abat le poing sur la table dans une violence extrême.

Les pleurs de Lily Rose reprennent de plus belle et se mélangent au bruit de la vaisselle brisée. Matt retient son frère comme s'il craignait qu'il ne me saute dessus, et lui parle tout bas à son oreille. En dépit du silence qui pèse sur nous, je n'entends pas ce qu'il lui dit, puis l'aîné des Bradley pose son regard sur moi et dit :

— Réponds-lui, Joanna. Il a le droit de savoir.

— J'avais décidé de tout te dire lundi, Scott. C'est vrai, il faut que tu me croies…

Je sens les larmes couler sur mes joues. J'ai la gorge tellement nouée que les mots ont du mal à franchir mes lèvres.

— Il *faut* que je te croie. En quel honneur ? Tu aurais peut-être gardé le silence indéfiniment… comme tu l'as fait jusqu'à présent.

La souffrance qu'il ressent en prenant conscience de cette possibilité me percute de plein fouet. Je me sens impuissante et désemparée face à son cœur qui saigne car je n'ai que mes mots, mon cœur, moi, qui souffre également pour lui, et avec lui. Soudain la voix de son père retentit :

— Vous n'étiez pas au procès, n'est-ce pas ? Je ne vous y ai jamais vue…

Je tourne mon regard brouillé vers lui. Il tient sa fille dans ses bras tout en lui caressant les cheveux. Elle s'accroche à lui comme si le monde autour d'elle était en train de s'écrouler. Et c'est le cas. Encore une fois. La première fois à cause de la perte de sa mère. Maintenant à cause de moi. Je donnerais tout pour que leur mère n'ait jamais croisé la route de la mienne. Pour faire disparaître leur détresse. Absolument tout. Mais j'ai bien conscience que ma seule présence produit l'effet contraire et ne fait que raviver leur douleur. La seule aide que je peux leur apporter est de leur donner des réponses.

— Je ne voulais pas y assister.

— Savez-vous qu'elle souhaite faire appel ? Qu'elle espère obtenir un deuxième procès ?

— Oui, je murmure. Son avocat m'en a informée…

Le cri de douleur de Lily Rose m'interrompt et, avant même qu'il ait formulé sa prochaine question, je devine déjà ce à quoi il pense. Pourquoi sa voix est soudain moins glaciale. Pourquoi je capte une étincelle d'espoir dans ses yeux qui m'observent intensément.

Oh mon Dieu !

Si seulement vous saviez que je n'ai aucune chance d'obtenir de ma mère ce que vous désirez plus que tout au monde.

Chapitre 48

Scott

9 juin, 15 h 00

Mensonges !

Tout n'était que mensonges…

J'ai la tête qui tourne, la colère s'infiltre insidieusement dans mes veines, me retourne l'estomac, et un goût de bile acide me remonte jusque dans la gorge.

— Savez-vous qu'elle souhaite faire appel ? demande mon père. Qu'elle espère obtenir un deuxième procès ?

— Oui, murmure Jo. Son avocat m'en a informée…

Elle sait ! Elle savait que sa mère souhaite faire appel !

Mes oreilles bourdonnent sous la pression. Je suis rongé par l'horreur. Par l'amour. Combien de temps m'a-t-il fallu pour tomber amoureux de Jo ? Juste quelques semaines, pas plus. Mais on peut haïr en moins de quelques minutes. Le temps de lire quelques pages. C'est aussi simple et rapide que ça.

— Peut-être pourriez-vous… commence mon père avant de s'interrompre.

L'étrange timbre de sa voix me fait ouvrir les yeux. La main de Matt appuie fermement sur mon épaule. J'essaie de comprendre le message silencieux qu'il tente de me faire passer. Mais c'est impossible.

C'est le chaos dans ma tête, dans mon cœur. Dans ma vie. À cause de Jo.

Je respire fort. Soudain le mot avocat percute mon cerveau avec une violence inouïe.

Putain !

— Qui règle ses honoraires ? je lui demande, brusquement submergé par une vague de dégoût. Sa famille ? Toi… ?!

Je lui ai offert mon cœur. J'aurais pu donner ma vie pour elle. Je lui ai donné les clés de mon appart. C'est moi qui l'ai fait entrer dans la maison familiale, celle de ma mère…

Et la réponse m'explose à la figure. Avant même qu'elle n'ouvre la bouche, je hurle :

— C'est donc moi ! Moi ! Putain ! Moi qui paye pour défendre la meurtrière de ma mère…

— Je… je…

— Tais-toi ! Ne t'avise surtout pas de me dire que tu es désolée ou une autre connerie du genre. Je paye pour défendre celle qui a assassiné ma mère. Ma mère ! C'est avec mon argent qu'elle veut faire appel ! Putain ! Et si elle y parvient ce sera grâce à mon fric. Si elle est acquittée ce sera à cause de moi. À CAUSE DE MOI !

— Scott, s'il te plaît…

— Fais pas chier, Matt ! je beugle sur mon frère qui me saisit par les épaules. T'as même pas idée… de tout le dégoût que j'ai de moi… d'elle… de…

Je tremble littéralement de rage et de douleur. Comment Jo a-t-elle osé me faire ça ? Comment et pourquoi ?

— Comment est-il possible que tu n'aies pas pensé une seule putain de fois que… que le fait que mon argent serve à la défense de ta… ta mère… me donnerait l'impression d'avoir trahi la mienne ? D'être complice de celle qui lui a ôté la vie ? Parce que c'est ce que je ressens en ce moment…

— Pardon, murmure-t-elle d'une voix désespérée. Pardon… pardon, je n'ai jamais voulu te faire souffrir.

— Mais c'est pourtant ce que tu fais, là ! Je n'ai aucune idée de qui tu es réellement. Et là, maintenant, quand je te regarde, c'est comme si je la voyais à travers toi. Dans tes yeux, je distingue les siens…

Un gémissement s'échappe de ses lèvres exsangues. Mes mots semblent la blesser. La briser. Vérité ou mensonge ? Ou simplement l'écho de mes sentiments ?

— Je ne peux pas m'arrêter de t'aimer, juste comme ça, en un claquement de doigts, je lâche d'une voix cassée. Pourtant, si je le pouvais, c'est ce que je ferais. J'ordonnerais à mon cœur et à ma raison de t'effacer totalement de ma mémoire.

— J'ai voulu partir, te quitter, tout te dire…

— Mais tu ne l'as pas fait ! Et maintenant, tu voudrais me faire croire que tu allais tout me balancer demain ? Que tu avais enfin décidé de me révéler qui tu étais. Arrête de me prendre pour un con ! Chaque jour, tu aurais pu le faire. Ce ne sont pas les occasions qui ont manqué. Mais non, chaque putain de jour, tu as choisi de me mentir. De me trahir. Alors que je te faisais confiance… jamais je ne t'ai menti, Jo. Jamais ! J'ai toujours été honnête et sincère avec toi. Tout ce qu'il restait en moi, tout ce que ta mère n'avait pas détruit, je te l'ai donné, sans condition, parce que je t'aime... J'aurais sacrifié mon bonheur pour le tien, je t'aurais tout donné.

Ma sœur vient se glisser entre mes bras, je sens la présence de mon père juste sur ma droite, la main de Matt toujours sur mon épaule. Imaginent-ils à quel point la souffrance me submerge ? À quel point je suis en train de sombrer ?

— Je ne sais pas si un jour tu pourras me pardonner, parvient-elle à articuler, le visage baigné de larmes. Je ne t'ai jamais menti quand je te disais je t'aime…

— Tu n'as pas la plus petite idée de ce que ça représente d'aimer. Tu ne sais pas ce que ça veut dire ! Mais comment s'en étonner, avec une mère comme la tienne…

D'une main hésitante, elle ramasse son sac laissé à l'abandon sur une chaise, puis sans ajouter un mot, elle traverse la terrasse et disparaît de ma vue.

— Je vais la raccompagner, marmonne Matt en s'élançant derrière elle. On ne peut pas la laisser partir dans cet état.

Je reste immobile. Le souffle court. Pétrifié par l'horreur. Le regard perdu dans le vague. Lily Rose accrochée à moi, comme si elle avait peur que je ne disparaisse à mon tour. J'ignore combien de temps nous restons tous les deux ainsi. Puis mon père détache ma sœur et nous oblige à nous asseoir côte à côte sur un banc tout proche.

— Elle a préféré appeler un taxi, m'informe Matt en prenant place face à moi. J'ai insisté, mais elle n'a rien voulu entendre et…

Il se saisit de la bouteille de Scotch que mon père vient de rapporter de son bureau et remplit un verre qu'il me tend. Je l'attrape machinalement tandis qu'il se sert et sert mon père.

— Et franchement, continue-t-il sur un ton attristé, c'est peut-être mieux ainsi. Je ne savais pas quoi faire… qu'aurais-je pu lui dire ? Je suis sidéré…

Il avale une longue rasade d'alcool. Me regarde comme s'il voulait ajouter quelque chose. Mais reste silencieux.

— Ce n'est pas sa faute ! Ce n'est pas elle qui a tué maman…

La voix pleine de colère et de sanglots de ma sœur me fait sursauter et me pousse à réagir.

— Tu n'as pas pu t'en empêcher, je lance alors au visage de mon père. Il a encore fallu que tu te mêles de ma vie, que tu fouilles ! Comme avant ! Je n'ai jamais compris ce qui se passait dans ta tête pour te pousser à agir de cette façon.

— Scott, me fait remarquer mon frère d'une voix calme. N'oublie pas qu'on n'a pas fait mieux…

— Peut-être, je le coupe avec hargne. Sauf que je n'ai rien lu, moi. J'ai tout foutu à la poubelle !

— Pourtant on l'a quand même fait, insiste-t-il à juste titre. Alors, si papa est un salaud, que dire de nous ?

Matt détourne les yeux, visiblement mal à l'aise. Silencieuse et choquée, Lily Rose nous dévisage tour à tour. Notre père laisse échapper un soupir si profond que je sens son souffle sur mon visage. Je me penche vers lui sans le quitter du regard.

— Je connais mes raisons, mais toi, papa, dis-moi quelles étaient les tiennes. L'envie de découvrir quelque chose qui ne ferait que te confirmer mes choix à la con. Comme si tu ne le savais pas déjà ! Tu avais besoin d'une ultime preuve ?

Mon père crispe la mâchoire. Parce que j'ai besoin d'évacuer ma rage, ma douleur, et qu'après tout il en est le responsable, je continue sur ma lancée :

— Il te fallait un argument de plus pour te prouver que je ne fais que des erreurs. Une ultime déception à rajouter à ta très longue liste… on peut dire que tu as été servi, hein ?! Ça t'a fait plaisir au moins ?! Et de nous la balancer devant Lily Rose, ça ne t'a pas posé de problèmes ?!

Je me demande si ma mère peut nous voir de là où elle se trouve. Ce qu'elle penserait de nous en ce moment. D'avoir envoyé à la poubelle sa sacro-sainte règle numéro un : pas de chamailleries le dimanche ! Dans le regard de mon père, je capte une lueur de déception ; déçu une nouvelle fois par mon attitude ou par le fait de n'avoir pas su protéger ma sœur de toute cette merde ?

— À ton avis, papa, qu'est-ce que maman penserait de nous ?

Il se lève si brusquement que sa chaise tombe à la renverse. Matt lui demande de se calmer.

Toi aussi, frérot, tu as oublié que maman n'est plus là, je songe, plein d'amertume.

Mon père balance un coup de pied dans la chaise. Il respire fort, plusieurs fois, les poings serrés. Tellement furieux qu'il attrape un verre sur la table et le balance contre le mur. On est pareils tous les deux. Impulsifs. Avec une rage intérieure difficile à contenir. Le même sale caractère bagarreur. Et maman n'est pas là pour empêcher la catastrophe, cette fois… et tel que je le connais, il est au bord de l'explosion.

Alors, avec un plaisir pervers et parce que j'ai besoin de me défouler, j'insiste :

— À ton avis, qu'est-ce que maman penserait de toi ?

Je m'attends d'une seconde à l'autre à recevoir son poing dans la figure. Toutefois, il ne fait aucun geste. Tout du moins pas encore. Lorsque soudain, comme un rempart, la voix calme de Matt s'élève entre mon père et moi :

— Tu cherches quoi, Scott ? Tu trouves que cette situation n'est pas assez merdique ? Tu veux encore en rajouter ?

Lily Rose écarte alors mes bras frémissants de rage et se blottit contre moi. Ses mains se cramponnent avec désespoir à mon tee-shirt... comme le faisait ma mère. Ce qui a pour effet immédiat de m'apaiser.

— Ce n'est pas la faute de Jo, persiste ma sœur en reniflant. Ni la tienne. On ne choisit pas de qui on tombe amoureux. C'est comme ça, c'est tout !

— Oui, tu as raison, on ne choisit pas de qui on tombe amoureux, je rétorque du tac au tac en la serrant plus fort. En revanche, on choisit d'être honnête ou pas avec la personne qu'on aime…

— Scott, m'assure alors la voix de mon père. La seule raison pour laquelle je me suis permis cette ingérence dans ta vie privée est l'amour que je te porte. Malheureusement, ta mère n'est plus là pour me dire quand je dépasse les limites, quand je vais trop loin… et tu n'as pas idée comme je le regrette. J'étais à mille lieux d'imaginer que… qu'elle était sa fille…

Un soupir découragé s'échappe de mes lèvres, avant de lui demander :

— Si tu avais été seul lorsque tu as reçu les papiers, est-ce que ta réaction aurait été différente ?

Je lève la tête et nos regards se croisent. Le sien est humide de larmes. Pareilles aux miennes. Des larmes pour ma mère, pour Jo. Pour un amour perdu. Pour un amour qui n'aurait jamais dû voir le jour.

— Oui, la colère ne m'aurait pas totalement aveuglé au point de t'accuser de l'avoir fait sciemment entrer dans nos vies.

— Tu m'aurais caché ces informations ou pas ?

Il n'hésite qu'un bref moment avant de me répondre :

— J'aurais fait tout ce qui est en mon pouvoir pour te protéger. Je suis désolé, fils. Je sais combien tu l'aimes.

— Oui… je l'aime, je murmure à contrecœur.

Mais la haine que je ressens pour elle est plus forte que mon amour.

Et la haine que j'éprouve à mon encontre est plus forte encore.

Chapitre 49

Joanna

10 juin

Lundi : j'oublie de respirer.
Mardi : de manger.
Mercredi : de boire.
Jeudi : de dormir.
Vendredi : de parler.
Samedi : de vivre.
Dimanche : de vivre…

17 juin

Lundi : je me souviens de tout.
Mardi : mais je ne sens plus rien.
Mercredi : à quoi ça sert de se souvenir, si c'est pour souffrir…
Jeudi…

20 juin, 8 h 30

Une main chaude se pose sur moi, me secoue, plusieurs fois. J'ouvre les yeux pour découvrir le visage inquiet de Cooper penché au-dessus de moi. Pendant une seconde, envers et contre tout, j'ai espéré celui de Scott.

Comme si c'était possible.

Chaque jour j'attends le suivant en espérant qu'il sera celui où, enfin, je ne ressentirai plus cette souffrance, où je n'aurai plus mal, mais chaque fois, c'est pareil.

Le lendemain est identique à la veille. Les heures défilent, pourtant le temps ne passe pas assez vite encore. Et j'attends la nuit pour rêver de lui…

— S'il te plaît, je marmonne en refermant les yeux. Ça ne pourrait pas attendre demain, ou un mois, un an…

— Ma puce, soupire-t-il. Regarde-moi.

J'ai perdu le compte des jours depuis que je squatte son canapé. Depuis que je suis arrivée chez lui, en larmes, ce maudit dimanche de juin, je n'en ai plus bougé. À part pour aller aux toilettes, et quand il me force à passer sous la douche.

— Joanna !

Cette fois, j'obéis. Parce que c'est Cooper. Parce que je l'aime autant qu'il m'aime et qu'il souffre autant que je souffre. J'ouvre les yeux.

— Tu as rendez-vous cet après-midi à seize heures. Alors tu vas te lever et avaler le petit déjeuner qui t'attend sur la table. Ensuite, tu iras prendre une bonne douche, puis tu enfileras sagement la tenue que je t'ai préparée… parce que je t'ai trouvé un boulot !

— Quoi ?!

— Un boulot. Tu sais, l'endroit où l'on passe plusieurs heures par jour et qui permet de payer son loyer, sa bouffe, et tous ces trucs dont personne n'a besoin.

Il passe une main douce sur mon visage, remet un peu d'ordre dans mes cheveux. En tout cas, il essaie de le faire.

— Tu ne peux pas continuer comme ça, ma puce…

Il a raison. Je ne peux pas continuer à me terrer chez lui. À le laisser prendre soin de moi et de tout le reste… l'avocat et ses honoraires, les dettes, les dépenses courantes. Je sais qu'il le fera aussi longtemps qu'il le faudra. Mais ce n'est pas son rôle.

— Tu as raison, j'acquiesce en hochant la tête.

Il sait dans les moindres détails ce qui s'est passé chez Scott. Il aurait pu me bassiner avec tout un tas de choses comme : je t'avais dit de lui parler, de ne pas attendre, s'il l'avait appris par toi et pas de cette façon, peut-être que… mais il n'a rien dit. Pas un seul mot. Il s'est contenté de m'écouter, de me serrer dans ses bras, de me nourrir, me laver, me consoler…

Alors, maintenant, je fais exactement ce qu'il m'a demandé de faire. J'avale mon petit déjeuner. Même si je n'ai pas faim. Je file ensuite prendre ma douche. Les premières larmes de la journée commencent à émerger. Je les laisse couler. Déborder. Ensuite, avec la tenue qu'il m'a préparée, je m'habille. Je le laisse me mettre une touche de blush sur les joues. Un peu de gloss sur les lèvres. M'attacher les cheveux.

— Et voilà, ma puce. Tu es aussi présentable qu'on peut l'être dans ton état…

— Génial, je marmonne. C'est quoi comme boulot ?

— Pompiste, m'annonce-t-il en haussant les épaules, et devant mon air effaré, il précise : Écoute, ça ne demande aucune interaction sociale, et en ce moment, c'est tout à fait ce qu'il te faut. Tu sers l'essence ! Tu encaisses ! Point ! C'est juste un boulot de transition. Tu ne vas pas y passer ta vie. Le temps de quelques jours, quelques semaines tout au plus… ensuite, on avisera.

— Je vais puer l'essence.

Il éclate de rire avant de me lancer :

— Si je ne t'avais pas traînée sous la douche, je ne te dis pas quel parfum tu dégagerais en ce moment.

23 juin, 19 h 00

Trois jours que je travaille ici, et pourtant, il me semble que ça fait une vie. Chaque matin, après un bonjour à Stan, je file aux toilettes, et j'enfile cette combinaison trop grande pour moi. Puis je prends mon poste dehors, aux pompes. Cooper avait, une fois encore, totalement raison. Ce job ne nécessite aucune interaction sociale. Je serais muette que ça ne changerait rien. Qui a envie de faire la conversation avec un pompiste, même si c'est une pompiste ? Personne ! Les automobilistes se contentent de baisser leur vitre, et de dire ou hurler le type de carburant qu'ils veulent et le montant. Ensuite, je reviens à la vitre et j'encaisse. Les pourboires ? Quelques centimes. Quand je tombe sur un grand prince, ça peut aller jusqu'à deux dollars. Mais ça n'est arrivé qu'une seule fois jusqu'à présent. Rien à voir avec le *WAM*. Stan, le gérant, n'a rien à voir non plus avec Nathan ou Scott. Oui, Cooper avait raison, aucune interaction sociale. Ce qui me laisse du temps pour ruminer, ressasser sur ce qui aurait pu être, si… si… si…

Les heures s'enchaînent les unes à la suite des autres. Interminables. Entrecoupées de larmes. De pensées moroses. De doux souvenirs. De bouffées de désir. De regrets, de colère…

Un cycle sans fin.

Ce soir, quand j'arrive devant l'appartement de Cooper, la lumière filtre déjà sous la porte d'entrée. Je plaque un sourire factice – et qui ne fera pas longtemps illusion – sur mes lèvres, avant d'entrer.

— Salut, ma puce. Je suis passé chez le Chinois…

Je reste quelques minutes dans la chaleur de ses bras avant de déposer mes affaires et de retirer mes baskets.

— Cool, je n'avais pas envie de faire la cuisine, j'avoue en attrapant le sac de nourriture. Tu es rentré plus tôt que d'habitude. Un problème ?

— Non, rien de grave. File prendre ta douche.

Une petite demi-heure plus tard, je le retrouve dans le salon, vêtue du vieux tee-shirt et du short qui me servent de pyjama. J'écarte une mèche de cheveux qui tombe sur ses yeux.

— Mange, m'ordonne Cooper. Parce que je suis certain que tu n'as quasiment rien avalé à ta pause ce midi, vu que je n'ai pas pu venir. On parlera après…

J'obéis. Cela ne servirait à rien de discuter et de lui dire que je n'ai pas faim. Bouchée après bouchée, j'arrive presque à finir mon bol de nouilles sautées et de brocolis au poulet. Quand j'ai terminé, je m'allonge sur le canapé, la tête posée sur ses genoux. Je le regarde fixement pendant un instant, mais son beau visage ne reflète rien.

— Alors, de quoi voulais-tu me parler ?

Il fronce les sourcils et se mord la lèvre tandis que sa main caresse ma joue avec tendresse. Je me dis que ça ne va pas être une bonne nouvelle. Si Cooper lit en moi comme dans un livre ouvert, la réciproque est également valable.

— On m'a contacté pour faire un shooting de maillots de bain à la…

— Mais c'est génial ! je l'interromps en me redressant. Tu le mérites, tu es un super photographe et tes photos ont encore gagné en qualité depuis ton dernier job à New York.

— … à la Barbade, précise-t-il, avant d'ajouter encore : Je devrais être absent une petite semaine.

Je pose ma main sur sa joue.

— Hey, c'est bon ! Je gère ! Tout va bien se passer. Ne te fais pas de souci.

— Je sais, mais j'aurais préféré que cette proposition arrive un peu plus tard.

Et moi donc !

— Il n'est pas question que tu loupes un truc pareil ! À la Barbade, quoi ! Je suis heureuse pour toi, Cooper. Sincèrement… même si ça ne se voit pas des masses.

— Ce n'est pas la seule chose dont je voulais te parler…

Pitié ! *Ne me dis pas que tu vas t'installer à New York* !

— Si je veux vraiment saisir toutes les opportunités dans ce job, N.O.L.A. n'est pas le lieu idéal pour un photographe débutant. C'est à New York que je dois être si je veux percer dans la profession…

Foutu karma !

— J'ai beaucoup plus de chances de me faire un nom là-bas, et puis ça pourrait être une bonne option aussi pour toi…

Une bonne option pour moi ? *En quoi* ?

— Écoute, ma puce, poursuit-il d'une voix grave en m'installant sur ses genoux et en prenant mon visage entre ses mains. Y a-t-il quelqu'un ou quelque chose qui te retient encore ici ?

Il me laisse le temps de réfléchir. Il y a quelques mois encore, j'aurais dit : mon poste d'institutrice, puis il y a peu : Scott ! Mais aujourd'hui ? Qu'est-ce qui me retient dans cette ville ? Ma mère ? Je ne suis pas allée une seule fois lui rendre visite en prison. Et ce n'est pas non plus ce job de pompiste… Alors, qu'est-ce qui me retient vraiment ici ? L'espoir ? Je suis bien placée pour savoir que l'espoir n'est qu'une vaine illusion, destinée à nous faire souffrir.

— Rien, rien ne me retient ici.

— Alors c'est peut-être le moment pour toi aussi de prendre un nouveau départ. Je suis certain que tu trouveras beaucoup plus facilement un poste dans l'enseignement là-bas, et pour ce qui est de ta mère… tu sais ce que j'en pense. Que tu sois ici ou à New York, ton chèque arrivera toujours chez ce requin d'avocat.

— Je ne sais pas… New York, c'est…

— Penses-y, ma puce. J'ai un pote qui part à l'étranger pour un an et qui me laisse son appart. Et à part l'électricité, l'eau et les charges, on n'aurait pas de loyer à payer…

Il exhale un long soupir, d'un doigt soulève mon menton, et plonge son regard dans le mien.

— Crois-tu qu'il te reste encore une chance avec Scott ? Parce que si c'est le cas, alors je serai le premier à te dire de te battre ! Si tu as le plus petit espoir, vas-y ! Fonce !

Je cligne des yeux, le regard humide, et dans un souffle, je lâche :

— J'aurais dû t'écouter. Il y avait peut-être un infime espoir, mais apprendre la vérité de la bouche de son père... et ensuite, comprendre que mon salaire servait aussi à payer l'avocat de la meurtrière de sa mère. Mon silence, ma lâcheté... ont gâché toutes nos chances. Tu sais combien c'est difficile pour moi de dire ce que je ressens, combien je garde tout à l'intérieur... parce que c'était ainsi qu'il fallait être avec elle... toi, tu le sais, mais pas lui... Des années de silence, de honte et de peur ne s'effacent pas si facilement.

Les mots de Scott résonnent dans ma tête : *Tu ne sais pas ce que ça veut dire. Tu n'as pas la plus petite idée de ce que ça représente d'aimer.*

Dès que j'ai su la vérité, je ne pouvais plus ignorer que notre histoire était condamnée. Que chaque seconde, chaque moment passé avec lui était un instant volé qui m'exposait à un châtiment.

Son châtiment.

Et peut-être Scott a-t-il raison... je n'ai pas la plus petite idée de ce que c'est d'aimer. Je ressemble peut-être beaucoup plus à ma mère que je ne le pense...

— J'ai fait les mauvais choix, et pour être tout à fait honnête, ça fait longtemps que je ne fais que ça...

— Ne dis pas ça, ma puce.

— Si, et ce n'est pas toi qui vas me dire le contraire. J'aurais pu déménager, ne pas payer son avocat... tout dire à Scott dès que j'ai compris, mais j'ai préféré garder le silence...

— Tu avais décidé de tout lui dire, me coupe-t-il d'une voix émue. Et c'était le bon choix.

— Oui, c'est vrai, mais un peu trop tard… et maintenant, la seule façon d'avancer pour moi, c'est de continuer à faire les bons choix. De me faire aider comme tu l'as fait… parce que j'en ai besoin et que je n'y arriverai pas toute seule.

Il hoche la tête, m'embrasse tendrement sur la joue et essuie une de mes larmes avec son pouce.

— Et de régler la situation avec ta mère, finit-il à ma place en m'enlaçant.

Chapitre 50

Scott

1er juillet, 16 h 30

Un infime sourire flotte sur le visage de Matt. Je lâche un soupir énervé en réponse au petit ricanement qui précède toujours sa question – celle qu'il a commencé à me poser une semaine après notre arrivée ici, dans le Bayou – et qui ne va pas tarder à franchir ses lèvres. De la glacière posée au sol, j'extirpe deux canettes, couchées sur la glace. Puis tout en décapsulant la première, je lui tends la seconde en levant les sourcils, l'air de dire : *Tu en veux une* ?

— Oui, merci.

La maison de bois où nous avons atterri se trouve le long d'une petite route bordée par une large rivière, dans le Bayou… Quand nous étions enfants, nous y venions souvent les week-ends avec notre mère. Et elle arrivait parfois à persuader notre père de faire une pause dans son travail – ce qui était assez rare – pour qu'il se joigne à nous. Lily Rose adorait y passer des heures à observer les hérons, les pattes dans l'eau. Matt et moi passions la majorité de nos journées à pêcher des écrevisses que notre mère cuisinait ensuite…

— Tu ne penses pas que le moment est venu pour toi de réintégrer le monde civilisé ?

Et voilà, c'est parti ! Non, plus précisément, ça recommence !

Sans même me donner la peine de lui répondre, j'avale une longue rasade de bière fraîche.

— Nathan est peut-être ton bras droit, mais le *WAM*, c'est ton club !

Je hausse les épaules en jetant un regard vague sur la berge. Je me souviens de nos nombreuses parties de cache-cache parmi les arbres gigantesques couverts de mousse filandreuse, de nos pieds nus foulant l'herbe, de nos éclats de rire, de la voix de ma mère nous appelant pour passer à table, ou encore nous racontant des histoires de braconniers et des légendes du Bayou… j'avais une préférée : celle de Rougarou. Cette mystérieuse créature aux yeux rouges, un genre de loup-garou, qui erre dans le marais à la recherche d'enfants désobéissants.

Matt se lève brusquement, fait quelques pas sur le perron. Le plancher craque sous ses pas et trouble le silence. L'humidité colle le tissu de sa chemise sur sa peau. D'un geste las, il se passe une main sur le front, termine sa bière d'une traite puis reprend place dans la chaise en osier. Il est agacé, fatigué par mon mutisme. Et peut-être aussi inquiet. Malgré cela, je n'ai pas envie de discuter, et encore moins de répondre, de remettre en cause, de débattre…

— Tu penses rester ici combien de temps encore ?

Tu fais chier, Matt ! je songe en me demandant surtout combien de temps encore il lui faudra avant qu'il me lâche, et qu'il retourne enfin en ville à ses affaires, à sa vie qu'il a mise en parenthèse pour me suivre. Mozart vient se frotter à mes jambes. D'une main distraite, je le caresse, avant de lui balancer une écrevisse que j'attrape dans le seau qui en est rempli – notre pêche de la journée – et qu'il se hâte de croquer.

— Et lui… ? m'interroge mon aîné en désignant de la main le chat de Jo. Qu'as-tu l'intention d'en faire ?

Aucune idée, frérot ! À vrai dire, je n'y ai pas réfléchi encore. Et au moins, lui, il ne me prend pas la tête chaque jour qui passe.

— Tu vas le garder ? Le lui rendre ?

Quand j'ai décidé, le dimanche où la véritable identité de Jo m'a explosé à la figure, de venir passer quelques jours ici, qui se sont depuis transformés en semaines, je suis passé en vitesse à mon appart et… il était là. À se frotter contre mes jambes, à me suivre alors que je remplissais mon sac de quelques fringues et de mon ordi. Jo m'avait rendu mes clés et n'avait pas la possibilité de passer le récupérer… alors, je l'ai embarqué avec moi.

— Tu ne peux pas tirer un trait sur ta vie et tout laisser en plan, continue Matt, indifférent à mon silence. Il y a des gens qui comptent sur toi…

Dommage pour eux.

Un pélican prend son envol au-dessus des petites barques amarrées sur la berge. Mozart dresse les oreilles en écho aux piaillements des oiseaux et se tient immobile sur la balustrade en bois du perron. À l'affût, son instinct de chasseur en éveil.

— Et par-dessus tout, il y a des personnes pour qui tu comptes énormément…

Il attend que je réponde, mais comme d'habitude, je reste muet. Il lâche un juron entre ses dents serrées. D'un geste sec, mon frère attrape son portable dans la poche arrière de son jean et s'éloigne de quelques pas. J'émets un bref soupir en espérant que cette fois sera la bonne, et qu'il va enfin se décider à rentrer à N.O.L.A. Matt parle à voix basse, ses mots sont inaudibles. Pourtant, je n'ai pas besoin d'être devin pour savoir avec qui il s'entretient. *Papa.* Notre père à qui il fait son rapport journalier…

Tel est le mode opératoire de Matt depuis deux semaines. Depuis qu'il a commencé à me poser la fameuse question… une semaine après notre arrivée ici.

Tu ne penses pas que le moment est venu pour toi de réintégrer le monde civilisé ?

Une question à laquelle je ne peux pas répondre. À laquelle je n'ai aucune envie de répondre.

Le souffle du vent est doux. L'air sent bon.

Ici, c'est un endroit rempli de souvenirs heureux, et perdu au milieu de nulle part…

Comme moi…

Une seule question tourne sans relâche dans ma tête. C'est l'unique interrogation qui ait encore la moindre importance pour moi. Jour et nuit, elle parasite mon cerveau et me ronge de l'intérieur. Aussi féroce qu'un monstre déchaîné prêt à tout pour sortir de sa cage. M'empêchant de dormir. De penser. De parler. De vivre… ou plutôt de survivre.

Jo m'a donné toutes les raisons de l'aimer comme un fou… puis de ne plus l'aimer, et surtout de la haïr.

Alors, pourquoi ?

Pourquoi est-ce que je l'aime encore ?

Le temps passe, et malgré tout, mon amour pour elle ne faiblit pas. Est-ce que je regrette d'être tombé amoureux d'elle ? Oui. Non. Les deux réponses sont aussi vraies l'une que l'autre.

Est-ce que tout aurait été différent si j'avais su dès le début qui était réellement Joanna ? *Oh putain, oui !* Parce que celui que j'étais à ce moment-là ne l'aurait pas engagée. Jamais ! Et si j'avais su qui elle était le soir de mon anniversaire ? Je les aurais raccompagnés *manu militari* jusqu'à la porte du *WAM*, elle et Cooper. De ça aussi, je suis certain. Ça fait peut-être de moi un salaud. Mais c'est la vérité. Jamais je ne serais tombé amoureux d'elle parce que notre histoire n'aurait jamais vu le jour… C'est une évidence !

Que se serait-il passé si Jo avait eu le courage de m'avouer qu'elle est la fille d'une meurtrière ? Et pas n'importe laquelle. Celle qui a assassiné ma mère ! Est-ce que nous serions toujours ensemble ? Aurais-je pu lui accorder mon pardon ? La comprendre ? Honnêtement, je ne pense pas…

ma réaction aurait probablement été la même. Peut-être juste moins violente. Pourtant, à ce moment-là, je n'étais déjà plus le même que lors de notre première rencontre. J'avais changé, j'étais heureux… grâce à elle. Mais même fou amoureux d'elle… le résultat aurait été identique. Là encore, c'est une évidence.

Alors, pourquoi, pourquoi est-ce que je l'aime encore malgré toutes ces certitudes ?

Est-ce parce que j'ai fini par admettre que Joanna et sa mère sont deux personnes bien distinctes ? Qu'être la fille d'un monstre absolu ne signifie pas qu'elle le soit aussi ? Qu'il est totalement injuste de ma part de l'associer à des crimes qu'elle n'a pas commis ? Qu'elle n'a pas à payer pour quelque chose qu'elle n'a pas fait ? Que si la psychopathie est un trouble du comportement et n'affecte que 1 % de la population, les gènes ne font pas tout dans le parcours d'un individu… et surtout, que tout psychopathe n'est pas un tueur !

À tout ça, je réponds : oui ! Là encore, c'est une évidence.

Je l'aime encore…

Le temps passe, les jours défilent et mon amour ne faiblit toujours pas. Il est toujours aussi fort. Du coin de l'œil, j'aperçois Matt qui raccroche son portable et revient vers moi.

— Alors, tu ne penses pas que le moment est venu pour toi de réintégrer le monde civilisé ?

Et voilà, c'est reparti pour un tour !

Mais aujourd'hui, Matt fait quelque chose d'inhabituel. Jusqu'à présent, il se contentait de me questionner sans relâche même si je ne lui adressais aucune réponse. Il se penche brusquement vers moi et saisit mon visage entre ses mains, puis plongeant son regard dans le mien, il ajoute d'une voix sourde :

— Putain, tu vas te reprendre, Scott ! Parce que tu le dois à maman. Montre à notre mère qu'elle a eu raison de t'aimer, de t'aider à réaliser tes rêves, de se ranger de ton côté chaque fois que papa enrageait contre toi. Montre-lui qu'elle n'a pas fait tout ça pour rien, bordel ! Et rappelle-toi ce qu'elle disait : dans la vie, il y a deux chemins. L'un est comme si rien n'était possible. L'autre est comme si tout était possible. Tu es le seul à choisir celui que tu suivras ! Choisis !

Chapitre 51

Joanna

5 juillet, 23 h 30

Je tombe…

Je suis en train de tomber.

Un gouffre brûlant m'aspire.

Je gesticule dans tous les sens pour tenter de me rattraper à quelque chose, mais je continue pourtant de tomber. Toujours plus vite. Plus loin dans le noir. J'entends mes hurlements. Plus je tombe, plus j'ai peur. J'ai peur que ça ne s'arrête jamais…

Je sais que ça ne s'arrêtera jamais…

Je me réveille brusquement. Le souffle court. En nage. Les bras et les jambes emmêlés dans les draps. J'ai chaud. Ma gorge est desséchée. Mes yeux me piquent. Je me mets à tousser. D'un bond, je sors du lit en comprenant que quelque chose ne va pas et me précipite vers la porte de ma chambre. Lorsque je pose ma main sur la poignée, je la sens brûlante. J'attrape mon peignoir et l'utilise pour ouvrir le battant. Une bouffée de chaleur me gifle brutalement le visage. À travers l'épais nuage de fumée, j'aperçois des flammes qui dévorent déjà l'escalier, me coupant toute retraite.

Oh Merde ! Merde ! Merde !

Totalement affolée, je referme la porte en me demandant comment je vais bien pouvoir sortir de cet enfer. Je me précipite vers ma table de nuit pour appeler les pompiers et…

— Quelle conne ! Mais quelle conne ! je hurle en me souvenant que j'ai laissé mon portable dans le salon.

La gorge serrée, je reste plantée quelques longues secondes au milieu de la pièce, ne sachant plus quoi faire. Est-ce ma faute ? Ai-je oublié d'éteindre un appareil électrique ? Non, c'est impossible. Alors c'est peut-être un court-circuit ? Cette baraque est tellement pourrie. Soudain, un hurlement retentit dans la rue, me tirant de mon hébétude.

— Mozart ? Mozart… ! je crie soudain, totalement paniquée, pour finir par me souvenir, soulagée, qu'il n'est pas là.

Mon cœur bat à toute vitesse. Je tousse et jette un regard vers la porte d'où s'échappent des volutes de fumée qui envahissent peu à peu ma chambre. J'attrape alors mes draps et essaie de calfeutrer le passage sous le battant le plus possible. Puis je me précipite vers la fenêtre en essayant de me rappeler ce qu'il convient de faire en cas d'incendie.

— Est-ce qu'on doit laisser fermé… ? Si j'ouvre, ça va faire un appel d'air, non… ? Oh merde ! Merde !

J'enfile au passage mon jean et mes baskets. J'ai l'impression de sentir les flammes me lécher la plante des pieds à travers le plancher. Je saute sur place. Il y a de plus en plus de fumée. Ça siffle et crépite tout autour de moi. Un véritable enfer. Je me dis alors que la seule chose qu'il me reste à faire, c'est de passer par la fenêtre. Un saut de…

Combien il y a de mètres jusqu'en bas ? Mais c'est ma seule chance, de toute façon, je songe alors qu'un son suraigu résonne brusquement au loin. *Et puis, je préfère me briser les os que… que le feu…*

Dehors, le hurlement strident s'amplifie, et je comprends alors que c'est la sirène des pompiers.

Dieu merci !

Je fais une prière pour qu'ils arrivent avant que je ne me transforme en torche vivante. La chaleur est de plus en plus intense. Étouffante. Insupportable. Je tousse et pose un nouveau regard sur la porte, désormais presque invisible derrière le rideau de fumée. Des lumières rouges clignotantes se reflètent dans la pièce. Je jette un œil à travers la vitre, et je découvre un énorme camion de pompiers qui se gare devant la maison. Je me mets à pleurer en souhaitant de tout mon cœur qu'il ne soit pas trop tard. C'est comme si j'étais dans un four et que la chaleur augmentait de seconde en seconde. Une violente quinte de toux me saisit. J'ouvre la fenêtre pour leur signaler ma présence et un courant d'air frais entre en contact avec mon visage brûlant. J'essaie de crier, mais rien ne sort de ma gorge desséchée, à part un ridicule croassement. La tête me tourne. Malgré ma vision trouble, je vois monsieur et madame Maize qui gesticulent et désignent ma fenêtre aux pompiers.

Ils ont dû appeler les secours, je pense en les remerciant en silence. *Pour une fois, je suis bien contente de votre insatiable curiosité.*

J'essaie d'avaler quelques goulées d'air frais. Malgré la fenêtre grande ouverte, j'ai la sensation de brûler de partout. Que mon corps s'embrase. Pourtant, les flammes n'ont pas réussi à pénétrer dans ma chambre. Pas pour le moment. Mais combien de temps me reste-t-il encore avant que le brasier n'entre dans la pièce ? Je l'entends se rapprocher derrière le battant. C'est comme une monstrueuse cavalcade qui enfle et résonne dans mes oreilles. Les silhouettes qui s'activent devant la maison me paraissent de plus en plus imprécises. L'air se raréfie dans mes poumons. Je passe une main sur mon visage et penche un peu plus mon buste au-dessus de la balustrade. Il me semble voir quelque chose qui se rapproche.

Comme une ombre, une masse sombre qui s'élève tout doucement. Je tends la main dans sa direction quand un craquement sinistre retentit sous mes pieds.

Puis je tombe…

Je tombe…

Le trou noir.

Chapitre 52

Joanna

13 juillet, 18 h 00

Avec Cooper, nous avons fait une liste du bon et du mauvais.

Les bons souvenirs, les bons moments, tous ces petits instants qui donnent du bonheur et qui parsèment une vie. Les mauvais moments, les mauvais jours, ceux qui sont remplis d'indifférence, de silences, de regrets, de mal-être…

La liste du bon ? Un souvenir…

Le jour où ma mère m'a coiffée et s'est occupée de moi comme toute mère aimante le fait avec sa fille. Pour la première fois, elle me touchait volontairement et prenait soin de moi. Elle a vérifié que ma robe tombait bien, n'était pas froissée. Que mes ongles et mes chaussures n'étaient pas sales. Elle m'a parlé et a même essayé de me faire rire. De me faire sourire. Ma petite main était blottie dans la sienne alors que nous marchions dans la rue. Le bonheur avait une odeur, celui du parfum de ma mère, et une couleur, celle de ses yeux émeraude se posant sur moi avec une attention qu'elle ne m'avait jamais manifestée jusqu'alors. Pendant quelques heures, j'ai été la petite fille la plus heureuse au monde. Oui, heureuse comme jamais. Le temps d'arriver devant une magnifique villa, d'y entrer et de découvrir un couple assez âgé. J'ai balbutié un timide bonjour. La femme était vêtue d'une robe noire, et un châle aussi blanc que ses cheveux coiffés en chignon était posé sur ses épaules. Ses yeux – d'une couleur identique à ceux de ma mère et aux miens – m'ont passé au crible de la plante des pieds à la pointe de ma tignasse, que ma mère s'était évertuée à discipliner. Ce qu'elle a vu n'a pas dû lui plaire, car sans même me répondre, elle a détourné le regard. Tout comme l'homme à ses côtés, qui avait les lèvres pincées. Le regard froid. Mais ce n'était pas grave, parce que j'étais toujours la petite fille la plus heureuse au monde. J'ai regardé autour de moi. L'intérieur était magnifique, avec un escalier en fer forgé comme je n'en avais jamais vu, à part dans des films à la télévision. Mais ce qui me surprenait le plus, c'était la taille des pièces. D'abord cette entrée, plus grande que notre maison, et ensuite le salon, meublé de divans en velours confortables, avec des lustres en cristal. Des plafonds couverts de fresques. Tout était resplendissant. Et à l'opposé de l'endroit sordide où nous vivions. Tout me semblait si parfait que j'avais peur de salir ou de casser quelque chose, alors je me suis contentée de rester debout et immobile. Mais je m'en moquais parce que j'étais heureuse. Ma main toujours serrée dans celle de ma mère. Un sourire éclatant sur mon visage.

J'aurais pu rester comme ça des heures, des jours, des mois…

Puis, soudain, ma mère a lâché ma main. Et mon sourire m'a quittée. Je l'ai regardée et j'ai vu de la colère sur son visage. Sa voix est montée dans les aigus. Elle s'est mise à crier, à gesticuler. Eux aussi. J'ai commencé à tendre l'oreille… et j'ai écouté les mots qu'ils se lançaient à la figure, comme on se jette des pierres. Du haut de mes huit ans, j'ai compris que j'avais devant moi mes grands-parents. Ma mère avait fait ce déplacement pour leur soutirer de l'argent. En vain. Ils n'avaient aucune envie de l'aider. Aucune envie de faire la connaissance de leur petite-fille.

Dans le tramway, sur le chemin du retour, mes mains étaient sagement posées sur mes genoux. Ma mère ne me parlait plus. Ne me regardait plus. Tout était redevenu normal…

La liste du mauvais ?

J'ai préféré m'arrêter d'écrire après avoir noirci cinq pages. Recto et verso.

Et ces feuilles ne représentaient qu'une infime partie de ma vie avec ma mère… une vie passée à espérer un signe d'affection, à défaut d'amour de sa part. Une vie à attendre pour rien. Je n'avais encore jamais voulu croire que ma mère était une meurtrière. Malgré les preuves, je n'avais pas envie d'entendre toutes les horreurs dont on l'accusait. J'avais déjà tant de choses à lui reprocher. Y rajouter une ignominie pareille était au-dessus de mes forces. Pourtant, c'est un fait. Lucy Richardson est une meurtrière, et c'est aussi ma mère.

J'ignore comment, pendant toutes ces années passées à ses côtés, j'ai pu ne rien deviner. Ne rien voir. Ne rien soupçonner. Je sais pertinemment que beaucoup seront toujours convaincus que ma cécité et mon silence étaient intentionnels. Pour eux, il est impossible de vivre avec un tel monstre sans avoir le moindre doute. Lorsque la police m'a convoquée hier pour m'informer que l'incendie qui a ravagé la maison n'était pas un banal accident, mais bien un acte volontaire, j'ai alors compris aussi que rien de ce que je pourrais dire ou faire ne les ferait changer d'avis. Les inspecteurs en sont même à supposer que j'étais peut-être la seule visée lors de l'attentat du fou furieux qui a lancé sa voiture contre la foule dans le Vieux Carré. Fou furieux qui n'est toujours pas sous les verrous, le véhicule était volé.

Rien ne changera les convictions de certains. Ils m'ont déjà jugée et condamnée. Et pas besoin de procès pour décider de ma sentence.

Je n'ai peut-être pas tué de mes propres mains, néanmoins, à leurs yeux, je suis coupable moi aussi.

Mais coupable de quoi ?

Coupable au point de mériter la mort ?

Chapitre 53

Joanna

18 juillet, 9 h 30

Aujourd'hui, je me trouve dans le parloir de la prison pour femmes de Parish.

Aujourd'hui, je vais la revoir. Pour la première fois depuis qu'elle est incarcérée, je vais me retrouver face à Lucy Richardson.

Ma mère…

Ma pire ennemie…

J'ignore ce que cette entrevue avec elle va m'apporter. Si même quelque chose de bon peut en ressortir. Les séances avec le psychiatre sont un mal nécessaire. Certains jours, je sors de son cabinet en larmes et totalement dévastée… et puis, il y a les autres jours. Ceux où je me sens un peu plus légère… où je me dis que le bonheur existe quelque part… que j'ai le droit d'être heureuse… c'est pour ces jours-là que je continue mes séances. J'ai aussi admis que si je n'affronte pas ma mère, il me sera très difficile – pour ne pas dire impossible – de briser le lien malsain qui nous lie toutes les deux.

Mais suis-je assez forte pour me mesurer à elle maintenant ?

Mon corps devine sa présence avant même que mes yeux ne la découvrent. Je me crispe involontairement. Mon souffle se fait plus rapide. Plus saccadé. Son sourire me confirme qu'elle n'a pas manqué cette réaction instinctive et incontrôlable.

Elle prend place sur la chaise métallique en face de moi. Je ne l'ai pas vue depuis des mois et pourtant son visage n'a pas changé. Il est exactement comme la dernière fois que je l'ai vu, le matin de son arrestation. Je pensais que la prison l'aurait changée physiquement. Qu'elle en porterait des traces. Mais les seules que je vois sont celles de ses lèvres maquillées et de ses ongles peints : rouge ! Ce rouge qui aujourd'hui m'évoque de façon morbide tout le sang qu'elle a fait couler. Un nœud se forme dans mon estomac. Comme avant.

Je vais y arriver ! Je vais y arriver ! Je vais y arriver !

J'ai lu quelque part que lors d'interrogatoires l'inspecteur reste silencieux jusqu'à que le suspect craque. Une méthode d'intimidation. Sauf qu'en ce moment, j'ai la sensation désagréable d'être le suspect, et que ma mère mène le jeu… comme avant. Tous ces mois loin d'elle m'ont fait croire que j'étais assez forte pour l'affronter. Mais j'ai peur de ne pas faire le poids face à elle. De ne jamais y parvenir. Son air blasé et le regard froid qu'elle promène sur moi – telle une vieille habitude – accentuent mon malaise.

Mon Dieu ! C'est d'un pathétique ! Avoir trouvé la force de venir ici et me dégonfler lamentablement !

Je redresse les épaules en gigotant nerveusement sur ma chaise. Je lui fais un petit signe de tête.

Je vais y arriver ! Je vais y arriver ! Je vais y arriver !

Dans un souffle, je lâche, la mâchoire crispée :

— Bonjour…

Elle me répond d'abord par un sourire ironique, puis enchaîne :

— Ton TOC n'a toujours pas disparu. Tu ne peux pas t'en empêcher, tu répètes la même phrase trois fois dans ta tête pour te donner du courage. Tu as peur, en ce moment ? De moi ?

J'ai un hoquet de surprise en réalisant qu'elle connaît ma petite manie. Habitude que j'ai prise dans mon enfance pour me donner du courage. Pour ne pas pleurer. Crier. Hurler. Pour ne pas sombrer. Pour avoir la force de supporter ma vie. Elle. Pour survivre.

Bien sûr qu'elle le sait ! Et j'imagine qu'elle le sait depuis le tout début.

J'étais si jeune alors – quatre ou cinq ans, je ne me souviens plus très bien – que j'ai murmuré la même phrase : *Je vais le faire ! Je vais le faire ! Je vais le faire !* pour trouver la force de plonger ma tête dans la bassine d'eau glacée… Combien de fois l'ai-je murmurée avant de finir seulement par le dire dans ma tête ? Suffisamment pour qu'elle le remarque.

— C'est une manie comme une autre, je lâche en cherchant à reprendre contenance.

— Je reconnais que j'ai été quelque peu surprise quand la gardienne m'a annoncé que ma fille m'attendait au parloir. C'est bien la première fois que l'une de tes réactions aura déclenché un acte que je n'avais pas anticipé. Tu as toujours été si prévisible !

J'ouvre la bouche avec l'envie de lui demander si elle s'attendait aussi à ce que je refuse son appel en PCV, mais elle ne m'en laisse pas le temps :

— Alors, Joanna, que me vaut cette petite visite impromptue ? Chercherais-tu des réponses ?

Tu joues encore, maman ? Ce jeu tordu et pervers qui dure depuis des années !

Je prends une profonde inspiration en plantant mon regard dans le sien. Elle veut jouer avec moi. Sans être équitable, sans suivre les règles, à part les siennes, et qui peuvent changer à tout moment parce qu'elle le décide. Quant à avoir des réponses, là aussi, c'est à son bon plaisir. Sans aucune garantie que ce soit la vérité.

— Qu'est-ce que je pourrais bien avoir à te demander… *maman* ? Quelles réponses pourrais-tu me donner dont je ne connais pas déjà la réponse ? C'est vrai, j'étais venue avec une question. Mais si je veux être enfin honnête envers moi-même, je connais déjà la réponse.

Pourquoi tu ne m'aimes pas ? Pourquoi tu ne m'as jamais aimée ?

Pendant des années, cette question a été mon unique obsession. Je me suis construite par rapport à ce besoin, ce manque atroce, ce désespoir de ne jamais entendre les mots *je t'aime* dans sa bouche. Leur absence a façonné toute mon existence.

— C'est une question essentielle de ne pas savoir pourquoi une mère n'aime pas son enfant, n'est-ce pas, Joanna ? De ne pas comprendre pourquoi je ne t'aime pas ? Mais la véritable question serait plutôt…

Elle plisse les yeux et se penche vers moi, avant de continuer :

— Pourquoi devrais-je t'aimer ? Parce que je t'ai portée neuf mois dans mon ventre ? Parce que je t'ai donné la vie ? Mon sang ? Mon temps ? Dis-moi Joanna, pourquoi devrais-je t'aimer ?

Ce qu'elle dit me sidère. Mon corps tout entier se crispe pour contenir un haut-le-cœur tandis qu'elle m'observe avec un plaisir évident. Pendant des années, j'ai attendu, espéré, rêvé qu'elle m'offre ces deux petits mots. Pour être tout à fait honnête, une heure auparavant, ce besoin viscéral de les entendre me rongeait. Et même en cet instant, je ne peux m'empêcher d'espérer encore. C'est plus fort que moi. J'ai besoin qu'elle me les dise au moins une fois dans ma vie.

Une seule putain de fois !

Parce qu'elle me les doit !

N'a-t-elle jamais, au long de toutes ces années, ces mois, ces semaines, ces jours, ressenti le moindre sentiment à mon égard ? N'a-t-elle jamais développé la plus infime parcelle d'affection ?

— Je pense que la question primordiale serait plutôt de savoir pourquoi toi, tu es dans l'incapacité totale d'aimer ton enfant ? Pourquoi ne pas avoir avorté ? Ou confiée aux services sociaux ?

— Estime-toi heureuse d'être de ce monde, parce que ce n'est pas faute d'avoir essayé de te faire passer, murmure-t-elle en me fixant. Malheureusement, tu t'es accrochée comme un sale petit morpion, et il était trop tard ensuite pour pratiquer une IVG…

Son regard se détourne de moi pendant un moment. Puis elle fait un geste agacé de la main, comme si elle chassait un insecte indésirable.

— Tu penses que le simple fait d'être ma fille t'accordait le privilège de mon affection, de mon amour ?

Le privilège ?!

— Je comprends surtout que c'est un privilège que tu m'as toujours refusé et combien j'ai été stupide en effet d'espérer que tu me l'accorderais un jour.

— Un petit grain de sable, voilà ce que tu étais. Une particule minuscule qui a pourtant réussi l'exploit de foutre en l'air une vie parfaite. La mienne. Et tu aurais voulu que je ne te rende pas la pareille ? Voilà pourquoi je ne t'ai jamais confiée aux services d'adoption.

Malgré mon attitude apparemment calme, quelque chose bouillonne en moi. A-t-elle seulement conscience de l'horreur de ses paroles ? Y prend-elle un plaisir extrême ?

— Néanmoins, ta présence a fini par m'apporter quelques avantages, continue-t-elle avec un brin d'ironie dans la voix. Tu avais l'intelligence d'être discrète pour ne jamais te mettre en travers de ma vie. Tu as toujours tellement voulu me faire plaisir que tu ne ménageais pas tes efforts. Ça en devenait d'un pathétique, parfois.

Pour la première fois de ma vie, je vois réellement Lucy Richardson.

Cette femme qui est ma mère !

Qui m'a donné la vie.

Pour ensuite semer la mort !

Chapitre 54

Joanna

18 juillet, 10 h 30

Mes doigts se crispent sur la table qui nous sépare.

J'ai la sensation que mon corps tout entier retient son souffle.

Et une vague de haine me submerge. Comment une femme à l'apparence si tendre et si fragile peut être aussi indifférente et glaciale ? Comment imaginer que, derrière ce visage empreint de douceur, ses yeux verts magnifiques se dissimule une âme monstrueuse ? Une meurtrière ?

— Ma conception a été le petit grain de sable qui a foutu ta vie parfaite en l'air. Comme tu as dû m'en vouloir, me haïr…

Une sueur froide s'insinue en moi quand la raison primitive de ses motivations se dévoile à ma conscience.

— Eux aussi, tu as dû les maudire. Ils t'ont idolâtrée pendant des années et rien n'était jamais assez beau pour leur princesse. Tu me l'as assez répété. Leur fille méritait le meilleur parce qu'elle était la meilleure ! Leur fille était parfaite… tellement parfaite…

Sa bouche se crispe et elle me fusille du regard. Mais je devine son incompréhension face à mon attitude. Pendant toutes ces années, j'ai été si totalement et parfaitement docile, effacée. Complètement sous son emprise. Son jouet !

— Et du jour au lendemain, à cause d'un petit grain de sable, ta vie *parfaite* est partie en vrille. Sans aucun remords, tes parents t'ont éjectée avec en prime un bébé dans le ventre. Soudain, tu n'étais plus aussi parfaite pour eux ! Quels parents sont capables d'un tel geste ? Mettre leur fille à la rue sans même se soucier de savoir comment elle va manger, dormir, vivre ?

Sa respiration s'accélère et je ne manque pas le tremblement de sa paupière. La raideur soudaine de sa nuque.

— Une mère qui aime son enfant est incapable de faire ça. Pas plus qu'un père. Finalement, tu étais loin d'être aussi *parfaite* que tu le pensais, qu'ils le croyaient. Quel choc cela a dû être pour toi. Ils t'ont jetée à la poubelle comme une ordure. Malgré ton QI supérieur à la normale et ton physique de rêve….

— Tu t'estimes supérieure à moi ?! m'interrompt-elle brusquement avec un mouvement du corps qui manifeste sa rage. Tu penses que tu vaux mieux que *moi* ?!

C'est la première fois que je vois se fissurer son implacable maîtrise. Sans même me laisser répondre, elle poursuit d'une voix où perce tout le mépris que je lui inspire :

— Tu es tellement insignifiante, Joanna ! À ton âge, j'avais déjà été sacrée deux fois Miss Louisiane. Les plus beaux partis de la ville se disputaient mes faveurs. Ils étaient tous à mes pieds à attendre une miette de ma part, tels de misérables mendiants.

— Et alors ?! je lui crache au visage d'une voix pleine de fureur contenue. Où cela t'a-t-il mené ? Pas un seul ne t'a demandée en mariage. Tu parles d'un beau résultat pour la double Miss Louisiane ! Mais le pire, c'est que pas un homme ne t'a aimée d'un amour véritable et sincère. Tu n'as jamais réussi à inspirer des sentiments aussi profonds. Dans toute ta misérable vie, tu ne connaîtras jamais ce bonheur intense et indescriptible qu'un homme peut avoir pour une femme ! Ni celui qu'un enfant peut avoir pour sa mère. Tu aurais pu avoir cette chance merveilleuse, mais même ça, tu l'as pourri par ta monstrueuse vanité et ton égoïsme sans fin. Tout est calculé chez toi. Tu uses de ton pouvoir sur les autres avec cruauté… depuis ton arrestation, je me suis demandé pourquoi tu avais choisi cette profession. Un métier altruiste où l'empathie est une qualité primordiale. Alors que tu en es l'antithèse absolue, et j'ai compris…

Sa haine envers moi est si grande qu'elle pourrait presque se matérialiser sous mes yeux. Elle émane de chaque parcelle de son corps.

— Le pouvoir ! Et quel plus grand pouvoir que celui de donner la mort. De décider qui a le droit de vivre ? Tu n'as pas idée de la haine infinie que je ressens à ton égard. Elle est encore plus forte que la tienne pour moi… infiniment plus forte ! Et tu me…

— Tu ne m'as pas demandé *pourquoi* ? me coupe-t-elle brusquement. Mais peut-être le sais-tu déjà, n'est-ce pas ? Après tout, tu es *ma* fille. Et qui peut prédire ce dont est capable la fille d'une meurtrière…

Elle tente de reprendre le dessus sur moi, de me corrompre. Je peux voir le plaisir pervers qui l'anime à l'instant précis. Le sourire qu'elle affiche soudain me glace. Comme si elle était au courant de ma plus grande peur.

Bien sûr qu'elle le sait !

L'air me manque et je reste tétanisée sur ma chaise. Je devrais fuir. Me lever et m'enfuir. Elle me contamine par sa simple présence. Me souille par ses paroles.

— Certains ont pensé que j'agissais par appât du gain. Quelle bande d'imbéciles ! Certains psychiatres m'ont cataloguée comme une psychopathe… d'autres – et non des moindres – ont déclaré que mes actes étaient dictés par la jalousie, ou que sais-je encore… *Elle se penche vers moi, et beaucoup plus bas, continue* : Tout le monde est capable de tuer. On a tous en nous le germe de la violence. Toi aussi ! Et qui te dit que demain tu ne passeras pas à l'acte ? Tu ne peux avoir aucune certitude quant à la réponse. Que tu ne seras pas pire que moi ? Après tout, depuis ta naissance je t'ai façonnée à ma guise. Tu as été mon jouet ! Ma marionnette et...

— Assez !

Je me lève brusquement.

— Tu as raison, mais pour une chose, une seule, je lâche dans un souffle. J'aimerais te tuer ! Tout comme toi tu as eu envie de me tuer dès l'annonce de ta grossesse. J'ignore pourquoi tu ne l'as pas fait, et peut-être cela aurait-il évité toutes ces morts. Toutes ces familles anéanties par ta faute. Tu es incapable de supporter le moindre échec et toute cette horreur se résume à ton pire échec. Moi ! Je suis vivante ! Je me moque totalement de ce qui pourra t'arriver dorénavant. Tu n'obtiendras absolument plus rien de moi…

Mes paroles résonnent entre nous comme un glas funèbre. Un tressaillement nerveux et involontaire la saisit quand elle assimile la portée de mes paroles. Je me penche lentement vers elle. Avec dans les yeux toute la répugnance qu'elle m'inspire.

— Si tu persistes dans ton infâme demande d'appel, je peux te promettre que si, par malheur, tu étais exaucée – ce dont je doute –, tu me trouveras au tribunal pour y déposer, cette fois, et ce ne sera pas en ta faveur… fais-moi confiance !

Il me faut quelques secondes pour reprendre mon souffle. Pour calmer les battements furieux et désordonnés de mon cœur.

— Je leur dresserai un portrait de toi qui te conduira tout droit dans ta tombe ! Je leur raconterai toutes ces années passées avec toi, et s'il le faut, j'en rajouterai encore. Pour chacune de tes victimes, j'inventerai un sévice. Mes mensonges auront plus de poids que ta vérité ! Que la vérité !

J'attrape mon sac, et sans un mot de plus, sans un regard, je quitte le parloir.

Parfois, il faut beaucoup de temps… être totalement détruite pour accepter de s'être trompée et mettre fin à son histoire.

Lucy Richardson n'existe plus…

Aujourd'hui, j'ai tué ma mère !

Chapitre 55

Scott

20 septembre, 20 h 00

Tandis que je remonte Decatur Street, mon portable vibre dans ma poche. Je devine déjà qu'il s'agit de Matt.

— C'est bon, ne t'énerve pas, dis-je en décrochant. Je suis là dans moins de cinq minutes.

— Tu as intérêt, bougonne-t-il avant de raccrocher aussi sec.

Dès que je pénètre dans notre restaurant favori – le *Coop's Place* –, les délicieuses odeurs d'épices me font saliver. Il ne me faut qu'un bref regard dans la salle bruyante pour repérer la table où je suis attendu.

— Ça ne t'arrive jamais d'être à l'heure, me balance Matt après m'avoir serré dans ses bras et que ma sœur me noie sous ses effusions de tendresse. Tu pourrais…

— Papa a promis de m'emmener à Paris ! le coupe Lily Rose, totalement surexcitée. Paris, tu imagines un peu ? La plus belle ville au monde !

— Elle n'a plus d'autre sujet de conversation à la bouche depuis que je suis passé la prendre à la maison, gémit mon frère en levant les yeux au ciel.

— Qu'est-ce que tu as fait pour mériter un cadeau pareil, crevette ?

Je me demande si ce voyage soudain ne serait pas en rapport avec la demande en appel de la meurtrière de notre mère. Mais je n'ose pas m'en enquérir auprès de Matt. Nous évitons – autant que possible – d'en discuter en présence de notre sœur.

— Arrête de m'appeler comme ça ! Je ne suis plus une crevette.

— Tu as pris du poids, j'en conviens, je rétorque avec un sourire amusé. Mais tu es, et resteras, toujours ma crevette…

La première fois que je l'ai vue – dans les bras de ma mère, au retour de la maternité –, elle était si petite que j'ai laissé échapper qu'elle ressemblait à une crevette. Tout le monde a éclaté de rire et le surnom lui est resté. À son grand désespoir.

— Une grosse crevette, plutôt une gamba, ajoute Matt en gonflant les joues pour la taquiner. Et qui me bassine depuis plus d'une heure avec Paris ceci, Paris cela…

Le serveur nous interrompt pour prendre nos commandes. Sans surprise, Matt et moi choisissons un gumbo – ragoût aux multiples saveurs, bien épicé – alors que Lily Rose opte pour un jambalaya – spécialité à base de riz, accompagnée de viande et de gambas. Et sans surprise non plus, la conversation durant le reste du repas est monopolisée par l'incessant bavardage de notre cadette qui s'est totalement focalisée sur la Ville lumière ! Nous nous contentons de l'écouter et de l'interrompre de temps à autre pour la taquiner. Mais pas une seule fois, pendant l'heure qui suit, le sourire qui éclaire son visage et la joie qui étincelle dans ses yeux ne disparaissent. Le regard que j'échange avec Matt m'apprend que lui aussi a remarqué combien elle est heureuse. Et c'est tout ce qui compte. Quand vient le moment de l'addition, et que Lily Rose, absorbée par son portable, ne nous prête désormais plus attention, mon aîné pivote vers moi.

— Tout va bien, frérot ? Tu as l'air fatigué…

— Je suis crevé, c'est vrai. Je travaille comme un fou… et je ne dors pas bien en ce moment, mais ça va.

Depuis notre retour du Bayou, il y a deux mois, je tente de refaire surface. J'ignore si j'y parviens, et vu son air inquiet, j'en doute un peu. Mais je suis au *WAM* toutes les nuits, je ne rate aucun brunch le dimanche, pas plus que nos petits repas en semaine, à tous les trois. Nathan a même réussi l'exploit de me traîner à un barbecue. J'ai bu quelques bières, mangé, discuté… mais quand je me suis retrouvé avec une jolie inconnue dans les bras – qui ne demandait visiblement qu'à se glisser dans mes draps –, j'ai pris la fuite.

— Tu penses toujours à elle, n'est-ce pas ? s'enquiert Matt, comme s'il avait deviné mes pensées.

Pendant un court instant, j'ai envie de lui mentir et de le rassurer. Mais nous nous sommes beaucoup rapprochés tous les deux ces derniers temps. Sans compter que j'ai peur qu'il ne lise la réponse dans mes yeux. Alors, j'avoue dans un murmure que lui seul peut entendre :

— Oui, tous les jours. Je n'arrive pas à me la sortir de la tête…

Bien sûr, il y a quelques moments d'accalmie. Lorsque je dors. Et encore… si Jo ne s'invite pas dans mes rêves. Ou encore au *WAM* quand je suis surchargé de boulot. Dans ces moments-là, oui, j'arrive à ne plus penser à elle. Mais ils ne sont pas assez nombreux pour me la sortir de la tête. Tout ça, je ne le lui dis pas. Bien entendu ! Pas plus que je ne lui avoue qu'après avoir appris – le lendemain de notre retour du Bayou – qu'un incendie avait ravagé son domicile, je n'ai pu m'empêcher de lui téléphoner. J'ai alors découvert que sa ligne n'était plus active. Je suis donc allé frapper à la maison où je la déposais chaque soir pour trouver porte close. J'ignore totalement où se trouve Jo. J'ai ensuite fait des recherches pour tenter de savoir si elle avait retrouvé un poste d'institutrice dans les environs, mais là non plus, je n'ai obtenu aucun résultat. Tout cela je ne le lui dis pas, mais je suis persuadé qu'il le sait déjà. C'est comme si elle avait disparu. Comme si elle n'avait jamais existé.

Il pousse un soupir et me serre tendrement l'épaule. Ma bonne humeur s'est évaporée.

Comme Jo, je songe brusquement avec une douleur fulgurante dans la poitrine.

Quand nous sortons du *Coop's Place*, la nuit est tombée.

10 janvier, 3 h 30

Les tâches quotidiennes s'enchaînent les unes à la suite des autres : faire les comptes de la soirée, fermer le bureau, dernier coup d'œil dans le club, ramasser une bouteille d'eau au passage, éteindre toutes les lumières, vérifier que la porte est bien fermée et enclencher l'alarme. Au club, tout mon personnel est persuadé que Jo m'a quitté après une dispute due à mon sale caractère. Bella a fait de son mieux pour ne pas me prendre la tête à mon retour, malgré son évidente envie d'avoir le fin mot de l'histoire.

Mais personne ne sait *pourquoi* Jo est partie. Nathan est le seul à connaître la vérité, et on peut dire qu'il est tombé des nues en apprenant qu'elle est la fille de Lucy Richardson. Il est le seul aussi à savoir que j'ai fait des recherches pour la retrouver. Des recherches qui n'ont rien donné. J'ignore totalement où elle se trouve, ce qu'elle devient… si elle a un homme dans sa vie… s'il lui arrive de penser à moi…

— Tu veux aller boire un verre ? me demande-t-il alors que nous sommes les derniers sur le parking.

— Je vais juste rentrer chez moi, je réponds, et avant qu'il ne pose la question fatale, j'ajoute : Ça va, Nathan. Je suis juste crevé.

Je n'ai même pas besoin de faire semblant de bâiller. On est tous sur les rotules, en ce moment.

— À demain, murmure-t-il avant de grimper dans sa voiture. Si tu as besoin, n'hésite pas…

— Je sais, mec, merci.

Sur le chemin du retour, je fais un arrêt dans une épicerie de nuit pour acheter un paquet de croquettes. J'ai à peine fait un pas dans le loft que Mozart se précipite sur moi en miaulant.

— Voilà, voilà…

Le petit monstre poilu se jette sur sa gamelle comme s'il n'avait pas mangé depuis des mois. J'ai désespérément besoin de sommeil. D'oubli. Je me demande parfois si je parviendrai un jour à ne plus penser à Jo. Combien de temps encore son absence me fera-t-elle souffrir ? Pourtant, je ne suis pas certain non plus que sa présence me soulagerait. Une partie de moi a l'impression de trahir ma mère. L'autre, de trahir Jo. Et une autre encore de me trahir, moi. De trahir notre amour.

Cette idée me saisit si brusquement que j'ai la sensation de sentir mon cœur se briser…

14 mars, 9 h 30

Mon cerveau détecte un poids sur mon torse alors qu'une sonnerie stridente résonne dans la chambre.

— Mozart, pousse-toi de là…

Je me force à me lever en maudissant celui qui ose me tirer de mon sommeil. Mal réveillé, je titube jusqu'à la commode afin de me saisir de mon portable, pour finalement me rendre compte que c'est en fait la sonnette de l'entrée.

— Fait chier !

Tandis que je dévale les escaliers – Mozart sur mes talons –, la sonnerie retentit de plus belle.

— C'est bon ! je hurle à l'intention de la personne derrière le battant. J'arrive ! J'arrive…

En traversant le salon, je constate qu'il n'est même pas dix heures du matin. Ce qui me fout en rage, car j'ai tout juste eu le temps de dormir quatre heures. Autant dire que lorsque j'ouvre la porte d'un coup sec, je ne suis pas à prendre avec des pincettes.

— …

Lorsque je découvre Matt sur le seuil, les mots restent coincés au fond de ma gorge. Un frisson glacial me transperce. Si Matt se pointe à cette heure si matinale, ce n'est pas pour m'annoncer une bonne nouvelle. Pas avec toute la charge de travail qu'il assume. Pas avec tous les clients qui défilent à son cabinet. Pas avec tous les rendez-vous qui égrènent sa journée. Pas en sachant qu'à cette heure-ci, je dors…

— Désolé de te sortir du lit à une heure aussi matinale, frérot, commence-t-il en se dirigeant tout droit vers le coin cuisine et en se débarrassant au passage de sa veste sur le canapé. Je sais que tu n'as pas beaucoup dormi…

Il ouvre le placard et sort les capsules de café avant de brancher la machine. Je me laisse choir sur un tabouret. Je parviens à peine à réfléchir, et je tente de mon mieux de reprendre mes esprits. D'une main, il pousse une tasse pleine de nectar noir devant moi. Je sens que le désastre n'est pas loin et j'aimerais éviter qu'il ne m'explose à la figure. Seulement on n'empêche pas un train lancé à grande vitesse et sans freins de finir dans le mur.

— C'est Lucy Richardson, j'articule dans un souffle. C'est ça…

Sa réponse tombe. Aussi tranchante que le couperet de la guillotine.

— Oui !

Chapitre 56

Joanna

14 mars

J'étais certaine que rien ne viendrait chambouler ma nouvelle vie à New York.

J'avais tort.

Un simple petit coup de téléphone de quelques minutes et… pouf ! Et à cause de qui ?

Lucy Richardson…

16 mars, 6 h 00

— Ma puce, tu es bien certaine de vouloir y aller seule ?

— Oui.

Je range ma trousse de toilette dans le sac qui contient deux tenues de rechange. Pas besoin de valise. Je ne compte pas m'éterniser.

— Ça ne me plaît pas…

— Je sais, Cooper. Ça fait deux jours que tu me bassines avec ça. Détends-toi, il ne va rien m'arriver.

— Je préférerais quand même venir avec toi, lâche-t-il avec mauvaise humeur. Je n'aime pas te savoir seule là-bas. D'autant que la police n'a toujours pas arrêté le cinglé qui a incendié ta maison. Et qui est probablement le même à s'être servi d'une bagnole volée pour foncer sur toi dans la foule…

D'accord ! Cooper est passé en mode hyper-protecteur ! Papa ours est de retour. Ça ne va pas être facile de lui faire entendre raison.

— Je peux très bien me débrouiller, Coop, j'affirme en attrapant mon sac, alors qu'il affiche un air maussade et que j'ajoute en lui plantant un baiser sur le nez : Nous étions d'accord !

— Pas vraiment ! riposte-t-il en me suivant jusqu'à la porte d'entrée. Tu as décidé seule, et tu ne m'as pas vraiment laissé le choix…

— S'il te plaît, je l'interromps en l'enlaçant. C'est quelque chose que je dois faire seule… j'en ai besoin. Et c'est aussi ce que le psy m'a conseillé.

Il lâche un long soupir et, vaincu, finit par hocher la tête.

— Je t'accompagne en bas pour attendre le taxi, bougonne-t-il en saisissant mon bagage. Il devrait déjà être là.

Cooper donne un coup de pied pour refermer la porte derrière nous et nous gagnons l'ascenseur côte à côte. Ni lui ni moi ne parlons. Une fois en bas nous traversons le hall, et j'aperçois le taxi garé au bord du trottoir. Cooper se dirige en marmonnant vers la voiture. Il m'enlace à son tour et murmure :

— Je serai toujours là…

Il s'arrête alors en me fixant, et tandis qu'une sensation étrange me gagne, je lâche dans un souffle :

— Je sais. Je sais aussi que tu seras là chaque fois que j'en aurai besoin.

— Mais ce sera la première fois que je ne serai pas avec toi pour ton anniversaire, précise-t-il en fronçant les sourcils. Et ça ne me plaît pas du tout…

Mon Dieu ! Nous sommes le 16 mars ! Mon anniversaire !

— J'avais complètement oublié, je murmure en me rappelant brusquement que c'est aussi celui de… Scott, alors que le chauffeur s'impatiente en nous demandant si c'est pour aujourd'hui ou pour demain ! Il faut que j'y aille, Coop… sinon, je vais manquer mon avion.

— OK, ma puce, marmonne-t-il. On fêtera ton anniversaire à ton retour dans deux jours !

Soudain, une crainte irraisonnée s'empare de moi. Comme si… comme si… comme si mon instinct me soufflait de rester à New York. Mais je me secoue et serre Cooper de toutes mes forces dans mes bras.

— Oui, dans deux jours, j'affirme ensuite en me glissant sur la banquette arrière et en indiquant au chauffeur : JFK, s'il vous plaît.

Pendant tout le trajet jusqu'à l'aéroport, je fais le vide dans ma tête. Mon sentiment de gêne ne cesse de grandir. Quand le chauffeur s'arrête devant le terminal, je prends ma carte de crédit pour régler la course. Dans le hall, je jette un œil sur le panneau d'affichage des départs pour repérer le vol 455, de la compagnie United Airlines. Un vol direct de trois heures.

Celui qui me conduira de New York à La Nouvelle-Orléans.

Une ville où je pensais ne plus jamais revenir…

Où surtout je ne voulais plus revenir…

16 mars, 11 h 00

Je retire mon pull pour me sentir plus à l'aise en tee-shirt. J'avais oublié qu'au mois de mars il peut faire très bon ici. Comme aujourd'hui, avec ce gentil petit 23 °C. J'avais oublié la chaleur moite de ma ville. Sa décontraction tendre et chaleureuse. Cette douce nonchalance. Dès que j'ai posé les pieds dans l'aéroport, j'ai ressenti l'esprit du Sud. J'ai retrouvé l'âme folle de N.O.L.A., comme si cette ville – aux antipodes de New York, qui est tellement urbaine, moderne, dynamique, inventive… – ne subissait pas les atteintes du stress, de la criminalité. Mais je suis bien placée pour savoir que ce n'est qu'une illusion. Je ne suis partie que depuis quelques mois, et j'ai l'impression que rien n'a changé. Alors que je me sens si différente.

J'ai voulu tirer un trait sur ma vie passée. J'ai souhaité tout laisser ici. Tout oublier. Mais on n'efface pas le passé. Peu importe l'endroit où l'on se trouve, il nous colle toujours à la peau. Le temps défile, et soudain, au moment où on s'y attend le moins, le passé resurgit.

— Vous êtes arrivée, me lance le chauffeur avec un accent chantant. Ça fait trente-six dollars.

Je le règle en silence et sors du taxi sous une petite pluie fine.

Et voilà, j'y suis !

Tout en tenant mon sac serré contre moi, j'avance en silence, le regard un peu vague et la poitrine oppressée.

Je vais revoir Lucy Richardson.

Ma mère.

Mais pas à l'endroit que je pensais.

Ni comme je l'avais imaginé.

Je suis au 300 N Claiborne Avenue, au nord du Quartier français, à quelques pâtés de maisons du Mississippi…

Je suis au cimetière Saint-Louis de La Nouvelle-Orléans…

Pour y enterrer ma mère.

Chapitre 57

Joanna

16 mars, 11 h 30

Il n'y a personne.

Je suis seule…

À part les trois employés du cimetière. Des paparazzi. Difficile de se tromper vu qu'ils sont déjà en train de me mitrailler. *Bandes de sales charognards !* Des badauds avides de pouvoir raconter qu'ils ont vu la fille de la tueuse en série. Et les autres… une petite dizaine d'hommes et de femmes qui me sont parfaitement inconnus. Des collègues de ma mère ? Des ami(es) ? Des proches des victimes ? Je l'ignore totalement. Je tente de faire abstraction de tous ces regards posés sur moi. J'essaie d'occulter que, derrière la curiosité malsaine de certains, la haine est aussi présente. Je frissonne. À cause de la pluie et aussi de la peur incontrôlable qui me serre la gorge, la poitrine, le ventre.

Il ne va rien m'arriver. Il ne va rien m'arriver. Il ne va rien m'arriver.

Dans cet attroupement d'inconnus, les deux personnes que je pensais revoir pour la seconde fois de ma vie, sa mère et son père – mes grands-parents –, sont absents. Tout comme moi, l'avocat les a informés de sa mort. Il me l'a confirmé lorsque je le lui ai demandé. Si je n'avais pas leur numéro de téléphone en ma possession, ce n'était pas son cas. Oui, je ne sais pas pourquoi, j'étais persuadée qu'ils seraient là.

*C'*était quand même leur fille. *Ne serait-ce que pour cette seule et unique raison, ne devraient-ils pas être là ?*

Quand il m'a demandé si je souhaitais une cérémonie religieuse, je suis restée sidérée quelques minutes avant de lâcher : après ce qu'elle a fait ?! Non, pas de cérémonie religieuse.

— Souhaitez-vous quelque chose de particulier ? m'a-t-il alors demandé d'une voix qui me semblait lointaine.

— Quelque chose de… de particulier ?! ai-je bafouillé.

— Une évocation de la défunte par une prise de parole de l'officiant ou de vous, par exemple. Une lecture de texte ou peut-être une musique qu'elle appréciait…

— J'ignore si elle appréciait ou pas la musique. J'ignore ce qu'elle aimait… je sais juste ce qu'elle n'aimait pas : moi. Mais à part ça et pour être tout à fait honnête, je ne sais rien d'elle. Rien du tout !

— Oh, je suis désolé, a-t-il lâché sur un ton décontenancé. Je vais faire au mieux dans ce…

— Oui, c'est ça ! Faites au mieux, l'ai-je coupé, la respiration saccadée et avec la sensation d'étouffer. Je viendrai pour… pour… et je réglerai la facture, ai-je ajouté avant de raccrocher brutalement.

J'ai l'impression que cela fait des heures que je suis là. Devant ce cercueil. Alors que cela ne doit faire que quelques minutes à peine. J'ai perdu la notion du temps. Le visage des hommes derrière le rideau de pluie me semble aussi confus que mes propres sentiments. Ce qui n'était qu'une petite pluie fine prend désormais l'allure d'une averse tropicale et couvre les paroles que l'agent des pompes funèbres prononce. Cela a aussi le mérite de faire fuir toute cette assistance. Je n'entends rien de ce dernier hommage rendu à ma mère par un illustre inconnu. C'est sans doute beaucoup mieux ainsi, car pas un seul de ses mots n'aurait été le reflet de la vérité. De sa vie. Pendant une fraction de seconde, je me demande s'il sait qui était Lucy Richardson. Qui elle était vraiment. Ce qu'elle a fait.

Pauvre idiote ! Bien sûr qu'il est au courant, je songe en frissonnant. *Et ses deux acolytes, aussi. Tu n'as qu'à voir la façon dont ils te regardent.*

Quand son cercueil disparaît dans le trou creusé à cet effet, l'homme s'approche de moi.

— Nous allons vous laisser seule afin que vous puissiez vous recueillir. Encore toutes mes condoléances, mademoiselle, ajoute-t-il en me tendant une main que je serre par pur réflexe. Prenez votre temps.

J'entends les mêmes paroles sortir de la bouche des deux autres employés. Puis ils pivotent tous les trois, s'éloignent sous la pluie et disparaissent au détour d'une allée.

— J'aurais pu m'arrêter pour t'acheter des fleurs, je murmure en fixant le trou noir dans lequel j'aperçois encore le cercueil. Je ne l'ai pas fait parce que tu ne le mérites pas...

Je reste immobile sous la pluie.

— Je ne saurai jamais si ton suicide est dû à des remords pour ce que tu as fait... ou plutôt, parce que tu as dû renoncer à ton appel – faute de fonds – et que tu n'as pas supporté de ne pas trouver d'autres moyens de financer un nouveau procès, parce que tu n'as pas laissé de lettre pour t'expliquer...

Même si cette idée ne me plaît pas, j'imagine que je me poserai toujours la question.

— Mais qu'est-ce que ça peut faire, je continue tout bas. La seule chose qui compte c'est que, maintenant, les familles de tes victimes n'ont plus à craindre de subir un nouveau procès. Tout est terminé !

Je respire difficilement. Mon sac toujours serré entre mes bras, je frissonne.

— Je ne saurai jamais non plus si c'est une simple coïncidence ou si tu avais encore tout calculé... Comment pourrais-je t'oublier alors que ton enterrement a eu lieu le jour de mon anniversaire ? Ton dernier jeu… mais la partie est finie pour toi. Définitivement !

Il n'y a plus personne désormais. Je n'ai plus de famille.

Je suis seule.

Seule… mais avec une mère comme la mienne, n'ai-je pas été toujours seule ?

Pendant de longues minutes, je reste plantée là en songeant que, pas une seule fois, ma mère n'aura eu un mot ou un geste d'affection pour moi. Quant à mon père, il n'a jamais manifesté le désir de faire la connaissance de sa progéniture. Pas plus que mes grands-parents. Ma seule famille, c'est Cooper. C'est le seul qui a toujours été là pour moi. Depuis le jour de notre rencontre, il a comblé chaque vide laissé par chacun d'eux, rempli chaque gouffre. Il m'a tout donné, bien plus que ce qu'aucun d'eux ne m'a jamais offert. En fin de compte, les personnes qui devraient nous aimer inconditionnellement sont toujours décevantes.

La pluie continue de tomber. Je suis glacée. Je redresse les épaules, jette un ultime regard sur la tombe de celle qui fut ma mère, avant de tourner les talons. Dans l'allée déserte, je marche avec une nouvelle détermination. Avec la volonté de quitter cet endroit au plus vite, de m'éloigner d'elle à jamais. J'accélère encore un peu. J'ai réservé une chambre dans un petit hôtel du Vieux Carré où je pourrai bientôt prendre un thé et une douche bien chaude. Je téléphonerai à Cooper qui doit attendre mon appel en se rongeant les sangs.

Et peut-être me sentirai-je alors un peu plus vivante ? Un peu moins vide ?

J'aperçois une silhouette sombre qui se dirige vers moi. Trop loin encore pour que je puisse distinguer les traits de son visage. Mais plus elle se rapproche, plus il me semble que c'est un homme. L'angoisse enfouie en moi qui ne me quitte pas depuis mon départ de New York est toujours là. Elle m'oppresse depuis des heures. Ne me lâche plus. Il faut plusieurs minutes à mon cerveau, totalement hors service, pour enregistrer ce que voient mes yeux. Pour comprendre qui est cette silhouette masculine qui s'avance à grands pas et s'arrête finalement face à moi.

Pendant des mois, j'ai repassé mille fois ses traits, entendu sa voix dans mon sommeil. Pendant des mois, j'ai rêvé de lui. Et maintenant, il me suffirait de tendre la main pour le toucher. Cela semble tellement irréel que je ferme plusieurs fois les paupières pour être certaine de ne pas me tromper.

J'aurais dû suivre mon instinct, je songe alors, pétrifiée. *Sauf que je ne l'ai pas fait !*

— Scott… ?

Chapitre 58

Scott

16 mars, 12 h 30

Maintenant, je sais.

Aucun doute à avoir quant à la raison incoercible qui m'a mené jusqu'ici, ce matin. Elle est évidente. Elle est là, juste devant moi.

— J'avais besoin de voir par moi-même ce que j'ai souhaité pendant des mois, je lui réponds d'une voix cassée. Que Lucy Richardson était vraiment morte !

Pour voir enterrer cette pourriture qui a tué ma mère. Pour le bonheur de la savoir morte, je pense simultanément. *Pour tuer ce désir de vengeance aussi. Pour tout ça… mais pas uniquement.*

— Je comprends… murmure-t-elle dans un souffle. Oui… je comprends.

Hier encore, je faisais tout mon possible pour croire que Jo n'avait jamais existé. Mais elle est là. Son corps est bien visible et palpable. Les cheveux mouillés. Des mèches collées sur son visage ruisselant de pluie, ou peut-être aussi de larmes. Comment savoir ? Pleure-t-elle sa mère ? Son chagrin est-il égal à mon plaisir face à cette mort ?

— Je suis venu aussi pour toi, Jo…

Et je me maudis pour cela, mais c'est plus fort que moi. Au plus profond de moi, j'espérais que tu serais là.

Un gémissement s'échappe de ses lèvres, tandis qu'elle serre son sac contre elle. Son tee-shirt détrempé laisse deviner la dentelle de son soutien-gorge. Des fourmillements remontent le long de mon dos, de mes bras.

— Pour… moi ?!

Je crispe les poings pour m'empêcher de tendre la main. J'ai une putain d'envie de la toucher. De poser mes doigts sur sa peau. Ma bouche sur la sienne. De sentir ses lèvres sur moi. Rien n'a changé. Elle me fait toujours le même effet.

— Parce que ça ne peut plus continuer ! je lâche d'une voix frémissante de rage. Je ne peux plus continuer comme ça.

Un tremblement parcourt son corps. J'ignore si c'est à cause de la pluie qui s'abat sur nous avec violence ou à cause de mes mots. Je n'ai aucune idée de ses pensées en cet instant précis, de ce qu'elle ressent. Son absence me ronge de l'intérieur. Mais elle ?

— Depuis le coup de téléphone de l'avocat, je suis en pilote automatique…

Elle parle si bas que j'entends à peine ce qu'elle dit. Alors je me rapproche. Elle plonge ses yeux dans les miens – oh putain ! ce regard ! – et reste immobile avant de reprendre :

— Je ne suis pas venue lui dire adieu, je l'avais déjà fait à la prison, il y a quelques mois. Je ne sais même pas pourquoi je suis là…

Elle ne peut réprimer le tremblement qui secoue ses épaules. J'ai une putain d'envie de la prendre dans mes bras. Pourtant, je ne fais pas le moindre mouvement. J'inspire son parfum à pleins poumons. J'ai le brusque sentiment de respirer enfin normalement pour la première fois depuis des mois. De sentir à nouveau mon sang couler dans mes veines. J'ai la sensation d'émerger enfin. De revivre !

— Non, je ne sais pas pourquoi je suis venue, mais je devais venir… il le fallait, même si…

Elle hésite, cherche ses mots. Un coup de vent s'engouffre dans ses boucles qui se mettent à danser comme si elles étaient prises de frénésie. Je suis si proche d'elle que je sens contre ma joue le souffle chaud de sa respiration. Et j'aimerais tant le sentir partout sur mon corps.

— … même si mon instinct me criait de ne pas le faire. Malgré cette peur qui ne me quitte pas depuis deux jours, je suis venue…

Elle prend une grande inspiration, et comme si elle sautait dans le vide, elle lâche :

— … parce que c'était plus fort que moi. Même si je sais que cela va me détruire, mais quelques heures ou même simplement quelques minutes en ta présence valent tout.

Pour la première fois, elle ne se cache pas, ne se dissimule pas et se dévoile réellement. Sans filtre, comme je l'ai toujours fait avec elle.

— Je n'ai jamais aimé comme je t'aime, Scott, continue-t-elle d'une voix saccadée. Je n'ai jamais aimé aussi fort. Au point que ça me fait mal. Depuis ce jour où tu as appris la vérité, j'ai tout oublié. Tout ! J'ai oublié de parler, de manger, de dormir, de pleurer, de vivre… j'ai tout oublié, même moi. La seule chose que je n'arrive pas à oublier, c'est de t'aimer !

Elle s'arrête un instant pour reprendre son souffle, les mains toujours crispées sur son sac, et alors que je vais ouvrir la bouche, elle lève le doigt en m'incitant à me taire et reprend :

— Tu avais raison, Scott. Je ne savais pas aimer. Pas comme toi en tout cas. Et tu méritais d'apprendre la vérité par moi, et non par ton père. Je n'ai aucune excuse, si ce n'est celle de ma lâcheté. Et tous mes regrets ne changeront rien… j'ai appris qu'il n'y avait que deux façons d'aimer : bien... ou mal.

Je l'aime autant que je la déteste. Si je suis venu ici, c'est parce que j'espérais qu'elle y serait aussi. Et j'ai beau me maudire pour cela, c'est plus fort que moi, je l'aime encore. Je l'aime toujours. Je l'aime envers et contre tout. Je ne peux pas vivre sans elle.

— Je t'ai dit un jour que je pouvais tout entendre, je confesse à mon tour d'une voix rendue rauque par tous les sentiments qui font rage en moi. Et c'était la vérité, Jo. Vraiment. Mais quand j'ai appris que tu étais sa fille…

Je suis obligé de m'interrompre un instant pour mettre de côté la colère qui est encore enfouie en moi et attend la première occasion pour resurgir. La pluie tombe toujours à flots autour de nous. Sur nous.

— J'ai eu l'impression d'avoir trahi ma mère et je ne l'ai pas supporté. Je t'en voulais autant qu'à moi. Et encore aujourd'hui, je t'en veux… je t'en veux d'être sa fille.

Elle a un petit sursaut involontaire.

— Parce qu'aimer la fille de celle qui a tué ma mère me fout en l'air… même si je sais pertinemment que tu n'es pas responsable. Mais j'ai eu besoin de temps pour assimiler tout ça, pour faire la part des choses. Pour comprendre que toi aussi, tu es une victime de ta mère, comme ma famille, et toutes les autres. Seulement, tu fais partie des victimes silencieuses et qui portent le fardeau de la honte. De celles à qui on ne pense pas, qu'on oublie la plupart du temps, dont on ne veut surtout rien savoir, et dont on n'imagine même pas qu'elles peuvent souffrir. Il m'a fallu des jours, des semaines pour démêler tous ces sentiments, pour voir clair en moi… et quand j'ai voulu reprendre contact avec toi, tu avais disparu.

Hésitant, je tends une main vers sa chevelure détrempée. J'attrape une boucle qui s'enroule toute seule autour de mon doigt, comme si c'était sa place.

— Je t'ai cherchée, je murmure en me rapprochant. Je suis allé à l'adresse que tu avais donnée à Nathan lors de ton embauche…

— Et tu n'as trouvé personne, souffle-t-elle dans un murmure à peine audible. La mère de Cooper est partie s'installer chez sa sœur, dans le Vermont.

— Exact. Quand j'ai appris pour l'incendie de ta maison, tu n'as pas idée du soulagement que j'ai ressenti d'entendre à la radio qu'il n'y avait pas eu de victime… que tu étais saine et sauve.

Putain ! Tu n'as pas la moindre idée du bonheur qui m'a envahi à cette nouvelle !

— Moi aussi j'ai essayé de te sortir de ma tête, Jo. Je me disais que ce serait mieux ainsi… qu'il était préférable pour tout le monde de tirer un trait sur toi, sur notre histoire. J'ai passé des mois à essayer de vivre sans toi… à faire comme si tu n'avais jamais existé, à tenter de ne plus penser à toi. J'y parviens de temps en temps quand je dors. Mais pas toujours, certaines fois, tu t'invites dans mes rêves. Je n'ai pas choisi de t'aimer, Joanna. Avec toi, je n'ai même pas eu le choix. J'ai succombé. Tout simplement. Je ne peux pas lutter contre mon amour. Je ne *veux* plus !

Je me rapproche encore.

— Quand j'ai appris le suicide de ta mère, j'ai tout de suite su que je viendrais. Il fallait que je vienne parce que j'espérais que toi aussi, tu serais là. C'était plus fort que moi. Parce que rien ne peut m'empêcher de t'aimer comme un fou. Même ta mère ne peut effacer tout l'amour que j'ai pour toi… tu m'as donné toutes les raisons de te haïr, pourtant je t'aime toujours. Mon amour est plus fort que ma haine…

Mon corps se plaque enfin contre le sien. Mes bras se referment sur elle pour l'enlacer. Elle ne résiste pas. Je plonge mes yeux dans l'océan de son regard. Je veux qu'elle découvre dans le mien le désir insatiable qu'elle fait naître en moi. Puis je murmure :

— Je préfère une minute en enfer avec toi qu'une éternité au paradis sans toi, Jo.

Chapitre 59

Joanna

16 mars, 13 h 30

La pluie sur son visage. Ses bras autour de moi. Sa bouche si proche de la mienne, son souffle sur ma peau, lui… lui… c'est comme un manège infernal de passion, de souffrance et de beauté extraordinaire d'un amour impossible et magnifique qui tourne, tourne, tourne… Je le serre de toutes mes forces. Pour me raccrocher. Pour ne pas sombrer. Alors que mon cœur est déjà train de chavirer. Je suis foudroyée par son regard intense. Brûlant comme de la braise.

Ses lèvres se posent brutalement sur les miennes. J'ignore si c'est son cœur ou le mien que je sens cogner si violemment contre ma poitrine. Mais il me rappelle douloureusement que je ne suis vivante que lorsque je suis dans ses bras. Saisie par un désir violent et insoutenable. J'enfonce mes ongles dans son dos, tandis que Scott frotte ses hanches contre moi. Chaque infime mouvement est une caresse d'une sensualité impitoyable. Totalement haletant, il met fin à notre baiser. La passion qui vibre entre nous me paraît presque effrayante.

— Viens chez moi…

Je pose mes mains à plat sur son torse pour tenter de reprendre mon souffle. Je ne parviens pas à mettre des mots sur mes pensées tourbillonnantes. La respiration toujours en déroute, je lâche dans un murmure :

— Scott…

Autour de moi, tout me paraît flou. Je ne sens ni la pluie ni le froid. Plus rien ne me semble important. À part lui.

— Soit tu pars de ton côté, Jo, soit tu viens avec moi, et là, je te promets – *il baisse la voix, et ses mots se bousculent contre mes lèvres* – que je ne te laisserai plus jamais partir. Plus jamais !

Je prends brusquement conscience qu'à partir de maintenant, il n'y aura plus de retour en arrière.

— Décide-toi, parce que la tentation est trop grande !

J'ai peur de foncer droit à la catastrophe. Le choix que je vais faire en cet instant aura de profondes répercussions sur nos deux existences – même si j'ignore encore lesquelles –, ça ne fait aucun doute. Toutes les parcelles de mon corps et de mon cœur en réclament davantage. Plus que tout au monde, je veux être avec lui…

— Je ne résisterai pas longtemps à l'envie de choisir à ta place, lâche-t-il d'une voix rauque. Décide-toi vite, bébé…

J'oublie mes dernières hésitations, et incapable de parler, je hoche simplement la tête. Plusieurs fois. Aussitôt, il ramasse mon sac – que je ne me rappelle pourtant pas avoir lâché – sur le sol boueux du cimetière. Puis il m'entraîne à travers les allées totalement désertes pour regagner la sortie. Il nous fait marcher si vite que je suis presque obligée de courir. Quand nous arrivons à son 4x4, il ouvre la portière et balance mon sac sur la banquette arrière. Scott ne parle pas pendant les quinze minutes que dure le trajet jusque chez lui. Moi non plus. Nos souffles courts résonnent dans l'habitacle. Nos mains se retrouvent. Nos regards se promettent des plaisirs divins. Et notre désir mutuel et réciproque recouvre les vitres d'une buée lumineuse. Dès que nous sommes arrivés, nous sortons de la voiture avec la même impatience. Dans l'ascenseur, les doigts enlacés, nos regards ne se lâchent pas.

— Mon sac, je chuchote en me rappelant soudain qu'il est toujours sur la banquette arrière.

— Nous irons le chercher plus tard…

Il se colle à moi et laisse glisser sa bouche le long de mon cou.

— Tu n'as pas besoin de vêtements pour ce que je compte te faire…

La tension érotique de plus en plus palpable entre nous me fait tressaillir de plaisir. Un gémissement s'échappe de mes lèvres lorsqu'il mordille le lobe de mon oreille. Le *ding* de l'ascenseur nous annonce l'ouverture des portes. Nous en sortons à toute allure. Nous ne croisons personne sur le palier ni dans le couloir. Je ne peux m'empêcher de sourire tandis que sa main – tremblante – s'escrime à mettre la clé dans la serrure.

— Impatient ? je l'interroge en ouvrant la porte à sa place.

Il éclate de rire avant de répondre :

— Le mot est encore trop faible…

Puis sa bouche se referme une nouvelle fois sur la mienne. Je passe les bras autour de son cou, car j'en veux plus… toujours plus ! J'ai l'impression que je ne pourrai jamais me rassasier de lui. J'entends le battant se refermer derrière nous. Il continue à m'embrasser jusqu'à m'en faire perdre haleine. Nous titubons jusqu'au salon. Quand un miaulement parvient à percer le brouillard de passion qui m'entoure.

— Mozart ? Oh…

J'étouffe un sanglot. Je me baisse pour attraper mon adorable matou. Le nez dans sa fourrure, je le câline tout en lui marmonnant des mots doux.

— Je ne pensais pas te revoir un jour, petit fripon… tu m'as tellement manqué...

Je lève un regard plein de larmes vers Scott.

— Merci… de t'être occupé de lui. De l'avoir gardé avec toi… merci. Il est vieux, souvent grognon, mais il est à mes côtés depuis si longtemps...

Je n'ose pas lui avouer que j'avais peur qu'il ne s'en soit débarrassé en le confiant à la SPA… ou pire.

— L'avoir à l'appart, c'était un peu comme si tu étais toujours là, dit-il alors que Mozart saute de mes bras pour fuir mes manifestations de tendresse excessives.

Sale petit ingrat, je songe.

— Il dort même dans mon lit…

— C'est une mauvaise habitude qu'il a prise avec moi.

Scott retire son blouson de cuir, se déchausse.

— Mmm… lâche-t-il d'une voix rauque. À partir d'aujourd'hui, il va devoir en changer…

En moins d'une seconde, il a fait passer son tee-shirt au-dessus de sa tête pour se retrouver torse nu. Et cette vision me coupe le souffle.

— J'ai tellement envie de toi, Jo…

Je sens une vague de désir m'envahir. Puis je l'imite en retirant aussi mon tee-shirt détrempé. Il pousse un juron.

— Moi aussi, Scott…

Mon regard planté dans le sien, mes mains passent dans mon dos pour dégrafer l'attache de mon soutien-gorge. Et avec une petite moue coquine, je le retire. Ses yeux descendent lentement jusqu'à ma poitrine, s'y attardent un long moment… pour remonter jusqu'à moi. Et dire que j'adore ce que j'y lis est un euphémisme. C'est tellement intense que j'en tremble.

Avec un petit sourire taquin, il ouvre un à un les boutons de son jean. Je déglutis en faisant de même avec le mien. Très lentement, je le fais glisser et m'arrête à mi-cuisse.

— Encore, m'ordonne-t-il en abaissant son pantalon d'un mouvement nerveux.

La respiration haletante, et d'un brusque coup de pied, il l'envoie valser à l'autre bout de la pièce.

— Lui aussi est impatient, je ronronne en posant les yeux sur son sexe qui tend le tissu de son caleçon.

— Il n'a qu'une envie, c'est de se retrouver à sa place. À l'intérieur de toi…

Délibérément, je prends tout mon temps pour retirer mon jean. Mon cœur bat la chamade. Je l'entends rugir jusque dans mes tympans. Je pousse un long soupir, lorsqu'il retire son caleçon.

— À ton tour, m'intime-t-il d'une voix virile et rauque.

Ses pupilles dilatées par le désir sont rivées aux miennes et me donnent des frissons partout. Chaque seconde qui passe effrite un peu plus le contrôle qu'il tente désespérément de garder sur lui-même. J'ai des picotements dans tout le corps. Son visage est empourpré par l'envie. De moi. J'en tremble. J'ai l'impression de planer. Il se mord la lèvre tandis que j'attrape mon string pour le faire descendre le long de mes cuisses, et enfin jusqu'au sol.

— J'en ai rêvé tant de fois, je laisse échapper dans un gémissement. Je…

Sa bouche s'abat sur la mienne et avale mes mots. Ma langue. Son corps nu se plaque contre le mien. Mes seins contre son torse. Son baiser est étourdissant. Exaltant. Presque douloureux.

Je ne pourrai jamais me rapprocher suffisamment de son corps, de lui.

Et j'en désire encore beaucoup plus…

Je sais que je n'en aurai jamais assez…

Chapitre 60

Joanna

16 mars, 20 h 30

Quelque chose me chatouille le bas des reins. De ma position à plat ventre sur le lit, je bascule sur le dos, et j'ouvre les paupières. La première chose que je vois, ce sont des yeux pleins de tendresse qui me fixent. Ce qui me chatouillait n'est que la bouche de Scott qui déposait sur ma peau une multitude de baisers, aussi légers que des papillons.

— J'ai quelque chose pour toi, bébé, murmure-t-il en caressant ma joue. Ne bouge pas.

Il frotte son nez contre le mien avant de bondir hors du lit. Je le regarde disparaître de la chambre, j'entends ses pas décroître dans l'escalier. À travers la baie vitrée, j'aperçois les lumières de la ville qui scintillent dans la nuit.

— Waouh ! je marmonne pour moi-même, un sourire éclatant aux lèvres. On peut dire que c'étaient des retrouvailles explosives…

Un flot de bonheur aussi intense qu'absurde me submerge lorsqu'il réapparaît quelques minutes plus tard. Mon sourire s'agrandit encore.

— Approche, me lance-t-il en me faisant un petit signe de l'index.

Je jette un regard autour de moi à la recherche de quelque chose à me mettre sur le dos. Ne trouvant rien, je me lève totalement nue et franchis les quelques mètres qui nous séparent.

— Ferme les yeux, m'ordonne-t-il en déposant un baiser sur mon front. Et attends mon signal pour les rouvrir.

Curieuse, je m'exécute en m'interrogeant sur ce qu'il mijote. Quelque chose de froid entre en contact avec ma peau, juste entre mes seins. Puis dans un souffle, il m'informe :

— C'est bon, maintenant…

D'une main, j'attrape le médaillon ayant la forme d'une grosse goutte d'eau limpide aux reflets irisés, qui repose maintenant à l'emplacement exact de mon cœur. Une poignante émotion brille au fond des yeux de Scott.

— Oh mon Dieu ! Il est magnifique…

— C'est un diamant, me précise-t-il d'une voix enrouée. Il appartenait… à ma mère… Elle ne le quittait jamais.

Les larmes me montent aux yeux lorsque je mesure la signification de ce présent.

— Quand j'étais jeune, elle me racontait qu'il était magique. Un jour, pendant nos vacances d'été, elle l'a perdu lors d'une journée à la plage. Une véritable catastrophe ! On l'a cherché pendant des heures dans le sable… mais on n'a rien trouvé. Sur le trajet du retour, j'ai remarqué qu'elle pleurait. C'était la première fois que je voyais des larmes sur son visage…

Il ferme les yeux et presse son front contre le mien. Je l'enlace et pose ma joue contre son torse pour écouter les battements affolés de son cœur.

— Deux jours plus tard, nous sommes retournés à la plage. Au même endroit. Nous y avons passé la journée… comme d'habitude, Matt et moi avons fini par nous bagarrer. L'amour fraternel, quoi. Bref, c'était à celui qui ferait boire le plus d'eau de mer à l'autre, quand ma mère nous a ordonné d'arrêter notre stupide petit jeu. J'ai senti un truc sous ma plante de pied, j'ai plongé pour l'attraper et quand j'ai vu ce que j'avais dans la main…

— Tu l'avais retrouvé ?!

— Oui, un truc de dingue ! Ma mère était folle de bonheur. Elle l'a aussitôt remis à son cou et m'a dit que le jour où je serais vraiment amoureux, elle offrirait ce bijou à celle qui ferait battre mon cœur. J'étais un petit garçon et je lui ai répondu que je ne serais jamais amoureux. Elle a ri…

Nous restons enlacés un long moment. Puis il me pousse jusqu'au lit et nous nous glissons dans les draps. Il s'allonge face à moi et passe son bras autour de moi. Je me blottis contre lui.

— Ma mère ne quittait jamais ce bijou, continue-t-il. Lors de son admission à l'hôpital, on lui a demandé de le retirer…

Je sens son souffle sur ma peau tandis qu'il soupire. J'écarte les cheveux qui tombent sur ses yeux. Mon cœur cogne dans ma poitrine.

— Je suis tellement désolée…

— Chut, me coupe-t-il en essuyant mes joues humides de larmes. Je veux qu'on laisse tout ça derrière nous. Je t'ai déjà perdue une fois, et je ne supporterais pas de te perdre encore.

— Et ta famille ? je murmure en frissonnant.

Ses yeux expriment un mélange de dureté inflexible et de témérité lorsqu'il me répond, d'une voix ferme :

— Ma famille t'aimait avant de savoir, ils seront assez intelligents pour t'aimer après. D'ailleurs, ma sœur a pris ta défense le jour même. Quant à Matt, ses sentiments à ton égard n'ont pas changé. Il t'apprécie beaucoup.

Mon cœur se serre quand je remarque qu'il n'a pas cité son père.

— Et… ton père ?

— Il y aura peut-être des moments embarrassants, mais on arrivera à les surmonter…

— Et tous les autres ?

— Je me fous de tous les autres !

— Tu n'as pas peur que… je devienne comme elle ?

Son regard devient sombre et ardent.

— Le jour où j'ai appris qui tu étais, je t'ai dit des mots extrêmement durs. J'étais hors de moi, furieux… blessé, c'était le chaos dans ma tête, bébé. Je voulais te faire souffrir autant que je souffrais. Tu es sa fille mais vous n'avez rien en commun. Rien du tout ! Chaque parcelle de mon corps, de mon cœur le sait. Tu me l'as prouvé déjà tant de fois. Tu m'as sauvé de l'enfer dans lequel je me noyais. Tu m'as redonné le goût de vivre. Je ne te laisserai pas partir, Jo. Plus jamais ! Je t'aime trop pour y arriver.

— Il y aura des situations déplaisantes et humiliantes à cause de ma couleur. Tu ne sais pas ce que c'est. Tu ne…

— Tu as raison, me coupe-t-il d'un ton catégorique et en prenant mon visage entre ses mains. J'ignore ce que c'est. Mais les cons ne m'empêcheront pas de t'aimer comme un fou !

Je presse mes lèvres contre les siennes et lâche dans un souffle :

— Alors, je t'aimerai chaque jour qui passe, toujours et plus encore…

16 mars, 22 h 30

L'air nocturne est un peu frais et la veste que Scott m'a prêtée est chaude et douce. J'aime sentir son odeur tout autour de moi. Comme si j'étais encore dans ses bras.

— J'étais affamée, je soupire en repoussant mon assiette. À ma décharge, je n'avais rien avalé depuis mon départ de New York.

— Et je n'avais même pas de quoi te préparer un sandwich. Mes placards sont un peu vides…

— Un peu vides ? je le coupe, amusée, en haussant les sourcils. Carrément désertiques, tu veux dire !

Nous nous regardons un instant sans un mot, avant d'éclater de rire.

— OK, tu as raison. Sauf si l'on considère que les boîtes pour Mozart sont de la nourriture.

— Au moins, tu ne le laisses pas mourir de faim, je reconnais tandis que la serveuse ramasse l'argent que Scott a laissé. En même temps, ce serait difficile… je n'ai jamais vu un chat faire autant de raffut quand il a faim.

Une fois que nous nous retrouvons dehors, nos doigts s'entrelacent tandis que nous marchons tranquillement pour rejoindre l'appartement à environ quatre rues de là. Un coup de klaxon retentit au loin. Nous croisons quelques badauds.

— Mmm… ça sent bon, je remarque soudain en levant le nez.

Nous sommes au coin de la rue, prêts à traverser.

— Ne me dis pas que tu as encore faim ? s'exclame Scott en me serrant encore plus près de lui. On vient à peine de quitter le restaurant et tu m'as affirmé que tu n'en pouvais plus.

Je tourne la tête en essayant de repérer l'origine de l'odeur délicieuse qui flotte dans les airs.

— Mais je n'ai pas pris de dessert et ça sent les beignets ! Et tu sais combien j'adore les beignets.

— Sur le trottoir d'en face, dit-il en me désignant un vendeur ambulant, puis il ajoute en m'entraînant à sa suite de l'autre côté de la rue : Moi non plus, je n'ai pas pris de dessert.

— Tu veux des beignets ?

Il s'arrête brusquement et me sourit :

— Je suis affamé. Mais pas de viennoiseries. De toi ! C'est toi qui vas être mon dessert dès qu'on sera rentrés à la maison.

Un petit rire m'échappe tandis qu'il passe commande auprès du marchand. Nous repartons moins de cinq minutes plus tard avec un sac rempli de beignets tout chauds. Ma main plonge dans le sachet pour en ressortir ma gourmandise préférée.

— Oh… c'est trop bon…

— Seigneur… souffle-t-il d'une voix rauque alors que je lèche mes doigts couverts de sucre glace. J'ai une putain d'envie de te faire l'amour…

— JOANNA RICHARDSON !

Je me fige en entendant hurler mon nom et mon prénom, puis Scott et moi pivotons simultanément vers la voix qui le rugit une nouvelle fois. Un inconnu se précipite vers nous à une vitesse de kamikaze. Je n'ai pas le temps de comprendre ce qui se passe. Ce qui m'arrive. L'homme ne regarde que moi. Soudain, son bras se lève et se tend dans ma direction. Il plonge un regard chargé de haine dans le mien. Un regard qui me pétrifie. Littéralement. Pendant quelques secondes, tout semble disparaître autour de nous et il ne subsiste plus que cet homme. Et moi. Je suis terrifiée. Mon cerveau m'ordonne de faire un geste. De bouger. De fuir. Mais je reste sur place, glacée, sans pouvoir faire un mouvement ni pousser un cri. Je n'entends plus rien. Avant qu'un bruit sec et un hurlement strident éclatent dans les airs simultanément. J'ai le souffle coupé. Un éclair de douleur fulgurant me transperce. La bouche de Scott est ouverte en un hurlement interminable et muet. Qui se transforme en une plainte sinistre. Je baisse les yeux…

Rouge ! Il y a une tache rouge sur mon tee-shirt. C'est du sang, mon… sang ?!

— Joanna ! Joanna ! Regarde-moi !

Le visage de Scott est fou d'inquiétude. Il appuie des deux mains sur ma poitrine, de toutes ses forces. Des larmes coulent sur ses joues.

— Bébé ! Regarde-moi ! Bordel !

J'entends des voix autour de nous. Des cris. Scott qui me hurle de le regarder. De ne pas fermer les yeux. Alors j'obéis. J'ouvre les paupières, même si c'est difficile. J'ai froid. Sommeil aussi…

— Je vais mourir…

— Non ! Tu ne vas pas mourir ! Reste avec moi, bébé…

Sa voix est désespérée. J'aimerais tant lui dire tout ce que je ressens pour lui. Tous les mots qui sont dans mon cœur et que je ne lui ai pas encore dits. Je voudrais qu'il sache que jamais je n'ai été aussi heureuse… aussi amoureuse… C'est étrange… mais je n'ai pas mal. À part cette douleur lancinante à la poitrine. Et cette envie furieuse de fermer les yeux. De dormir. Il fait de plus en plus froid.

— Je n'ai jamais voulu te faire souffrir… et je ne fais que ça.

Je lève ma main pour toucher son visage.

— C'est un putain d'anniversaire ! je halète en me souvenant aussi que c'est le sien et que c'est le jour où nous nous sommes rencontrés pour la première fois.

— Un putain d'anniversaire *de merde* ! précise-t-il en reprenant les termes exacts. Et tu n'as pas intérêt à le foutre en l'air en te débinant… ne me quitte pas, bébé… reste avec moi...

Je vois tellement d'amour, de tendresse… et de souffrance dans ses yeux brillants. J'y devine tant de promesses d'un bonheur qu'il était déjà prêt à m'offrir. J'aurais seulement voulu avoir un peu plus de temps. Mais c'est peut-être mon châtiment. Qui sait comment ma vie se serait déroulée si je lui avais dit la vérité plus tôt ? Il me serre très fort dans ses bras. Marmonne des paroles incompréhensibles à mon oreille. Je sens le goût salé de ses larmes. J'ouvre la bouche quand un froid glacial s'empare de moi et qu'un voile d'obscurité descend devant mes paupières. J'ignore si mes mots parviennent jusqu'à lui…

Je t'aime, Scott. Encore et toujours. Et je suis la fille la plus heureuse du monde quand je suis dans tes bras…

Nous sommes le 16 mars.

Lucy Richardson a été enterrée ce matin… C'était une meurtrière, c'était aussi ma mère.

C'est mon anniversaire… et il y a une heure encore, j'ignorais que ce serait le dernier.

Un putain d'anniversaire de merde !

Épilogue

Scott

17 mai, 11 h 30

La respiration haletante. Le cœur qui bat à cent à l'heure. Les yeux hagards. J'observe mon reflet dans le miroir de la salle de bains. Je crispe les mains sur le rebord du lavabo et penche la tête. Puis je prends une grande inspiration, et j'ouvre le robinet pour me passer de l'eau fraîche sur le visage. Mes jambes tremblent. Pendant un instant, je crois même que je vais m'effondrer sur le carrelage, comme la semaine dernière.

Putain de cauchemar !

Cette peur panique peut me submerger brusquement. Le jour. La nuit. Je ne parviens toujours pas à chasser l'horreur de ces quelques minutes. À ne plus entendre cette voix qui crie le nom de Joanna. Cette main qui se lève et pointe une arme sur elle, avant d'appuyer sur la détente et de faire feu. J'aimerais rayer ce jour maudit du calendrier. Ne plus la voir étendue sur le bitume. Ne plus ressentir cette peur panique, cette fureur face à mon impuissance. Et surtout, je voudrais ne plus voir le sang. Tout son sang qui s'écoule sur son tee-shirt. Glisse entre mes doigts. Je voudrais effacer de ma mémoire son visage de plus en plus blême. Sa voix de plus en plus faible. Ses paupières qui se ferment. Mais je n'y arrive pas. Tout est gravé en moi. Au fer rouge.

Je ferme les yeux de toutes mes forces.

— Putain de cauchemar ! je lâche dans un cri de rage en me tapant le front contre le miroir.

J'entends la sonnerie de mon portable qui résonne dans la chambre. Impossible de bouger. Soudain, un corps chaud se colle contre mon dos. Une main se pose délicatement sur ma taille.

— C'est pour toi…

Je dois avoir l'air d'un zombie, malgré tout, je pivote sur moi-même.

— C'est encore ce cauchemar… ?

Oui, c'est encore ce putain de cauchemar !

J'ouvre les yeux et – comme chaque fois – son visage efface l'horreur de cette journée du 16 mars. Elle est là. Devant moi. Je l'attrape et la plaque contre moi. Mon nez s'enfouit dans ses boucles pour sentir son odeur. Mes mains se posent fébrilement sur son corps pour la toucher. Encore et encore. Pour être certain qu'elle est bien là. Bien réelle. Bien vivante. Qu'elle n'est pas juste une illusion. Que je ne suis pas en train de dormir. De rêver. De sombrer.

Putain de cauchemar !

— On te rappelle plus tard, Lily Rose, dit-elle. Oui… oui… d'accord.

Sans même lui laisser le temps de poser le téléphone, je la saisis par les cheveux et lui fais redresser la tête jusqu'à ce que nos regards se croisent. Ma bouche s'abat sur la sienne et ne trouve aucune résistance. Ses ongles s'enfoncent dans ma chair. J'aime ressentir la petite douleur qui en résulte et qui signifie que ce que je suis en train de vivre est bien réel.

Je ne rêve pas !

Mes hanches se pressent contre les siennes avec violence. Elle plante ses dents dans mon épaule et me mord. À bout de souffle, je lui demande :

— Ça va ? Je ne te fais pas mal ?

— Non… répond-elle dans un gémissement. Ne t'arrête pas…

D'une main, je fais passer son tee-shirt au-dessus de sa tête. Elle se tortille pour retirer sa culotte, pendant que je baisse mon caleçon. Je la soulève pour la déposer sur la surface plane entre les deux lavabos. Quand sa peau entre en contact avec le marbre froid, elle pousse un petit cri. Mais ouvre les cuisses en une invitation silencieuse.

— Mon Dieu, je t'aime tant, Jo !

— Je t'aime à en mourir, ronronne-t-elle d'une voix vibrante de passion avec un petit sourire.

— Ne plaisante pas avec ça, je grogne en me plaçant entre ses jambes.

Puis je m'enfonce en elle d'un seul coup de reins. Et une sensation incroyable m'envahit. Son corps bouge au rythme de mes mouvements. De plus en plus fort. De plus en plus vite.

— Encore… plus fort… gémit-elle.

Alors, je lui obéis. J'accélère la cadence. Mon corps est couvert de sueur. Elle aussi. J'agrippe sa taille sans la moindre retenue. Chaque nouveau coup de reins rend tout plus intense. Plus vibrant. Je m'enfouis au plus profond d'elle. Seul endroit au monde où je me sens vivant. Il n'y a que lorsqu'elle est dans mes bras que je respire. Mes mouvements se font de plus en plus intenses. Je perds le contrôle avec un plaisir fou. Ses cris d'extase me motivent plus que jamais. Elle saisit mon visage entre ses mains, son regard rivé au mien. Je ne peux pas me détourner d'elle. De toute façon, je n'en ai aucune envie. Chaque trait de son visage irradie de désir, d'amour. D'un amour fou. Pour moi. Je tremble. Et je lâche un cri quand l'orgasme me submerge et nous emporte.

Petit à petit, j'arrive à reprendre mon souffle. Je la tiens si serrée dans mes bras que c'est comme si nos corps ne faisaient qu'un. Mon cœur se remet à battre à un rythme plus lent. Jo bouge dans mes bras et se recule un peu pour respirer.

— Ça va mieux, maintenant ? me demande-t-elle en tendant la main pour écarter une mèche de cheveux de mon visage trempé de sueur.

Elle sourit, m'embrasse sur le front.

— Tant que tu es là, bébé, ça va, je murmure en regardant le pendentif que je lui ai offert se balancer entre ses seins.

Ton pendentif, maman.

Ce pendentif qui lui a sauvé la vie parce qu'il a légèrement dévié la trajectoire de la balle. Un centimètre de plus sur le côté et elle se serait logée en plein dans le mille. En plein dans son cœur.

Oh mon Dieu, Jo ! J'ai failli te perdre, ce jour-là !

Je regarde le bijou se soulever au rythme de sa respiration. Je me dis que, quelque part – et c'est peut-être stupide –, c'est un signe de ma mère. Qu'elle a voulu sauver Joanna. Me sauver. Joanna ne le quitte plus. Il est sur elle, jour et nuit.

Depuis – je l'avoue –, je suis devenu un peu parano. Même en sachant ce dingue – un mari d'une des victimes de Lucy Richardson – sous les barreaux, je ne me sens pas rassuré. Comment pourrais-je l'être ? Je vis avec la hantise d'une nouvelle agression. Combien d'époux, de fils, de filles, de sœurs ou de frères… ont envie de se venger ? Et Lucy Richardson étant morte, combien risquent de retourner leur haine contre sa fille ? Combien sont-ils à être capables d'aller jusqu'au bout ? Il y a plus d'un an, j'étais moi aussi avide de vengeance. Rongé par la haine. Avec le désir de tuer celle qui avait pris la vie de ma mère…

Puis j'ai rencontré Joanna. Je suis tombé raide dingue d'elle. Et finalement, grâce à elle, j'ai appris à pardonner.

Mais parce que je n'ai rien pu faire pour éviter cette tentative de meurtre, j'ai parfois envie de faire l'acquisition d'une arme. Pour la protéger. Même si cela va à l'encontre de tous mes principes. Jusqu'où irais-je pour préserver la vie de celle que j'aime ? À présent, je connais la réponse. Pour Joanna, je serais capable d'aller jusqu'à tuer.

— Si on retournait au lit, me demande-t-elle en se dégageant de mon étreinte. Il est encore tôt…

Je la suis dans la chambre et m'allonge à ses côtés. Mozart vient nous rejoindre et s'installe confortablement à nos pieds. Jo se blottit dans mes bras et caresse mon torse d'une main légère. Puis sa bouche contre ma peau, elle demande :

— Est-ce que tu crois aux secondes chances ? Avant, je me disais que la vie – ma vie –, c'était la maison de la dernière chance. Et si tu m'avais posé cette question, je t'aurais dit non, sans la moindre hésitation.

— Et maintenant ?

Elle vient se mettre à plat ventre sur moi. Ses cheveux tombent sur mes épaules. Son visage est à quelques centimètres du mien. Je la serre plus fort contre moi. Mes doigts courent sur son dos, ses fesses, ses épaules. C'est une sensation divine dont je ne me lasse pas. La tenir contre moi. La sentir. Mes mains sur sa peau. Son corps collé au mien. Pour être certain que tout cela n'est pas un rêve.

Putain de cauchemar !

— Maintenant, répond-elle tout bas. Je crois à la magie de l'amour…

Elle se déplace un peu pour saisir le pendentif entre ses doigts. Puis, les yeux brillants, elle continue :

— L'amour d'une mère peut faire des miracles. C'est ta mère qui me l'a appris et… et…

Elle gigote, subitement gênée, et se tait.

— Et quoi, bébé ?

— J'espère un jour… être une mère comme la tienne.

Et soudain, c'est une évidence.

Je suis prêt à tout pour Jo. Et elle aussi m'a prouvé qu'elle tenait à moi autant que je tiens à elle. Elle est revenue vivre en Louisiane, parce que je ne peux pas laisser le *WAM*. Elle est prête à tout affronter avec moi.

Alors dans un souffle, je lâche :

— Tu crois que tu peux me caser dans ta vie ? M'y faire une place pour chaque jour jusqu'à mon dernier ?

Et sa réponse fait de moi l'homme le plus heureux au monde.

— Oui…

Je ne rêve pas ! Je ne rêve pas ! Je ne rêve pas !

Ou si c'est un rêve…

ALORS, SURTOUT, NE ME RÉVEILLEZ PAS !

Note de l'auteur

Qu'est-ce qui a inspiré cette histoire ?

C'est une question que l'on me pose à chaque roman.

Le point de départ de *Ma pire ennemie* est venu à la suite d'un reportage sur *Les anges de la mort*. J'ai d'abord fait de nombreuses recherches sur ce sujet pour me rendre compte que ceux que l'on nomme les anges de la mort le sont bel et bien. Ces médecins, infirmiers, infirmières, aides-soignants... ont commis un ou plusieurs meurtres sur des personnes qu'ils devaient soigner ou aider dans la vie de tous les jours. Beaucoup ont tenté de faire croire que leur geste n'était qu'une preuve de leur compassion – et probablement cela l'était pour quelques-uns –, mais pour d'autres, leur motivation n'était que le résultat d'un acte purement criminel. Des hommes et des femmes qui ont tué pour le plaisir, pour de l'argent, pour se venger, se valoriser, se croyant investis d'une mission, par vengeance ou à cause de troubles mentaux...

À cette première idée s'est greffée une seconde. Et si mon héroïne était métisse ?

C'est ainsi qu'est née Joanna. Une enfant issue d'un père afro-américain et d'une mère américaine.

Les naissances d'enfants issus de couples mixtes sont de plus en plus nombreuses. Je suis l'une de ces nombreux enfants issus d'un couple mixte. Je pouvais ainsi évoquer un sujet qui me touche particulièrement : le racisme. Même si ce n'est pas le thème principal de cette histoire.

Le plus ancien et premier souvenir lié au racisme remonte à ma petite enfance. Je devais avoir six ou sept ans et je venais d'emménager chez ma grand-mère, dans un petit village tranquille du sud-ouest de la France. C'était à l'école primaire et je me souviens très bien avoir entendu l'un des enfants jouant dans la cour me traiter de « sale négresse ». À cette époque, j'en voulais à mes parents de ma différence. De n'être pas comme les autres. D'être trop noire ou pas assez blanche, selon les regards.

Toute mon existence, j'ai pu constater que le racisme est bel et bien l'un des pires fléaux de notre société. Sous quelle que forme que ce soit : couleur de peau, religion, handicap physique ou mental, milieu social… La différence conduit certains hommes et certaines femmes à des paroles et à des comportements inacceptables. Je n'ai pas l'intention de présenter l'histoire de Joanna et Scott comme un archétype du racisme. C'est beaucoup plus compliqué et chaque situation est différente. D'autant plus selon l'endroit où l'on vit. Le racisme ne se manifeste pas de la même façon en France qu'aux États-Unis. J'ai pu m'en rendre compte par moi-même, ayant vécu quelques années aux États-Unis. Et c'est une situation que beaucoup vivent quotidiennement et dont on ne comprend pas toujours les répercussions négatives quand il n'y a pas d'acte de violence physique. Pourtant, les paroles peuvent blesser plus que des coups et laissent des cicatrices invisibles.

C'est ainsi que *Ma pire ennemie* a pris forme…

Il ne me restait plus qu'à écrire une histoire… celle de Joanna et Scott. En les confrontant aux nombreuses questions qu'un couple peut se poser face à un héritage maudit que laisse un père ou une mère. L'amour est-il plus fort que tout ? Efface-t-il toutes les frontières ? Abolit-il toutes les haines ? Rester une victime ? Devenir un bourreau ?

Et de leur laisser le choix.

Le choix de la vérité ou du mensonge...

Du pardon contre celui de la vengeance…
De l'amour contre la haine...

J'espère que leur histoire saura trouver le chemin de votre cœur car j'y ai mis tout le mien pendant l'écriture.

Tara

Remerciements

Un énorme merci à Arthur pour continuer de croire en mes idées autour d'un bon déjeuner, à Sylvie, mon éditrice, qui me demande des réponses à des questions que je ne me posais même pas, et à toute l'équipe de Hugo & Cie, car j'ai énormément de chance de travailler avec des gens aussi passionnés.

À Sabine – mon adorable petit œil de lynx –, qui est à mes côtés depuis le début sur chacun de mes manuscrits… et heureusement que tu es là, sans jamais te plaindre, pour m'aider aussi à me rappeler quotidiennement mes objectifs en période d'écriture. Pour passer en mode : mais qu'est-ce que tu me fais, là ? Pour ne pas désespérer quand je refais les mêmes erreurs, pour m'encourager, me soutenir, pour vivre cette aventure avec moi. Et comme le dirait Sebastian : seul on va plus vite mais à deux on va plus loin.

À Dounia – ma merveilleuse bookassistante –, quelle bonne idée j'ai eu de te demander si tu voulais être ma bêta-lectrice… on est d'accord, le terme est horrible ;) C'est grâce à ta gourmandise que le passé de Joanna s'est étoffé de beaucoup, beaucoup plus de pages. Tous nos échanges, tes questions, réflexions et ressentis sur mon histoire ont été un véritable bonheur et un appui pendant l'écriture de ce manuscrit.

Et surtout, de tout mon cœur un immense merci à vous toutes, lectrices, celles qui me suivent depuis Fyctia

– mes petites fées – et toutes les autres, à toutes celles qui tentent l'aventure en choisissant un de mes livres.

Quand vous me lisez c'est un peu, beaucoup de moi que vous tenez au creux de vos mains.

Tara